Justiça ancilar

Justiça ancilar

Trilogia Império Radch
LIVRO 1

Ann Leckie

TRADUÇÃO
Fábio Fernandes

Aleph

Justiça ancilar

TÍTULO ORIGINAL:
Ancillary Justice

COPIDESQUE:
Mônica Reis

REVISÃO:
Giovana Bomentre
Isabela Talarico

COORDENAÇÃO:
Maria Carolina Rodrigues

PROJETO GRÁFICO:
Giovanna Cianelli

CAPA
Tereza Bettinardi

ILUSTRAÇÃO:
Daniel Semanas

MONTAGEM DE CAPA:
Caíque Gomes

DIREÇÃO EXECUTIVA:
Betty Fromer

DIREÇÃO EDITORIAL:
Adriano Fromer Piazzi

PUBLISHER:
Luara França

EDITORIAL:
Andréa Bergamaschi
Bárbara Reis
Caíque Gomes
Débora Dutra Vieira
Juliana Brandt
Luiza Araujo

COMUNICAÇÃO:
Giovanna de Lima Cunha
Júlia Forbes
Luciana Fracchetta
Pedro Fracchetta
Yasmin Dias

COMERCIAL:
Giovani das Graças
Gustavo Mendonça
Lidiana Pessoa
Roberta Saraiva

FINANCEIRO:
Helena Telesca

DADOS INTERNACIONAIS DE CATALOGAÇÃO NA PUBLICAÇÃO (CIP) DE ACORDO COM ISBD

L461j   Leckie, Ann
Justiça ancilar / Ann Leckie ; traduzido por Fábio Fernandes. - 2. ed. - São Paulo : Aleph, 2023.
408 p. ; 14cm x 21cm.

Tradução de: Ancillary justice
ISBN: 978-85-7657-578-8

1. Literatura americana. 2. Ficção científica.
I. Fernandes, Fábio. II. Título.

2023-900

CDD 813.0876
CDU 821.111(73)-3

ELABORADO POR ODILIO HILARIO MOREIRA JUNIOR - CRB-8/9949

ÍNDICES PARA CATÁLOGO SISTEMÁTICO:
1. Literatura americana: ficção científica 813.0876
2. Literatura americana: ficção científica 821.111(73)-3

COPYRIGHT © ANN LECKIE, 2013
COPYRIGHT © EDITORA ALEPH, 2023

TODOS OS DIREITOS RESERVADOS. PROIBIDA A REPRODUÇÃO, NO TODO OU EM PARTE, ATRAVÉS DE QUAISQUER MEIOS SEM A DEVIDA AUTORIZAÇÃO.

Rua Bento Freitas, 306 - Conj. 71 - São Paulo/SP
CEP 01220-000 • TEL 11 3743-3202
www.editoraaleph.com.br

Para meus pais, Mary P. e David N. Dietzler, que não viveram para ver este livro, mas sempre tiveram certeza de que ele viria a existir.

NOTA DA EDIÇÃO BRASILEIRA

Ann Leckie é uma das grandes autoras da ficção científica contemporânea. Por seu romance de estreia, *Justiça ancilar*, ganhou todos os principais prêmios do gênero: Hugo, Nebula, Locus, Associação Britânica de Ficção Científica (BSFA) e Arthur C. Clarke.

Uma vez que se lê o romance, não se surpreende que ele tenha recebido toda essa atenção. Uma aventura espacial movida a vingança, em um universo complexo, povoado com alguns dos elementos mais interessantes da ficção científica: inteligência artificial, conflitos de xenofobia e política interplanetária. Ann Leckie trabalha tudo isso com maestria.

A linguagem é um dos fatores mais complexos e enriquecedores desta obra. Breq, a personagem que narra a trama, é um membro do Império Radch, cujo idioma não contempla gêneros distintos. A autora escreveu o livro em inglês, mas simula uma tradução do idioma radchaai. Para isso, optou por escrever a maior parte dele flexionando as palavras apenas no feminino, como ela explica em seu site:

> O uso de "ela" foi uma convenção de tradução – o idioma radchaai não apenas não utiliza pronomes com gêneros para se referir a pessoas (aliás, muitos idiomas reais não utilizam), mas gênero não é relevante para esse povo. [...] Por conveniência, eu "traduzo" tudo como "ela". Isso não indica o gênero de nenhum personagem. Apenas significa que, quando Breq (ou outra personagem) fala em radchaai, é assim que o pronome original é traduzido para o inglês.

Quando Breq – ou outra personagem – fala outra língua, entretanto, elas podem se referir a algumas pessoas com pronomes masculinos.*

No original, apenas alguns substantivos específicos foram utilizados no masculino – é o caso de "Lord" ("Senhor") e "priest" ("sacerdote"). Mas isso também não tem a intenção de indicar o gênero das personagens às quais essas palavras se referem. A língua inglesa tem poucos substantivos com gênero definido, e Ann Leckie acredita que, nesses casos, a alteração de gênero é acompanhada por uma mudança semântica que ela não desejava para o seu texto. Como essa mudança de sentido não aconteceria em português, uma língua com os dois gêneros bem marcados, optamos, com o consentimento da autora, por utilizar esses substantivos no feminino, em concordância com o restante do texto.

Os desafios, e até mesmo a estranheza, causados por essa linguagem são parte do que torna *Justiça ancilar* uma obra tão singular. A ficção científica tem a tradição de questionar o mundo ao nosso redor, tirando o leitor de sua zona de conforto e usando a imaginação para fazê-lo repensar seus conceitos. Prepare-se para encontrar, nas próximas páginas, uma obra verdadeiramente inovadora.

Bem-vindo ao Império Radch!

---

* Texto original em inglês: <www.annleckie.com/about/frequently-asked-questions>. Acesso em: 14 de jun. 2023.

JUSTIÇA ANCILAR

1

O corpo jazia nu, virado de bruços, um cinza fúnebre, respingos de sangue manchando a neve ao redor. A temperatura era de quinze graus negativos, e uma tempestade havia passado horas antes. A neve macia se estendia à luz pálida do amanhecer, apenas uns poucos rastros conduzindo até um prédio feito de blocos de gelo ali perto. Uma taverna. Ou o mais parecido com uma taverna que aquela cidadezinha tinha a oferecer.

Havia algo de estranhamente familiar naquele braço estendido, na linha que ia do ombro ao quadril. Mas as chances de eu conhecer aquela pessoa eram mínimas. Eu não conhecia ninguém ali. Aquela era a periferia gélida de um planeta frio e isolado; não havia um lugar mais alheio às ideias radchaai de civilização do aquele. Eu só estava naquele planeta, naquela cidade, porque tinha negócios urgentes de natureza particular a resolver. Corpos na rua não eram problema meu.

Às vezes não sei por que faço as coisas que faço. Mesmo depois de todo esse tempo, ainda acho estranho não saber, não ter ordens a seguir em todo momento. Então não posso explicar a você por que parei e, com um dos pés, levantei o ombro nu para poder ver o rosto da pessoa.

Apesar de todo o gelo, hematomas e sangue, eu a reconheci. Seu nome era Seivarden Vendaai e, muito tempo antes, ela havia sido uma das minhas oficiais; uma jovem tenente que acabara sendo promovida a seu próprio comando em outra nave. Eu pensava que havia morrido há tempos, mas lá estava ela, sem dúvida alguma. Agachei-me e tentei sentir o pulso, detectar o menor sinal de respiração.

Ainda viva.

Seivarden Vendaai não era mais problema meu, não era minha responsabilidade. E nunca fora uma das minhas oficiais favoritas. Eu havia obedecido a suas ordens, claro, e ela nunca abusara de nenhuma auxiliar, jamais ferira qualquer um dos meus segmentos (como algumas oficiais faziam). Eu não tinha motivos para pensar mal dela. Pelo contrário, seus modos sempre foram os de uma pessoa culta e educada, de boa família. Não no que dizia respeito a mim, é claro – eu não era uma pessoa, era uma peça, um equipamento, uma parte da nave. Mas nunca havia me interessado particularmente por ela.

Levantei-me e fui até a taverna. O lugar estava escuro, o branco das paredes de gelo há muito coberto por limo ou coisa pior. O ar tinha cheiro de álcool e vômito. Uma bartender estava sentada atrás de uma bancada alta. Ela era nativa: baixa e gorda, branca e de olhos arregalados. Três clientes estavam sentadas ao redor de uma mesa suja. Apesar do frio, só vestiam calças e camisas quadriculadas. Era primavera naquele hemisfério de Nilt, e elas estavam aproveitando o tempo mais ameno. Fingiram não me ver, mas decerto notaram minha presença na rua e sabiam o que motivara minha entrada. Possivelmente, uma ou mais delas haviam participado; Seivarden não estava ali fora havia muito tempo, ou já teria morrido.

– Vou alugar um trenó – disse – e comprar um kit para hipotermia.

Atrás de mim, uma das frequentadoras riu e ironizou:

– Ora, mas você é uma garotinha durona, hein?

Virei-me para olhar para ela, para estudar seu rosto. Era mais alta do que a média para uma nilter, mas tão gorda e branca como todas as outras. Embora eu fosse mais alta, era mais corpulenta do que eu e também consideravelmente mais forte do que aparentava. Ela não sabia com o que estava mexendo. Provavelmente era macho, a julgar pelos padrões labirínticos do quadriculado de sua camisa. Eu não tinha certeza.

Se eu estivesse no espaço Radch, não teria feito diferença. As radchaai não ligam muito para gênero, e a língua que falam – minha própria língua nativa – não marca gênero de forma alguma. A língua que estávamos falando agora marcava, e eu poderia arrumar encrenca para mim mesma se usasse as formas incorretas. Não ajudava que os marcadores de distinção de gênero tendessem a mudar de lugar para lugar, às vezes radicalmente, e quase nunca fizessem muito sentido para mim.

Decidi não falar nada. Depois de alguns segundos, ela subitamente descobriu algo de interessante no tampo da mesa. Eu poderia tê-la matado ali mesmo, sem muito esforço. A ideia me pareceu atraente. Porém, naquele momento, minha prioridade era Seivarden. Voltei a olhar para a bartender.

Ombros caídos e postura negligente, como se não houvesse sido interrompida, ela disse:

– Em que tipo de lugar você pensa que está?

– O tipo de lugar – respondi, ainda segura em território linguístico que não precisava de marcação de gênero – que vai me alugar um trenó e me vender um kit para hipotermia. Quanto?

– Duzentos shen. – Pelo menos o dobro do preço atual, eu tinha certeza. – Pelo trenó. Lá fora. Você mesma tem que pegar. Outros cem pelo kit.

– Completo – repliquei. – Não usado.

Ela puxou um debaixo da bancada, e o selo parecia intacto.

– Seu camarada lá fora não pagou a conta.

Talvez fosse mentira. Talvez não. De qualquer maneira, o valor seria pura ficção.

– Quanto?

– Trezentos e cinquenta.

Eu poderia encontrar um meio de continuar evitando o uso do gênero da bartender. Ou tentar adivinhar. Eu tinha, na pior das hipóteses, cinquenta por cento de chance de errar.

– Para um bartender – disse, arriscando *macho* – você parece confiar demais, deixando um indigente – eu sabia que

Seivarden era macho, essa era fácil – acumular uma dívida dessa magnitude. Seiscentos e cinquenta cobre tudo?

– É – disse a bartender. – Mais ou menos isso.

– Não, tudo. Vamos chegar a um acordo agora. E se alguém vier atrás de mim depois, exigindo mais, ou tentar me roubar, morre.

Silêncio. Então o som, atrás de mim, de alguém cuspindo.

– Escória radchaai.

– Eu não sou radchaai. – Uma verdade, pois é preciso ser um humano para ser radchaai.

– *Ele* é – disse a bartender, com um ínfimo dar de ombros na direção da porta. – Você não tem o sotaque, mas fede como radchaai.

– Esse cheiro é da lavagem que você serve aos seus clientes. – Uivos dos clientes atrás de mim. Meti a mão em um dos bolsos, puxei um punhado de chits e os joguei sobre a bancada. – Fique com o troco. – Dei as costas para ir embora.

– É melhor seu dinheiro ser bom.

– É melhor seu trenó estar lá fora onde você disse estar... – E saí.

O kit de hipotermia primeiro. Rolei Seivarden para deixá-la de barriga para cima. Então rasguei o selo do kit, quebrei um interno do cartão e o enfiei na boca ensanguentada e semicongelada dela. Quando o indicador do cartão ficou verde, desdobrei o embrulho fino, verifiquei se havia carga, enrolei tudo ao redor dela e liguei. Em seguida, dei a volta na construção para buscar o trenó.

Por sorte, ninguém estava esperando por mim. Eu queria evitar deixar corpos por aí, pelo menos por enquanto. Não viajara para o lugar para causar problemas. Reboquei o trenó até a frente e coloquei Seivarden nele; pensei em tirar meu sobretudo e colocá-lo em cima dela, mas no fim decidi que não acrescentaria muita coisa ao invólucro de hipotermia. Acionei o trenó e parti.

Aluguei um quarto na periferia da cidade, apenas um entre dezenas de cubos de plástico pré-fabricado, verde-acinzentado, de dois metros quadrados e coberto de sujeira. Não ofereciam roupa de cama, e os cobertores eram cobrados à parte, bem como o aquecimento. Paguei; já havia mesmo desperdiçado uma quantia absurda de dinheiro para tirar Seivarden da neve.

Limpei o sangue de seu corpo da melhor maneira que pude, chequei seu pulso (ainda estava lá) e a temperatura (subindo). Em outros tempos, eu saberia de cor sua temperatura central, sua taxa de batimentos cardíacos, seu nível de oxigênio no sangue, seus níveis hormonais, tudo sem sequer pestanejar. Eu teria visualizado qualquer lesão apenas com um pensamento. Agora eu estava cega. Ela obviamente havia sido espancada; seu rosto estava inchado e o torso, cheio de hematomas.

O kit de hipotermia oferecia um corretor muito básico, mas apenas um, e só servia para primeiros socorros. Seivarden poderia ter ferimentos internos ou trauma severo na cabeça, e eu só era capaz de curar cortes ou distensões. Com alguma sorte, o frio e os hematomas seriam as minhas únicas preocupações. Mas eu não tinha muito conhecimento médico, não mais. Qualquer diagnóstico que pudesse fazer seria muito limitado.

Enfiei outro interno pela garganta dela. Mais uma checagem: sua pele estava na temperatura esperada, considerando a situação, e não parecia pegajosa. Sua cor, descontando os hematomas, estava voltando à tez marrom habitual. Eu enchi um recipiente de neve para derreter, coloquei-o em um canto para que ela não o chutasse caso acordasse, e então saí e tranquei a porta.

O sol estava mais alto no céu, mas a luminosidade não era das melhores. Àquela altura, outros rastros marcavam a neve lisa semeada pela tempestade da noite passada, e um punhado de nilters passeavam por perto. Puxei o trenó de volta para a taverna e estacionei-o nos fundos. Ninguém me abordou, nenhum som veio da entrada sombria. Dirigi-me para o centro da cidadezinha.

As pessoas estavam andando e cuidando das próprias vidas. Crianças gordas e brancas vestindo calças e camisas quadriculadas chutavam neve umas nas outras, mas pararam e olharam com grandes olhos cheios de surpresa quando me viram. Os adultos fingiram que eu não existia, mas seus olhos me seguiram enquanto passava. Entrei em uma loja, saindo de um ambiente ali considerado claro para a penumbra, de um lugar frio para outro lugar frio, apenas cinco graus mais quente do que lá fora.

Uma dezena de pessoas estava parada conversando, mas um silêncio instantâneo recaiu sobre o lugar quando entrei. Percebi que eu não tinha nenhuma expressão no rosto e arrumei meus músculos faciais para parecer agradável e discreta.

– O que você quer? – grunhiu a lojista.

– Certamente estas outras pessoas estão na minha frente. – Esperando, ao falar, que aquele fosse um grupo de gênero misto, como minha frase indicava. Só recebi o silêncio como resposta. – Gostaria de quatro bisnagas de pão e um tablete de gordura. E também dois kits de hipotermia e dois corretores de propósito geral, se estiverem disponíveis.

– Tenho de dez, de vinte e de trinta.

– De trinta, por favor.

Ela empilhou minhas compras em cima do balcão.

– Trezentos e setenta e cinco. – Alguém tossiu atrás de mim: estavam me cobrando acima do preço novamente.

Paguei e saí. As crianças ainda estavam rindo, aglomeradas na rua. Os adultos ainda passavam por mim como se eu não estivesse lá. Fiz mais uma parada; Seivarden precisaria de roupas, e então voltei ao quarto.

Seivarden ainda estava inconsciente, e não havia sinais de choque até onde eu podia avaliar. A neve no recipiente havia praticamente derretido, então mergulhei ali metade de uma bisnaga dura como um tijolo para empapá-la.

Um ferimento na cabeça e danos internos nos órgãos seriam as possibilidades mais perigosas. Abri os dois corretores que havia comprado e levantei o cobertor para colocar um deles sobre o abdome de Seivarden; vi-o se transformar em uma poça, se esticar e depois endurecer em uma concha clara. Segurei o outro sobre a lateral do rosto dela que mais parecia machucada. Quando o segundo corretor terminou de endurecer, retirei meu sobretudo, deitei e dormi.

Pouco mais de sete horas e meia depois, Seivarden se mexeu e eu acordei.

– Você está acordada? – perguntei. O corretor aplicado em seu rosto mantinha fechados um de seus olhos e metade de sua boca, mas o hematoma e o inchaço haviam reduzido bastante. Fiquei pensando por um momento qual seria a expressão facial correta, e a fiz. – Encontrei você na neve, em frente a uma taverna. Parecia precisar de ajuda. – Ela soltou uma leve respiração forçada, mas não virou a cabeça em minha direção. – Está com fome? – Nenhuma resposta, apenas um olhar vazio. – Você bateu a cabeça?

– Não – respondeu ela, baixinho, o rosto relaxado e sem tensão.

– Está com fome?

– Não.

– Quando comeu pela última vez?

– Não sei. – Sua voz era calma, sem inflexão.

Puxei-a para que ficasse com as costas eretas e encostei-a contra a parede verde-acinzentada com cuidado, para não provocar mais ferimentos. Tomei cuidado para que não tombasse para a frente. Enquanto permanecia sentada, fui colocando sem pressa um pouco de papa de pão com água em sua boca, evitando o corretor.

– Engula – eu dizia, e ela engolia.

Dei-lhe metade do que havia na tigela dessa maneira, depois comi o restante e enchi o recipiente de neve novamente.

Ela me viu colocar outra metade de pão duro na vasilha, mas não disse nada, o rosto ainda plácido.

– Qual é o seu nome? – perguntei. Não obtive resposta.

Concluí que havia tomado kef. A maioria das pessoas diz que kef suprime as emoções, o que é verdade, mas não é só isso o que faz. Houvera um tempo em que eu poderia explicar exatamente os efeitos do kef, como age no corpo, mas eu não era mais o que fora um dia.

Até onde eu sabia, as pessoas tomavam kef para parar de sentir alguma coisa. Acreditavam que, com as emoções fora do caminho, chegariam à suprema racionalidade, à profunda lógica, à verdadeira iluminação... Mas não é assim que funciona.

Puxar Seivarden da neve havia me custado tempo e dinheiro que eu mal poderia me dar ao luxo de gastar, e para quê? Se fosse deixada sozinha, ela acharia outra dose de kef e acabaria em outra taverna suja como aquela, onde certamente morreria. Se era isso o que queria, eu não tinha o direito de impedir. Eu só não conseguia entender por que, se desejava morrer, não fazia a coisa de modo limpo, registrando sua intenção e indo ao médico, como todo mundo fazia.

Havia muita coisa que eu não entendia, e dezenove anos fingindo ser humana não haviam me ensinado tanto quanto eu teria imaginado.

2

Dezenove anos, três meses e uma semana antes de encontrar Seivarden na neve, eu era uma porta-tropas orbitando o planeta Shis'urna. Porta-tropas são as maiores naves radchaai, com dezesseis conveses empilhados. Comando, Administração, Medicina, Hidropônica, Engenharia, Acesso Central e um convés para cada década, servindo de espaço de convivência e de trabalho para as minhas oficiais; das quais eu conhecia cada respiração e cada repuxar de cada músculo.

Porta-tropas raramente saem do lugar. Portanto, eu ficava parada, assim como eu permanecera parada durante a maior parte dos dois mil anos de minha existência, em um sistema ou outro, sentindo o frio amargo do vácuo ao redor do meu casco, o planeta Shis'urna como uma esfera de vidro azul e branca, sua estação orbital indo e vindo, uma corrente constante de naves chegando, atracando, desatracando, partindo na direção de um ou outro dos portões cercados por boias e faróis. Do meu ponto de vista, as fronteiras das várias nações de Shis'urna não eram visíveis, embora as cidades desse lado noturno do planeta brilhassem com teias de estradas que haviam sido restauradas desde a anexação.

Eu sentia e ouvia – embora nem sempre visse – a presença de minhas naves companheiras: as menores e mais velozes espadas e misericórdias, e as justiças, porta-tropas como eu, que eram as mais numerosas naquela época. As mais velhas entre nós tinham quase três mil anos. Nos conhecíamos havia muito tempo e, àquela altura, não restara muito o que dizer umas às outras que já não tivesse sido dito. Fora nossa troca de mensagens rotineiras, nós éramos, em grande parte, companheiras silenciosas.

Como eu ainda possuía auxiliares, podia estar em vários lugares ao mesmo tempo. Eu também estava em tarefa destacada na cidade de Ors, no planeta Shis'urna, sob o comando da tenente Awn, da década Esk.

Ors ficava metade sobre um terreno de charco e metade em um lago pantanoso – a parte do lago era construída sobre placas, cujas fundações ficavam imersas bem fundo na lama do pântano. Um limo verde crescia nos canais e nas juntas entre as placas, nas partes inferiores das colunas e sobre qualquer coisa parada que a água alcançasse, o que poderia variar conforme a estação. O fedor constante de sulfeto de hidrogênio melhorava ocasionalmente, quando as tempestades de verão faziam a cidade tremer e sacudir em sua metade do lago, e as passarelas ficavam cobertas de água que vinha das ilhas de barreira. E era comum as tempestades deixarem o cheiro ainda pior. Elas tornavam o ar mais frio por um tempo, mas o alívio não durava mais do que alguns dias. O ar seguia, sempre, úmido e quente.

Eu não podia ver Ors da órbita. Embora houvesse ficado um dia na foz de um rio e sido a capital de um país que se estendia ao longo da costa, Ors era mais aldeia do que cidade. O comércio subia e descia o rio, e barcos de fundo achatado navegavam pelo pântano costeiro, levando gente de uma cidade a outra. O rio mudara de direção ao longo dos séculos, e agora Ors era metade ruínas. O que antes haviam sido quilômetros de ilhas retangulares dentro de uma grade de canais agora era um lugar muito menor, cercado e entremeado por placas quebradas e semissubmersas, às vezes com tetos e pilares que emergiam da água verde lamacenta na estação seca. Já havia sido lar de milhões. Apenas 6.318 pessoas viviam ali quando as forças radchaai anexaram Shis'urna cinco anos antes, e, é claro, a anexação reduzira esse número. Menos em Ors do que em alguns outros lugares. Assim que aparecemos na cidade –

eu mesma na forma de minhas coortes Esk, com suas tenentes de década alinhadas pelas ruas, armadas e blindadas –, a sacerdotisa principal de Ikkt aproximara-se da oficial de maior patente (a tenente Awn, como já falei) e oferecera rendição imediata. A sacerdotisa principal dissera às suas seguidoras o que fazer para sobreviver à anexação, e a maioria dessas seguidoras de fato sobreviveu. Isso não era tão comum quanto se poderia imaginar: sempre deixamos claro desde o começo que qualquer indício de problema durante uma anexação poderia significar a morte, e, assim que uma anexação se iniciava, fazíamos demonstrações em grande escala do que exatamente isso queria dizer, mas sempre havia alguém que não resistia.

Mesmo assim, a influência da sacerdotisa principal foi impressionante, e a pequenez da cidade, até certo ponto, uma farsa: durante a estação da peregrinação, centenas de milhares de visitantes passavam pela praça em frente ao templo e acampavam sobre as placas abandonadas que sustentavam as ruas. Para adoradoras de Ikkt, aquele era o segundo lugar mais sagrado do planeta, e a sacerdotisa principal, uma presença divina.

Normalmente, uma força policial civil permanecia no local após a anexação chegar ao fim, algo que muitas vezes levava cinquenta anos ou mais para ser concluído. Mas aquela anexação não havia sido como as outras: a cidadania fora garantida às shis'urnanas sobreviventes muito mais cedo que o normal. No começo, ninguém na administração do sistema confiava na ideia de civis locais trabalhando em segurança, e a presença militar ainda permanecera bem pesada. Então, quando a anexação de Shis'urna fora oficialmente finalizada, a maioria das Esk da *Justiça de Toren* voltara para a nave, exceto a tenente Awn, e eu fiquei com ela na forma de uma unidade de vinte auxiliares Esk Uma da *Justiça de Toren*.

A sacerdotisa principal vivia em uma casa próxima ao templo, um dos poucos prédios da época em que Ors era cidade que permaneceram intactos.

O prédio tinha quatro andares, com um telhado de inclinação única e abertura para todos os lados, apesar das divisórias poderem ser erguidas sempre que um ocupante desejasse privacidade, e persianas que podiam ser abaixadas por fora durante as tempestades. A sacerdotisa principal recebeu a tenente Awn em uma partição de cerca de cinco metros quadrados, a luz penetrando por cima das paredes escuras.

– Você não acha – perguntou a sacerdotisa, uma pessoa velha com cabelos e barba grisalhos cortados rente – que servir em Ors é um incômodo?

Tanto ela como a tenente Awn estavam sentadas sobre grandes almofadas úmidas e mofadas, como tudo em Ors. A sacerdotisa vestia um longo pano amarelo enrolado na cintura, os ombros pintados com diferentes formas, algumas espiraladas, outras angulares, que mudavam dependendo do significado litúrgico do dia. Em deferência ao decoro radchaai, ela estava usando luvas.

– É claro que não – respondeu a tenente Awn, de maneira suave, mas sem sinceridade.

A tenente tinha olhos castanho-escuros e cabelos pretos curtos. Sua pele era escura o bastante para não ser considerada branca, mas não escura o suficiente para estar na moda. Ela poderia tê-la alterado, assim como seus cabelos e olhos, mas nunca o fizera. Em vez de seu uniforme – casaco marrom comprido com vários broches com joias, camisa, calças, botas e luvas –, vestia o mesmo tipo de saia usado pela sacerdotisa principal, uma camisa fina e a mais leve das luvas. Mesmo assim, ela suava. Eu estava em pé na entrada, muda e com a coluna ereta, enquanto uma jovem sacerdotisa depositava xícaras e tigelas entre a tenente Awn e a Divina.

Eu também estava a uns quarenta metros de distância, no templo propriamente dito – um espaço fechado (o que era atípico) com 43,5 metros de altura, 65,7 de comprimento e 29,9 de largura. Em uma das extremidades havia portas quase da altura do teto, e, na outra, a representação de uma encosta de montanha de outro lugar de Shis'urna, trabalhada com detalhes impressionantes e de tamanho imponente sobre tudo e todos. Ao pé da representação, um estrado com amplos degraus levava até um piso de pedra verde e cinza. A luz entrava por dezenas de claraboias verdes, refletindo paredes pintadas com cenas da vida das santas do culto de Ikkt. Aquele não se parecia com nenhum outro prédio em Ors. A arquitetura, como o culto de Ikkt, fora importada de algum outro lugar de Shis'urna. Durante a estação de peregrinações, aquele espaço ficava atulhado de fiéis. Existiam outros locais sagrados, mas se uma orsiana dizia "peregrinação", ela se referia expressamente à peregrinação anual àquele lugar. Mas ainda faltavam algumas semanas para o evento. Naquele momento, o ar do templo sussurrava um canto suave junto ao murmúrio das preces de uma dezena de devotas.

A sacerdotisa principal deu uma gargalhada.

– Você é uma diplomata, tenente Awn.

– Eu sou uma soldada, Divina – respondeu a tenente. Elas estavam falando em radchaai, e a tenente se expressava devagar e com precisão, tomando cuidado com o seu sotaque. – Não vejo o meu dever como um incômodo.

A sacerdotisa principal não sorriu. No breve silêncio que se seguiu, uma jovem sacerdotisa serviu uma tigela cheia com o que as shis'urnanas chamam de chá, um líquido espesso, morno e doce, que quase não tem relação alguma com um chá propriamente dito.

Do lado de fora do templo, eu também estava presente na praça manchada por cianófitas, observando as pessoas passarem. A maioria vestia as mesmas saias simples, de cores vivas, usadas pela sacerdotisa principal, embora apenas crianças muito pequenas e pessoas muito devotas tivessem algo semelhante às suas marcas, e poucas usassem luvas. Algumas das pessoas que passavam eram "transplantadas", radchaai designadas para trabalhos ou que haviam recebido propriedades aqui em Ors após a anexação. A maioria delas adotara a saia simples e adicionara uma camisa leve e solta, como a tenente Awn fizera. Outras se apegavam teimosamente às calças e jaquetas, e passavam pela praça suando. Todas usavam as joias que poucas radchaai abririam mão de usar: presentes de amigas ou amantes, memoriais às mortas, marcas de família ou associações de clientelas.

Ao Norte, logo depois de uma extensão retangular de água que, em homenagem a um antigo bairro, chamava-se Pré-Templo, Ors se erguia lentamente. Aquela parte da cidade não alagava durante a época seca, por isso era chamada, por educação, de cidade alta. Eu estava ali também, patrulhando, e, enquanto caminhava à beira d'água, conseguia observar a mim mesma na praça.

Barcos navegavam vagarosamente pelo lago pantanoso, subindo e descendo pelos canais entre agrupamentos de placas. A água espumava com algas e fervilhava aqui e ali com pontas de gramas d'água. Longe da cidade, a leste e a oeste, boias demarcavam trechos proibidos de água; em seus limites, as asas iridescentes das libélulas tremeluziam sobre as ervas aquáticas que flutuavam espessas e emaranhadas. Ao redor das ervas, os barcos maiores e as grandes dragas flutuavam, agora quietas e paradas. Antes da anexação, costumavam sugar a lama fedorenta que ficava embaixo d'água.

A paisagem do Sul era semelhante, a não ser pelo tênue vislumbre do horizonte marítimo atrás do trecho gosmento ao redor do pântano. Eu observava tudo parada em diversos pontos ao redor do templo e caminhando pelas ruas da cidade. A temperatura era de vinte e sete graus, e úmida como sempre.

Isso dava conta de quase metade dos meus vinte corpos. O restante dormia ou trabalhava na casa ocupada pela tenente, que tinha três andares e muito espaço. Essa casa havia abrigado uma grande família estendida e também tinha um espaço de aluguel de barcos. Um lado se abria para um amplo e lamacento canal verde, e o oposto dava para a maior das ruas locais.

Três dos meus segmentos na casa estavam despertos, cuidando de tarefas administrativas (eu estava sentada em um tapete sobre uma plataforma baixa no primeiro andar da casa, ouvindo as queixas de uma orsiana a respeito da alocação de direitos de pesca) e realizando a guarda.

– Você deveria falar com a magistrada do distrito, cidadã – eu disse, dirigindo-me à orsiana no dialeto local.

Eu conhecia todas ali e sabia que ela era fêmea, e uma avó; informações que precisavam ser reconhecidas se eu quisesse me dirigir a ela de forma não apenas gramaticalmente correta, como também respeitosa.

– Eu não conheço a magistrada do distrito! – protestou ela, indignada.

A magistrada ficava em uma grande e populosa cidade além das fronteiras de Ors, rio acima, perto de Kould Ves. O suficiente para garantir que o ar estivesse quase sempre frio e seco, e as coisas não cheirassem a mofo o tempo todo.

– O que a magistrada do distrito sabe sobre Ors? Até onde eu sei, a magistrada não existe! – continuou ela, explicando a longa história de sua casa com a área cercada pelas boias, que indicavam que a área estaria fechada para a pesca pelos próximos três anos.

E, como sempre, sem perder a percepção constante de estar em órbita lá no alto, tão longe, que o sinal chegava com atraso.

– Ora, vamos, tenente – disse a sacerdotisa principal. – Ninguém gosta de Ors, a não ser aquelas de nós que tivemos a infelicidade de nascer aqui. A maioria das shis'urnanas que conheço, sem falar das radchaai, preferiria estar em uma cidade com terra seca e estações de verdade, que não fossem apenas chuvosa e não chuvosa.

A tenente Awn, ainda suando, aceitou uma xícara do pretenso chá e o tomou sem fazer careta; uma questão de prática e determinação.

– Minhas superiores pedem minha volta.

Na margem norte, parte relativamente seca da cidade, fui vista por duas soldadas de uniforme marrom que passavam em um veículo aberto. Elas ergueram as mãos em saudação, e correspondi acenando também.

– Esk Uma! – gritou uma delas.

Eram soldadas comuns, da unidade Sete Issa da *Justiça de Ente*, sob o comando da tenente Skaaiat. Patrulhavam a extensão de terra entre Ors e a borda Sudoeste distante de Kould Ves, a cidade que crescera ao redor da boca mais nova do rio. As Sete Issas da *Justiça de Ente* eram humanas e sabiam que eu não o era. Elas sempre me tratavam de modo amigável, mas um tanto quanto ressabiado.

– Eu preferiria que você ficasse – disse a sacerdotisa principal para a tenente Awn. Mas a tenente já pressentia o fato. Nós teríamos voltado à *Justiça de Toren* dois anos antes, se não fosse pelas contínuas solicitações da Divina para que ficássemos.

– Você deve entender – disse a tenente Awn – que elas preferiam substituir Esk Uma por unidades humanas. As auxiliares podem ficar em suspensão por tempo indefinido, já as humanas... – Ela abaixou sua xícara de chá e pegou um bolo marrom-amarelado achatado.

– Humanas têm famílias que querem rever, elas têm vida. Não podem ficar congeladas por séculos, como às vezes acontece com as auxiliares. Não faz sentido ter auxiliares saídas direto do porão de carga trabalhando quando há soldadas humanas que poderiam trabalhar. – Embora a tenente Awn estivesse ali havia cinco anos, era a primeira vez que o assunto era tratado de forma tão explícita. Ela franziu a testa, e notei mudanças em sua respiração e em seus níveis hormonais que indicavam que ela desanimara. – Você não teve problemas com as Sete Issas da *Justiça de Ente*, teve?

– Não – disse a sacerdotisa principal. – Então, ela olhou para a tenente Awn com um ar irônico expresso nos lábios. – Eu conheço você. Conheço Esk Uma. Não irei conhecer quem for enviada depois de você, tampouco minhas paroquianas.

– Anexações são complicadas – disse a tenente Awn. A sacerdotisa principal se encolheu de leve com a menção da palavra anexação, e notei que a tenente Awn percebeu isso. Porém, ela continuou. – Sete Issa não estava aqui para isso. Os batalhões Issas da *Justiça de Ente* não fizeram, naquele tempo, nada que Esk Uma não teria feito.

– Não, tenente. – A sacerdotisa deixou de lado a própria xícara. Ela parecia perturbada, mas eu não tinha acesso a nenhum de seus dados internos, portanto não podia afirmar. – As Issas da *Justiça de Ente* fizeram muita coisa que Esk Uma não fez. É verdade, Esk Uma matou tanta gente quanto as soldadas Issas da *Justiça de Ente*. Provavelmente mais. – Ela olhou para mim, parada e em silêncio na entrada do espaço fechado. – Não quis ofender, mas acho que foram mais.

– Não me ofendeu, Divina – respondi. Com frequência, a sacerdotisa principal falava comigo como se eu fosse uma pessoa. – E você está correta.

– Divina – chamou a tenente Awn, a preocupação clara em sua voz. – Se as soldadas Sete Issas da *Justiça de Ente*, ou quem quer que seja, estão abusando das cidadãs...

– Não, não! – protestou a sacerdotisa principal, com voz amarga. – As radchaai tomam muito cuidado com o trato das cidadãs!

A tenente Awn expressou no rosto toda a sua raiva e tensão. Eu não conseguia ler sua mente, mas li o repuxar de cada músculo, de modo que, para mim, suas emoções eram transparentes como vidro.

– Perdoe-me – disse a sacerdotisa principal, embora a expressão da tenente Awn não houvesse mudado, e a pele fosse escura demais para demonstrar o rubor de sua raiva. – ... desde que as radchaai nos concederam cidadania... – Ela parou, parecendo reconsiderar suas palavras. – ... desde sua chegada, Sete Issa não me deu motivo para reclamação. Mas eu já vi o que suas tropas humanas fizeram durante o que vocês chamam de anexação. A cidadania que vocês dizem garantir pode ser retirada a qualquer momento, e...

– Nós não faríamos... – protestou a tenente Awn.

A sacerdotisa principal a deteve, levantando a mão.

– Eu sei o que Sete Issa, ou pelo menos as que são como elas, fazem com pessoas que se encontram do lado errado de uma linha divisória. Cinco anos atrás, eram as não cidadãs. No futuro, quem sabe? Talvez cidadãs não cidadãs o bastante? – A sacerdotisa principal balançou a mão, em um gesto de rendição. – Não importa. Tais fronteiras são fáceis demais de criar.

– Não posso culpar sua lógica... – disse a tenente Awn. – Foi uma época difícil.

– E não posso deixar de pensar que você é inexplicável e inesperadamente ingênua – completou a sacerdotisa principal. – Esk Uma atiraria em mim se você assim ordenasse. Sem hesitação. Mas Esk Uma nunca me espancaria, nem me humilharia, nem me estupraria sem motivo algum só para exercer seu poder sobre mim, ou para satisfazer alguma perversão doentia. – Então, olhou para mim. – Você faria essas coisas?

– Não, Divina – respondi.

– As soldadas Issa da *Justiça de Ente* fizeram todas essas coisas. Não comigo, é verdade, e não com muitas em Ors. Mas fizeram com muitas pessoas. Não seria diferente se fossem as Sete Issa aqui em vez de vocês?

A tenente Awn ficou sentada, perturbada, olhando para baixo para seu chá nada apetitoso, incapaz de responder.

– É estranho. Você ouve histórias sobre auxiliares e parece a coisa mais horrível, mais visceralmente assustadora que as radchaai já fizeram. Garsedd... ora, sim, Garsedd, mas isso foi há mil anos. Invadir e tomar, o quê, metade da população adulta? E transformá-la em cadáveres ambulantes, escravizadas às inteligências artificiais de suas naves? Voltadas contra o próprio povo? Se você me perguntasse antes de terem nos... anexado, eu teria dito que era um destino pior do que a morte. – A sacerdotisa principal se virou para mim. – É?

– Nenhum dos meus corpos está morto, Divina – respondi. – E sua estimativa percentual das populações anexadas que foram transformadas em auxiliares é excessiva.

– Vocês costumavam me aterrorizar – disse a sacerdotisa principal para mim. – Só de pensar em vocês por perto, eu ficava amedrontada, seus rostos mortos, aquelas vozes sem expressão. Mas hoje o que mais me horroriza é pensar em unidades de seres humanos vivos que servem de forma voluntária, pois eu não confiaria nelas.

– Divina – disse a tenente Awn, a boca tensa –, eu sirvo voluntariamente. Não tenho que me desculpar por isso.

– E acho você uma boa pessoa, tenente Awn, apesar disso. – Ela apanhou sua xícara de chá e tomou um gole, como se não tivesse dito o que disse.

Tenente Awn sentiu um aperto na garganta, e os lábios se cerraram. Ela pensara em algo que gostaria de perguntar, mas não tinha certeza se deveria.

– Você ouviu falar de Ime – disse a tenente, por fim. Ela continuava tensa e cautelosa, apesar de ter optado por falar.

A sacerdotisa principal parecia estar triste e se divertindo ao mesmo tempo.

– Notícias de Ime deveriam inspirar confiança na administração do Radch?

Foi o que aconteceu: a estação Ime, as estações menores e as luas do sistema eram o mais distante que se podia estar de um palácio de província e ainda dentro do espaço do Radch. Durante anos, a governadora de Ime usou essa distância como uma vantagem. Desviando fundos, coletando propina e taxas de proteção, vendendo missões etc. Milhares de cidadãs haviam sido injustamente executadas ou forçadas a trabalhar como corpos auxiliares (o que era, na prática, a mesma coisa), muito embora a fabricação de auxiliares houvesse se tornado ilegal. A governadora controlava todas as comunicações e permissões para viagens e, normalmente, atividades assim teriam sido reportadas às autoridades pela IA da estação, mas a estação Ime foi, de algum modo, impedida de fazer isso. A corrupção aumentou, espalhando-se sem limites.

Até que uma nave entrou no sistema, vindo de um portal espacial a apenas algumas centenas de quilômetros da nave de patrulha *Misericórdia de Sarrse*. A nave estranha não respondeu às solicitações de identificação. Quando a tripulação da *Misericórdia de Sarrse* atacou e abordou a nave, encontrou dezenas de humanas, bem como as alienígenas de Rrrrr. Então, a capitã da nave de patrulha *Misericórdia de Sarrse* ordenou que suas soldadas capturassem quaisquer humanas que parecessem adequadas para ser auxiliares e matassem o restante, assim como todas as alienígenas. A nave seria entregue à governadora do sistema.

A *Misericórdia de Sarrse* não era a única nave de guerra tripulada por humanas naquele sistema. Até aquele momento, soldadas humanas estacionadas eram mantidas na linha com um conjunto de propinas, bajulação e, quando tudo mais falhava, ameaças e até mesmo execuções. Tudo muito eficiente, até o momento em que a soldada Amaat Uma Uma, da *Misericórdia de Sarrse*, decidiu que não estava disposta a matar aquelas pessoas nem as rrrrrr. E convenceu as outras soldadas de sua unidade a seguirem-na.

Isso tudo havia acontecido cinco anos antes, e as consequências ainda estavam se desenrolando.

A tenente Awn se mexeu na almofada.

– Aquela situação toda foi revelada justamente porque uma única soldada humana se recusou a cumprir uma ordem e liderou um motim. Se não fosse por ela... bem. Auxiliares não fariam isso. Não podem.

– Aquela situação toda só foi revelada – replicou a sacerdotisa principal – porque a nave que a soldada humana abordou, ela e todo o restante de sua unidade, possuía alienígenas. Radchaai não têm muitos problemas em matar humanas, especialmente humanas não cidadãs, mas vocês tomam muito cuidado para não começar guerras contra alienígenas.

Apenas porque guerras contra alienígenas poderiam ferir os termos do tratado com as alienígenas de Presger. Violar aquele acordo traria consequências extremamente sérias. Mesmo assim, várias radchaai em altos postos discordavam quanto ao assunto. Eu vi o desejo da tenente Awn de discutir a questão, mas, em vez disso, ela falou:

– A governadora de Ime não tomou cuidado com isso. E teria começado aquela guerra, se não fosse por essa pessoa.

– Elas já executaram essa pessoa? – a sacerdotisa principal fez questão de perguntar. Era o destino sumário de qualquer soldada que se recusasse a cumprir uma ordem, quanto mais provocar um motim.

– A última notícia que tive – respondeu a tenente Awn, sua respiração contida e entrecortada – foi de que as rrrrrr haviam concordado em entregá-la às autoridades do Radch. – Ela engoliu em seco. – Não sei o que vai acontecer. – Provavelmente, o que quer que fosse já teria acontecido. As notícias podiam levar um ano ou mais para chegar a Shis'urna, visto que chegavam de um lugar tão distante quanto Ime.

A sacerdotisa principal fez silêncio por um momento. Ela serviu mais chá e transferiu pasta de peixe com uma colher em uma tigela pequena.

– Minhas constantes solicitações de sua presença apresentam algum tipo de desvantagem para você?

– Não – respondeu a tenente Awn. – Na verdade, as outras tenentes Esk têm um pouquinho de inveja. Não existe oportunidade para ação na *Justiça de Toren*. – Ela pegou sua xícara, calma por fora, zangada por dentro. Perturbada. – Ação significa comendas, e possíveis promoções.

E aquela era a última anexação. A última chance de uma oficial enriquecer sua casa por meio de conexões com novas cidadãs, ou mesmo por apropriação direta.

– Mais um motivo para eu preferir você – disse a sacerdotisa principal.

Segui a tenente Awn até sua casa e continuei minha vigília no templo. Observei pessoas cruzando a praça como sempre faziam, evitando as crianças jogando kau no centro da praça, chutando a bola para um lado e para o outro, gritando e rindo. Na beira da d'água do Pré-Templo, havia uma adolescente da cidade alta um tanto mal-humorada e de postura inerte, observando meia dúzia de criancinhas pularem de pedra em pedra, cantando:

Um, dois, minha tia me contou
Três, quatro, a soldada cadáver
Cinco, seis, ela vai atirar em seu olho
Sete, oito, você está morta
Nove, dez, desmonta e monta de novo.

Enquanto caminhava pelas ruas, as pessoas me cumprimentavam e eu as saudava de volta. A tenente Awn estava tensa e irritada, e só acenava distraída com a cabeça para quem a saudava.

A pessoa da reclamação dos direitos de pesca foi embora, insatisfeita. Duas crianças cercaram a divisória depois que ela saiu e se sentaram de pernas cruzadas na almofada que ela desocupara. Ambas vestiam peças de tecido amarradas na cintura, limpas mas desbotadas, e não usavam luvas. A mais velha tinha uns nove anos, e os símbolos pintados no torso e nos ombros da mais nova (um pouco manchados) indicavam que não tinha mais do que seis anos. Ela olhou para mim, franzindo a testa.

Em orsiano, dirigir-se a crianças adequadamente era mais fácil do que a adultos. Utilizava-se uma forma simples, sem gênero.

– Olá, habitantes – eu disse, no dialeto local. Reconheci ambas: viviam na margem sul de Ors e conversávamos com frequência, mas elas nunca haviam visitado a casa antes. – Em que posso ajudar?

– Você não é Esk Uma – disse a criança menor, e a mais velha fez um gesto de interrupção como que para silenciá-la.

– Eu sou... – respondi, e apontei para a insígnia na jaqueta do meu uniforme. – Está vendo? Só que este é meu segmento número quatorze.

– Eu falei para você – disse a criança mais velha.

A mais nova considerou isso por um momento, e depois continuou:

– Eu tenho uma música. – Aguardei em silêncio, e ela respirou fundo, como se estivesse prestes a começar. Mas parou, parecendo perplexa. – Quer ouvir? – perguntou ela, provavelmente ainda em dúvida quanto à minha identidade.

– Sim, habitante – respondi.

Eu, quero dizer eu, Esk Uma, cantei pela primeira vez para divertir uma das minhas tenentes, quando a *Justiça de Toren* ainda não tinha nem cem anos de alocação. Ela apreciava música e havia levado um instrumento consigo como parte de sua bagagem autorizada. Minha tenente nunca conseguira fazer outras oficiais se interessarem por seu hobby, e, por isso, ensinou-me as partes das músicas que tocava. Arquivei-as e fui à procura de mais, para agradá-la. Quando tornou-se capitã da própria nave, eu já colecionara uma grande biblioteca de música vocal. Ninguém me daria um instrumento, mas eu poderia cantar a qualquer hora. Isso era motivo de fofocas e de alguns sorrisos indulgentes, pelo fato de que a *Justiça de Toren* se interessava por canto. Coisa que não me interessava; tolerava o hábito porque era inofensivo, e porque era bem possível que uma de minhas capitãs o apreciasse. Caso contrário, isso teria sido impedido.

Se aquelas crianças houvessem me parado na rua, não teriam hesitado; mas ali, na casa, sentadas como se participassem de uma conferência formal, era diferente. E eu suspeitava que aquela fosse uma visita exploratória, para a mais nova pedir uma chance para servir no templo improvisado da casa. O prestígio de ser indicada como portadora de flores para Amaat não era tão grande ali, no reduto de Ikkt; porém, o do costumeiro presente de frutas e roupas ao fim do período, sim. E a melhor amiga daquela criança era uma portadora de flores, o que, sem dúvida, tornava a perspectiva mais interessante.

Nenhuma orsiana faria tal solicitação de forma direta. Então, a criança provavelmente escolhera aquela abordagem oblíqua, transformando um encontro casual em algo formal e intimidador. Enfiei a mão no bolso da jaqueta, retirei um punhado de doces e o coloquei no chão entre nós.

A menorzinha fez um gesto afirmativo, como se eu houvesse solucionado todas as suas dúvidas, e começou.

Meu coração é um peixe
Escondido na grama d'água
No verde, no verde.

A melodia era um amálgama de uma canção radchaai, que às vezes tocava em transmissões, e uma orsiana que eu já conhecia. Mas as palavras não me eram familiares. Ela cantou quatro versos com uma voz clara, ondulante, e parecia pronta para iniciar um quinto, mas parou de repente quando os passos da tenente Awn soaram do outro lado da divisória.

A menina mais nova inclinou-se para a frente e apanhou seu pagamento. Ambas se curvaram, ainda quase sentadas, e então se levantaram e saíram correndo pela porta, entrando na casa mais ampla, passando pela tenente Awn e por mim, que acompanhava a tenente.

– Obrigada, habitantes – disse a tenente Awn enquanto elas se afastavam. Elas diminuíram os passos, voltaram-se para a tenente e fizeram uma breve reverência. Em seguida, continuaram correndo para a rua.

– Algo de novo? – perguntou a tenente Awn, embora ela própria não se importasse muito com música; não mais que a maioria das pessoas.

– Mais ou menos – respondi. Na parte mais baixa da rua, vi as duas crianças ainda correndo ao virarem a esquina de outra casa. Elas reduziram a velocidade e pararam, a respiração arquejante. A mais nova abriu a mão e mostrou seu punhado de doces. Ela parecia não ter deixado cair nenhum, por menor que sua mão fosse, e por mais veloz que sua fuga houvesse sido. A criança mais velha pegou um doce e o colocou na boca.

Cinco anos antes eu teria oferecido algo mais nutritivo, quando consertos na infraestrutura do planeta ainda estavam sendo feitos e os suprimentos eram escassos. Agora, cada cidadã tinha a garantia de alimento suficiente, mas as rações não eram refinadas e, portanto, pouco atraentes.

Dentro do templo, tudo era silêncio iluminado de verde. A sacerdotisa principal não emergiu de trás das telas da residência do templo, embora sacerdotisas jovens não parassem de ir e vir. A tenente Awn foi até o segundo andar de sua casa e se sentou em uma grande almofada ao estilo de Ors, protegida da entrada da rua por um biombo. Tirou a camisa, mal-humorada. Ela recusou o chá (genuíno) que eu lhe trouxera. Transmiti um fluxo de informações para ela, *tudo normal, tudo rotineiro*, e para a *Justiça de Toren*.

– Ela devia falar com a magistrada do distrito – disse a tenente Awn, um tanto quanto irritada e com os olhos fechados, pensando na cidadã que disputava a pesca. – Não temos jurisdição sobre isso.

Não respondi. Nenhuma resposta era necessária, ou esperada. A tenente Awn aprovou, com um estremecer leve dos dedos, a mensagem que eu havia composto para a magistrada do distrito, e em seguida abriu a mensagem mais recente de sua irmã mais nova. Ela sempre enviava uma porcentagem de seu soldo para os pais, que o usavam para pagar as aulas de poesia de sua irmã. Poesia era uma realização valiosa e civilizada. Eu não sabia julgar se a irmã da tenente Awn possuía algum talento em particular; a maioria não tinha, mesmo entre as famílias mais elevadas. Mas seu trabalho e suas cartas agradavam a tenente Awn, e aliviavam parte da tensão dela.

As crianças na praça correram para casa, rindo. A adolescente suspirou, pesadamente, daquele jeito que adolescentes sempre faziam; jogou uma pedra na água e ficou olhando as ondulações.

Unidades auxiliares que só despertam para anexações muitas vezes não vestem nada além de um campo de força gerado pelo implante de cada corpo; diversas fileiras de soldadas sem expressão que pareciam ter sido feitas a partir de mercúrio. Mas eu estava sempre fora dos porões e vestia o mesmo uniforme que as soldadas humanas usavam, visto que o combate acabara. Meus corpos suavam sob as jaquetas de uniforme, e, entediada, abri três das minhas bocas, todas em proximidade umas das outras, na praça do templo, e assim cantei com aquelas três vozes:

– *Meu coração é um peixe, escondido na grama d'água...*

Uma pessoa que passava pelo local olhou para mim, assustada, mas todas as outras me ignoraram; já estavam acostumadas comigo.

3

Na manhã seguinte, os corretores haviam caído, e os hematomas no rosto de Seivarden estavam mais claros. Ela parecia melhor, mas como ainda estava sob efeito do kef, não me surpreendi.

Abri o pacote com as roupas que havia comprado para ela; roupas de baixo com isolamento térmico, camisa xadrez e calças, casaco e sobretudo com capuz, luvas. Coloquei tudo no chão. Então, peguei no queixo de Seivarden e virei sua cabeça para mim.

– Você consegue me ouvir?

– Consigo. – Seus olhos castanho-escuros olhavam distantes por cima do meu ombro esquerdo.

– Levante-se.

Puxei o braço dela e ela piscou várias vezes, preguiçosa. Só o que conseguiu foi se sentar, mas depois desistiu do resto. Mesmo com dificuldade, consegui vesti-la, e depois guardei as poucas coisas que havia desempacotado, coloquei a mochila no ombro, peguei Seivarden pelo braço e saí.

Havia uma locadora de voadores na fronteira da cidade. Era óbvio que a proprietária não me alugaria um, a menos que eu pagasse o dobro do valor anunciado. Eu lhe disse que pretendia voar para o Noroeste e visitar um acampamento de criação de gado; uma mentira deslavada, coisa que ela certamente percebeu.

– Você não é deste planeta – disse ela. – Não sabe como é fora das cidades. Gente de fora está sempre voando para acampamentos de criação de gado e se perdendo. Às vezes, nós as encontramos, outras vezes não.

Eu não disse nada.

– Você vai perder meu voador, e aí, como é que eu fico? Lá fora, na neve, com minhas filhas passando fome, é onde eu fico. – Ao meu lado, Seivarden mantinha um olhar perdido.

Fui forçada a entregar o dinheiro, e desconfiava que nunca mais o veria. Então, a proprietária exigiu um extra porque eu não possuía um certificado de piloto local; algo que eu sabia não ser necessário. Se fosse, teria falsificado um antes de vir.

Mas, no fim, ela me entregou o voador. Chequei o motor, que parecia limpo e em bom estado de conservação, e me certifiquei de que estava tudo certo com o combustível. Satisfeita, coloquei a mochila a bordo, acomodei Seivarden e depois subi no banco do piloto.

Dois dias depois da tempestade, o musgo de neve estava começando a reaparecer, trechos verde-claros com fios mais escuros aqui e ali. Voamos por mais de duas horas sobre uma linha de colinas, e o verde escureceu de forma drástica, alinhado com veios irregulares em uma dezena de tons, como malaquita. Em alguns lugares, o musgo havia sido manchado e amassado pelas criaturas que pastavam ali, manadas de bovs de pelo comprido que rumavam para o Sul com o avanço da primavera. E, ao longo dos caminhos, nas bordas aqui e ali, demônios do gelo jaziam em tocas cuidadosamente esculpidas, esperando que uma bov cambaleasse para dentro e pudesse ser arrastada para baixo. Não vi vestígio deles, mas nem mesmo as pastoras que passavam a vida acompanhando as bovs sabiam dizer quando haveria um por perto.

Foi um voo tranquilo. Seivarden ficou sentada, meio deitada e quieta ao meu lado. Como ela ainda estava viva? E como chegara até ali, naquele momento? Tudo muito improvável, mas coisas improváveis aconteciam. Quase mil anos antes de a tenente Awn nascer, Seivarden havia capitaneado uma nave própria, a *Espada de Nathas*, mas a perdera. A maior parte da tripulação humana, incluindo Seivarden, conseguira chegar a um módulo de fuga, mas, que eu soubesse, o dela nunca fora encontrado. E, no entanto, ali estava ela. Alguém devia tê-la encontrado havia pouco tempo. Ela tinha sorte de estar viva.

Eu estava a seis bilhões de quilômetros de distância quando Seivarden perdeu sua nave. Patrulhava uma cidade de vidro e pedra vermelha polida, silenciosa a não ser pelo som de meus pés e a conversa de minhas tenentes. Ocasionalmente, eu também testava minhas vozes contra as praças pentagonais que as ecoavam. Enxurradas de flores, vermelhas, amarelas e azuis, cobriam as paredes ao redor das casas com pátios de cinco lados. As flores estavam murchando; ninguém se atrevia a caminhar pelas ruas a não ser eu e minhas oficiais, e todo mundo conhecia o destino de qualquer pessoa que fosse presa. As pessoas se escondiam em suas casas, com medo, esperando o que viria a seguir, se encolhendo ou estremecendo quando ouviam o som de uma tenente rindo, ou do meu canto.

Os problemas que eu e minhas tenentes encontramos foram bem esporádicos. As garseddai haviam oferecido uma resistência apenas nominal. As porta-tropas foram esvaziadas e as espadas e misericórdias estavam essencialmente montando guarda pelo sistema. Representantes das cinco zonas de cada uma das cinco regiões, vinte e cinco no total, representando várias luas, planetas e estações do sistema garseddai, já haviam se rendido em nome de suas eleitoras. Seguiam separadamente a caminho da *Espada de Amaat* para se encontrar com Anaander Mianaai, Senhora do Radch, e lá implorar pela vida de seu povo. Por isso, aquela cidade estava sombria.

Em um parque estreito em forma de diamante, ao lado de um monumento de granito negro, com uma inscrição das Cinco Ações Corretas e do nome da patrona garseddai, que quisera reforçá-las para as residentes locais, uma das minhas tenentes passou por outra e reclamou que aquela anexação havia sido terrivelmente monótona. Três segundos depois, recebi uma mensagem da *Espada de Nathas*, da capitã Seivarden.

As três eleitoras garseddai que a espada carregava haviam matado duas de suas tenentes e doze dos segmentos auxiliares da *Espada de Nathas*. Elas danificaram a nave cortando conduítes, rompendo o casco. Junto ao relatório, havia uma gravação da *Espada de Nathas*; era irrefutável que o segmento auxiliar havia visto a arma, mas os outros sensores da *Espada de Nathas* não a haviam detectado. Uma eleitora garseddai, contra todas as expectativas, vestindo a prata reluzente da armadura estilo radchaai, que apenas os olhos da auxiliar puderam ver, disparou a arma, e a bala rasgou a armadura da auxiliar, matando o segmento; com seus olhos moribundos, a auxiliar gravou a arma e a armadura desaparecendo do mundo.

Todas as eleitoras haviam sido revistadas antes de entrar a bordo, e a *Espada de Nathas* deveria ter detectado uma arma ou um dispositivo de geração de escudo ou implante. Embora armaduras ao estilo radchaai fossem comuns nas regiões que cercavam o próprio Radch, essas regiões haviam sido absorvidas mil anos antes. As garseddai não usavam essas armaduras, pois não sabiam fabricá-las, muito menos utilizá-las. E, ainda que soubessem, aquela arma e a sua bala haviam sido completamente improváveis.

Três pessoas portando esse tipo de arma, e com armaduras, poderiam ter feito muito estrago em uma nave como a *Espada de Nathas*. Especialmente se uma garseddai conseguisse alcançar o motor, e se tal arma pudesse atravessar o escudo de calor ali instalado. Os motores das naves de guerra radchaai queimavam com o calor de uma estrela, e uma falha no escudo de calor levava à vaporização instantânea. Ou seja, uma nave inteira dissolvida em um clarão breve e intenso.

No entanto, não havia nada que eu, nem ninguém, poderia ter feito. A mensagem fora gravada quase quatro horas antes, um sinal do passado, um fantasma. A questão fora resolvida antes de chegar até mim.

Ouvi um tom seco, e uma luz azul piscou no painel à minha frente, ao lado do indicador de combustível. Um instante antes, o indicador marcava "quase cheio". Agora, marcava "vazio". O motor se desligaria em questão de minutos. Ao meu lado, Seivarden se espreguiçava, relaxada e quieta.

Pousei.

O tanque de combustível fora adulterado de uma forma que eu não detectara. Ele parecia estar três quartos cheio, mas não estava, e o alarme (que deveria ter soado quando usei metade da quantia com a qual começara) estava desconectado.

Pensei no depósito duplicado que certamente eu jamais tornaria a ver, e na proprietária, tão preocupada com a possibilidade de perder seu valioso voador. É claro que haveria um transmissor, mesmo se eu não acionasse a chamada de emergência. A proprietária não iria querer perder seu voador, mas me deixaria perdida e sozinha no meio daquela planície de neve raiada de musgo. Eu poderia pedir ajuda; havia desabilitado meus implantes de comunicação, mas ainda me restava um comunicador de mão que poderia usar. Porém, estávamos muito longe de qualquer uma que pudesse ser transportada para ajudar. E, mesmo que a ajuda viesse e chegasse antes da proprietária, que obviamente não queria o meu bem, eu não chegaria ao meu destino; algo muito importante para mim.

O ar estava a menos dezoito graus; a brisa do sul, a aproximadamente oito quilômetros por hora, avisando que neve chegaria logo, logo. Nada sério, se eu pudesse confiar na previsão do tempo.

Meu pouso deixara uma mancha branca de bordas verdes no musgo da neve, facilmente visível de cima. O terreno parecia formado por colinas suaves, embora as colinas sobre as quais houvesse voado não fossem mais visíveis.

Se aquela fosse uma emergência comum, o melhor plano teria sido aguardar dentro do voador até que a ajuda chegasse. Mas não se tratava de uma emergência comum, e eu não esperava ser resgatada.

Ou elas viriam preparadas para matar assim que o transmissor lhes dissesse que havíamos pousado, ou esperariam. A empresa de aluguel tinha outros veículos, a proprietária não sofreria nenhuma inconveniência se esperasse até mesmo várias semanas para recuperar seu voador. Como ela mesma havia dito, ninguém se surpreenderia se uma estrangeira se perdesse na neve.

Eu tinha duas opções. Poderia esperar ali e tentar emboscar qualquer uma que viesse me matar ou roubar o veículo. Isso, claro, seria inútil caso decidissem esperar que o frio e a fome fizessem seu trabalho. Ou, poderia retirar Seivarden do voador, colocar minha mochila nas costas e caminhar. O destino que eu tinha em mente ficava cerca de sessenta quilômetros a sudoeste. Se preciso fosse, eu podia caminhar essa distância em um dia, desde que o terreno e o tempo (e os demônios do gelo), assim permitissem. Mas teria sorte se Seivarden conseguisse fazer o mesmo no dobro desse tempo. E essa ação seria inútil se a proprietária decidisse não esperar, mas recuperar logo seu voador. Nossa trilha pela neve estriada de musgo poderia ser vista por qualquer uma, elas só precisariam nos seguir e se livrar de nós. Eu perderia o elemento-surpresa que poderia ter, se me escondesse perto do voador pousado.

Teria talvez sorte de encontrar qualquer coisa ao alcançar meu destino. Eu passara os últimos dezenove anos seguindo o mais tênue dos rastros, semanas e meses de busca ou espera, pontuados por momentos como aquele, quando o sucesso ou até mesmo a vida dependiam do lançar de uma moeda. Eu já tivera sorte de chegar até ali, e, portanto, não podia, racionalmente, ter esperanças de ir além.

Uma radchaai teria lançado essa moeda. Ou um punhado delas; uma dúzia de discos, cada qual com seu significado e sua importância, e o padrão de sua queda seria um mapa do universo como Amaat desejava que ele fosse visto. As coisas acontecem como acontecem porque o mundo é como é. Ou, como uma radchaai diria, o universo é a forma das deusas. Amaat concebeu pela luz, e concebendo pela luz também concebeu pela não luz, e então luz e trevas surgiram. Essa foi a primeira Emanação, EtrepaBo; Luz/Trevas. As outras três, implicadas e requisitadas por essa primeira, são EskVar (Início/Fim), IssaInu (Movimento/Quietude) e VahnItr (Existência/Inexistência). E, assim, essas quatro Emanações se dividiram de formas variadas e se recombinaram para criar o universo. Tudo o que é emana de Amaat.

O menor, o mais insignificante evento faz parte de um intrincado todo. Compreender por que uma partícula de poeira específica cai em um caminho específico e pousa em um local específico, é compreender a vontade de Amaat. Não existe "apenas coincidência". Nada acontece por acaso, mas de acordo com a mente da Deusa.

E assim ensina a ortodoxia radchaai oficial. Eu mesma nunca entendi muito de religião. Isso nunca me foi exigido, pois, embora criada pelas radchaai, eu não era radchaai. Eu não sabia e não me importava com a vontade das deusas. Sabia tão somente que pousaria onde eu houvesse sido lançada, fosse onde fosse.

Tirei minha mochila do voador, abri-a e removi um pente de munição extra, que enfiei dentro do meu casaco, ao lado da arma. Coloquei a mochila nas costas, dei a volta no voador e abri a porta.

– Seivarden – chamei.

Ela não se moveu, mas soltou um *hmmm* baixinho. Puxei seu braço e Seivarden meio que saiu, meio que caiu na neve.

Eu chegara até aquele ponto dando um passo, e depois outro. Voltei-me para nordeste, puxando Seivarden comigo, e comecei a andar.

A dra. Arilesperas Strigan, para cuja casa eu me direcionava, fora médica particular na estação Dras Annia, um agregado de pelo menos cinco estações, construídas uma dentro da outra, no cruzamento de mais de vinte rotas diferentes, bem longe do território radchaai. Quase qualquer coisa poderia chegar até lá, dado o devido tempo, e no exercício de seu trabalho, ela conhecera uma grande variedade de pessoas, com uma grande variedade de antecedentes. Ela já recebera pagamento em dinheiro, em favores, em antiguidades, em quase tudo o que pudesse ter valor.

Eu havia estado lá, visto a estação e suas camadas convolutas e interpenetrantes, visto onde Strigan trabalhara e vivera, visto o que fora deixado para trás quando, um dia, sem ninguém saber o motivo, ela comprou passagens para cinco naves diferentes e desaparecera. Uma caixa cheia de instrumentos de corda, cujos nomes eu só conhecia três. Cinco prateleiras de ícones, uma fileira estonteante de deusas e santas trabalhadas em madeira, em concha em ouro. Uma dezena de armas, cada qual etiquetada com seu número de permissão da estação. Aquelas eram coleções que tiveram seu início como itens únicos, recebidos em pagamento, e que atiçaram sua curiosidade. O aluguel de Strigan estava pago por cento e cinquenta anos, por isso as autoridades não tocaram em seu apartamento.

Eu pagara propina para entrar e ver a coleção, motivo de minha viagem. Uns poucos azulejos de cinco lados em cores ainda vivas após mil anos. Uma tigela rasa com a borda folheada a ouro e uma inscrição em um idioma que Strigan, com certeza, não entendia. Um retângulo de plástico achatado que eu sabia ser um gravador de voz. Com um toque ele produzia risos, vozes falando aquela mesma língua morta.

Ainda que pequena, tal coleção não fora fácil de ser reunida. Artefatos garseddai eram escassos, porque, quando percebeu que as garseddai tinham meios de destruir naves e ultrapassar armaduras radchaai, Anaander Mianaai ordenou a completa destruição de Garsedd e seu povo. Aquelas praças pentagonais, todas as coisas vivas em todos os planetas, luas e estações no sistema, tudo havia sido perdido.

Ninguém nunca mais viveria lá. E ninguém nunca mais esqueceria o que significava desafiar o Radch.

Será que uma paciente lhe dera, digamos, a tigela, e isso provocara em Strigan a vontade de sair em busca de mais informações? E, se um objeto garseddai chegara até lá, o que mais poderia existir? Algo que uma paciente pudesse ter lhe dado como pagamento, talvez sem saber o que significava, ou sabendo e querendo desesperadamente se livrar daquilo. Algo que levara Strigan a fugir, desaparecer, deixando quase tudo que possuía para trás, talvez. Algo perigoso, que ela não poderia destruir nem se livrar de maneira eficiente.

Algo que eu queria muito.

Desejava ir o mais longe possível, o mais rápido possível, então eu e Seivarden caminhamos por horas fazendo apenas paradas breves, e apenas quando absolutamente necessário. Embora o dia estivesse claro e brilhante, como sempre ficava em Nilt, eu me sentia cega de um jeito que a essa altura aprendera a ignorar... No passado, eu tivera vinte corpos, vinte pares de olhos e centenas de outros aos quais poderia ter acesso se precisasse ou desejasse. Agora, só podia ver em uma direção, só podia ver a vasta extensão atrás de mim se virasse a cabeça, e me cegasse ao que estava à minha frente. Normalmente, eu lidava evitando espaços muito abertos, me certificando do que estava logo às minhas costas, mas ali era impossível fazer isso.

Apesar da brisa suave, meu rosto queimava, e logo ficou entorpecido. No começo, minhas mãos doíam; eu não comprara minhas luvas e botas com a intenção de caminhar sessenta quilômetros na neve. Depois foram ficando pesadas e dormentes. Eu tinha sorte por não ter vindo no inverno, quando as temperaturas podiam ficar bem mais baixas.

Seivarden devia estar sentindo tanto frio quanto eu, mas caminhava firme desde que eu a puxasse, um passo apático atrás do outro, arrastando os pés pela neve com musgo, olhando para baixo, sem reclamar, sem falar. Quando o Sol estava quase no horizonte, ela deslocou os ombros bem de leve e levantou a cabeça.

– Eu conheço essa canção – ela disse.

– O quê?

– Essa canção que você está murmurando.

Preguiçosamente, ela virou a cabeça na minha direção, sem demonstrar ansiedade ou perplexidade. Fiquei me perguntando se ela fizera algum esforço para ocultar seu sotaque. Provavelmente não; sob o efeito de kef, como ela estava, não daria a mínima. Dentro dos territórios Radch, aquele sotaque a declarava como um membro de uma casa rica e influente, alguém que, após assumir as aptidões aos quinze anos, teria conseguido um prestigiado ofício. Fora desses territórios, era a marca de uma vilã; rica, corrupta e insensível.

O som fraco de um voador nos alcançou. Virei-me sem parar de andar, vasculhei o horizonte, e o vi, pequeno e distante. Voando baixo e devagar, acompanhando nossa trilha, ao que parecia. Não era um resgate, eu tinha certeza disso. Minha aposta havia caído por terra, e agora estávamos expostas e indefesas.

Continuamos caminhando à medida que o som do voador se aproximava. Não poderíamos tê-lo ultrapassado, mesmo que Seivarden não houvesse começado a quase tropeçar, ainda andando, mas claramente no final de suas forças. Se ela estava falando com espontaneidade, reparando em qualquer coisa ao seu redor, o efeito devia estar começando a passar. Parei, soltei seu braço e ela parou ao meu lado.

O voador planou sobre nós, fez uma curva fechada e pousou na trilha, cerca de trinta metros à nossa frente. Ou elas não tinham meios de nos abater do alto, ou não queriam fazer isso. Tirei a mochila das costas e afrouxei as presilhas do meu sobretudo, para alcançar minha arma com mais facilidade.

Quatro tripulantes desceram do voador; a proprietária que me alugara o veículo, duas pessoas que não reconheci, e a pessoa do bar, que havia me chamado de "garotinha durona", e que eu sentira vontade de matar, mas havia me contido. Enfiei a mão no casaco e agarrei a arma. Minhas opções eram limitadas.

– Você não tem bom senso? – gritou a proprietária, quando elas estavam a quinze metros de distância. Todas pararam. – Você tem que permanecer no voador quando aterrissa para que possamos localizá-la.

Eu olhei para a pessoa do bar, vi que ela me reconheceu, e ela viu que eu a reconheci.

– No bar, eu disse que qualquer um que tentasse me roubar morreria – eu a lembrei e recebi um sorrisinho de deboche como resposta.

Uma das pessoas que não reconheci puxou uma arma de algum lugar.

– Não vamos apenas tentar – disse.

Rapidamente, saquei minha arma e disparei, atingindo-a no rosto. Ela desabou na neve. Antes que as outras pudessem reagir, atirei na pessoa do bar, que caiu da mesma forma, em seguida na pessoa ao lado dela, todas as três em rápida sucessão, o que levou menos de um segundo.

A proprietária soltou um palavrão e se virou para fugir. Atirei nas suas costas. Ela deu três passos e caiu.

– Estou com frio – Seivarden disse ao meu lado, plácida e desatenta.

Elas haviam deixado o voador desprotegido, todas as quatro partindo para cima de mim. Idiotas. Toda aquela empreitada fora uma idiotice, realizada sem qualquer tipo de planejamento sério, ao que parecia. Eu só precisava colocar Seivarden e minha mochila no voador e partir.

Quase não se podia ver a residência de Arilesperas Strigan do alto, apenas um círculo com um pouco mais de trinta e cinco metros de diâmetro, dentro do qual o musgo da neve parecia mais leve e fino. Desci com o voador ao lado do círculo e esperei, avaliando a situação. Daquele ângulo, era óbvio que havia prédios; dois deles eram montes cobertos de neve. Poderia ter sido um acampamento de criação de gado, mas se eu pudesse confiar em minhas informações, não era. Não havia sinal de muro ou cerca, mas eu não faria suposições a respeito da segurança.

Depois de fazer algumas considerações, abri a comporta do voador e saí, puxando Seivarden comigo. Caminhamos devagar até a linha onde a neve mudava; Seivarden parando quando eu parava. Ela olhava sempre para a frente, sem demonstrar interesse.

Eu não fizera plano algum além do que me trouxera até ali.

– Strigan! – gritei, esperando uma resposta que não veio.

Deixei Seivarden parada onde estava e caminhei ao redor do círculo. As entradas dos dois prédios cobertos de neve pareciam estranhamente sombrias, então parei e dei mais uma olhada.

Ambas estavam abertas, apenas escuridão lá dentro. Era provável que prédios como aqueles tivessem entradas de porta dupla, como uma comporta, para manter o ar quente do lado de dentro, mas não achei provável que alguém deixasse qualquer uma das duas portas entreabertas.

Ou Strigan tinha medidas de segurança, ou não tinha.

Atravessei a linha e entrei no círculo. Nada aconteceu.

As portas estavam abertas, tanto a interna como a externa, e não havia luzes. Um dos prédios era tão frio por dentro quanto por fora. Presumi que, quando encontrasse uma luz, descobriria que o prédio fora usado como armazenagem, cheio de ferramentas e pacotes selados de comida e combustível. No outro prédio, a temperatura interna era de dois graus; imaginei então que fora aquecido havia pouco tempo. Servia de habitação, evidentemente.

– Strigan! – gritei para a escuridão, mas a maneira como o eco de minha voz voltou, me disse que o prédio estava desocupado. Saindo do local, encontrei as marcas do voador de Strigan. Provavelmente, havia partido, e as portas abertas e a escuridão eram uma mensagem para quem viesse. Para mim. Eu não tinha como descobrir para onde ela poderia ter ido. Olhei para o vazio do céu e voltei a olhar para baixo, para as marcas do voador impressas na neve. Fiquei parada ali por um tempo, encarando aquele espaço vazio.

Quando olhei para Seivarden, descobri que ela se deitara na neve manchada de verde e adormecera.

Na parte de trás do voador, encontrei uma lanterna, um fogão, uma tenda e roupas de cama. Levei a lanterna para o prédio que presumi ser a habitação e a acendi.

Cortinas trançadas desciam pelas paredes, azuis, laranja e de um verde que machucava os olhos, enquanto grandes tapetes de cores suaves cobriam o chão. Bancos baixos, sem encostos e com almofadas, davam a volta no aposento. Além dos bancos e das cortinas de cores vivas, não havia muito mais. Um jogo de tabuleiro com peças chamou minha atenção, mas não reconheci o padrão de furos do tabuleiro, e não entendi a distribuição das peças entre os furos. Fiquei me perguntando com quem Strigan jogava. Talvez o tabuleiro fosse apenas decorativo. Era delicadamente esculpido, e as peças tinham cores vivas.

Uma caixa de madeira ficara sobre uma mesa, longa e ovalada, com uma tampa esculpida e perfurada e três cordas esticadas ao longo de seu comprimento. A madeira era de um amarelo-claro, com fibra ondulante e curva. Os furos feitos no topo achatado eram tão irregulares e intrincados quanto o grão da madeira. Era muito lindo. Puxei uma corda e ela emitiu um som.

Portas levavam até a cozinha, o banheiro, os dormitórios e o que era obviamente uma pequena enfermaria. Ao abrir um armário, encontrei uma pilha bem arrumada de corretores. As gavetas abertas revelavam instrumentos e remédios. Talvez ela houvesse ido para um acampamento de criação de gado para atender alguma emergência. Porém, as luzes e o aquecimento desligados, e aquelas portas abertas, diziam outra coisa.

A menos que acontecesse um milagre, era o fim de dezenove anos de planejamento e esforço.

Os controles da casa ficavam além de um painel na cozinha. Encontrei o suprimento de energia, reconectei-o e liguei o aquecimento e as luzes. Então saí, peguei Seivarden e a arrastei para dentro da casa.

Fiz uma cama com cobertores que encontrei no quarto de Strigan, depois despi Seivarden, deitei-a sobre a cama e a cobri com mais cobertores. Ela não acordou, e usei esse tempo para vasculhar a casa com mais cuidado.

Os armários tinham muita comida. Havia uma xícara sobre um balcão com uma fina camada de líquido esverdeado recobrindo o fundo. Ao lado dela, uma tigela simples branca com os últimos pedaços de pão duro que se desintegrava em água com bordas de gelo. Parecia que Strigan saíra sem arrumar as coisas depois de uma refeição, deixando quase tudo para trás: comida, suprimentos médicos etc. Chequei o quarto, encontrei roupas quentes em bom estado. Sem dúvida, ela saíra às pressas, sem levar muita coisa.

Strigan sabia o que tinha. É claro que sabia, por isso fugira, pois não era burra. Eu tinha certeza de que não era. Ela fugira no instante em que percebera o que eu era, e continuaria fugindo até estar o mais longe possível de mim.

Mas onde seria isso? Se eu representava o poder do Radch, e conseguira encontrá-la até mesmo ali, tão distante do espaço do Radch quanto de sua própria casa, afinal das contas, para onde ela poderia ir sem ser encontrada? Com certeza, ela pensara nisso. Mas que outro caminho estaria aberto para ela?

Ela não seria tola o bastante para voltar, com certeza.

Nesse meio-tempo, eu precisava encontrar kef, ou Seivarden ficaria doente logo. Eu não tinha intenção de fazer isso. Ali havia comida e calor, e talvez eu conseguisse encontrar algo, alguma dica, alguma pista do que Strigan estava pensando no momento em que percebera que o Radch estava vindo capturá-la, e decidira fugir. Algo que indicasse para onde ela poderia ter ido.

4

À noite, em Ors, eu caminhava pelas ruas e olhava para a água parada e fedorenta, fracamente iluminada pelas poucas luzes da própria Ors e pelo piscar das boias que cercavam as zonas proibidas. Eu também dormia, e ficava sentada montando guarda no nível inferior da casa, caso alguém precisasse de mim, embora isso fosse raro naqueles dias. Costumava terminar qualquer trabalho diário ainda incompleto e vigiava a tenente Awn, que dormia.

Pelas manhãs, eu levava água para a tenente se banhar e a vestia, embora o costume local exigisse bem menos esforço do que seu uniforme, e ela houvesse deixado de usar qualquer espécie de cosméticos dois anos antes, pois não resistiam ao calor.

Então, a tenente Awn se voltava para seus ícones. Amaat, com quatro braços, uma Emanação em cada mão, ficava sobre uma caixa no andar inferior, mas as outras (Toren, que recebia devoções de cada oficial da *Justiça de Toren*, e algumas deusas particulares da família da tenente Awn) ficavam na parte superior da casa, onde a tenente dormia, e era para elas que ela fazia suas devoções matinais. "A flor da justiça é paz", começava a prece da manhã, que toda soldada radchaai dizia ao acordar, todos os dias de sua vida no serviço militar. "A flor da adequação é beleza no pensamento e na ação." O restante das minhas oficiais, ainda na *Justiça de Toren*, estava seguindo outro cronograma. Suas manhãs raramente coincidiam com as da tenente Awn. Por isso, quase sempre a voz da tenente soava sozinha em prece, e as outras, quando falavam longe, em coro, o faziam sem ela. "A flor do benefício é Amaat toda e inteira. Eu sou a espada da justiça..." A prece é antifônica, mas tem apenas quatro versos. Às vezes, ainda a ouço ecoando quando acordo, como uma voz distante em algum lugar atrás de mim.

Toda manhã, em cada templo oficial ao longo do espaço radchaai, uma sacerdotisa (que também atua como tabeliã para nascimentos, mortes e contratos de todo tipo) lança os presságios do dia. Algumas vezes, casas e indivíduos também lançam seus próprios presságios, e não é obrigatório assistir ao lançamento oficial, mas serve como uma boa desculpa para ser vista, falar com amigas e vizinhas e fazer fofocas.

Ainda não existia templo oficial em Ors; primariamente, todos são dedicados a Amaat, quaisquer outras deusas da região ocupam lugares menores, e a sacerdotisa principal de Ikkt não havia encontrado uma maneira clara de rebaixar sua deusa em seu próprio templo, ou de identificar Ikkt com Amaat de forma a adicionar ritos radchaai aos seus próprios. Então, por ora, a casa da tenente Awn servia. Toda manhã, as portadoras das flores do templo improvisado retiravam as flores mortas ao redor do ícone de Amaat e as trocavam por frescas; costumava ser uma espécie local com pequenas pétalas triplas de um rosa vivo, que cresciam na terra acumulada nos cantos externos dos edifícios, ou em rachaduras em placas, e eram parecidas com erva daninha, mas muito admiradas pelas crianças. Recentemente, pequenos lírios azuis e brancos haviam começado a brotar no lago, especialmente perto das áreas proibidas cercadas pelas boias.

Então, a tenente Awn arrumava os presságios (um punhado de discos pesados de metal) e o tecido para o lançamento deles. Os discos e os ícones pertenciam à tenente, presentes que ganhara de seus pais quando assumira as aptidões e recebera sua missão.

Às vezes, apenas a tenente Awn e as atendentes do dia vinham para o ritual da manhã, mas era comum a participação de outras. A médica da cidade, algumas radchaai que receberam propriedades ali, outras crianças orsianas que não se convenciam a ir à escola, ou não se importavam em chegar atrasadas, e gostavam do brilho e do som dos discos quando eles caíam. Às vezes, até a sacerdotisa principal de Ikkt aparecia; aquela deusa, como Amaat, não exigia que suas seguidoras recusassem outras deusas.

Assim que os presságios caíam e repousavam sobre o tecido (ou, para o pavor de quaisquer espectadores, rolavam para fora do tecido e caíam em algum lugar mais difícil de interpretar), a sacerdotisa que oficiava deveria identificar o padrão, combiná-lo com a passagem equivalente na escritura e recitá-la para os presentes. Não era uma coisa que a tenente Awn estava apta a fazer com frequência. Então, em vez disso, ela lançava os presságios, eu observava a queda deles, e depois transmitia as palavras apropriadas para ela. A *Justiça de Toren* tinha, afinal, quase dois mil anos de idade e já vira praticamente todas as configurações possíveis.

Ritual terminado, ela faria seu desjejum; geralmente um pão de qualquer grão local que estivesse disponível, e chá (de verdade). Em seguida, ocuparia seu local no tapete e na plataforma e esperaria as solicitações e reclamações do dia.

– Jen Shinnan convida você para cear esta noite – comuniquei a ela naquela manhã.

Eu também fazia o desjejum, limpava armas, caminhava pelas ruas e saudava aquelas que falavam comigo.

Jen Shinnan vivia na cidade alta, e antes da anexação havia sido a pessoa mais rica de Ors, perdendo em influência apenas para a sacerdotisa principal de Ikkt. A tenente Awn não gostava dela.

– Suponho que não tenho uma boa desculpa para recusar.

– Não que eu consiga determinar – respondi. Eu também estava no perímetro da casa, na rua ali perto, e vigiava. Uma orsiana se aproximou, me viu, reduziu a velocidade. Parou a cerca de oito metros, fingindo olhar acima de mim, para outra coisa.

– Algo mais? – perguntou a tenente Awn.

– A magistrada do distrito reitera a política oficial com relação às reservas de pesca nos Pântanos de Ors...

A tenente Awn suspirou.

– Sim, é claro que ela reitera.

– Posso ajudar, cidadão? – perguntei à pessoa que ainda hesitava na rua. A chegada iminente de sua primeira neta ainda não fora anunciada às vizinhas, então fingi que não sabia disso e usei apenas o simples tratamento respeitoso para uma pessoa do sexo masculino.

– Eu gostaria – a tenente Awn continuou – que a magistrada viesse ela mesma até aqui e tentasse viver de pão velho e desses legumes nojentos em conserva que nos enviam, e também ver se gosta de ser proibida de pescar exatamente onde todos os peixes realmente estão.

A orsiana na rua levou um susto; por um instante pareceu que ia virar as costas e se afastar, mas mudou de ideia.

– Bom dia, radchaai – disse ela, baixinho, se aproximando. – E à tenente também. – Orsianas eram muito francas quando lhes convinha, e às vezes reticentes de maneira estranha e frustrante.

– Sei que existe um motivo para isso – a tenente Awn me disse. – E ela tem razão, mas mesmo assim... – Voltou a suspirar. – Algo mais?

– Denz Ay está lá fora e deseja falar com você – respondi, enquanto convidava Denz Ay a entrar na casa.

– Sobre o quê?

– Algo que ela não parece disposta a mencionar.

A tenente Awn fez um gesto de concordância, e eu guiei Denz Ay ao redor das telas. Ela se curvou e sentou-se no tapete à frente da tenente Awn.

– Bom dia, cidadã – disse a tenente. Eu traduzi.

– Bom dia, tenente. – Lenta e gradativamente, começando com uma observação sobre o calor e o céu sem nuvens, progredindo para investigações sobre a saúde da tenente Awn, até pequenas fofocas locais, Ay enfim indicou a razão pela qual viera.

– Eu... eu tenho uma amiga, tenente. – Ela parou.

– Sim?

– Ontem à noite, minha amiga estava pescando. – Denz Ay parou de novo.

A tenente Awn aguardou três segundos, e, quando mais nada parecia vir, perguntou:

– Sua amiga apanhou muita coisa? – Quando as orsianas estavam naquele estado de humor, não adiantava questioná-las de forma direta ou suplicar para que fossem direto ao ponto.

– N-não muito – respondeu Denz Ay. Então, por um instante, a irritação tomou conta de seu rosto. – A melhor pesca, a senhora sabe, fica perto das áreas de reprodução, e todas elas são proibidas.

– Sim – confirmou a tenente Awn. – Tenho certeza de que sua amiga jamais faria pescaria ilegal.

– Não, não, claro que não – protestou Denz Ay. – Mas... eu não desejo prejudicá-la... mas, às vezes, ela escava tubérculos. *Perto* das zonas proibidas.

Na verdade, não havia nenhuma planta que produzisse tubérculos comestíveis perto das zonas proibidas; todas já haviam sido desenterradas meses antes, ou mais. As cavadoras furtivas tomavam mais cuidado ainda com as que ficava dentro; se as plantas diminuíssem de modo muito visível, ou sumissem completamente, seríamos forçadas a descobrir quem as estava colhendo, e a protegê-las mais de perto. A tenente Awn sabia disso. Todo mundo na cidade baixa sabia disso.

A tenente esperou pelo desfecho da história, não pela primeira vez irritada com a tendência orsiana de abordar tópicos indiretamente, mas conseguindo em grande parte não demonstrar ira.

– Ouvi dizer que são muito bons – arriscou ela.

– Ah, sim! – concordou Denz Ay. – São melhores quando comidos direto da lama! – A tenente Awn suprimiu uma careta de nojo.

– Mas você pode fatiar e grelhar tubérculos também... – Denz Ay parou, com uma expressão interessada. – Talvez minha amiga possa obter alguns para a senhora.

Vi a insatisfação da tenente Awn com suas rações, e o desejo momentâneo de dizer "Sim, por favor." Em vez disso, ela disse:

– Obrigada, mas não há necessidade. Você dizia...?

– Dizia...?

– Sua... amiga. – Enquanto falava, a tenente Awn me fazia perguntas, com estremecimentos mínimos de seus dedos. – Ela estava escavando tubérculos *perto* de uma zona proibida. E?

Mostrei à tenente Awn o local mais provável em que aquela pessoa poderia estar escavando; eu patrulhava toda Ors, via os barcos entrarem e saírem, via onde eles ficavam à noite quando apagavam as luzes, e talvez até pensassem que estavam navegando além dos meus olhos.

– E – disse Denz Ay – encontraram algo.

Alguém desaparecido?, a tenente Awn me perguntou em silêncio, alarmada. Respondi que não.

– O que foi encontrado? – ela perguntou a Denz Ay, em voz alta.

– Armas – respondeu Denz Ay, tão baixinho que a tenente Awn quase não ouviu. – Uma dezena, de antes. De antes da anexação, ela quis dizer. Todas as militares shis'urnanas tiveram de entregar suas armas, ninguém no planeta deveria estar em posse de armas sem nosso conhecimento. A resposta foi tão surpreendente que, por uns dois segundos, a tenente Awn não teve reação alguma.

Então veio a estupefação, o alarme, a confusão. *Por que ela está me contando isso?*, a tenente Awn me perguntou silenciosamente.

– Estão correndo alguns rumores, tenente – disse Denz Ay. – Talvez a senhora os tenha ouvido.

– Sempre há rumores – reconheceu a tenente, a resposta tão previsível que nem precisei traduzir; ela sabia dizê-la no dialeto local. – De que outro modo as pessoas vão passar o tempo? – Denz Ay admitiu essa questão convencional com um gesto. A paciência da tenente Awn estava por um fio, e resolveu ser mais direta. – As armas podem ter sido colocadas lá antes da anexação.

Denz Ay fez um movimento negativo com a mão esquerda.

– Elas não estavam lá há um mês.

Será que alguém encontrou um depósito pré-anexação e as escondeu ali?, perguntou-me a tenente Awn silenciosamente. Em voz alta, questionou:

– Esses rumores sugerem o aparecimento de uma dezena de armas embaixo da água em uma zona proibida?

– Essas armas não funcionam contra vocês. – Denz Ay se referia à nossa armadura. Armadura radchaai era um escudo de força quase impenetrável. Eu poderia abrir a minha apenas com um pensamento, sempre que desejasse. O mecanismo que a gerava estava implantado em cada um dos meus segmentos, e a tenente Awn também a possuía; embora a sua armadura fosse uma unidade vestida externamente. Elas não nos tornavam invulneráveis por completo e, em combate, às vezes usávamos peças reais sob ela, leves e articuladas, cobrindo cabeça, tronco e membros. Mas, mesmo sem isso, um punhado de armas não seriam capazes de provocar muito estrago em nenhuma de nós.

– Então, para quem seriam essas armas? – perguntou a tenente Awn.

Denz Ay pausou para considerar, franziu a testa, mordeu o lábio, e então respondeu:

– As tanmind são mais parecidas com as radchaai do que nós.

– Cidadã – disse a tenente Awn, perceptível e deliberadamente enfatizando aquela palavra, que era simplesmente o que radchaai significava em primeiro lugar –, se nós fôssemos atirar em alguém aqui, já o teríamos feito. – Algo que já havia sido feito, claro. – Não precisaríamos de depósitos secretos de armas.

– Foi por isso que vim à senhora – disse Denz Ay, enfática, como se explicasse algo em termos bem simples para uma criança. – Quando você atira em uma pessoa, você diz o motivo e o faz, sem desculpas. É assim que as radchaai são. Mas na cidade alta, antes de vocês chegarem, quando matavam orsianas, sempre tomavam o cuidado para ter uma desculpa. Quando queriam alguém morto – explicou para a tenente Awn, que exibia uma expressão incompreensível e chocada –, elas não diziam: "Você é encrenca, queremos que suma", e então atiravam. Elas diziam: "Estamos apenas nos defendendo". E quando a pessoa já estava morta, elas revistavam o corpo ou a casa e descobriam armas, ou mensagens incriminatórias. – A implicação estava clara, tais descobertas não eram genuínas.

– Então, de que modo somos parecidas?

– Suas deusas são as mesmas. – Explicitamente, não eram, mas essa comparação era incentivada na cidade alta e em todos os lugares. – Vocês vivem no espaço, vocês saem todas enroladas em roupas. Vocês são ricas, as tanmind são ricas. Se alguém na cidade alta – e, com isto, eu suspeitava que ela estava se referindo a uma pessoa específica – gritar, acusando alguma orsiana de a estar atacando, a maioria das radchaai acreditará nela, e não em uma orsiana que certamente está mentindo para proteger seu próprio povo.

E era esse o motivo de ela ter buscando a tenente Awn. Assim, o que quer que acontecesse, ficaria claro para as autoridades radchaai que ela (e, por extensão, qualquer outra pessoa na cidade baixa), na verdade nada tinha nada a ver com aquele depósito de armas, caso tal acusação se materializasse.

– Essas palavras – disse a tenente Awn –, orsiana, tanmind, moha, elas não significam nada agora. Isso acabou. Todas aqui são radchaai.

– Como a senhora quiser, tenente – respondeu Denz Ay, a voz baixa e quase sem expressão.

A tenente Awn já estava em Ors havia tempo o suficiente para reconhecer a recusa implícita naquele concordar. Tentou outra abordagem.

– Ninguém vai atirar em ninguém.

– É claro que não, tenente – disse Denz Ay, com a mesma voz baixa. Ela era velha o bastante para saber que nós tínhamos, de fato, atirado em pessoas no passado. Ela não poderia ser culpada por temer que fizéssemos isso de novo no futuro.

Depois que Denz Ay saiu, a tenente Awn ficou sentada, pensando. Ninguém a interrompeu; o dia estava tranquilo. No interior do templo iluminado de verde, a sacerdotisa principal se virou para mim e disse:

– Antigamente, haveria ali dois corais, cem vozes cada. Você teria gostado. – Eu havia ouvido gravações. Às vezes, as crianças me traziam canções que eram ecos distantes daquela música, em uma língua morta havia quinhentos anos ou mais. – Não somos mais o que costumávamos ser – continuou a sacerdotisa principal. – No fim, tudo passa. – Concordei com essa afirmação.

– Pegue um barco esta noite – ordenou a tenente Awn, finalmente se mexendo. – Veja se existe algo que indique a origem das armas. Decidirei o que fazer assim que entender melhor o que está acontecendo.

– Sim, tenente – respondi.

Jen Shinnan vivia na cidade alta, do outro lado do Pré-Templo. Poucas orsianas que viviam lá não eram serviçais. As casas ali eram construídas de modo um pouco diferente das da cidade baixa; teto baixo, a parte central de cada andar murada, com janelas e portas abertas em noites frescas. Toda a cidade alta fora construída sobre ruínas antigas, por isso muito mais recente que a mais baixa, nos últimos cinquenta anos, mais ou menos, e faziam muito mais uso de controle climático. Muitas residentes vestiam calças e camisas, e até mesmo jaquetas. Imigrantes radchaai que viviam ali usavam roupas mais convencionais, e a tenente Awn, quando fazia visitas, usava seu uniforme sem muito desconforto.

Mas a tenente nunca estava à vontade quando visitava Jen Shinnan. Ela não gostava de Jen Shinnan, e, apesar de isso jamais ser mencionado, muito provavelmente Jen Shinnan também não gostava muito da tenente Awn. Esse tipo de convite era mera necessidade social, pois a tenente Awn era representante local da autoridade radchaai. A mesa, naquela noite, era pequena; apenas Jen Shinnan, uma prima, a tenente Awn, e a tenente Skaaiat. A tenente Skaaiat comandava as Sete Issa da *Justiça de Ente* e administrava o território entre Ors e Kould Ves, em sua maior parte área rural, onde Jen Shinnan e sua prima tinham propriedades. A tenente Skaaiat e suas soldadas nos ajudavam durante a estação de peregrinação, então ela era quase tão conhecida em Ors quanto a tenente Awn.

– Elas confiscaram toda a minha colheita. – Esta era a prima de Jen Shinnan, dona de vários pomares de tamarindo não muito distantes da cidade alta. Ela bateu enfaticamente no prato com seu talher – *Toda* a minha colheita.

O centro da mesa estava repleto de bandejas e tigelas cheias de ovos, peixes (não do lago pantanoso, mas do mar além), frango condimentado, pão, legumes na brasa e meia dúzia de molhos variados.

– Elas não pagaram você, cidadã? – perguntou a tenente Awn, falando devagar e cuidadosamente, como sempre fazia quando temia que seu sotaque falhasse. Jen Shinnan e sua prima falavam radchaai, então não havia necessidade de traduzir, ou ficar ansiosa a respeito de gênero, status ou qualquer coisa que teria sido essencial em tanmind ou orsiano.

– Bem, eu certamente conseguiria mais se eu mesma houvesse levado a colheita para Kould Ves e vendido!

Houve um tempo em que uma dona de propriedade como ela teria sido fuzilada, para que a cliente de alguém pudesse assumir sua plantação. De fato, não foram poucas as shis'urnanas que haviam morrido nos estágios iniciais da anexação, simplesmente porque estavam no caminho, e "no caminho" podia significar todo tipo de coisa.

– Como tenho certeza de que você entende, cidadã – disse a tenente Awn –, distribuição de comida é um problema que ainda estamos resolvendo, e todas nós precisamos suportar algumas privações enquanto isso. – Suas frases, quando ela ficava pouco à vontade, se tornavam mais formais do que o normal, e às vezes perigosamente confusas.

Jen Shinnan fez um gesto para um prato cheio de frágeis ovos rosados.

– Mais um ovo recheado, tenente Awn?

A tenente Awn ergueu uma mão enluvada.

– Estão deliciosos, mas não, obrigada, cidadã.

A prima, no entanto, havia escolhido um assunto que estava achando difícil de largar, apesar da tentativa diplomática de Jen Shinnan de desviá-la.

– Não é como se frutas fossem uma necessidade. Tamarindo, entre outras coisas! E não é como se as pessoas estivessem passando fome.

– De fato, não é! – concordou cordialmente a tenente Skaaiat. Ela sorriu para a tenente Awn. A tenente Skaaiat tinha pele escura, olhos cor de âmbar e era aristocrática, ao contrário da tenente Awn. Uma de suas Sete Issa estava parada ao meu lado, perto da porta da sala de jantar, tão ereta e imóvel quanto eu.

Embora a tenente Awn gostasse bastante da tenente Skaaiat, e apreciasse seu sarcasmo, ela não conseguiu retornar o sorriso.

– Este ano, não.

– Seu negócio está indo melhor do que o meu, prima – disse Jen Shinnan, com a voz apaziguadora. Ela também era dona de fazendas perto da cidade alta. Mas havia sido também dona daquelas dragas que estavam paradas, silenciosas e inertes, na água do pântano. – Embora eu suponha que não possa lamentar muito, foi muito trabalho por pouquíssimo retorno.

A tenente Awn abriu a boca para falar, mas tornou a fechá--la. A tenente Skaaiat viu e disse, as vogais saindo abertas e refinadas sem esforço:

– Quanto tempo ainda resta nas proibições de pesca... mais três anos, tenente?

– Sim – respondeu a tenente Awn.

– Idiotice – disse Jen Shinnan. – A intenção é boa, mas é idiotice. Vocês viram como era quando chegaram. Assim que vocês as abrirem, as zonas serão esgotadas de novo. As orsianas já foram um grande povo, mas não são mais o que suas ancestrais foram. Elas não têm ambição, não querem nada além da vantagem a curto prazo. Se você mostrar a elas quem manda, então elas podem ser bem obedientes, e tenho certeza de que você descobriu isso, tenente Awn. No entanto, em seu estado natural, elas são, com poucas exceções, imutáveis e supersticiosas. Embora eu suponha que esse seja o resultado de viver no Submundo. – Shinnan sorriu da própria piada. Sua prima riu descaradamente.

As nações espaciais de Shis'urna dividiam o universo em três partes. No meio ficava o ambiente natural dos humanos: estações espaciais, naves, habitats construídos etc. Por fora desses estava o Preto: o céu, a casa da Deusa e tudo o que era sagrado. E dentro do poço gravitacional do planeta Shis'urna propriamente dito, ou de qualquer planeta, na verdade, ficava o Submundo, a terra dos mortos da qual a humanidade precisava escapar para se livrar de sua influência demoníaca.

Dá para entender como a concepção radchaai de universo como sendo a própria Deusa possa parecer a mesma da ideia tanmind do Negro. Também dá para entender por que, para ouvidos radchaai, pode soar estranho um indivíduo que acredita que poços gravitacionais sejam a terra dos mortos chamando pessoas que adoravam um lagarto de supersticiosas.

A tenente Awn deu um sorriso educado, e a tenente Skaaiat disse:

– E, no entanto, vocês também vivem aqui.

– Eu não confundo conceitos filosóficos abstratos com a realidade – disse Jen Shinnan. Embora isso parecesse estranho para uma radchaai; ela sabia o que significava, o que significava para uma habitante das estações de Tanmind descer para o Submundo e retornar. – Sério, tenho uma teoria.

A tenente Awn, que fora exposta a diversas teorias tanmind a respeito das orsianas, conseguiu se manter neutra mas curiosa, e disse:

– É mesmo?

– Compartilhe conosco! – incentivou a tenente Skaaiat. A prima, que momentos antes havia colocado na boca uma porção de frango condimentado, fez um gesto de apoio com seu talher.

– É a maneira como vivem, todas a céu aberto, sem nada a não ser o céu como teto – disse Jen Shinnan. – Elas não têm privacidade, nenhum senso de si mesmas como indivíduos reais, entende? Nenhuma percepção de identidade separada.

– Muito menos de propriedade privada – disse Jen Taa, depois de engolir seu frango. – Elas acham que podem apenas chegar e pegar o que quiserem.

Na verdade, havia regras (ainda que implícitas) sobre entrar em uma casa sem ser convidada, e era raro acontecer algum roubo na cidade baixa. Acontecia às vezes durante a estação de peregrinação, quase nunca fora dela.

Jen Shinnan concordou com um gesto.

– E ninguém *aqui* está passando fome, tenente. Ninguém precisa trabalhar, elas só pescam no pântano, ou depenam visitantes durante a estação de peregrinação. Elas não têm oportunidade de desenvolver qualquer tipo de ambição ou desejo de se aprimorar. E realmente não desenvolvem. Na verdade, não podem criar nenhuma espécie de sofisticação, nem de... – Ela parou de falar, buscando a palavra correta.

– Interioridade? – sugeriu a tenente Skaaiat, que estava gostando daquele jogo bem mais do que a tenente Awn.

– Exato! – concordou Jen Shinnan. – Sim, interioridade.

– Então, sua teoria – disse a tenente Awn, seu tom perigosamente neutro – é que as orsianas não chegam a ser pessoas?

– Bem, não indivíduos – Jen Shinnan pareceu sentir, no fundo, que deixara a tenente Awn zangada, mas não parecia ter muita certeza disso. – Não exatamente.

– E, é claro – observou Jen Taa, sem perceber –, elas veem o que temos e não entendem que é preciso trabalhar para ter esse tipo de vida. Sentem inveja e ressentimento, e culpam a nós por não permitir que elas tenham o que temos. Na verdade, se elas simplesmente *trabalhassem*...

– Elas mandam o pouco dinheiro que têm para apoiar aquele templo caindo aos pedaços, e depois reclamam que são pobres – disse Jen Shinnan. – Aí pescam no pântano e depois nos culpam. Elas farão o mesmo com você, tenente, assim que você abrir as zonas proibidas novamente.

– O fato de você ter dragado toneladas de lama para vender como fertilizante não teve nada a ver com o desaparecimento dos peixes? – perguntou a tenente Awn, com a voz afiada. Na verdade, o fertilizante era apenas o produto residual do negócio principal de vender a lama para as tanmind espaciais, para fins religiosos. – A culpa foi da pesca irresponsável por parte das orsianas?

– Bem, é claro que teve *algum* efeito – disse Jen Taa –, mas se elas houvessem gerenciado seus recursos de modo adequado...

– Isso mesmo – concordou Jen Shinnan. – Você me culpa por ter arruinado a pesca. Mas eu criei empregos para aquela gente e a oportunidade de melhorarem suas vidas.

A tenente Skaaiat devia ter sentido que a tenente Awn estava a um passo do abismo.

– Segurança em um planeta é bem diferente de segurança em uma estação – Skaaiat disse, sua voz animada. – Em um planeta, sempre haverá algum... algum deslize. Algumas coisas que não são vistas.

– Ah – disse Jen Shinnan –, mas vocês etiquetaram todo mundo, então sempre sabem onde estamos.

– Sim – concordou a tenente Skaaiat –, mas nem sempre estamos *vigiando*. Suponho que seria possível criar uma inteligência artificial grande o bastante para vigiar um planeta inteiro, mas não creio que isso tenha sido tentado antes. Mas em uma estação...

Eu observei a tenente Awn perceber a armadilha que a tenente Skaaiat havia armado e na qual Jen Shinnan caíra momentos antes.

– Em uma estação – completou a tenente Awn –, a IA vê tudo.

– É tão mais fácil de gerenciar – concordou a tenente Skaaiat, feliz da vida. – Quase não há necessidade de segurança. – Não era de todo verdade, mas não era hora de apontar isso.

Jen Taa pôs de lado seu talher.

– Claro que a IA não vê *tudo*. – As tenentes não disseram nada. – Até mesmo quando você...?

– Tudo – respondeu a tenente Awn. – Eu lhe asseguro, cidadã.

Houve silêncio por quase dois segundos. Ao meu lado, a guarda Sete Issa da tenente Skaaiat repuxou a boca, o que talvez possa ter sido causado por coceira ou um inevitável espasmo muscular, mas fora, eu creio, a única manifestação externa de seu divertimento. Naves militares possuíam IAs, assim como estações, e as soldadas radchaai viviam completamente sem privacidade alguma.

A tenente Skaaiat resolveu quebrar o silêncio.

– Sua sobrinha, cidadã, está assumindo as aptidões este ano?

A prima fez um gesto afirmativo. Contanto que sua própria fazenda fornecesse renda, ela não precisaria de uma missão, nem sua herdeira, dependendo do número de herdeiras que a terra pudesse suportar. A sobrinha, entretanto, perdera suas genitoras durante a anexação.

– Essas aptidões – perguntou Jen Shinnan –, vocês as assumiram, tenentes?

Ambas fizeram gestos afirmativos. As aptidões eram a única maneira de entrar no serviço militar, ou em qualquer cargo no governo; embora isso não abrangesse todas as missões disponíveis.

– Sem dúvida – disse Jen Shinnan –, o teste funciona bem para vocês, mas me pergunto se é adequado para nós, shis'urnanas.

– Por quê? – questionou a tenente Skaaiat, se divertindo, mas com o cenho franzido.

– Houve algum problema? – perguntou a tenente Awn, ainda rígida, ainda irritada com Jen Shinnan.

– Bem. – Jen Shinnan apanhou um guardanapo, macio como a neve, e limpou a boca. – Corre a notícia de que no mês passado, em Kould Ves, todas as candidatas para o serviço civil eram orsianas étnicas.

A tenente Awn piscou, confusa. A tenente Skaaiat sorriu.

– Você quer dizer – ela deduziu, olhando para Jen Shinnan e voltando-se para a tenente Awn – que acha que o teste é tendencioso.

Jen Shinnan dobrou seu guardanapo e o colocou na mesa ao lado da tigela.

– Ora, tenente. Sejamos honestas. Existe um motivo pelo qual tão poucas orsianas ocupavam esses postos antes de vocês chegarem. De tempos em tempos, havia uma exceção: a Divina é alguém muito respeitável, eu garanto a vocês. Mas ela é uma exceção. Então, quando vejo vinte orsianas destinadas para postos no serviço civil, e nem uma tanmind, não consigo deixar de pensar que, ou o teste tem falhas, ou... bem. Não posso deixar de lembrar que as orsianas se renderam primeiro quando vocês chegaram... Não posso culpar vocês por apreciarem isso, por quererem reconhecer isso. Mas é um erro.

A tenente Awn não disse nada. A tenente Skaaiat perguntou:

– Supondo que você esteja correta, por que seria um erro?

– É como disse antes. Elas simplesmente não são adequadas para posições de autoridade. Algumas exceções, sim, mas... – Ela acenou com a mão enluvada. – E com as missões sendo tão obviamente tendenciosas, as pessoas não terão confiança nelas.

O sorriso da tenente Skaaiat alimentou a raiva silenciosa e indignada da tenente Awn.

– Sua sobrinha está nervosa?

– Um pouco! – admitiu a prima.

– É compreensível – disse a tenente Skaaiat. – Trata-se de um grande acontecimento na vida de qualquer cidadã. Mas ela não precisa temer.

Jen Shinnan riu, sarcástica.

– Não precisa temer? A cidade baixa se ressente de nós, sempre se ressentiu, e agora não conseguimos fazer um contrato legal sem pegar transporte para Kould Ves ou atravessar a cidade baixa até a sua casa, tenente. – Qualquer contrato com validade legal precisava ser feito no templo de Amaat. Ou, uma concessão recente (e muito controversa), em seus degraus, se uma das partes fosse exclusivamente monoteísta. – Durante esse momento de peregrinação, isso é quase impossível. Ou perdemos um dia inteiro viajando até Kould Ves ou nos colocamos em perigo.

Jen Shinnan visitava Kould Ves com frequência, muitas vezes apenas para ver algumas amigas ou fazer compras. Todas as tanmind da cidade alta faziam visitas, e isso já era comum mesmo antes da anexação.

– Encontraram alguma dificuldade que não tenha sido reportada? – perguntou a tenente Awn, rígida, zangada, mas com educação.

– Bem – disse Jen Taa –, na verdade, tenente, eu estava querendo mencionar isso. Estamos aqui há alguns dias, e minha sobrinha parece ter tido alguns problemas na cidade baixa. Eu disse a ela que era melhor não ir, mas você sabe como são as adolescentes quando falamos para não fazer algo.

– Que tipo de problema? – perguntou a tenente Awn.

– Ah – disse Jen Shinnan –, você sabe. Palavras grosseiras, ameaças... vazias, sem dúvida, e é claro que nada perto do que as coisas serão daqui a uma ou duas semanas, mas a criança ficou bem abalada.

A criança em questão passara as últimas duas tardes olhando para a água do Pré-Templo e suspirando. Eu me dirigira a ela uma vez, e ela virara a cabeça sem responder. Depois disso, deixei-a em paz. Ninguém a perturbou. *Nenhum problema que eu tenha visto*, enviei a mensagem para a tenente Awn.

– Vou ficar de olho nela – disse a tenente Awn, silenciosamente aceitando minha informação com um estremecer dos dedos.

– Obrigada, tenente – disse Jen Shinnan. – Sei que podemos contar com você.

– Você acha graça nisso. – A tenente Awn tentava relaxar seu maxilar extremamente tenso. Eu percebia pela rigidez cada vez maior de seus músculos faciais que, sem intervenção, ela logo teria uma dor de cabeça.

A tenente Skaaiat, caminhando a seu lado, soltou uma gargalhada.

– É comédia pura. Perdoe-me, minha cara, mas quanto mais zangada você fica, mais correta sua fala se torna, e mais Jen Shinnan se engana a seu respeito.

– É claro que não. Certamente ela perguntou sobre mim.

– Você ainda está zangada. Pior... – disse a tenente Skaaiat, enganchando o braço ao da tenente Awn – ... está zangada *comigo*. Desculpe, mas ela perguntou, *sim*. De modo bem indireto, apenas *interessada* em você, o que é natural, claro.

– E você respondeu – sugeriu a tenente Awn – de modo igualmente indireto.

Eu caminhava atrás delas, ao lado da Sete Issa que estivera parada ao meu lado na sala de jantar de Jen Shinnan. Logo à frente, ao longo da rua, e do outro lado da água do Pré--Templo, eu podia ver a mim mesma parada em pé na praça.

Nesse instante, a tenente Skaaiat continuou:

– Eu não falei nada que não fosse verdade. Disse a ela que tenentes em naves com auxiliares tendem a ser de famílias antigas, de altos postos, com muito dinheiro e clientes. Os contatos dela em Kould Ves poderiam ter dito um pouco mais, não muito. Por um lado, como você não se encaixa no perfil, elas têm motivo para se ressentir de você. Por outro lado, você *de fato* comanda auxiliares, e não soldadas humanas vulgares, algo que a velha guarda lamenta tanto quanto as descendentes de casas sem obscuras e sem fortuna recebendo missões como oficiais. Elas aprovam suas auxiliares e desaprovam sua linhagem. Jen Shinnan tem uma imagem muito ambivalente de você. – A voz da tenente Skaaiat era baixa, em um tom que só alguém que a seguisse bem de perto poderia ouvir, embora as casas pelas quais passássemos estivessem fechadas e escuras nos níveis mais baixos. Era muito diferente da cidade baixa, onde, mesmo tarde da noite, as pessoas ficavam sentadas nas calçadas, inclusive crianças pequenas.

– Além do mais – disse a tenente Skaaiat –, ela tem razão. Ah, não em relação àquela bobagem a respeito das orsianas, não, mas ela tem razão de desconfiar das aptidões. Você sabe que os testes são suscetíveis a manipulação. – A tenente Awn sentiu-se indignada, como se estivesse sendo traída, mas não disse nada, e a tenente Skaaiat continuou: – Por séculos, apenas as ricas e bem-conectadas passavam no teste como adequadas para determinados trabalhos. Como, por exemplo, cargos militares. Nos últimos cinquenta ou setenta e cinco anos, isso não vem acontecendo. As casas menores de repente começaram a produzir candidatas a oficiais, como nunca haviam feito antes?

– Não gosto de onde você está querendo chegar com isso – disse a tenente Awn rispidamente, puxando de leve o braço da outra, tentando se desvencilhar. – Não esperava isso de você.

– Não, não – protestou a tenente Skaaiat, e, em vez de soltar, puxou-a para mais perto. – A pergunta está certa, e a resposta é a mesma. A resposta é não, claro. Mas isso quer dizer que os testes foram manipulados antes, ou estão sendo manipulados agora?

– Qual é a sua opinião?

– As duas coisas. Antes e agora. E nossa amiga Jen Shinnan não entende que a pergunta não pode sequer ser feita: ela só sabe que, se você quer ser bem-sucedida, precisa ter as conexões certas, e sabe que as aptidões fazem parte disso. E ela não tem nenhuma vergonha: você a ouviu insinuar que as orsianas estavam sendo recompensadas por colaboração, e quase na mesma frase deixar implícito que seu povo poderia oferecer melhor colaboração! E você reparou que nem ela nem a prima estão mandando as *próprias* filhas para testes, apenas a sobrinha órfã. Mesmo assim, querem muito que ela se saia bem. Se tivéssemos pedido uma propina para assegurar a vaga, ela teria dado, sem dúvida. Na verdade, estou surpresa que ela não tenha oferecido.

– Você não teria aceitado – protestou a tenente Awn. – Você não vai aceitar. E não teria como assegurar o sucesso da sobrinha.

– Não vou precisar. A criança terá um bom resultado no teste, provavelmente conseguirá ser enviada para a capital territorial para treinamento a fim de assumir um belo posto no serviço civil. Se você me perguntar, as orsianas estão, sim, sendo recompensadas por colaborar, mas elas são uma minoria neste sistema. E agora que a parte desagradável, mas necessária, da anexação acabou, queremos que as pessoas percebam que ser radchaai vai beneficiá-las. Punir casas locais por não serem rápidas o bastante na rendição não ajudará em nada.

Elas caminharam em silêncio por algum tempo e pararam à beira da água, ainda de braços dados.

– Levo você para casa? – perguntou a tenente Skaaiat.

A tenente Awn não respondeu, mas olhou por sobre a água, ainda zangada. As claraboias verdes no teto inclinado do templo brilhavam, e a luz se derramava pelas portas abertas que davam para a praça e se refletiam na água. Era uma época de vigílias noturnas. A tenente Skaaiat falou, com um sorriso amarelo de desculpas:

– Eu aborreci você, deixe-me compensar.

– Claro – disse a tenente Awn, com um pequeno suspiro. Ela nunca pôde resistir à tenente Skaaiat, e na verdade não havia motivo para fazê-lo. Elas se viraram e caminharam à beira da água.

– Qual é a diferença – perguntou a tenente Awn, tão baixinho que não pareceu quebrar o silêncio – entre uma cidadã e uma não cidadã?

– Uma é civilizada – disse a tenente Skaaiat com uma risada histriônica –, e a outra não. – A piada só fazia sentido em radchaai: nesse idioma, cidadã e *civilizada* são a mesma palavra. Ser radchaai é ser civilizada.

– Então, no exato momento em que a Senhora de Mianaai conferiu cidadania às shis'urnanas, elas se tornaram civilizadas? – A frase era circular, a pergunta que a tenente Awn estava fazendo era difícil naquele idioma. – Quero dizer, suas Issas estão atirando em pessoas por não terem falado com respeito suficiente. Não me diga que isso não aconteceu, porque sei que sim. E não importa, porque elas não são radchaai, não são civilizadas. – A tenente Awn falou no idioma orsiano local que conhecia, porque as palavras radchaai se recusavam a deixar que ela dissesse o que desejava dizer. – E quaisquer medidas são justificadas em nome da civilização.

– Bem – disse a tenente Skaaiat –, foi eficiente, você tem de admitir. Todo mundo fala conosco com muito respeito hoje em dia.

A tenente Awn ficou em silêncio. Não estava achando graça.

– O que a leva a pensar assim? – questionou a tenente Skaaiat.

A tenente Awn lhe contou sobre sua conversa com a sacerdotisa principal, na véspera.

– Ah... Bem, você não protestou na época.

– E o que teria adiantado?

– Absolutamente nada – respondeu a tenente Skaaiat. – Mas não foi por isso que você não o fez. Além disso, mesmo que auxiliares não espanquem pessoas, ou aceitem propinas, ou estuprem, ou atirem em pessoas porque lhes dá na telha... essas pessoas em quem as soldadas humanas atiraram... cem anos atrás, teriam sido armazenadas em suspensão para uso futuro como segmentos auxiliares. Sabe quantas ainda temos em estoque? Os porões da *Justiça de Toren* estarão cheios de auxiliares pelo próximo milhão de anos. Se não mais. Na prática, essas pessoas estão mortas. Então, qual é a diferença? Você não gosta que eu diga isso, mas a verdade é a seguinte: luxo sempre vem às custas dos outros. Uma das muitas vantagens da civilização é que, via de regra, as pessoas não precisam ver isso se não quiserem. Você está livre para desfrutar dos benefícios, sem perturbar a própria consciência.

– Não perturba a sua?

A tenente Skaaiat riu, alegre, como se estivessem discutindo um assunto completamente diferente, como um jogo de peões ou uma boa casa de chá.

– Quando você cresce sabendo que merece estar no topo, que as casas menores existem para servir o destino glorioso da sua casa, você encara essas coisas como naturais. Você nasce supondo que alguém paga o custo da sua vida. É assim que as coisas são. O que acontece durante a anexação é uma diferença de grau, não uma diferença de espécie.

– Não é isso que parece – afirmou a tenente Awn, curta e amarga.

– Não, claro que não – respondeu a tenente Skaaiat, sua voz mais gentil. Tenho certeza de que gostava mesmo da tenente Awn. Sei que a tenente Awn gostava dela, ainda que a tenente Skaaiat às vezes dissesse coisas que a aborreciam, como naquela noite. – Sua família tem pago parte desse custo, mesmo que só um pouco. Talvez, isso provoque a sua simpatia por quem quer que esteja pagando o custo para você. E tenho certeza de que é duro não pensar no que seus próprios ancestrais passaram ao ser anexados.

– Os *seus* ancestrais nunca foram anexados. – A voz da tenente Awn era mordaz.

– Bem, alguns deles devem ter sido – admitiu a tenente Skaaiat –, mas não estão na genealogia oficial. – Ela parou, puxando a tenente Awn para ficar ao seu lado. – Awn, minha boa amiga. Não se preocupe com o que não pode evitar. As coisas são o que são. Você não tem motivo para se culpar.

– Você acabou de dizer que todas temos motivos.

– Não foi isso o que eu quis dizer. – A voz da tenente Skaaiat era gentil. – Mas você vai interpretar desse jeito mesmo assim, não vai? Escute: a vida será melhor aqui, porque estamos aqui. Ela já é melhor, não só para as pessoas daqui mas para aquelas que foram trazidas. E até mesmo para Jen Shinnan, muito embora nesse momento ela só esteja preocupada com seu próprio ressentimento por não ser mais a maior autoridade em Ors. Com o tempo, ela aceitará isso. Todas aceitarão.

– E as mortas?

– Estão mortas. Não se preocupe com elas.

5

Quando Seivarden despertou, ela estava nervosa e irritadiça. Perguntou-me duas vezes quem eu era, e reclamou três vezes que a minha resposta, uma mentira, de qualquer maneira, não lhe transmitia nenhuma informação significativa.

– Não conheço ninguém com o nome Breq. Nunca vi você na vida. Onde estou?

Em nenhum lugar que tivesse nome.

– Você está em Nilt.

Ela puxou um cobertor sobre os ombros nus, e então, mal-humorada, voltou a empurrá-lo para longe e cruzou os braços.

– Nunca nem ouvi falar em Nilt. Como vim parar aqui?

– Não faço ideia. – Coloquei no chão diante dela a comida que estava segurando.

Ela voltou a pegar o cobertor.

– Não quero isso aí.

Fiz um gesto de indiferença. Eu havia comido e descansado enquanto ela dormia.

– Isso acontece com você com frequência?

– O quê?

– Acordar e descobrir que você não sabe onde está, com quem está, ou como chegou lá?

Ela puxou e afastou o cobertor mais uma vez, então esfregou os braços e os pulsos.

– Algumas vezes.

– Eu sou Breq, de Gerentate. – Eu já lhe dissera isso, mas sabia que ela voltaria a me perguntar. – Encontrei você há dois dias, na frente de uma taverna. Não sei como foi parar lá. Você teria morrido se eu a houvesse deixado lá. Desculpe se era isso o que queria.

Por algum motivo, isso a deixou com raiva.

– Que encantador da sua parte, Breq de Gerentate. – Seivarden disse em tom de deboche. Era surpreendente, em um nível quase irracional, ouvir aquele tom de voz vindo dela, considerando que estava nua e desgrenhada, e sem uniforme.

Aquele tom me deixou com raiva. Eu sabia muito bem por que estava sentindo raiva, e sabia também que, se me atrevesse a explicar minha raiva a Seivarden, ela responderia com nada além de desprezo, o que me deixava ainda mais irritada. Mantive o rosto com a mesma expressão neutra e ligeiramente interessada que usara desde o momento em que ela acordara, e repeti o mesmo gesto de indiferença que fizera momentos antes.

Eu estava na primeira nave em que Seivarden servira. Ela havia chegado direto do treinamento, com dezessete anos de idade, e fora jogada bem no meio de uma anexação. Em um túnel escavado em pedra vermelha amarronzada, sob a superfície de uma lua pequena, Seivarden recebera a ordem de guardar uma fileira de dezenove prisioneiras, agachadas nuas e tremendo na passagem fria, esperando para serem avaliadas.

Na verdade, eu é que estava montando guarda, sete de mim espalhadas ao longo do corredor, armas prontas. Seivarden, ainda tão jovem, cabelo ralo e escuro, pele marrom e olhos castanhos sem nada de notável, em contraste com as linhas aristocráticas de seu rosto, incluindo um nariz que ela ainda não havia crescido o suficiente para usar bem. Estava nervosa, sim, deixada no comando poucos dias depois de sua chegada, mas também orgulhosa de si e de sua súbita autoridade. Orgulhosa daquele uniforme marrom-escuro com jaqueta, calças e luvas, daquela insígnia de tenente. E, pensei eu, um pouco empolgada demais por estar segurando uma arma de verdade em uma situação que, claramente, não se tratava de treinamento.

Uma das pessoas ao longo da parede, ombros largos, musculosa, segurando um braço quebrado contra o torso, chorava ruidosamente, gemendo a cada exalação, arquejando a cada inalação. Ela sabia, todas naquela fileira sabiam, que cada uma seria ou armazenada para uso futuro como auxiliar (como as minhas auxiliares que estavam diante delas naquele instante, com suas identidades destruídas, seus corpos transformados em apêndices de uma nave de guerra radchaai), ou descartada.

Seivarden, andando com altivez ao longo da fila, foi ficando cada vez mais irritada com a respiração convulsiva daquela cativa patética, até que parou diante dela.

– Pelas tetas de Aatr! Pare com esse barulho!

Pequenos movimentos nos músculos do braço de Seivarden me avisaram que ela estava prestes a levantar sua arma. Ninguém se importaria se ela houvesse usado a coronha da arma e batido na prisioneira até deixá-la inconsciente. Ninguém teria se importado se ela houvesse dado um tiro na cabeça da prisioneira, contanto que nenhum equipamento vital fosse danificado no processo. Corpos humanos para serem transformados em auxiliares não faltavam.

Eu me meti na frente dela.

– Tenente – disse eu, neutra, sem entonação na voz. – O chá que a senhora pediu está pronto. – Na verdade, já estava pronto havia cinco minutos, mas eu não dissera nada, mantendo-o em reserva.

Nas leituras que vinham daquela terrivelmente jovem tenente Seivarden, eu vi espanto, frustração, raiva. Irritação.

– Isso foi há quinze minutos – retrucou ela. Não respondi. Atrás de mim, a prisioneira ainda soluçava e gemia. – Não pode fazê-la calar a boca?

– Farei o melhor que puder, tenente – respondi, embora soubesse que só havia um jeito de conseguir aquilo, apenas uma coisa que silenciaria o lamento daquela cativa. A recém--promovida tenente Seivarden não parecia se dar conta disso.

Vinte e um anos depois de chegar à *Justiça de Toren*, um pouco mais de mil anos antes que eu a encontrasse na neve, Seivarden era tenente Esk sênior. Aos trinta e oito, ainda era bem jovem para os padrões radchaai. Uma cidadã podia viver cerca de duzentos anos.

No seu último dia, ela estava sentada tomando chá na cama de seus aposentos, que tinham três metros por dois, paredes brancas, e muito organizados. Ela havia crescido para finalmente carregar aquele nariz aristocrático, e a si mesma. Não se sentia mais desajeitada nem insegura.

Ao seu lado, na cama bem-arrumada, estava a tenente mais nova da década Esk, que chegara havia algumas semanas. Era uma espécie de prima de Seivarden, mas de outra casa. Apesar da idade, era mais alta do que Seivarden fora naquela idade, mais larga, um pouco mais graciosa. Na maior parte. Nervosa por ter sido chamada para uma conferência particular com a tenente sênior, prima ou não, ela escondia esse fato. Seivarden disse a ela:

– Você precisa tomar cuidado, tenente, com quem favorece com suas... atenções.

A bem jovem tenente franziu a testa, envergonhada, percebendo de repente o que aquilo significava.

– Você sabe do que estou falando – continuou Seivarden, e eu sabia também. Uma das outras tenentes Esk havia notado quando a tenente muito jovem chegara a bordo, e lenta e discretamente começara a sondar a possibilidade de que a tenente muito jovem talvez a notasse também. Mas não fora discreta o suficiente para evitar que Seivarden a visse. Na verdade, toda a sala da década percebera isso, e vira também a reação intrigada da jovem tenente.

– Eu sei de quem a senhora está falando – disse a tenente muito jovem, indignada. – Mas não vejo por quê...

– Ah! – interrompeu Seivarden, direta e categórica. – Você pensa que é uma diversão inocente. Bem, provavelmente seria divertido. – A própria Seivarden já dormira certa vez com a tenente em questão, e sabia do que estava falando. – Mas não seria inocente. Ela é uma boa oficial, em geral, mas a casa dela é muito provinciana. Se ela não fosse sênior em relação a você, não haveria problema.

A casa da muito jovem tenente definitivamente não era "muito provinciana". Por mais ingênua que ela fosse, percebeu na hora o que Seivarden queria dizer. E ficou zangada o suficiente para se dirigir a Seivarden de um jeito menos formal do que pedia o decoro.

– Pelas tetas de Aatr, prima, ninguém disse nada sobre clientelismo. Ninguém poderia, nenhuma de nós pode fazer contratos até darmos baixa.

Entre os ricos, clientelismo era uma relação muito hierárquica. Uma patrona prometia certos tipos de assistência, tanto financeira quanto social, à sua cliente, que fornecia apoio e serviços à patrona. Algumas promessas podiam durar gerações. Nas mais antigas e mais prestigiosas casas, quase todas as serviçais eram descendentes de clientes, por exemplo, e muitos negócios de propriedade de casas ricas tinham como equipes ramos de clientes de casas mais baixas.

– Essas casas provincianas são ambiciosas – explicou Seivarden, com leve condescedência na voz. – E inteligentes também, ou não teriam chegado tão longe. Ela é sênior em relação a você, e as duas ainda têm anos para servir. Garanta a ela a intimidade, deixe isso continuar, e um dia desses ela estará oferecendo clientelismo a você, quando deveria ser o contrário. Não acho que sua mãe gostaria desse tipo de insulto à sua casa.

O rosto da jovem tenente esquentou de raiva e vergonha.

O encanto de seu primeiro romance adulto de repente desapareceu, e a coisa toda se tornou sórdida e calculista.

Seivarden se inclinou para a frente, estendeu a mão para a tigela de chá e parou, com um surto de irritação. Disse para mim, silenciosamente, os dedos de sua mão livre estremecendo:

– Este punho de camisa está rasgado há três dias.

Eu respondi, direto em seu ouvido:

– Desculpe, tenente.

Eu deveria ter me oferecido para fazer o conserto naquele mesmo momento, despachado um segmento de Esk Uma para levar a camisa ofensiva longe dali. Eu deveria, na verdade, tê-la costurado três dias antes. Sequer deveria tê-la vestido com aquela camisa naquele dia.

Silêncio no compartimento apertado, a tenente muito jovem ainda preocupada com seu desconforto. Então eu disse, diretamente no ouvido de Seivarden:

– Tenente, a comandante da década deseja vê-la assim que possível.

Eu sabia que a promoção dela estava chegando. Sentira uma satisfação mesquinha em saber que, mesmo que houvesse me mandado costurar sua manga naquele momento, eu não teria tempo para obedecer. Assim que Seivarden deixou os aposentos, comecei a empacotar seus pertences, e três horas depois ela estava a caminho de seu novo comando, recém-promovida a capitã da *Espada de Nathas*. Eu não estava particularmente triste por vê-la partir.

Coisas tão pequenas. Não era culpa de Seivarden que ela reagira mal a uma situação com a qual poucas (se qualquer) jovens de dezessete anos teriam lidado com elegância. Não era de surpreender que ela fosse tão esnobe quanto fora criada para ser. Não tinha culpa que, ao longo dos meus (na época) mil anos de existência, eu desenvolvera um apreço maior por habilidade do que por criação, e vira mais de uma casa "muito provinciana" se elevar o suficiente para perder esse rótulo e produzir suas próprias versões de Seivarden.

Todos aqueles anos entre a jovem tenente Seivarden e a capitã Seivarden foram feitos de pequenos momentos. Coisas pequenas. Eu nunca odiara Seivarden, apenas nunca havia gostado particularmente dela. Mas, agora, não conseguia olhar para ela sem pensar em outra pessoa.

A semana seguinte na casa de Strigan foi desagradável. Seivarden precisava de cuidado constante e limpeza frequente. Ela comia muito pouco (o que, em alguns aspectos, era bom), e eu precisava me esforçar para garantir que ela não ficasse desidratada. Mas, no final da semana, ela já estava conseguindo manter a comida no estômago e dormia pelo menos de modo intermitente. Mesmo assim, seu sono era leve, e ela se mexia e se virava muitas vezes; tremia, respirava com dificuldade e acordava de súbito. Quando estava acordada, e não despontava em choro, reclamava que tudo era muito duro, muito áspero, muito alto, muito claro.

Alguns dias depois, quando ela supôs que eu estava dormindo, ela foi até a entrada e olhou para a neve; então vestiu suas roupas e um casaco e foi cambaleante até o prédio externo e, em seguida, até o voador. Tentou ligá-lo, mas eu havia removido uma parte essencial da nave e a mantinha comigo. Quando ela voltou para a casa, teve pelo menos a presença de espírito de fechar ambas as portas para evitar trazer neve para a sala principal, onde eu estava sentada em um banco segurando o instrumento de cordas de Strigan. Ela ficou me encarando, incapaz de esconder sua surpresa, e encolheu os ombros levemente, desconfortável no casaco pesado, e com coceira.

– Quero ir embora – declarou, em uma voz estranha que misturava o medo e a arrogância de uma comandante radchaai.

– Partiremos quando eu estiver pronta – respondi, e dedilhei algumas notas no instrumento. Os sentimentos de

Seivarden estavam tão à flor da pele que ela não foi capaz de escondê-los, e a raiva e o desespero estavam estampados em seu rosto. – Você está onde está – continuei, em um tom de voz neutro. – Resultado das decisões que você mesma tomou.

Sua coluna se endireitou, os ombros voltaram ao normal.

– Você não sabe nada a meu respeito, não sabe das decisões que tomei ou deixei de tomar.

Foi o bastante para me deixar com raiva mais uma vez. Eu sabia alguma coisa sobre tomar e deixar de tomar decisões.

– Ah, havia esquecido... Tudo acontece como Amaat deseja, nada é *sua* culpa.

Ela arregalou os olhos. Abriu a boca para falar, respirou fundo, mas então soltou rapidamente o ar, trêmula. Seivarden virou-se de costas para retirar o sobretudo e jogá-lo em um banco próximo.

– Você não entende – disse ela, com desprezo, mas a voz tremia com lágrimas contidas. – Você não é radchaai.

Não civilizada.

– Você começou a tomar kef antes ou depois de deixar o Radch? – Não deveria existir kef à disposição em território radchaai, mas sempre havia pequenas estações de contrabando para as quais as autoridades faziam vista grossa.

Ela desabou no banco ao lado de onde largara o casaco.

– Quero chá.

– Aqui não tem chá. – Deixei o instrumento de lado. – Tem leite. – Mais especificamente, leite de bov fermentado, que as pessoas dali diluíam em água e bebiam morno. O cheiro (e o gosto) lembrava botas suadas. E se tomasse demais, Seivarden com certeza ficaria levemente enjoada.

– Que espécie de lugar não tem chá? – perguntou ela, e inclinou-se para a frente, cotovelos nos joelhos, colocando a testa nos pulsos, as mãos nuas com as palmas para cima, os dedos esticados.

– Esta espécie de lugar – respondi. – Por que você estava tomando kef?

– Você não entenderia. – Lágrimas caíram no seu colo.

– Tente. – Tornei a pegar o instrumento e comecei a tocar uma melodia.

Depois de seis segundos de choro silencioso, Seivarden falou:

– Ela disse que tornaria tudo mais claro.

– O kef? – Sem resposta. – O que ficaria mais claro?

– Eu conheço essa canção – disse ela, seu rosto ainda repousando nos pulsos. Percebi que muito provavelmente esse seria o único jeito de ela me reconhecer, e mudei de canção. Em uma região de Valskaay, cantar era um passatempo refinado, e associações locais de coral eram o centro das atividades sociais. Aquela anexação me trouxera uma grande quantidade de música do tipo que eu mais gostava, na época em que eu tinha mais de uma voz. Escolhi uma dessas. Seivarden não a conheceria. Valskaay fora tanto antes como depois de seu tempo.

– Ela afirmou – Seivarden continuou finalmente, levantando o rosto – que as emoções nublavam a percepção. Que a visão mais clara era razão pura, não distorcida pelos sentimentos.

– Isso não é verdade. – Eu passara uma semana com aquele instrumento e quase mais nada para fazer. Consegui dois versos.

– No começo, parecia verdade. No começo, era maravilhoso. Tudo sumia. Mas depois o efeito passava e as coisas voltavam a ser como eram. Na verdade, piores. E então, depois de um tempo, não sentir me fazia sentir mal. Não sei. Não sei descrever. Mas se eu tomasse mais, a sensação passava.

– E ficar sem passou a se tornar cada vez menos suportável, não é? – Eu já escutara essa história algumas vezes nos últimos vinte anos.

– Ah, graça de Amaat – gemeu ela. – Eu quero morrer.

– Por que não morre? – Mudei para outra canção. *Meu coração é um peixe, oculto na grama d'água. No verde, no verde...*

Ela olhou para mim como se eu fosse uma pedra que começara a falar.

– Você perdeu sua nave – eu disse. – Ficou congelada por mil anos. Então acordou e descobriu que o Radch havia mudado; não há mais invasões, um tratado humilhante foi feito com Presger, sua casa perdeu status financeiro e social. Ninguém a conhece nem se lembra de você. Não se importam se está viva ou morta. Você não está acostumada com isso, nem é o que esperava da vida, certo?

Ela levou três segundos de confusão para se dar conta do fato.

– Você sabe quem eu sou.

– É claro que eu sei quem você é. Você me contou – menti.

Ela piscou várias vezes, olhos cheios de lágrimas, creio eu, tentando se lembrar se havia feito isso ou não. Mas suas memórias estavam, claro, incompletas.

– Vá dormir – aconselhei, e pousei os dedos sobre as cordas, silenciando-as.

– Quero ir embora – protestou ela, sem se mover, ainda caída sobre o banco, cotovelos nos joelhos. – Por que não posso ir embora?

– Tenho negócios aqui – respondi.

Ela curvou o lábio e emitiu um som de desprezo. Seivarden tinha razão, claro, esperar ali era tolice. Depois de tantos anos, planejamento e esforço, eu fracassara.

Ainda assim...

– Volte para a cama.

"Cama" era o amontoado de colchões e cobertores ao lado do banco onde Seivarden estava sentada. Ela olhou para mim, fazendo uma cara de nojo, e, com desprezo, escorregou para o chão e se deitou, puxando um cobertor sobre si. Seivarden não dormiria logo. Tentaria pensar em algum jeito de partir, de me sobrepujar ou de me convencer a fazer sua vontade. Qualquer planejamento do gênero seria inútil até que ela soubesse o que queria, claro, mas eu não disse nada.

Em menos de uma hora, seus músculos relaxaram e sua respiração diminuiu. Se ela ainda fosse minha tenente, eu saberia com certeza se estava dormindo, saberia até qual era o estágio do sono, saberia se ela estava ou não sonhando. Agora, eu só podia ver sinais externos.

Ainda desconfiada, eu me sentei no chão, recostando-me contra outro banco, e puxei um cobertor sobre as minhas pernas. Como havia feito todas as vezes que dormira ali, abri meu casaco interno e pus a mão na arma, recostei-me e fechei os olhos.

Duas horas depois, um som fraco me despertou. Continuei imóvel, a mão ainda na arma. O som fraco se repetiu, ligeiramente mais alto: a segunda porta se fechando. Aos poucos, abri os olhos. Seivarden jazia quieta demais em sua cama improvisada; com certeza ela também ouvira o som.

Por entre os cílios, vi uma pessoa usando roupas próprias para o exterior. Com pouco menos de dois metros de altura, magra sob a massa do casaco duplo, pele cinza-chumbo. Quando ela tirou o capuz, vi que seus cabelos eram da mesma cor. Certamente não era uma niltana. Ela ficou parada, observando a mim e Seivarden, por uns sete segundos, depois andou em silêncio até onde eu estava e se abaixou para puxar minha mochila com uma mão. Na outra mão, ela segurava uma arma, apontada com firmeza para mim, embora parecesse não saber que eu estava acordada.

A trava a confundiu por alguns momentos, então ela puxou uma ferramenta do bolso, que usou para abrir a trava bem mais rápido do que eu havia esperado. Com a arma ainda apontada para mim, e olhando ocasionalmente para a ainda imóvel Seivarden, ela esvaziou a mochila.

Roupas extras. Munição, mas nenhuma arma, o que certamente a faria suspeitar que eu estava armada. Três pacotes de rações concentradas embrulhadas em papel alumínio. Talheres e uma garrafa de água. Um disco de ouro com cinco centímetros de diâmetro e um centímetro e meio de espessura, que ela ficou observando intrigada, cenho franzido, e depois deixou de lado. Uma caixa, que ela abriu e descobriu conter dinheiro; ela suspirou surpresa quando percebeu a quantia, e olhou para mim. Não me mexi. Não sei o que ela pensara que encontraria, mas pareceu não ter encontrado, fosse lá o que fosse.

Ela pegou o disco que a intrigara e se sentou em um banco do qual tinha uma visão clara tanto de mim como de Seivarden. Virando o disco, ela encontrou o gatilho. Os lados se desprenderam, abrindo como uma flor, e o mecanismo liberou o ícone: uma pessoa quase nua, exceto por calças curtas e minúsculas flores brilhantes e esmaltadas. A imagem sorria, serena. Tinha quatro braços. Uma das mãos segurava uma bola, o outro braço estava envolto em uma braçadeira cilíndrica. Suas outras mãos seguravam uma faca e uma cabeça cortada, que pingava sangue feito de pedras preciosas aos seus pés descalços. Tudo isso, enquanto a cabeça sorria o mesmo sorriso de profunda calma santificada.

Strigan, só poderia ser Strigan, franziu a testa. O ícone fora algo inesperado. Atiçara ainda mais a sua curiosidade.

Abri os olhos. Ela segurou a arma com mais força; a arma para a qual eu olhava o mais perto possível, agora que meus olhos estavam abertos, agora que podia virar a cabeça em sua direção.

Strigan estendeu o ícone e ergueu uma das sobrancelhas cinza-chumbo.

– Parente? – perguntou ela, em radchaai. Mantive meu rosto agradavelmente neutro.

– Quase isso – respondi, no idioma dela.

– Achei que sabia o que você era quando chegou – disse ela, depois de um longo silêncio, felizmente acompanhando minha mudança de idioma. – Achei que sabia o que você estava fazendo aqui. Agora não estou tão certa. – Ela olhou de relance para Seivarden, que parecia, para todos os fins, imperturbável, apesar de nossa conversa. – Eu *acho* que sei quem *ele* é. Mas quem é você? O que é você? Não me diga Breq de Gerentate. Você é tão radchaai quanto aquele ali. – Com o cotovelo, ela indicou rapidamente para Seivarden.

– Eu vim até aqui para comprar uma coisa – respondi, determinada a não olhar para a arma que ela segurava. – Ele é incidental.

Como não estávamos falando radchaai, precisei levar o gênero em consideração; o idioma de Strigan exigia isso. Ao mesmo tempo, a sociedade na qual ela vivia professava acreditar que gênero era insignificante. Machos e fêmeas se vestiam, falavam e agiam de modo indistinguível. No entanto, ninguém que conheci jamais hesitara nem se confundira. E sempre se ofendiam quando eu hesitava ou me confundia. Eu não aprendera o truque. Já estivera no apartamento de Strigan, havia visto seus pertences, e ainda não sabia ao certo que formas usar com ela agora.

– Incidental? – Strigan perguntou, sem acreditar.

Eu não podia culpá-la. Eu mesma não teria acreditado, mas sabia que era verdade. Strigan não disse mais nada, talvez percebendo que falar demais seria idiotice, se eu fosse realmente o que ela temia que eu fosse.

– Coincidência – respondi. Fiquei um pouco feliz por não estarmos falando radchaai, idioma no qual a palavra implicava outros significados. – Eu o encontrei inconsciente. Se o houvesse deixado onde estava, ele teria morrido. – Pelo olhar que lançou, Strigan também não acreditou nessa conversa. – Por que você está aqui?

Ela deu risada, curta e amarga, ou porque eu escolhera o gênero errado, ou por outra coisa; eu não tinha certeza.

– Acho que quem deve fazer essa pergunta sou eu. – Pelo menos, ela não corrigira minha gramática.

– Vim falar com você. Para comprar uma coisa. Seivarden estava doente. Você não estava aqui. Pagarei pelo que comemos, claro.

Por algum motivo, Strigan pareceu achar aquilo divertido.

– Por que você está aqui?

– Eu estou sozinha – disse, respondendo à pergunta que ela não havia feito. – A não ser por ele. – Indiquei com a cabeça Seivarden. Minha mão ainda estava na arma, e Strigan provavelmente já adivinhara o motivo de eu manter aquela mão tão parada sob o casaco. Seivarden ainda fingia dormir.

Strigan balançou a cabeça de leve, sem acreditar.

– Eu teria jurado que você era uma soldada cadáver. – Uma auxiliar, ela queria dizer. – Quando chegou aqui, eu tinha certeza disso. – Ela havia se escondido por perto então, esperando que partíssemos, e o lugar inteiro estivera sob sua vigilância. Ela deve ter muita confiança em seu esconderijo; se eu fosse o que ela temia, permanecer nas proximidades teria sido uma ideia extremamente tola. Com certeza, eu a teria encontrado.

– Mas quando você percebeu que não havia ninguém aqui, você chorou. E ele... – Ela deu de ombros na direção de Seivarden, que estava deitada, relaxada e imóvel na cama improvisada.

– Sente-se, cidadã – ordenei a Seivarden, em radchaai. – Você não está enganando ninguém.

– Vá se foder – respondeu ela, e puxou um cobertor por cima da cabeça. Depois voltou a empurrá-lo e se levantou. Ligeiramente trêmula, foi até a instalação sanitária e fechou a porta.

Voltei-me para Strigan.

– Aquele negócio com o aluguel de voadores. Foi você? – Ela deu de ombros de forma irônica.

– Ele me disse que uns dois radchaai estavam vindo nesta direção. Ou ele subestimou muito você, ou você é ainda mais perigosa do que eu pensava.

O que seria algo consideravelmente perigoso.

– Já me acostumei a ser subestimada. E você não disse a ela... a ele por que pensou que eu estava vindo.

A arma dela continuava firme.

– Por que você está aqui?

– Você sabe por que estou aqui. – Uma mudança rápida em sua expressão, logo suprimida. Continuei. – Não é para matá-la. Isso não condiz com o meu objetivo.

Ela ergueu uma sobrancelha e inclinou levemente a cabeça.

– Não seria?

A finta, o volteio me frustravam.

– Eu quero a arma.

– Que arma?

Strigan nunca seria tola a ponto de admitir que a coisa de fato existia, ou que sabia de qual arma eu estava falando. Mas seu fingimento não me convenceu. Ela sabia. Se ela tinha o que eu achava que tinha, e eu havia apostado minha vida de ela de fato tinha, não seria necessário especificar mais. Ela *sabia*.

Se ela me daria a arma ou não, essa era outra história.

– Eu posso pagar por ela.

– Não sei do que você está falando.

– As garseddai fazem tudo em lotes de cinco. Cinco ações corretas, cinco pecados principais, cinco zonas vezes cinco regiões. Vinte e cinco representantes para se renderem à Senhora do Radch.

Por três segundos, Strigan ficou absolutamente imóvel. Até mesmo sua respiração parecia ter parado. Então ela falou:

– Garsedd, não é? O que isso tem a ver comigo?

– Eu nunca teria adivinhado se você houvesse ficado onde estava.

– Garsedd foi há mil anos, e em um lugar muito, muito longe daqui.

– Vinte e cinco representantes para se renderem à Senhora do Radch – repeti. – E vinte e quatro armas recuperadas ou de alguma forma catalogadas.

Ela piscou várias vezes, respirou fundo.

– Quem é você?

– Alguém fugiu. Alguém escapou do sistema antes que o exército radchaai chegasse. Talvez a pessoa tivesse medo de que as armas não funcionassem conforme o anunciado. Talvez soubesse que, mesmo que funcionassem, de nada adiantaria.

– Pelo contrário, não? Não era esse o objetivo? Ninguém desafia Anaander Mianaai – disse ela com amargura. – Não, se quiser viver.

Eu não disse nada.

Strigan continuava segurando a arma sem vacilar. Mesmo assim, ela corria perigo caso eu decidisse machucá-la, e creio que suspeitasse disso.

– Não sei por que acha que tenho essa arma que está procurando. Por que eu a teria?

– Você colecionava antiguidades, curiosidades. Já possuía uma pequena coleção de artefatos garseddai. De algum modo, chegaram à estação Dras Annia. Outros artefatos poderiam chegar também. E então, um dia, você desapareceu. Tomou cuidado para não ser seguida.

– Um fato bem restrito para uma suposição tão grande.

– Então me explique. – Fiz um gesto cuidadoso com a mão livre, a outra ainda embaixo do casaco, segurando minha arma. – Você tinha um posto confortável em Dras Annia, pacientes, muito dinheiro, associações e reputação. Agora está no meio de um nada gélido, fornecendo primeiros socorros a pessoas que criam bovs.

– Crise pessoal – respondeu ela, pronunciando cada palavra cuidadosa e deliberadamente.

– Claro – concordei. – Você não quis destruir a arma, nem passá-la para alguém ingênua o suficiente para não saber o perigo que ela representava. Você sabia, assim que percebeu o que tinha em mãos, que se as autoridades do Radch sequer pensassem que ela existia, você seria rastreada e morta, assim como qualquer outra pessoa que pudesse ter visto a arma.

Embora o Radch quisesse que todas se lembrassem do que acontecera com as garseddai, não queriam que ninguém soubesse como as garseddai haviam conseguido fazer o que fizeram, algo que ninguém teria condições de fazer mil anos antes nem mil anos depois: destruir uma nave radchaai. Quase ninguém ainda com vida lembrava do acontecido. Eu sabia, assim como quaisquer naves ainda em funcionamento que houvessem estado lá. Anaander Mianaai certamente sabia. E Seivarden, que vira com os próprios olhos aquilo que a Senhora do Radch queria que acreditassem ser impossível: aquela armadura e arma invisíveis, aquelas balas que derrotaram armaduras radchaai (e o escudo de calor de sua nave), com tão pouco esforço.

– Quero a arma – disse a Strigan. – Pagarei por ela.

– *Se* eu tivesse algo assim... Se! É muito provável que nenhuma quantia de dinheiro no mundo fosse suficiente.

– Tudo é possível – concordei.

– Você é radchaai. E é militar.

– Era – corrigi. E quando ela debochou, acrescentei: – Se ainda fosse, não estaria aqui. Ou, se eu fosse, você já teria me dado as informações que eu queria, e estaria morta.

– Saia daqui! – A voz de Strigan estava calma, mas enfática. – Leve seu vira-lata com você.

– Não vou embora até obter o que vim buscar. – Não faria muito sentido ir embora agora. – Você terá de me dar a arma, ou atirar em mim com ela. – Eu estava praticamente admitindo que usava armadura. O que implicava que eu era mesmo o que ela temia: uma agente radchaai enviada para matá-la e pegar a arma.

Por mais apavorada que estivesse com a minha presença, ela não conseguiu evitar sua curiosidade.

– Por que você quer tanto a arma?

– Eu quero – respondi – matar Anaander Mianaai.

– O quê? – A arma em sua mão tremeu, movendo-se um pouco para o lado, e depois voltou a se endireitar. Ela se inclinou três milímetros para a frente, e sua cabeça pendeu para o lado, como se tivesse certeza de que não me escutara direito.

– Eu quero matar Anaander Mianaai – repeti.

– Anaander Mianaai – ela disse, com amargura – tem milhares de corpos em centenas de lugares. Você não tem como matá-lo. Certamente não com apenas uma arma.

– Ainda quero tentar.

– Você é louca. Isso é sequer possível? Radchaai não sofrem lavagem cerebral?

Era um preconceito comum.

– Apenas pessoas que cometem crimes ou que não estão funcionando bem são reeducadas. Na verdade, ninguém liga para o que você pensa, contanto que você faça o que deve ser feito.

Ela ficou me encarando, em dúvida.

– Como você define "não estão funcionando bem"?

Fiz um gesto indefinido com a mão livre, tipo "não é problema meu". Embora talvez *fosse*. Talvez essa pergunta fosse importante para mim agora, assim como podia ser muito importante para Seivarden.

– Vou tirar a mão do meu casaco – disse. – E depois vou dormir.

Strigan não respondeu, apenas ergueu levemente uma sobrancelha cinza.

– Se eu achei você, Anaander Mianaai com certeza também pode achar – continuei. Estávamos falando o idioma de Strigan. Que gênero ela havia atribuído à Senhora do Radch? – Ele ainda não o fez, talvez porque esteja preocupado com outras questões neste momento, e por motivos que devem ser claros para você, é possível que ele hesite em delegar essa questão.

– Então estou segura. – Ela soou mais certa disso do que deveria.

Seivarden saiu do banheiro fazendo barulho e afundou de volta em seus cobertores, as mãos tremendo, a respiração rápida e entrecortada.

– Estou tirando a mão do casaco agora – disse, e fiz. Devagar. A mão vazia.

Strigan suspirou e abaixou a arma.

– Eu provavelmente não conseguiria atingir você de qualquer maneira. – Porque ela tinha certeza de que eu era militar radchaai e, portanto, usava armadura. Claro que, se ela me pegasse desprevenida, ou atirasse antes de eu estender a armadura, poderia de fato me atingir.

E, claro, ela tinha aquela arma. Mas talvez não a tivesse por perto naquele momento.

– Pode me devolver meu ícone?

Ela franziu a testa, então se lembrou de que ainda o segurava.

– Seu ícone.

– Pertence a mim – esclareci.

– É uma semelhança e tanto – disse ela, voltando a olhar para ele. – De onde é?

– De muito longe.

Estendi a mão. Ela o devolveu, e com uma das mãos toquei no gatilho. A imagem se dobrou sobre si mesma, e a base se fechou de volta em um disco de ouro.

Strigan olhou com atenção para Seivarden e franziu a testa.

– Seu vira-lata está tendo uma crise de ansiedade.

– Está.

Strigan balançou a cabeça, frustrada ou exasperada, e foi até sua enfermaria. Ela voltou, foi até Seivarden, se inclinou, e estendeu a mão para ela.

Seivarden se assustou, levantando-se e recuando, e agarrou o pulso de Strigan em um movimento que eu sabia era feito para quebrar o osso. Mas Seivarden não era o que já fora um dia. Devassidão e o que eu suspeitava ser má nutrição haviam cobrado seu preço. Strigan deixou o braço na mão de Seivarden, e com a outra mão puxou uma pequena aba branca de seus próprios dedos e a enfiou na testa de Seivarden.

– Não estou com pena de você – disse ela em radchaai. – A questão é que sou médica.

Seivarden olhou para ela com uma expressão de horror incontido.

– Solte meu braço.

– Relaxe, Seivarden, e deite-se – ordenei, ríspida. Ela ainda olhou para Strigan por dois segundos, mas depois fez o que lhe pedi.

– Não vou aceitá-lo como meu paciente – disse Strigan, notando que a respiração de Seivarden ficava mais lenta e seus músculos relaxavam. – São apenas primeiros socorros. E não quero que ele entre em pânico e comece a quebrar minhas coisas.

– Eu vou dormir agora – respondi. – Conversaremos mais pela manhã.

– Já é de manhã.

Mas ela não argumentou mais.

Não seria tola o bastante para me revistar enquanto eu dormia. Ela bem sabia o quanto isso seria perigoso.

Também não atiraria enquanto eu estivesse dormindo, embora fosse um meio simples e eficiente de se livrar de mim. Dormindo, eu seria alvo fácil para uma bala, a não ser que estendesse minha armadura agora e a deixasse erguida.

Mas não havia necessidade. Strigan não atiraria em mim, pelo menos não até que tivesse respostas para suas muitas perguntas. Mesmo depois, talvez decidisse não o fazer. Eu era um enigma intrigante demais.

Strigan não estava na sala principal quando acordei, mas a porta que dava para o quarto estava fechada, então supus que ela estivesse dormindo ou quisesse privacidade. Seivarden estava acordada, me encarando fixamente, inquieta, esfregando braços e ombros. Uma semana antes, eu precisara impedi-la de esfolar a própria pele. Ela havia melhorado desde então.

A caixa de dinheiro estava onde Strigan a deixara. Eu a chequei; ninguém havia mexido nela. Coloquei-a de lado e tranquei minha mochila, contemplando qual seria o meu próximo passo.

– Cidadã – disse para Seivarden, ríspida e com autoridade. – Desjejum.

– O quê? – Ela ficou tão surpresa que parou de se mover por um instante.

Ergui o canto do lábio, bem de leve.

– Devo pedir à médica que cheque sua audição? – O instrumento de cordas estava ao meu lado, onde eu o deixara na noite anterior. Eu o apanhei, dedilhando uma quinta. – Desjejum.

– Não sou sua serva – protestou ela, indignada.

Aumentei o desprezo em meu semblante, um incremento mínimo.

– Então você é o quê?

Ela ficou paralisada, uma expressão de raiva visível em seu rosto, e ficou claro para mim que estava debatendo consigo mesma sobre qual seria a melhor resposta. Mas a pergunta era difícil demais para ser respondida com facilidade. A confiança em sua própria superioridade havia aparentemente sofrido um golpe severo demais para que ela pudesse lidar com isso agora. Ela não pareceu ser capaz de encontrar uma resposta.

Foquei o instrumento e comecei a dedilhar uma música. Eu esperava que ela ficasse sentada onde estava, de mau humor, até que a fome por fim a levasse a preparar sua própria refeição. Ou quem sabe, com muito atraso, encontrasse algo para me dizer. Percebi que quase ansiava para que ela tentasse me bater, para que eu pudesse revidar, mas talvez ela ainda estivesse sob influência, ainda que leve, do que quer que Strigan lhe dera na noite anterior.

A porta do quarto de Strigan se abriu, e ela entrou na sala principal, parou, cruzou os braços e ergueu uma sobrancelha. Seivarden a ignorou. Nenhuma de nós disse nada, e depois de cinco segundos Strigan se virou, andou a passos largos até a cozinha e abriu um armário.

Estava vazio, o que eu já sabia desde a noite anterior.

– Você acabou com tudo, Breq de Gerentate – disse Strigan, sem rancor. Parecia quase achar aquilo engraçado. Corríamos muito pouco risco de morrer de fome. Mesmo no verão, o lado de fora funcionava como um enorme freezer, e o prédio de armazenamento (que estava sem aquecimento) tinha muitas provisões. Era apenas questão de ir buscar algumas e descongelá-las.

– Seivarden – chamei-a, usando o mesmo tom casualmente desdenhoso que ouvira da própria Seivarden em um passado distante –, traga um pouco de comida do galpão.

Ela ficou paralisada, e depois piscou várias vezes, espantada.

– Quem diabos você pensa que é?

– Cuidado com o linguajar, cidadã – chamei sua atenção. – E eu poderia lhe fazer a mesma pergunta.

– Sua... sua ignorante, sua *ninguém*. – A súbita intensidade de sua raiva quase fez lágrimas brotarem em seus olhos mais uma vez. – Você acha que é melhor do que eu? Você nem sequer é *humana*. – Ela não disse isso por eu ser uma auxiliar. Eu tinha certeza de que ela ainda não percebera isso. Ela disse isso porque eu não era radchaai, e talvez porque pudesse ter implantes que eram comuns em alguns lugares fora do espaço do Radch e que, a olhos radchaai, comprometeriam minha humanidade. – Não fui criada para ser sua serva.

Eu posso me mover muito, mas muito rápido. Eu estava em pé, meu braço no meio de um soco, antes que pudesse sequer pensar em me mover. Em uma minúscula fração de segundo, contemplei me controlar, mas isso logo passou, e meu punho alcançou o rosto de Seivarden, rápido demais para que ela sequer pudesse parecer surpresa.

Ela desabou, caindo para trás em sua cama improvisada, sangue jorrando do nariz, e ficou imóvel.

– Ele está morto? – perguntou Strigan, ainda parada em pé na cozinha, a voz ligeiramente curiosa.

Fiz um gesto ambíguo.

– Você é a médica.

Ela foi até onde Seivarden jazia, inconsciente e sangrando. Olhou bem para ela.

– Não está morta – anunciou –, mas eu gostaria de me certificar de que a concussão não vai evoluir para algo pior.

Fiz um gesto de resignação.

– Seja o que Amaat quiser – respondi. Então coloquei meu casaco e saí para buscar comida.

6

Em Shis'urna, na cidade de Ors, a Sete Issa da *Justiça de Ente* que acompanhara a tenente Skaaiat até a casa de Jen Shinnan sentou-se comigo no nível mais baixo da casa. Ela tinha um nome além de sua designação – um nome que nunca usei, embora o conhecesse. Mesmo a tenente Skaaiat às vezes se dirigia às soldadas humanas individuais sob seu comando como meramente "Sete Issa". Ou por seus números de segmento.

Eu havia levado um tabuleiro e peças, e jogamos duas partidas em silêncio.

– Você não pode me deixar ganhar algumas? – perguntou, ao final da segunda partida. Antes que eu pudesse responder, um som duro e seco ressoou do andar superior e ela sorriu. – Parece que a tenente Durona consegue se dobrar, afinal! – Sete Issa me lançou um olhar desejando compartilhar a piada, divertindo-se com o contraste entre a costumeira formalidade cuidadosa de Awn e o que estava obviamente acontecendo no andar de cima entre ela e a tenente Skaaiat. Mas, assim que Sete Issa terminou a frase, seu sorriso desapareceu. – Desculpe. Não quis dizer nada com isso, só que...

– Eu sei – respondi. – Não me ofendi.

Sete Issa franziu a testa e fez um gesto de dúvida com a mão esquerda, desajeitada, os dedos enluvados ainda fechados sobre meia dúzia de peões.

– Naves têm sentimentos.

– Têm, é claro. – Sem sentimentos, decisões insignificantes se tornam tentativas excruciantes de comparar fileiras infinitas de coisas inconsequentes. É mais fácil lidar com essas coisas usando emoções. – Mas, como disse, não me ofendi.

Sete Issa baixou os olhos para o tabuleiro e jogou os peões que segurava em uma de suas depressões. Olhou para eles por um momento e depois levantou a cabeça.

– Ouvimos falar. Sobre naves e as pessoas de que elas gostam. E eu juraria que sua expressão nunca muda, mas...

Acionei os músculos da face e sorri, uma expressão que havia visto muitas vezes.

Sete Issa se encolheu.

– Não faça isso! – disse ela, indignada, mas ainda falando baixo para que as tenentes não nos ouvissem.

Não era que eu tivesse sorrido de modo errado; eu sabia que não. Só que algumas das Sete Issa achavam muito perturbadora essa mudança súbita de minha habitual falta de expressão para algo humano. Abandonei o sorriso.

– Pelas tetas de Aatr – xingou Sete Issa. – Quando você faz isso, parece que está possuída ou algo assim. – Ela balançou a cabeça, pegou os peões e começou a distribuí-los ao redor do tabuleiro. – Tudo bem se não quiser falar a respeito. Mais uma partida.

A noite caiu. As conversas dos vizinhos foram diminuindo, ficando desconexas e finalmente cessando; as pessoas recolheram as crianças sonolentas e foram para a cama.

Denz Ay chegou quatro horas antes do amanhecer, e eu me juntei a ela, entrando em seu barco sem falar nada. Ela não me cumprimentou, e tampouco o fez sua filha, sentada na proa. Devagar, quase sem fazer barulho, nos afastamos da casa.

A vigília no templo continuava, as preces das sacerdotisas eram audíveis na praça, como um sussurro intermitente. As ruas, de cima e de baixo, estavam em silêncio, a não ser pelos meus passos e pelo som da água escura, iluminada pelas estrelas que refletiam lá do alto, pelo piscar das boias que cercavam as zonas proibidas e pela luz do templo de Ikkt. A Sete Issa que nos acompanhara de volta à casa da tenente Awn dormia em um palete no piso térreo.

A tenente Awn e a tenente Skaaiat estavam juntas no andar de cima, quietas e à beira do sono.

Ninguém mais estava na água conosco. No fundo do barco vi corda, redes, respiradores, uma cesta redonda e uma coberta amarrada a uma âncora. A filha me viu olhando para aquilo e chutou tudo para baixo de seu assento, com descaso estudado. Afastei o olhar para a água, para as boias que piscavam, e não disse nada. A fictícia ideia de que elas poderiam esconder ou alterar informações que chegavam de seus rastreadores sempre poderia ser útil, mesmo que ninguém de fato acreditasse nela.

Logo que entramos na região das boias, a filha de Denz Ay colocou um respirador na boca e deslizou pela beirada, com uma corda na mão. O lago não era muito fundo, especialmente naquela época do ano. Momentos depois, ela voltou para o barco. Puxamos o caixote, um trabalho relativamente fácil até chegar à superfície, mas nós três conseguimos trazê-lo para dentro do barco sem que muita água entrasse.

Retirei a lama de cima da tampa. O caixote era de fabricação radchaai, mas esse fato isolado não dizia nada. Encontrei a fechadura e o abri.

As armas em seu interior, longas, finas e mortais, eram do tipo que fora transportado por soldadas tanmind antes da anexação. Eu sabia que cada uma teria uma marca de identificação, e as marcas de quaisquer armas confiscadas por nós teriam sido listadas e notificadas, então eu poderia consultar o estoque e determinar quase imediatamente se aquelas eram armas confiscadas, ou se haviam passado despercebidas por nós.

Se fossem armas confiscadas, a situação se tornaria bem mais complicada do que parecia no momento; e já estava bem complicada.

A tenente Awn estava no primeiro estágio do sono NREM. A tenente Skaaiat parecia estar no mesmo estágio. Eu poderia consultar o estoque por iniciativa própria. Na verdade, eu deveria. Mas não o fiz, em parte porque acabara de ser lembrada, no dia anterior, das autoridades corruptas de Ime, do uso errôneo de acessos, do mais alarmante abuso de poder; algo que qualquer cidadã teria achado impossível. Só esse lembrete foi suficiente para me deixar cautelosa. Além disso, depois das afirmações de Denz Ay, de que no passado residentes da cidade alta haviam plantado evidências, e da conversa que ocorreu depois, no jantar daquela noite, que havia deixado claro o ressentimento que ainda pairava na cidade alta, algo não parecia certo. Ninguém na cidade alta saberia se eu solicitasse informações sobre armas confiscadas, mas e se mais alguém estivesse envolvido? Alguém que pudesse disparar alertas de notificação caso determinadas perguntas fossem feitas em determinados lugares? Denz Ay e sua filha estavam sentadas no barco em silêncio, parecendo despreocupadas, sem sinais de ansiedade, como se quisessem estar em outro lugar ou fazendo outra coisa.

Em poucos momentos, eu tinha a atenção da *Justiça de Toren*. Eu vira muitas daquelas armas confiscadas; não eu, Esk Uma, mas eu, *Justiça de Toren*, cujas milhares de soldadas auxiliares haviam estado no planeta durante a anexação. Se eu não podia consultar um estoque oficial sem alertar uma autoridade para o fato de que encontrara aquele depósito, poderia consultar minha própria memória, a fim de ver se alguma delas havia passado sob meus próprios olhos.

E haviam.

Fui até onde a tenente Awn estava dormindo e pus a mão em seu ombro nu.

– Tenente – disse baixinho. No barco, fechei o caixote com um estalido suave e disse: – De volta para a cidade.

A tenente Awn despertou assustada.

– Não estou dormindo – respondeu ela, zonza. No barco, Denz Ay e sua filha silenciosamente apanharam seus remos e começaram a voltar.

– As armas haviam sido confiscadas – contei baixinho para a tenente Awn. Não queria acordar a tenente Skaaiat e não queria que ninguém mais ouvisse o que eu estava dizendo. – Reconheci os números de série.

A tenente Awn olhou para mim confusa por alguns segundos, sem compreender. Então caiu a ficha.

– Mas... – Nesse momento Awn despertou completamente e se virou para a outra tenente. – Skaaiat, acorde. Tenho um problema.

Eu levei as armas até o andar de cima da casa da tenente Awn.

Sete Issa nem sequer se mexeu quando passei.

– Tem certeza? – perguntou a tenente Skaaiat, ajoelhada ao lado do caixote aberto, nua exceto pelas luvas, com uma tigela de chá em uma das mãos.

– Eu mesma confisquei estas – respondi. – Eu me lembro delas. – Estávamos todas falando muito baixo, de modo que ninguém lá fora pudesse ouvir.

– Então elas deveriam ter sido destruídas – argumentou a tenente Skaaiat.

– Mas não foram, como vê – disse a tenente Awn. Então, depois de um breve silêncio: – Ah, merda. Isso não é bom.

Eu lhe enviei uma mensagem, silenciosamente. *Cuidado com o linguajar, tenente.*

A tenente Skaaiat deu uma risada curta e abafada, nada animada.

– Isso para dizer o mínimo. – Ela franziu a testa. – Mas por quê? Por que alguém se daria ao trabalho?

– E como? – perguntou a tenente Awn. Ela parecia ter esquecido o chá no chão ao seu lado. – Elas foram colocadas aqui sem que víssemos. – Eu olhara os registros dos últimos trinta dias e não vira nada que não houvesse sido catalogado. Na verdade, ninguém estivera naquele ponto além de Denz Ay e sua filha, trinta dias antes e na noite anterior.

– É a parte fácil, se você tiver os acessos certos – disse a tenente Skaaiat. – O que poderia nos dizer algo. Não é alguém que tem acesso de alto nível à *Justiça de Toren*, ou teria garantido que ela não se lembrasse das armas. Ou, pelo menos, que não pudesse dizer que se lembrava.

– Ou elas não pensaram nesse detalhe particular – sugeriu a tenente Awn. Ela estava intrigada. E começava a ficar assustada.

– Ou, quem sabe, isso faça parte do plano desde o começo. Mas estamos de volta ao porquê, não estamos? Não importa muito como. Não neste momento.

A tenente Skaaiat virou-se para mim.

– Fale-me do problema que a sobrinha de Jen Taa teve na cidade baixa.

A tenente Awn olhou para ela, franzindo a testa.

– Mas... – Com um gesto, a tenente Skaaiat a fez se calar.

– Não houve problema algum – disse eu. – Ela ficou sentada sozinha, jogando pedras na água do Pré-Templo. Comprou um pouco de chá na loja atrás do templo. Fora isso, ninguém falou com ela.

– Tem certeza? – perguntou a tenente Awn.

– Ela estava no meu campo de visão o tempo todo. – E eu cuidaria para que ela permanecesse assim em quaisquer visitas futuras, mas não era preciso comentar isso.

As duas tenentes ficaram em silêncio por um momento. A tenente Awn fechou os olhos e respirou fundo. Agora ela estava ficando realmente apavorada.

– Elas estão mentindo – disse ela, olhos ainda fechados. – Querem uma desculpa para acusar alguém na cidade baixa de... alguma coisa.

– Sedição – disse a tenente Skaaiat. Ela se lembrou do chá, e tomou um gole. – E subir de posição. Isso está claro.

– Claro, isso eu percebi – disse a tenente Awn. Ela havia esquecido de esconder o sotaque, mas não notara. – Mas por que diabos alguém com esse tipo de acesso – ela fez um gesto para o caixote de armas – iria querer ajudá-las?

– É essa a questão – respondeu a tenente Skaaiat. Elas ficaram em silêncio por vários segundos. – O que você vai fazer?

A pergunta incomodou a tenente Awn, que devia estar se perguntando justamente isso. Ela olhou para mim.

– Será que isso é tudo?

– Posso pedir a Denz Ay que me leve para lá mais uma vez – respondi.

A tenente Awn fez um gesto afirmativo.

– Vou escrever o relatório, mas ainda não o arquivarei. Ficará pendente de mais investigações da nossa parte.

Tudo o que a tenente Awn fazia e dizia era observado e gravado. Mas, como todos em Ors usavam rastreadores, não havia alguém prestando atenção o tempo todo.

A tenente Skaaiat assoviou baixinho.

– Tem alguém armando pro seu lado, meu bem? – A tenente Awn olhou para ela sem compreender. – Talvez – continuou a tenente Skaaiat – Jen Shinnan? Posso tê-la subestimado. Ou... você pode confiar em Denz Ay?

– Se alguém quer realmente que eu vá embora, essas pessoas estão na cidade alta – disse a tenente Awn, e eu concordei silenciosamente. – Mas não acho que seja isso. Se alguém tem a capacidade de fazer algo assim – ela gesticulou para o caixote – e me quisesse fora daqui, seria bem fácil: era só dar a ordem. E Jen Shinnan não teria esse poder. – Não dita, mas presente por trás de cada palavra, pairava a lembrança das notícias de Ime. Do fato de que a pessoa que revelara a corrupção estava condenada a morrer, e talvez até já estivesse morta. – Ninguém em Ors poderia ter, não sem... – Não sem ajuda de um escalão muito alto, ela teria certamente completado, mas deixou a frase morrer.

– É verdade – devaneou a tenente Skaaiat, compreendendo. – Então é alguém do alto. Quem se beneficiaria?

– A sobrinha – disse a tenente Awn, perturbada.

– A sobrinha de Jen Taa se beneficiaria? – A tenente Skaaiat parecia intrigada.

– Não, não. A sobrinha é insultada ou atacada, supostamente. Eu não faço nada, na verdade digo que nada aconteceu.

– Porque nada aconteceu – disse a tenente Skaaiat, ainda intrigada, mas com cara de quem começava a entender.

– Elas não vão obter justiça de mim, então vão à cidade baixa para fazer justiça com as próprias mãos. O tipo de coisa que acontecia antes de chegarmos.

– E então elas acham todas essas armas. Ou mesmo durante. Ou... – Skaiaat balançou a cabeça. – Nem tudo está se encaixando. Digamos que você tenha razão. Mesmo assim. Quem lucra? As tanmind, não. Não se causarem problema. Elas podem fazer as acusações que quiserem, mas não importa o que encontrarem no lago, ainda são candidatas a reeducação se provocarem um tumulto.

A tenente Awn fez um gesto de dúvida.

– Alguém capaz de obter essas armas sem que nós as víssemos, seria capaz de deixar as tanmind fora de perigo. Ou fazê-las acreditar que era capaz.

– Ah. – A tenente Skaaiat logo compreendeu. – Uma pequena multa, circunstâncias atenuantes. Sem dúvida, é alguém grande, muito perigoso. Mas por quê?

A tenente Awn olhou para mim.

– Vá até a sacerdotisa principal e lhe peça um favor. Diga a ela que eu pedi, muito embora não seja a estação das chuvas, para posicionar alguém perto do alarme de tempestade em tempo integral. – O alarme, uma sirene de estourar os tímpanos, estava no alto da residência do templo. Seu som acionaria as proteções contra tempestade nas janelas da maioria dos edifícios da cidade baixa e, por certo, acordaria os habitantes de qualquer edifício não automatizado. – Peça a ela que fique pronta para soá-lo ao meu comando.

– Excelente – disse a tenente Skaaiat. – Qualquer multidão terá pelo menos que trabalhar um pouco mais para ultrapassar essas proteções. E depois?

– Pode ser que nem aconteça – disse a tenente Awn. – Seja o que for, vamos ter que lidar.

O que aconteceu, na manhã seguinte, foi a notícia de que Anaander Mianaai, Senhora do Radch, nos faria uma visita em algum momento nos próximos dias.

Por três mil anos, Anaander Mianaai havia governado o espaço do Radch em caráter absoluto. Ela residia em cada um dos treze palácios de província e estava presente em cada anexação. A Senhora do Radch conseguia fazer isso porque possuía milhares de corpos, todos geneticamente idênticos e todos ligados uns aos outros. Ela ainda estava no sistema de Shis'urna, alguns de seus corpos na nave responsável por esta anexação, a *Espada de Amaat*, outros na estação Shis'urna. Era ela quem fazia a lei radchaai e decidia qualquer alteração dessa lei. A Senhora do Radch era a comandante-chefe das militares, a mais alta sacerdotisa de Amaat, a pessoa da qual, em última análise, todas as casas radchaai eram clientes.

E ela chegaria a Ors nos próximos dias, em alguma data não especificada. Na verdade, era um pouco surpreendente que ela não houvesse visitado Ors antes: por menor que fosse, por mais que as orsianas houvessem decaído de sua antiga glória, a peregrinação anual ainda fazia de Ors um lugar de certa importância. Pelo menos o suficiente para que oficiais das famílias mais altas e com mais influência do que a tenente Awn houvessem desejado seu posto; e tentado, constantemente, arrancá-la dela, apesar da resistência determinada da Divina de Ikkt.

Então, a visita em si não era inesperada. Embora o momento parecesse estranho. Eram duas semanas antes do início da peregrinação, quando centenas de milhares de orsianas e turistas passariam pela cidade. Durante a peregrinação, a presença de Anaander Mianaai teria muita visibilidade, sendo uma oportunidade para impressionar um alto número de adoradoras de Ikkt. Em vez disso, ela viria logo antes. E, claro, era impossível não notar a profunda coincidência entre sua chegada e a descoberta das armas.

Quem quer que houvesse escondido aquelas armas estava agindo ou a favor, ou contra os interesses da Senhora do Radch. Pela lógica, ela deveria ter sido a única pessoa a quem recorrer e pedir mais instruções. E estar pessoalmente em Ors era muito conveniente; isso indicava uma oportunidade de lhe contar a respeito da situação sem que ninguém mais interceptasse a mensagem e estragasse o plano, ou alertasse as malfeitoras de que seu plano fora descoberto, tornando-as mais difíceis de capturar.

Só por isso, a tenente Awn ficou aliviada ao saber da visita dela. Muito embora, durante os próximos dias, e enquanto ela estivesse ali, a tenente Awn precisasse vestir seu uniforme completo.

Nesse meio tempo, ouvi com mais atenção as conversas na cidade alta; algo mais difícil de fazer do que na baixa, pois as casas eram todas fechadas e qualquer tanmind envolvida no caso certamente ficaria de bico calado se soubesse que eu estava por perto. E ninguém era idiota o bastante para ter o tipo de conversa que eu procurava escutar, não em qualquer lugar sem privacidade. Eu também vigiei a sobrinha de Jen Taa; o melhor que pude, pelo menos. Depois do jantar, ela não deixou mais a casa de Jen Shinnan, mas eu podia ver seus dados no rastreador.

Por duas noites, fui até o pântano com Denz Ay e sua filha, e encontramos mais dois caixotes de armas. Mais uma vez, eu não tinha como determinar quem as deixara, nem quando, embora as afirmações oblíquas de Denz Ay, cuidadosas para não culpar as pescadoras que normalmente praticavam pesca proibida naquelas áreas, implicassem que elas deveriam ter chegado em algum momento no último mês ou antes disso.

– Ficarei feliz com a chegada da Senhora Mianaai – a tenente Awn me disse, baixinho, uma noite. – Acho que eu não deveria estar lidando com algo assim.

Nesse meio-tempo, reparei que apenas Denz Ay ia para a água à noite, e na cidade baixa ninguém ficava sentada ou deitada no caminho das proteções. Embora existissem medidas de segurança para detê-las, caso alguém estivesse no caminho, esse era um tipo de precaução de rotina observado só na estação chuvosa, e normalmente ignorada na estação seca.

A Senhora do Radch chegou no meio do dia, a pé, uma única versão dela descendo pela cidade alta, nenhum vestígio seu nos registros de rastreamento, e foi direto ao templo de Ikkt. Ela era velha, de cabelos grisalhos, ombros largos um pouco curvados, a pele quase negra de seu rosto, enrugada: o que explicava a falta de guardas. A perda de um corpo que estava mais ou menos perto da morte não seria um grande problema. O uso de corpos tão mais velhos permitia que, quando desejasse, a Senhora do Radch pudesse caminhar desprotegida, sem qualquer tipo de comitiva e sem muito risco.

Ela não vestia a jaqueta com joias e as calças das radchaai, nem o sobretudo ou calças e camisa que uma tanmind shis'urnana deveria utilizar. Em vez disso, usava o lungi orsiano, sem camisa.

Assim que a vi, enviei uma mensagem à tenente Awn, que veio para o templo o mais rápido que pôde, e chegou no momento em que a sacerdotisa principal prostrava-se na praça perante a Senhora do Radch.

A tenente Awn hesitou. A maioria das radchaai nunca esteve na presença de Anaander Mianaai em circunstâncias como essa. É claro que ela estava sempre presente nas anexações, mas o pequeno número de soldadas, comparado ao número de corpos que a Senhora do Radch enviava, tornava improvável que alguém deparasse com ela por acaso. E qualquer cidadã poderia viajar até um dos palácios de província e solicitar audiência – um pedido, uma apelação em um caso jurídico, o motivo que fosse –, mas, em tal caso, uma cidadã comum era treinada de antemão para saber se portar. Talvez alguém como a tenente Skaaiat soubesse atrair a atenção de Anaander Mianaai para si sem violar o decoro, mas a tenente Awn, não.

– Minha senhora – disse a tenente Awn, coração acelerado de medo, e se ajoelhou.

Anaander Mianaai se virou para ela, sobrancelha erguida.

– Peço o perdão da minha senhora – disse a tenente Awn. Ela estava ligeiramente zonza, fosse pelo peso do seu uniforme, pelo calor ou pelos nervos mesmo. – Tenho algo a falar com a senhora.

A sobrancelha se ergueu ainda mais.

– Tenente Awn – disse ela –, certo?

– Sim, minha senhora.

– Esta noite irei à vigília no templo de Ikkt. Falarei com você pela manhã.

A tenente Awn levou alguns momentos para digerir a informação.

– Minha senhora, só um momento. Não acho que seja uma boa ideia.

A Senhora do Radch inclinou a cabeça de modo inquisitivo.

– Eu havia entendido que você tinha esta área sob controle.

– Sim, senhora, é apenas que... – A tenente Awn parou, em pânico, sem palavras por um segundo. – As relações entre a cidade alta e a baixa neste momento... – Ela parou mais uma vez.

– Preocupe-se com seu próprio trabalho – disse Anaander Mianaai. – E eu me preocuparei com o meu. – E deu as costas para a tenente Awn.

Uma reprimenda pública, um tanto quanto inexplicável. Por um lado, não havia razão pela qual a Senhora do Radch não pudesse se afastar e trocar algumas palavras urgentes com a oficial, que era chefe da segurança do local. Por outro, a tenente Awn não fizera nada para merecer tal reprimenda. A princípio, pensei que o único motivo para a perturbação aparente viesse da tenente Awn. A questão das armas poderia ser comunicada pela manhã tanto quanto agora, e não parecia haver outro problema. Mas, enquanto a Senhora do Radch caminhava pela cidade alta, a notícia da presença de Anaander Mianaai se espalhara, como esperado, e as residentes da cidade alta haviam saído de suas casas e começado a se reunir na margem norte da água do Pré-Templo para ver a Senhora do Radch, vestida como uma orsiana, se postar na frente do templo de Ikkt com a Divina. E, ouvindo os murmúrios das tanmind que assistiam a tudo, percebi que, naquele instante em particular, as armas eram uma preocupação secundária.

As residentes tanmind da cidade alta eram ricas, bem alimentadas, donas de lojas, fazendas e pomares de tamarindos. Mesmo nos meses precários que se seguiram à anexação, quando os suprimentos eram escassos e a comida cara, elas haviam conseguido manter a si e suas famílias bem alimentadas. Quando Jen Shinnan dissera, algumas noites antes, que ninguém ali passara fome, ela sabia que isso era verdade. Ela não passara fome, nem ninguém que ela conhecia, quase todas ricas tanmind. Por mais que reclamassem, elas haviam chegado ao fim da anexação com relativo conforto. E suas filhas tiveram bons resultados quando fizeram os testes de aptidão, o que continuaria a acontecer, conforme a tenente Skaaiat dissera.

No entanto, essas mesmas pessoas, quando viram a Senhora do Radch atravessar direto a cidade alta até o templo de Ikkt, concluíram que aquele gesto de respeito para com as orsianas era um insulto planejado contra elas. Isso estava estampado em suas expressões e suas exclamações indignadas. Eu não previra isso. Talvez a Senhora do Radch não houvesse previsto. Mas a tenente Awn percebera que isso aconteceria, quando viu a Divina no chão na frente da Senhora do Radch.

Deixei a praça, bem como algumas ruas da cidade alta, e fui até onde as tanmind estavam, meia dúzia de mim. Não saquei nenhuma arma, não fiz nenhuma ameaça. Apenas disse, a quem estivesse perto de mim:

– Voltem para casa, cidadãs.

A maioria se virou e partiu, e, mesmo que suas expressões não fossem agradáveis, elas não ofereceram resistência. Outras levaram mais tempo para partir; talvez testando minha autoridade, embora não muito, pois as que mostraram ter estômago para fazer uma coisa dessas foram fuziladas em algum ponto nos últimos cinco anos, ou pelo menos aprenderam a restringir esse tipo de impulso quase suicida.

A Divina, levantando-se para escoltar Anaander Mianaai ao interior do templo, lançou um olhar indecifrável à tenente Awn, que ainda estava ajoelhada sobre as pedras da praça. A Senhora do Radch nem mesmo olhou em sua direção.

7

– E, depois – disse Strigan enquanto comíamos, fazendo uma das muitas reclamações de sua longa lista de reclamações contra as radchaai –, há o tratado com a espécie presger.

Seivarden estava parada, olhos fechados, respiração tranquila, sangue coagulado no lábio, no queixo e espalhado na frente do casaco. Havia um corretor sobre seu nariz e sua testa.

– Você se ressente do tratado? – perguntei. – Preferiria que as presger se sentissem livres para fazer o que sempre fizeram? – As presger não se importavam se uma espécie era senciente, consciente ou inteligente. A palavra que usavam, ou o conceito, pelo menos (em meu entendimento, as presger não se comunicavam usando palavras), era normalmente traduzida como Significância. E, apenas as presger eram Significantes. Todos os outros seres eram, por direito, sua presa, propriedade ou brinquedo. Na maioria das vezes, elas não davam a mínima para humanas, mas algumas delas gostavam de interceptar naves e destroçá-las por completo, assim como tudo que carregavam.

– Eu preferiria que o Radch não fizesse promessas de união em nome de toda a humanidade – respondeu Strigan. – Nem ditasse a política para cada governo humano e depois nos dissesse que devemos agradecer por isso.

– As presger não reconhecem essas divisões. Era tudo ou nada.

– Só o Radch estendendo o controle por outra via, mais fácil e barata do que a conquista direta.

– Talvez você se surpreenda ao saber que algumas radchaai de alto escalão detestam o tratado tanto quanto você.

Strigan ergueu uma sobrancelha e pôs de lado sua tigela de leite fermentado fedorento.

– De todo modo, duvido que fosse achar simpáticos esses radchaai de alto escalão. – Seu tom de voz era amargo, ligeiramente sarcástico.

– Não – respondi. – Não acho que fosse gostar muito delas. Elas, com certeza, não teriam muita utilidade para você.

Ela piscou várias vezes e olhou séria para mim, como se tentasse ler algo em minha expressão. Então balançou a cabeça e fez um gesto de descaso.

– Não diga.

– Quando se é agente de ordem e civilização no universo, não se curva para negociar. Em especial com não humanas. – Isso incluía um número expressivo de pessoas que se consideravam humanas, mas esse era um assunto para depois. – Por que fazer um tratado com um inimigo tão implacável? Destrua a espécie e pronto.

– Vocês conseguiriam? – perguntou Strigan, incrédula. – Conseguiriam destruir a espécie presger?

– Não.

Ela cruzou os braços e recostou-se em sua cadeira.

– Então por que debater o assunto?

– Eu acho que é óbvio – respondi. – Há quem ache difícil admitir que o Radch seja falível, ou que seu poder tenha limites.

Strigan olhou para o outro lado da sala, na direção de Seivarden.

– Mas isso não faz sentido. Debate... Não é um debate realmente.

– Certamente – concordei. – Você é a especialista.

– A-há! – exclamou ela, sentando-se ereta. – Eu o deixei furioso.

Eu sabia que não mudara a expressão no meu rosto.

– Acho que você nunca esteve no Radch. Acho que não conhece muitas radchaai, não pessoalmente. Não bem. Você olha de fora e vê conformidade e lavagem cerebral. – Diversas fileiras de soldadas com armaduras de prata idênticas, sem vontade própria, sem mente própria. – E, é verdade que a mais baixa das radchaai se acha muito mais superior a qualquer não cidadã. Nem vale a pena considerar o que gente como Seivarden pensa de si. – Strigan soltou uma bufada breve e entretida. – Mas são pessoas, e têm opiniões diferentes a respeito das coisas.

– Opiniões que não interessam. Anaander Mianaai declara o que acontecerá e ponto.

Era uma questão mais complicada do que Strigan imaginava, e disso eu tinha certeza.

– Isso só faz aumentar a frustração delas. Imagine toda a sua vida orientada para a conquista, para aumentar o espaço radchaai. Você vê assassinatos e destruição em uma escala inimaginável, mas elas veem a disseminação da civilização, da justiça e da adequação, veem o benefício para o universo. A morte e a destruição são produtos inevitáveis desse bem supremo.

– Acho que não consigo ter muita simpatia pela perspectiva deles – disse Strigan.

– Não estou pedindo isso. Só pare um momento e observe não só a sua vida, mas a de toda a sua casa e de seus ancestrais por mais de mil anos antes de você. Todas essas vidas estão devotadas a essa ideia, a essas ações. É a vontade de Amaat. É a vontade da Deusa; o universo inteiro deseja isso. E, então, alguém um dia vem lhe dizer que talvez você estivesse errada. E sua vida não será o que você imaginou que seria.

– Mas isso acontece com as pessoas o tempo todo – argumentou Strigan, levantando-se da cadeira. – Só que a maioria de nós não se ilude achando que temos grandes destinos.

– A exceção não é insignificante – ressaltei.

– E você? – Ela parou ao lado da cadeira, xícara e tigela nas mãos. – Com certeza é radchaai. Seu sotaque, quando fala radchaai – estávamos falando sua própria língua nativa – parece o do Gerentate. Mas você quase não tem sotaque agora. Talvez apenas possua muita habilidade com línguas. Eu poderia até dizer que é uma habilidade inumana... – Ela fez uma pausa. – Mas a coisa de gênero entrega. Só uma radchaai erraria o gênero das pessoas como você faz.

Eu havia adivinhado errado.

– Não consigo ver embaixo das suas roupas. E, mesmo que pudesse, esse nem sempre é um indicador confiável.

Ela piscou e hesitou como se o que eu dissera não fizesse sentido.

– Eu costumava me perguntar como as radchaai se reproduziam, se eram todos do mesmo gênero.

– Não são. Se reproduzem como todo mundo. – Strigan ergueu uma sobrancelha, cética. – Elas vão à médica – continuei – e desativam seus implantes de contracepção. Ou usam um tanque. Ou fazem cirurgia para poder engravidar. Ou contratam alguém para passar pela gravidez.

Nada disso era muito diferente do que qualquer outra espécie fazia, mas Strigan parecia ligeiramente escandalizada.

– Você é mesmo radchaai. E, com certeza, está muito familiarizada com o capitão Seivarden, mas não é como ele. Eu me perguntei desde o começo se você era auxiliar, mas não estou vendo muito em termos de implantes. Quem é você?

Ela precisaria olhar bem mais de perto para ver evidências do que eu era. Para uma observadora casual, eu parecia ter um ou dois implantes ópticos ou de comunicações, o tipo de coisa que milhões de pessoas tinham, radchaai ou não. E, nos últimos vinte anos, eu encontrara maneiras de esconder as minhas especificidades.

Apanhei meus próprios pratos e me levantei.

– Eu sou Breq, de Gerentate.

Strigan bufou, sem acreditar. Gerentate estava bem longe de onde eu estivera nos últimos dezenove anos para esconder qualquer pequeno erro que eu pudesse cometer.

– Apenas fazendo turismo – observou Strigan, em um tom que deixava claro que ela não acreditava nem um pouco em mim.

– Sim – concordei.

– Então, qual é o interesse em... – Ela fez um gesto mais uma vez para Seivarden, que continuava dormindo, respirando lentamente. – Apenas um animal desgarrado precisando de resgate?

Não respondi. Para ser franca, eu não sabia a verdade.

– Já conheci pessoas que colecionam bichos desgarrados. Não acho que você seja uma delas. Mas há algo... algo de frio em você. Algo no limite. Você é bem mais calma do que qualquer turista que já vi. – É claro que eu sabia que ela tinha a arma, de cuja existência ninguém deveria saber a não ser ela própria e Anaander Mianaai. – Não tem como, nem nos dezessete infernos, de você ser uma turista de Gerentate. O que é você?

– Se eu lhe dissesse, estragaria sua diversão – respondi.

Strigan abriu a boca para pronunciar algo, meio irritada, a julgar pela sua expressão, quando um alarme soou.

– Visitantes – disse ela.

Quando vestimos nossos casacos e saímos pelas duas portas, um rastejador havia feito um caminho até a casa, formando uma trincheira branca na neve tingida de musgo, sua hélice semirrotatória quase raspando em meu voador por meros centímetros.

A porta se abriu com um estalo e uma niltana saiu, mais baixa do que a maioria das que eu conhecera, embrulhada em um casaco escarlate bordado com azul vivo e um tom berrante de amarelo, mas sobreposto com manchas escuras: musgo da neve e sangue. A pessoa parou por um instante, e então nos viu estáticas na entrada da casa.

– Médico! – gritou ela. – Socorro!

Antes que acabasse de falar, Strigan já estava atravessando a neve a passos largos. Eu a segui.

Mais de perto, vi que a motorista era apenas uma criança; tinha uns catorze anos, se tanto. E uma adulta estava inconsciente, roupas quase despedaçadas no banco do carona. Em alguns pontos, os rasgos atravessavam todas as camadas. Sangue empapava o tecido e o banco. Ela não tinha a perna direita abaixo do joelho, nem o pé esquerdo.

Nós três conseguimos trazer a pessoa ferida para dentro da casa, na enfermaria.

– O que aconteceu? – perguntou Strigan, enquanto removia fragmentos ensanguentados de casaco.

– Demônio do gelo – disse a garota. – Não o vimos! – Os olhos se encheram de lágrimas, mas elas não caíram. Ela engoliu em seco.

Strigan avaliou os torniquetes improvisados que obviamente foram aplicados pela garota.

– Você fez tudo o que pôde – ela disse para a garota. Então assentiu na direção da porta que dava para a sala principal. – Fique tranquila, eu assumo daqui.

Saímos da enfermaria. A garota parecia nem se dar conta da minha presença, ou da de Seivarden, ainda deitada sobre os cobertores. Ela ficou parada por alguns segundos no meio da sala, insegura, quase que paralisada, e então afundou em um banco.

Eu lhe trouxe uma tigela de leite fermentado e ela se assustou, como se eu houvesse aparecido do nada.

– Você está machucada? – perguntei. Não errei o gênero desta vez; já havia ouvido Strigan usar o pronome feminino.

– Eu... – Ela parou, olhando para minha oferta como se a tigela de leite pudesse mordê-la. – Não, não... um pouco. – Ela parecia à beira de um colapso. Talvez estivesse mesmo. Pelos padrões radchaai, era apenas uma criança, mas vira aquela adulta ferida (seria uma mãe, uma prima, uma vizinha?) e tivera a presença de espírito de prestar alguns primeiros socorros, colocá-la em um rastejador e ir até ali. Não seria de estranhar se ela desabasse agora.

– O que aconteceu com o demônio do gelo? – perguntei.

– Não sei. – Ela ergueu os olhos, do leite para mim, ainda sem tomá-lo. – Eu o chutei. Enfiei minha faca nele. Ele foi embora. Não sei.

Levei alguns minutos para tirar as informações dela, para saber que ela havia deixado mensagens para os outros no acampamento de sua família, mas que ninguém estava perto o bastante para ajudar, ou perto o suficiente para chegar rapidamente. Enquanto conversávamos, ela começou a se recuperar, pelo menos um pouco; aceitou e bebeu o leite que ofereci.

Em poucos minutos começou a suar; retirou ambos os casacos e os depositou no banco ao seu lado, então se sentou, quieta e desajeitada. Eu não sabia como aliviar sua tensão.

– Conhece alguma música? – perguntei. Ela começou a piscar, espantada.

– Não sou cantora – respondeu.

Podia ser um problema de idioma. Eu não prestara muita atenção aos costumes daquela parte do mundo, mas tinha quase certeza de não existia divisão entre as músicas que alguém pudesse cantar e aquelas que eram, normalmente, por motivos religiosos, cantadas apenas por especialistas... não nas cidades próximas ao equador. Talvez ali fosse diferente, tão ao sul.

– Desculpe – disse. – Devo ter usado a palavra errada. Como se diz quando se está trabalhando ou brincando, ou tentando colocar um bebê para dormir? Ou apenas...

– Ah! – Por apenas um momento, a compreensão a animou. – Você quer dizer canções!

Sorri como incentivo, mas ela voltou a ficar em silêncio.

– Tente não se preocupar demais – continuei. – Strigan é muito eficiente no que faz. E, às vezes, é preciso simplesmente deixar as coisas com as deusas.

Ela curvou o lábio inferior e o mordeu.

– Não acredito em nenhum deus – respondeu, com uma leve veemência.

– Mesmo assim. As coisas que tiverem de acontecer acontecerão. – Ela fez um gesto de concordância forçado.

– Você joga peões? – perguntei. Talvez ela pudesse me mostrar o jogo para o qual o tabuleiro de Strigan fora feito, embora eu duvidasse que fosse de Nilt.

– Não. – E, com isso, eu havia exaurido os poucos recursos que poderiam diverti-la ou distraí-la.

Após dez minutos de silêncio, ela disse:

– Tenho um conjunto de tiktik.

– O que é tiktik?

Ela arregalou os olhos, duas bolas em seu rosto redondo e pálido.

– Como pode não saber o que é tiktik? Você deve ser de muito longe! – Confirmei que sim, e ela continuou. – É um jogo. Basicamente é um jogo para crianças. – Seu tom de voz implicava que ela não era criança, mas era melhor eu não perguntar por que ela estava com um conjunto de jogo para crianças. – Você nunca jogou tiktik mesmo?

– Nunca. De onde eu venho, costumamos jogar peões, cartas e dados. Mas mesmo esses são diferentes em cada lugar.

Ela ponderou por um momento.

– Posso ensinar a você – disse enfim. – É fácil.

Duas horas depois, enquanto eu jogava meu punhado de dadinhos de osso de bov, o alarme de visitantes soou. A garota levantou a cabeça, assustada.

– Tem alguém aqui – observei. A porta da enfermaria continuava fechada, e Strigan não prestava atenção.

– Mamãe? – sugeriu a garota, esperança e alívio emprestando um tremor ínfimo a sua voz.

– Assim espero. Tomara que não seja outro paciente. – Percebi imediatamente que não deveria ter sugerido isso. – Vou ver.

Era Mamãe, sem dúvidas. Ela saltou para fora do voador no qual chegara, e veio na direção da casa com uma velocidade difícil de imaginar possível sobre aquela neve. Mamãe passou por mim sem perceber que eu estava ali. Era alta para uma niltana e larga, como elas todas, e embrulhada em casacos. Os sinais de sua relação com a garota estavam claros nas rugas de seu rosto. Eu a segui para dentro da casa.

Ao ver a garota, agora parada ao lado do tabuleiro abandonado de tiktik, ela disse:

– E então, o que aconteceu?

Uma mãe radchaai teria abraçado com força sua filha, a beijado, dito a ela como estava aliviada por vê-la bem, talvez até chorasse... Algumas radchaai teriam achado aquela mãe fria e sem afeto. Mas eu tinha certeza de que isso teria sido um erro. As duas se sentaram juntas em um banco, as laterais do corpo encostadas, enquanto a garota descrevia os detalhes: o que ela sabia da condição da paciente, e o que acontecera na neve com as bovs, e o demônio de gelo. Quando terminou, a mãe lhe deu duas palmadinhas secas no joelho, e foi como se a garota de repente se transformasse, mais alta, mais forte, agora que tinha, ao que parecia, a presença forte e reconfortante da mãe e também a sua aprovação.

Eu lhes trouxe duas tigelas de leite fermentado, e a mãe voltou a atenção subitamente para mim, mas não (pensei), porque eu despertasse algum interesse em particular.

– Você não tem formação médica – disse ela, em uma simples afirmação. Eu podia ver que sua atenção continuava voltada para a filha; o interesse dela em mim se limitava a determinar se eu poderia ser uma ameaça ou uma ajuda.

– Sou visitante aqui – respondi. – Mas a médica está ocupada, e achei que você poderia gostar de algo para beber.

Seus olhos foram até Seivarden, que continuava dormindo, como já estava fazendo desde as últimas horas, aquele corretor preto e trêmulo aberto sobre a testa, alguns hematomas ao redor da boca e do nariz.

– Ela é de muito longe – disse a garota. – Não sabia jogar tiktik!

O olhar da mãe passou rapidamente pelo conjunto no chão: os dados, o tabuleiro e as peças achatadas de pedra pintada paradas no meio da trajetória. Não disse nada, mas sua expressão mudou um pouco. Ela assentiu com a cabeça de leve, de modo quase imperceptível, e aceitou o leite que eu oferecera.

Vinte minutos depois, Seivarden acordou, tirou o corretor preto da cabeça, demorando-se um pouco nos flocos de sangue seco que caíam ao serem esfregados. Ela olhou para as duas niltanas, sentadas quietas, lado a lado, em um banco lateral, e continuou nos ignorando de propósito. Nenhuma estranhou o fato de eu não ir até Seivarden nem lhe dizer nada. Eu não sabia se ela lembrava por que havia apanhado, ou mesmo que eu fizera isso. Às vezes, um golpe na cabeça afeta as memórias dos momentos antes do trauma. Mas Seivarden provavelmente se lembrava ou suspeitava de algo, pois não olhou para mim. Depois de ficar alguns minutos mexendo no machucado, ela se levantou, foi até a cozinha e abriu um armário. Ficou olhando por trinta segundos, depois pegou uma tigela, pão duro e água para umidecê-lo, e ficou lá parada, encarando e esperando o pão amolecer, sem dizer nada, sem olhar para ninguém.

8

Inicialmente, as pessoas que eu mandara sair da beirada d'água ao redor do Pré-Templo ficaram sussurrando em pequenos grupos na rua, mas logo se dispersaram quando me aproximei para fazer minhas rondas regulares. Logo depois, todas sumiram dentro de suas casas, aglomerando-se lá. Durante as horas seguintes, a cidade alta ficou em silêncio. Assustadoramente silenciosa, e o fato de a tenente Awn não parar de me perguntar o que estaria acontecendo lá não ajudava em nada.

A tenente Awn sabia que aumentar minha presença na cidade alta só pioraria a situação, então ordenou que eu ficasse perto da praça. Se algo acontecesse, eu estaria lá, entre as cidades alta e baixa. Foi em grande parte por isso que, quando as coisas desmoronaram, ainda fui capaz de funcionar de modo mais ou menos eficiente.

Durante horas, nada aconteceu. A Senhora do Radch entoou preces junto às sacerdotisas de Ikkt. Na cidade baixa, transmiti a notícia de que poderia ser boa ideia ficar em casa esta noite e, como resultado, não houve conversas nas ruas, nenhum agrupamento de vizinhas no piso térreo de alguém para ver um entretenimento. Ao cair da noite, quase todo mundo havia se retirado para um andar superior, e falavam baixinho ou olhavam sobre as balaustradas, sem dizer nada.

Quatro horas antes do amanhecer, tudo se despedaçou. Mais precisamente, eu caí aos pedaços. Os dados de rastreamento que eu estava monitorando foram cortados e, de repente, todas as vinte de mim estavam cegas, surdas e imóveis. Cada segmento só podia enxergar a partir de um único par de olhos, ouvir por um único par de ouvidos, mover apenas aquele único corpo. Meus segmentos levaram alguns momentos assustadores para perceber que estavam sem conexão, e que cada instância minha estava sozinha em um único corpo. E, o pior de tudo, naquele mesmo instante, todos os dados enviados pela tenente Awn cessaram.

Daquele momento em diante, eu era vinte pessoas diferentes, com vinte diferentes conjuntos de observações e memórias, e só me lembro do que aconteceu reunindo aquelas experiências separadas.

Na hora do impacto, todos os vinte segmentos imediatamente, sem pensar, estenderam minha armadura; os segmentos que estavam vestidos não fizeram a menor tentativa de modificá-la para cobrir qualquer parte dos meus uniformes. Na casa, oito dos segmentos que dormiam despertaram ao mesmo tempo e, assim que recuperei minha compostura, eles correram até o local onde a tenente Awn tentava dormir. Dois desses segmentos, Dezessete e Quatro, ao verem que a tenente estava bem, e que havia diversos outros segmentos ao redor dela, foram até o console da casa para checar o status das comunicações, mas o console não estava funcionando.

– Comunicações desligadas – gritou meu segmento Dezessete, a voz distorcida pela armadura prateada e lisa.

– Não é possível – disse Quatro, e Dezessete não respondeu, pois nenhuma resposta era necessária dada a situação.

Alguns de meus segmentos na cidade alta chegaram a se voltar em direção ao Pré-Templo antes de perceber que era melhor ficar onde estavam. Uma de mim disparou a correr para garantir a segurança da tenente Awn, e duas disseram, ao mesmo tempo:

– A cidade alta!

E outras duas:

– A sirene de tempestade!

E, por dois confusos segundos, os pedaços de mim tentaram decidir o que fazer. O segmento Nove correu até a residência do templo e despertou a sacerdotisa que dormia ao lado da sirene de tempestade; ela logo a acionou.

Antes de a sirene tocar, Jen Shinnan saiu correndo de sua casa na cidade alta, gritando:

– Assassinato! Assassinato!

As luzes se acenderam nas casas ao seu redor, mas outros ruídos foram sufocados pelo grito agudo da sirene. Meu segmento mais próximo estava a quatro ruas de distância.

Ao redor da cidade baixa, os protetores contra tempestade desceram com um estrondo. As sacerdotisas do templo interromperam suas preces, e a sacerdotisa principal olhou para mim, fazendo um gesto indefeso.

– Minhas comunicações foram cortadas, Divina – disse aquele segmento. A sacerdotisa principal piscou várias vezes, sem compreender. A fala era inútil com a sirene soando.

A Senhora do Radch não havia reagido no momento em que eu me fragmentara, embora estivesse conectada ao restante de si mesma praticamente da mesma forma que eu. Sua aparente falta de surpresa era estranha e chamou a atenção do meu segmento que estava mais próximo a ela. Mas isso poderia ter sido puro autocontrole; a sirene não provocou mais do que um olhar para cima e uma sobrancelha erguida. Então, ela se levantou e seguiu para a praça.

Foi a terceira pior coisa que já me aconteceu. Eu perdera todo o senso da *Justiça de Toren* lá no alto, todo o senso de mim. Eu havia me estilhaçado em vinte fragmentos que mal conseguiam se comunicar uns com os outros.

Logo antes de a sirene soar, a tenente Awn enviara um segmento ao templo, com ordens para soar o alarme. Esse segmento correra até a praça, e ali parou, hesitante, olhando para o restante de si mesma, visível, mas não presente até onde podia perceber. A sirene parou. A cidade baixa estava em silêncio; o único som era o de meus passos e minhas vozes filtradas pela armadura, tentando falar entre as muitas partes de um, para me organizar de modo que eu conseguisse ao menos um funcionamento mínimo.

A Senhora do Radch ergueu uma sobrancelha grisalha.

– Onde está a tenente Awn?

Aquela era, claro, a questão mais urgente na mente de todos os meus segmentos que já não tinham uma resposta. Mas agora aquela de mim que chegara com a ordem da tenente Awn sabia o que fazer.

– A tenente Awn está a caminho, minha senhora – disse, e dez segundos depois a tenente e a maioria de meus outros segmentos que estivera na casa chegou correndo para a praça.

– Achei que você tinha esta área sob controle. – Anaander Mianaai não olhou para a tenente Awn enquanto falava, mas a direção de suas palavras estava clara.

– Eu também. – E então a tenente Awn se lembrou de onde estava, e com quem estava falando. – Minha senhora. Suplico o seu perdão. – Cada uma de mim se conteve para não se voltar por completo para vigiar a tenente Awn, garantindo que ela estivesse realmente lá. Sem olhar, eu não conseguia senti-la. Alguns sussurros decidiram qual dos meus segmentos ficaria próximo dela, e o restante teria de confiar nisso.

Meu segmento Dez deu a volta na água do Pré-Templo correndo o mais rápido que pôde.

– Problemas na cidade alta! – gritou ela, e parou na frente da tenente Awn, onde eu abrira o caminho para mim mesma. – As pessoas estão se juntando na casa de Jen Shinnan, estão zangadas, falam em assassinato e justiça.

– Assassinato. Ah, *porra*!

Todos os segmentos perto da tenente Awn disseram, em uníssono:

– Cuidado com o linguajar, tenente!

Anaander Mianaai olhou para mim sem acreditar, mas não disse nada.

– Ah, *porra*! – repetiu a tenente.

– Você vai fazer alguma coisa – perguntou Anaander Mianaai, calma e deliberadamente – além de xingar?

A tenente Awn ficou paralisada por meio segundo, depois olhou ao redor, por sobre a água, em direção à cidade baixa, para o templo.

– Quem está aqui? Contagem! – E, quando acabamos de fazer isso: – De Um a Sete, aqui fora. O restante vem comigo.

Acompanhei-a até o templo, deixando Anaander Mianaai em pé na praça.

As sacerdotisas estavam paradas ao lado do estrado, vendo nossa aproximação.

– Divina – disse a tenente Awn.

– Tenente – cumprimentou a sacerdotisa principal.

– Há uma turba querendo violência, e estão vindo da cidade alta nesta direção. Calculo que temos por volta de cinco minutos. Elas não podem fazer muito estrago enquanto os protetores de tempestade estiverem abaixados. Quero trazê-las para cá e evitar que façam algo drástico.

– Trazê-las para cá – repetiu a sacerdotisa principal, sem muita certeza.

– Tudo o resto está escuro e fechado. As portas grandes estão abertas, é o lugar mais óbvio para ir. Quando a maioria delas estiver aqui dentro fechamos as portas e Esk Uma as cerca. Poderíamos apenas trancar as portas do templo e deixar que elas tentassem a sorte com os protetores nas casas, mas não quero descobrir se são mesmo tão difíceis assim de violar. Se – acrescentou ela, vendo Anaander Mianaai entrar no templo, caminhando devagar, como se nada de anormal estivesse acontecendo – minha senhora permitir.

A Senhora do Radch assentiu em silêncio.

A sacerdotisa principal deixou claro que não gostou da sugestão, mas concordou. Àquela altura, meus segmentos na praça estavam vendo algumas lanternas nas ruas mais próximas da cidade alta.

Em pouco tempo, eu estava com a tenente Awn atrás das grandes portas do templo, prontas para serem fechadas ao seu sinal, e algumas de mim foram despachadas para as ruas ao redor da praça a fim de conduzir as tanmind em direção ao templo. O restante de mim ficou nas sombras ao redor do perímetro interno do templo propriamente dito, e as sacerdotisas retornaram às suas preces, de costas para a entrada ampla e convidativa.

Mais de cem tanmind desceram da cidade alta. A maioria delas fez precisamente o que queríamos, ou seja, correram em uma massa turbilhonante e barulhenta para dentro do templo, a não ser por vinte e três delas, das quais uma dúzia se desviou em direção a uma avenida escura e vazia. As outras onze, que já estavam seguindo o grupo maior, viram um segmento de mim parado em silêncio ali perto, e repensaram suas ações. Elas pararam, resmungando entre si por um momento, vendo a massa de tanmind correr para dentro do templo, as outras correndo, gritando, descendo a rua. Elas me viram fechar as portas do templo, os segmentos postados ali não uniformizados, cobertos apenas com a prata da minha própria armadura, e talvez isso as fez relembrar da anexação. Várias delas soltaram palavrões, viraram e correram de volta para a cidade alta.

Oitenta e três tanmind haviam entrado correndo no templo; suas vozes zangadas ecoaram mais de uma vez, ampliadas. Ao som das portas se fechando, elas se viraram e tentaram correr de volta pelo caminho por onde haviam entrado, mas eu as cercara, armas sacadas e apontadas para quem estivesse mais perto de cada segmento meu.

– Cidadãs! – gritou a tenente Awn, mas ela não tinha o traquejo de se fazer ouvida.

– Cidadãs! – gritaram meus vários fragmentos, minhas próprias vozes ecoando e logo em seguida silenciando.

Junto com o tumulto das tanmind, Jen Shinnan, Jen Taa e algumas outras, que eu sabia serem amigas ou parentes delas, mandaram as que estavam mais perto se calarem e lembrarem que a Senhora do Radch estava ali, e que elas poderiam falar diretamente com ela.

– Cidadãs! – gritou mais uma vez a tenente Awn. – Vocês ficaram malucas? O que estão fazendo?

– Assassinato! – Jen Shinnan, à frente da multidão, gritava por cima da minha cabeça para a tenente Awn, que estava atrás de mim, ao lado da Senhora do Radch e da Divina. As sacerdotisas jovens estavam aglomeradas e encolhidas, e pareciam paralisadas. As vozes tanmind resmungavam, ecoando, em apoio a Jen Shinnan.

– Não vamos conseguir justiça de você, então nós a faremos! – Jen Shinnan gritou. Os resmungos da multidão rolaram pelas paredes de pedra do templo.

– Explique-se, cidadã – disse Anaander Mianaai, voz empostada para soar acima do ruído.

As tanmind silenciaram umas às outras por cinco segundos, e então:

– Minha Senhora – disse Jen Shinnan. O seu tom de voz respeitoso soava quase sincero. – Minha jovem sobrinha estava hospedada em minha casa na última semana. Quando foi à cidade baixa, ela sofreu assédio e ameaças por parte de orsianas. Reportei o fato à tenente Awn, mas foi inútil. Na mesma noite encontrei seu quarto vazio, a janela quebrada, sangue por toda parte! O que devo concluir? As orsianas sempre se ressentiram de nós! Agora, elas pretendem nos matar. É de se espantar que queiramos nos defender?

Anaander Mianaai se virou para a tenente Awn:

– Isto foi reportado?

– Foi, minha senhora – disse a tenente Awn. – Eu investiguei e descobri que a jovem em questão nunca saiu das vistas da Esk Uma da *Justiça de Toren*, que reportou que ela havia passado todo o tempo na cidade baixa, sozinha. As únicas palavras transmitidas entre ela e qualquer pessoa foram transações comerciais de rotina. Ela não foi assediada nem ameaçada em momento algum.

– Está vendo? – gritou Jen Shinnan. – Está vendo o motivo pelo qual precisamos fazer justiça com as próprias mãos?

– E o que leva vocês a crer que a vida de todas está ameaçada? – perguntou Anaander Mianaai.

– Minha senhora – disse Jen Shinnan. – A tenente Awn quer fazer a senhora acreditar que todas da cidade baixa são leais e seguem a lei, mas sabemos por experiência que as orsianas são tudo, menos modelos de virtude. As pescadoras vão para a água de noite, sem ser vistas. Fontes... – Ela hesitou, só por um momento, por motivos que eu não soube identificar. Talvez fosse por causa da arma apontada diretamente para si, pela contínua impassividade de Anaander Mianaai, ou por outra coisa; eu não saberia dizer. Mas me pareceu que algo a divertia. Então ela recuperou a compostura. – Fontes, que prefiro não nomear, viram as barqueiras da cidade baixa depositarem armas no lago. E para que seriam a não ser para, enfim, executar sua vingança contra nós, uma vez que elas acreditam que as tratamos mal? E como essas armas teriam entrado aqui sem a cumplicidade da tenente Awn?

Anaander Mianaai virou o rosto escuro para a tenente Awn e ergueu uma sobrancelha grisalha:

– Você tem uma resposta para isso, tenente Awn?

Alguma coisa na pergunta, ou no jeito como foi formulada, perturbou todos os segmentos que a ouviram. E Jen Shinnan chegou a sorrir. Ela esperava que a Senhora do Radch ficasse contra a tenente Awn, e ficou satisfeita com isso.

– Tenho uma resposta, minha senhora – afirmou a tenente. – Algumas noites atrás, uma pescadora local me relatou que encontrara um depósito de armas sob o lago. Eu as removi e as levei para minha casa, e ao investigar descobri mais dois depósitos, e também os removi. Minha intenção era pesquisar mais esta noite, mas, como a senhora está vendo, os acontecimentos me impediram. Meu relatório está pronto, mas ainda não foi enviado, porque ainda não determinei como as armas poderiam ter chegado até aqui sem meu conhecimento.

Talvez fosse apenas por causa do sorriso de Jen Shinnan e das estranhas perguntas acusatórias de Anaander Mianaai (e da admoestação mais cedo, na praça do templo), mas no ar carregado do templo, o eco das palavras da tenente Awn parecia uma acusação.

– Eu também me pergunto – disse a tenente Awn, no silêncio depois que o eco morreu – por que a jovem pessoa em questão acusaria falsamente as residentes da cidade baixa de assediá-la, quando elas com certeza não o fizeram. Estou certa de que ninguém da cidade baixa lhe fez mal.

– Alguém fez! – gritou uma voz na multidão, e murmúrios afirmativos começaram, crescendo e ecoando ao redor do vasto espaço de pedra.

– Quando você viu sua prima pela última vez? – perguntou a tenente Awn.

– Três horas atrás – disse Jen Shinnan. – Ela nos disse boa noite e foi para o quarto.

A tenente Awn se dirigiu ao meu segmento que estava mais próximo dela.

– Esk Uma, alguém atravessou a cidade baixa até a alta nas últimas três horas?

O segmento que respondeu, Treze, sabia que deveria ser cuidadosa com a resposta, a qual todas ouviriam.

– Não. Ninguém atravessou em nenhum dos sentidos. Embora eu não possa ter certeza dos últimos quinze minutos.

– Alguém poderia ter vindo antes – ressaltou Jen Shinnan.

– Nesse caso – respondeu a tenente Awn –, elas ainda estão na cidade alta, e vocês deviam estar procurando por elas lá.

– As armas... – Jen Shinnan começou.

– Não representam perigo para vocês. Elas estão trancadas sob o piso superior da minha casa, e Esk Uma já desabilitou a maioria delas.

Jen Shinnan lançou um olhar de apelo para Anaander Mianaai, que ficara quieta e impassível durante aquela conversa.

– Mas...

– Tenente Awn – chamou a Senhora do Radch. – Uma palavrinha. – Ela fez um gesto de lado, e a tenente Awn a acompanhou até um ponto a quinze metros dali. Um dos meus segmentos foi atrás, o que Mianaai ignorou. – Tenente – ela disse baixinho –, diga-me o que você acha que está acontecendo.

A tenente Awn engoliu em seco e respirou fundo.

– Minha senhora, estou certa de que ninguém da cidade baixa feriu a jovem em questão. Também tenho certeza de que as armas não foram depositadas por ninguém da cidade baixa. E todas as armas em questão foram armas confiscadas durante a anexação. Isso só pode ter se originado de um escalão muito alto. Foi por isso que não enviei o relatório. Estava esperando para falar diretamente sobre isso com a senhora, mas não tive oportunidade.

– Você teve medo de que, se reportasse esses fatos por canais regulares, quem quer que tenha feito isso perceberia que o plano fora detectado e cobriria seus rastros.

– Sim, minha senhora. Quando ouvi que estava chegando, minha senhora, planejei falar de imediato.

– *Justiça de Toren*. – A Senhora do Radch se dirigiu ao meu segmento sem olhar para mim. – Isso é verdade?

– Inteiramente, minha senhora – respondi. As sacerdotisas jovens continuavam encolhidas. A sacerdotisa principal estava separada delas, olhando para a conferência entre a tenente Awn e a Senhora do Radch, com uma expressão que eu não conseguia ler.

– Então – disse Anaander Mianaai –, qual é a sua avaliação dessa situação?

A tenente Awn piscou várias vezes, atônita.

– Eu... para mim, é muito provável que Jen Shinnan esteja envolvida com as armas. Se não estivesse, como saberia da existência delas?

– E essa jovem pessoa assassinada?

– Se ela foi assassinada, ninguém da cidade baixa o fez. Mas elas podem tê-la matado para ter uma desculpa para... – A tenente Awn parou, pasma.

– Uma desculpa para descer até a cidade baixa e assassinar cidadãs inocentes em suas camas. Sim, e depois usar os depósitos de armas para apoiar sua afirmação de que só estavam agindo em autodefesa e de que você se recusara a cumprir seu dever e protegê-las. – Ela lançou um olhar para as tanmind, cercadas pelos meus segmentos ainda armados e com as armaduras prateadas. – Bem, deixemos as preocupações com detalhes para depois. Neste momento, precisamos lidar com essas pessoas.

– Minha Senhora – disse a tenente Awn, curvando-se levemente.

– Fuzile todas.

Para não cidadãs, que só viam radchaai em entretenimentos melodramáticos, que nada sabiam sobre o Radch a não ser a respeito de auxiliares e anexações e o que consideravam lavagem cerebral, tal ordem poderia ser chocante, mas não surpreendente. Mas a ideia de atirar em cidadãs era, na verdade, extremamente espantosa e perturbadora. De que valia a civilização, afinal, se não garantisse o bem-estar das cidadãs? E aquelas pessoas agora eram cidadãs.

A tenente Awn ficou paralisada por dois segundos.

– M... minha Senhora?

A voz de Anaander Mianaai, que antes fora desapaixonada, talvez um pouco dura, se tornou fria e severa:

– Está se recusando a obedecer a uma ordem, tenente?

– Não, minha Senhora, só que... elas são cidadãs. E estamos em um templo. E nós as temos sob controle. Eu enviei Esk Uma da *Justiça de Toren* para a próxima divisão a fim de pedir reforços. As Sete Issa da *Justiça de Ente* deverão estar aqui em uma hora, talvez duas, e poderemos prender as tanmind e transferi-las para reeducação muito facilmente, já que a senhora está aqui.

– Você está – perguntou Anaander Mianaai, de forma lenta e clara – se recusando a obedecer a uma ordem minha?

A diversão de Jen Shinnan, sua disposição e até mesmo ansiedade em falar com a Senhora do Radch se encaixaram em um padrão claro para meu segmento que escutava. Alguém em um posto muito elevado havia disponibilizado aquelas armas, e soubera como cortar as comunicações. Ninguém tinha um posto mais elevado que Anaander Mianaai. Mas isso não fazia sentido. A motivação de Jen Shinnan era óbvia, mas o que a Senhora do Radch lucraria com isso?

A tenente Awn devia estar pensando a mesma coisa. Eu podia ler a sua perturbação no tensionar de seu maxilar, na rigidez de seus ombros. Mesmo assim, parecia irreal, pois os sinais externos eram tudo o que eu conseguia ver.

– Não vou recusar uma ordem, minha senhora – pontuou a tenente Awn depois de cinco segundos. – Mas posso protestar?

– Acredito que já o fez – disse Anaander Mianaai com frieza. – Agora fuzile-as.

A tenente Awn se virou. Achei que ela tremeu minimamente ao caminhar em direção às tanmind cercadas.

– *Justiça de Toren* – disse Mianaai, e o segmento de mim que estivera prestes a seguir a tenente Awn parou. – Quando foi a última vez que visitei você?

Eu me lembrava com muita clareza da última vez que a Senhora do Radch abordara a *Justiça de Toren*. Fora uma visita incomum: não anunciada, quatro corpos mais velhos sem comitiva. Ela passara a maior parte do tempo em seus aposentos, falando comigo – o eu *Justiça de Toren* e não o eu Esk Uma –, mas pediu que Esk Uma cantasse. Eu a satisfiz com uma peça valskaayana. Isso acontecera há noventa e quatro anos, dois meses, duas semanas e seis dias, pouco depois da anexação de Valskaay. Abri minha boca para relatar essa lembrança, mas em vez disso me ouvi dizer:

– Faz 203 anos, quatro meses, uma semana e um dia, minha senhora.

– *Humm* – fez Anaander Mianaai, mas não disse mais nada.

A tenente Awn se aproximou dos meus segmentos que cercavam as tanmind. Ela ficou parada ali, atrás de um segmento, por 3,5 segundos, sem dizer nada.

Sua tensão devia ser óbvia para outras pessoas além de mim. Jen Shinnan sorriu, quase triunfante, ao vê-la ali parada, silenciosa e infeliz.

– Bem...

– Esk Uma – chamou a tenente Awn, claramente temendo o fim de sua frase. O sorriso de Jen Shinnan aumentou um pouco mais. Ela esperava que a tenente Awn mandasse as tanmind para casa, sem dúvida. Esperava, no fim das contas, a dispensa da tenente Awn e o declínio da influência da cidade baixa. – Eu não queria isso – disse-lhe baixinho a tenente Awn –, mas tenho ordem direta. – Em seguida, levantou a voz. – Esk Uma. Fuzilar todas.

O sorriso de Jen Shinnan desapareceu, substituído por horror, e, pensei eu, por traição, e ela olhou, simples e diretamente, na direção de Anaander Mianaai. Que ficou ali, impassível. As outras tanmind ergueram um clamor, gritando de medo e suplicando.

Todos os meus segmentos hesitaram. A ordem não fazia sentido. O que quer que elas houvessem feito, eram cidadãs, e eu as tinha sob controle. Mas a tenente Awn disse, alta e rispidamente:

– Fogo!

E eu atirei. Em três segundos, todas as tanmind estavam mortas. Naquele momento, ninguém no templo era jovem o bastante para se surpreender com o que acontecera, embora os vários anos desde que eu executara alguém talvez houvessem afastado isso de suas memórias e até engendrado alguma confiança de que a cidadania havia posto um fim a esse tipo de coisa. As sacerdotisas jovens ficaram paradas no mesmo lugar durante todo o incidente, sem se mover, sem dizer nada. A sacerdotisa principal chorava abertamente, sem emitir som.

– Eu acho – disse Anaander Mianaai para o vasto silêncio que nos cercou, quando os ecos dos disparos finalmente se dissiparam – que não haverá mais problemas com as tanmind aqui.

A boca e a garganta da tenente Awn tremeram um pouco, como se ela estivesse prestes a falar, mas não o fez. Em vez disso, caminhou para a frente e deu a volta nos corpos, batendo nos ombros de quatro dos meus segmentos ao passar e sinalizando para que a seguissem. Percebi que ela simplesmente não conseguia falar. Ou talvez temesse o que sairia de sua boca se tentasse. Era frustrante ter apenas dados visuais dela.

– Aonde você vai, tenente? – perguntou a Senhora do Radch. De costas para Mianaai, a tenente Awn abriu a boca, então voltou a fechá-la. Fechou os olhos e respirou fundo.

– Com a permissão de minha senhora, pretendo descobrir o que está bloqueando as comunicações.

Anaander Mianaai não respondeu, e a tenente Awn se virou para meu segmento mais próximo.

– A casa de Jen Shinnan – disse aquele segmento, já que era claro que a tenente ainda estava emocionalmente perturbada. – Vou procurar a jovem também.

Logo antes do amanhecer, encontrei o dispositivo lá. No instante em que o desabilitei, voltei a ser eu mesma; exceto por um segmento desaparecido. Vi as ruas silenciosas e pouco iluminadas pelo crepúsculo das cidades alta e baixa, o templo vazio de qualquer um menos eu mesma e oitenta e três cadáveres silenciosos de olhos arregalados. A tristeza, a perturbação e a vergonha da tenente Awn mostravam-se claras e visíveis, para meu alívio e desconforto. E, com um simples pensamento, os sinais de rastreamento das pessoas em Ors surgiram nítidos em minha visão, incluindo as que haviam morrido e ainda jaziam no templo de Ikkt; meu segmento perdido em uma rua da cidade alta, com o pescoço quebrado; e a sobrinha de Jen Taa, morta na lama do fundo da água, na margem norte do Pré-Templo.

9

Com o casaco ensanguentado, Strigan saiu da enfermaria, e a garota e sua mãe, que conversavam em um idioma que eu não entendia, ficaram quietas e a olharam com expectativa.

– Fiz o que pude – disse Strigan, sem preâmbulos. – Ele está fora de perigo. Vocês vão precisar levá-lo a Therrod para que recriem as pernas, mas fiz um trabalho preparatório, e elas deverão crescer com razoável facilidade.

– Duas semanas – disse a mulher niltana, impassível. Como se não fosse a primeira vez que algo assim houvesse acontecido.

– Não se pode evitar – disse Strigan, respondendo a algo que eu não ouvira ou não entendera. – Talvez alguém tenha algumas mãos extras que possa ceder.

– Vou chamar uns primos.

– Faça isso – disse Strigan. – Você pode vê-lo agora se quiser, mas ele está dormindo.

– Quando podemos levá-lo? – perguntou a mulher.

– Agora, se quiserem – respondeu Strigan. – Quanto mais cedo, melhor, suponho.

A mulher fez um gesto afirmativo, então ela e a garota se levantaram e foram até a enfermaria sem dizer mais uma palavra.

Pouco depois, levamos a pessoa ferida até o voador da garota e nos despedimos. Então, voltamos devagar para a casa e tiramos os sobretudos. A essa altura, Seivarden voltara aos seus cobertores no chão e estava sentada, os joelhos levantados, os braços apertados ao redor das pernas como se estivesse se esforçando para impedi-las de cair.

Strigan olhou para mim, com uma expressão estranha no rosto, que eu não conseguia ler.

– Ela é uma boa garota.

– Sim.

– Vai ganhar um bom nome com isso. Uma boa história também.

Eu havia aprendido a língua franca, que achei seria mais útil neste lugar, e feito o tipo de pesquisa superficial necessário para percorrer lugares não familiares, mas não sabia quase nada sobre as pessoas que cuidavam de bovs nessa parte do planeta. Então dei um palpite:

– É uma coisa da idade adulta?

– Mais ou menos. Sim. – Strigan foi até um armário, apanhou uma xícara e uma tigela. Seus movimentos eram rápidos e firmes, mas de algum modo captei um ar de exaustão. Talvez pela postura de seus ombros. – Não achei que você estivesse muito interessada em crianças. Além de matá-las, quero dizer.

Recusei-me a morder a isca.

– Ela me informou que não era criança. Ainda que tivesse um conjunto de tiktik.

Strigan sentou-se à mesa.

– Vocês jogaram por duas horas sem parar.

– Não havia muito mais o que fazer.

Strigan deu uma gargalhada, curta e amarga. Então fez um gesto na direção de Seivarden, que parecia nos ignorar. De qualquer maneira, ela não conseguia nos entender; não estávamos falando radchaai.

– Não tenho pena dele. É só que eu sou médica.

– Você já disse isso.

– Também não acho que você sinta pena dele.

– Não sinto.

– Você não facilita nada, não é? – A voz de Strigan estava meio zangada. Exasperada.

– Depende.

Ela balançou a cabeça de leve, como se não houvesse ouvido direito.

– Já vi piores. Mas ele precisa de atenção médica.

– Você não pretende dá-la – afirmei. Não estava perguntando.

– Ainda estou tentando entender você – disse Strigan, como se sua declaração estivesse relacionada à minha, mas não estava. – Na verdade, estou pensando em dar algo para acalmá-lo. – Não respondi. – Você desaprova. – Não era uma pergunta.

– Não tenho pena dele.

– Você vive dizendo isso.

– Ele perdeu a própria nave. – Muito provavelmente o interesse de Strigan em seus artefatos garseddai a haviam levado a aprender o que pudesse sobre a destruição de Garsedd e tudo o que relacionado ao assunto. – Isso já é ruim o bastante, mas naves radchaai não são apenas naves, são? E perdeu também a tripulação. Para nós, foi há mil anos, mas para ele... Uma hora tudo está do jeito que deveria estar, na seguinte, tudo já era. – Com uma das mãos, ela fez um gesto de frustração ambivalente. – Ele precisa de atenção médica.

– Se ele não houvesse fugido do Radch, teria recebido o cuidado necessário. Strigan ergueu uma sobrancelha grisalha e sentou-se em um banco.

– Traduza para mim. Meu radchaai não é bom o suficiente...

Um momento, uma auxiliar estava empurrando Seivarden para dentro de um módulo de suspensão e, no momento seguinte, ela estava congelando e sufocando a medida que os fluidos do módulo saíam por sua boca e nariz, drenados; ela estava na ala médica de uma nave-patrulha. À medida que Seivarden contava, pude ver sua agitação, sua raiva, quase sem nenhum disfarce.

– Uma misericórdia pequena e vagabunda, com uma capitã provinciana e desengonçada.

– Seu rosto é quase impassível – disse Strigan para mim. Não em radchaai, então Seivarden não entendeu. – Mas posso ver sua temperatura e o batimento cardíaco. – E devia ver também algumas outras coisas, com os implantes médicos que ela provavelmente possuía.

– A nave tinha tripulação humana – eu disse para Seivarden.

Isso a perturbou ainda mais. Se era raiva, vergonha ou outra coisa, eu não sabia dizer.

– Não percebi. Não de imediato. A capitã me levou para um canto e explicou.

Traduzi isso para Strigan, e ela olhou para Seivarden sem acreditar, e depois para mim de modo especulativo.

– É um erro fácil de cometer?

– Não – respondi simplesmente.

– Foi aí que ela enfim foi forçada a me contar quanto tempo havia se passado – disse Seivarden, sem perceber nada além de sua própria história.

– E o que havia acontecido depois – sugeriu Strigan.

Eu traduzi, mas Seivarden ignorou e continuou como se nenhuma de nós houvesse falado.

– Então, chegamos a uma pequena estação da fronteira. Você conhece o tipo, uma administradora de estação que caiu em desgraça, ou uma ninguém que saltou de posição, uma supervisora inspetora intrometida brincando de tirana nas docas, e meia dúzia de seguranças cujo maior desafio se resume em expulsar galinhas da casa de chá. Eu havia pensado que a capitã da *Misericórdia* tinha um péssimo sotaque, mas na estação eu não conseguia entender ninguém. A IA da estação precisava traduzir para mim, mas meus implantes não funcionavam, estavam ultrapassados. Então eu só conseguia falar com ela usando consoles de parede. – Isso dificultaria extremamente qualquer tipo de conversa. – E mesmo quando Estação explicou, as coisas que as pessoas diziam não faziam sentido.

– Elas me designaram um apartamento, um quarto com um catre, em que mal dava para ficar em pé. Sim, elas sabiam quem eu dizia ser, mas não tinham registro de meus dados financeiros, e semanas se passariam até que essas informações pudessem chegar. Talvez mais. Enquanto isso, eu tinha a comida e o abrigo que eram garantidos a qualquer radchaai. A menos, claro, que eu quisesse refazer os testes de aptidão para conseguir uma nova missão. Porque elas não tinham meus dados de testes e, mesmo que tivessem, eles certamente estariam datados. Datados – ela repetiu, a voz embargada.

– Você recebeu assistência médica? – perguntou Strigan. Vendo o rosto de Seivarden, imaginei o que finalmente a afastara do espaço radchaai. Ela devia ter ido a uma médica, que havia optado por esperar e observar. Ferimentos físicos não eram problema; qualquer que fosse a *Misericórdia* que a havia resgatado, a médica da nave teria cuidado deles. No entanto, os ferimentos psicológicos ou emocionais... talvez se resolvessem sozinhos e, se isso não acontecesse, a médica precisaria daqueles dados de aptidão para fazer seu trabalho.

– Elas disseram que eu podia enviar uma mensagem à Senhora da minha casa pedindo ajuda. Mas não sabiam quem seria. – Ficou claro que Seivarden não tinha intenção de falar sobre a médica da estação.

– Senhora da casa? – perguntou Strigan.

– É a chefe de sua família estendida – expliquei. – Parece muito elevado na tradução, mas não é, a menos que a casa seja muito rica ou cheia de prestígio.

– E a dela? – perguntou Strigan.

– Era as duas coisas.

Strigan não deixou isso passar.

– Tinha...

Seivarden continuou como se não houvéssemos falado.

– Mas acontece que Vendaai havia acabado. Toda a minha casa não *existia* mais. Tudo, bens e contratos, tudo absorvido por Geir! – Isso surpreendera a todos na época, uns quinhentos anos antes. As duas casas, Geir e Vendaai, se odiavam. A Senhora da casa Geir havia tirado uma vantagem maliciosa das dívidas de jogo de Vendaai e de uns contratos idiotas.

– E quanto aos acontecimentos atuais? – perguntei a Seivarden. Ela ignorou minha pergunta.

– Tudo havia acabado. O que restou parecia *quase* certo. Mas as cores estavam erradas, ou tudo estava um pouco à esquerda de onde devia estar. As pessoas falavam coisas e eu não conseguia entender nada, ou eu sabia que eram palavras de verdade, mas minha mente não conseguia assimilá-las. Nada parecia real.

Talvez essa fosse uma resposta à minha pergunta, afinal de contas.

– Como você se sente com relação às soldadas humanas?

Seivarden franziu a testa e olhou diretamente para mim pela primeira vez desde que acordara. Lamentei ter feito a pergunta. Não era a que eu desejava realmente fazer. *O que você pensou quando ouviu sobre Ime?* Mas talvez ela não houvesse ouvido. Ou, se ouvira, poderia ter sido incompreensível para ela. *Alguém veio até você sussurrando sobre restaurar a ordem correta das coisas?* Provavelmente não, levando-se em conta todo o resto.

– Como você deixou o Radch sem permissões? – Isso não poderia ter sido fácil. Teria no mínimo custado dinheiro, o que Seivarden não tinha.

Ela desviou o olhar, para baixo e para a esquerda. Ela não ia contar.

– Tudo estava errado – falou, finalmente, depois de nove segundos de silêncio.

– Pesadelos – disse Strigan. – Ansiedade. Tremores, às vezes.

– Instável – respondi.

A palavra tinha pouco peso quando traduzida, mas em radchaai, para uma oficial como Seivarden, dizia muito. Fraca, medrosa, inadequada para as exigências de sua posição. Frágil. Se Seivarden fosse instável, jamais teria merecido sua missão, nunca teria sido adequada para as militares, muito menos para capitanear uma nave. Mas claro que Seivarden fizera os testes de aptidão, e eles haviam dito que ela era o que sua casa sempre supusera que seria: firme, adequada para comandar e conquistar. Sem propensão a dúvidas ou medos irracionais.

– Você não sabe do que está falando – Seivarden meio que desdenhou, meio que bufou. Braços ainda envolvendo os joelhos com força. – Ninguém na minha casa é instável.

É claro (pensei, mas não falei), as várias primas que haviam servido um ano ou mais durante esta ou aquela anexação e se aposentado para fazer votos ascéticos ou pintar conjuntos de chá, não fizeram tais coisas por instabilidade. E as primas, cujo resultado dos testes não fora o esperado, mas que surpreenderam seus pais com missões sacerdotais menores, ou as artes: isso não indicara nenhuma espécie de instabilidade inerente na casa. Não, nunca. E Seivarden não tinha o menor medo ou preocupação com o que um novo teste de aptidão lhe atribuiria, nem com o que isso poderia dizer sobre sua estabilidade. Claro que não.

– Instável? – perguntou Strigan, compreendendo a palavra, mas não seu contexto.

– Ao instável – expliquei – falta certa força de caráter.

– Caráter! – A indignação de Strigan era evidente.

– É claro. – Não alterei minha expressão facial, a mantive neutra e agradável, como na maior parte dos últimos dias. – Cidadãs menores entram em colapso quando enfrentam enormes dificuldades ou estresse, e às vezes exigem atenção médica por isso. Mas algumas cidadãs são mais bem-criadas. Nunca entram em colapso. Embora possam se aposentar cedo, ou passar alguns anos dedicando-se a interesses artísticos ou espirituais. Retiros prolongados de meditação são bem comuns. É assim que você distingue entre famílias de posição alta ou baixa. – Mas vocês, radchaai, são tão boas em lavagem cerebral. Foi o que ouvi dizer.

– Reeducação – corrigi. – Se ela houvesse ficado, teria recebido ajuda.

– Mas ela não podia aceitar que precisaria de ajuda, para começar. – Eu não disse nada para concordar ou discordar, embora achasse que Strigan tivesse razão. – O quanto essa... reeducação... pode fazer?

– Muita coisa – respondi. – Embora muito do que você provavelmente ouviu seja exagero. Ela não pode transformá-la em alguém que não é. Não de qualquer maneira útil.

– Ela apaga memórias.

– Suprime-as, acho. Talvez acrescente novas. Você precisa saber o que está fazendo ou pode danificar bastante alguém.

– Sem dúvida.

Seivarden começou a franzir a testa para nós enquanto nos ouvia falar, incapaz de compreender o que dizíamos.

Strigan deu um meio sorriso.

– Você não é produto de reeducação.

– Não – concordei.

– Era cirúrgico. Corte algumas conexões, crie algumas novas, depois instale alguns implantes. – Ela fez uma pausa breve, esperando que eu respondesse, mas não o fiz. – É incrível como você disfarça bem. A expressão de seu rosto, o tom de sua voz, está tudo sempre certo, mas tudo é sempre... sempre muito estudado. Quase uma performance.

– Então, você acha que resolveu o enigma – supus.

– Resolver não é a palavra certa. Mas você é uma soldada cadáver, tenho certeza disso. Lembra-se de algo?

– Muitas coisas – respondi, ainda neutra.

– Não, quero dizer de antes.

Levei quase cinco segundos para entender o que ela queria dizer.

– Aquela pessoa está morta.

Seivarden se levantou de súbito, bruscamente, saindo pela porta interna. A julgar pelo som, pela externa também.

Strigan a viu sair, murmurou um *humm* rápido e ofegante e depois voltou-se para mim.

– Seu senso de identidade tem uma base neurológica. Uma pequena mudança e você acha que não existe mais. Mas você continua aí. Acho que continua. Por que esse desejo bizarro de matar Anaander Mianaai? Por quais motivos mais você ficaria com tanta raiva dele? – Ela inclinou a cabeça para indicar a saída, se referindo a Seivarden lá fora no frio com apenas um casaco.

– Ele vai pegar o rastejador – avisei. A garota e sua mãe haviam levado o voador e deixado o rastejador do lado de fora da casa de Strigan.

– Não vai, não. Eu o desabilitei. – Fiz um gesto de aprovação, e Strigan continuou, voltando ao assunto de antes: – E a música. Não acho que você trabalhasse com canto, não com uma voz como a sua. Mas deve ter sido musicista antes, ou amado música.

Pensei em dar a gargalhada amarga que a suspeita de Strigan pedia.

– Não – acabei dizendo. – Na verdade, não.

– Mas você é uma soldada cadáver, tenho certeza. – Não respondi. – Você escapou de algum modo ou... você é da nave *dele*? Do capitão Seivarden?

– A *Espada de Nathas* foi destruída. – Eu havia estado lá, estado por perto. Relativamente falando. Havia visto acontecer a uma distância próxima o bastante. – E isso foi há mil anos.

Strigan olhou para a porta e de volta para mim. Então franziu a testa.

– Não. Não, acho que você é dos gaonish, que só foram anexados alguns séculos atrás, não? Eu não deveria ter esquecido, é por isso que você está se fazendo passar por alguém de Gerentate, não é? Não, você escapou de algum modo. *Eu posso trazê-la de volta*. Tenho certeza de que posso.

– Você pode me matar, quer dizer. Pode destruir meu senso de identidade e substituí-lo por um que você aprove.

Percebi que Strigan não gostou de ouvir isso. A porta externa se abriu, e Seivarden atravessou a interna tremendo.

– Vista seu sobretudo da próxima vez – instruí.

– Vá se foder. – Ela puxou um cobertor da cama, o enrolou nos ombros e ficou ali, ainda tremendo.

– Linguagem muito inapropriada, cidadã – respondi.

Por um momento, pareceu que Seivarden perderia a calma. Então pareceu se lembrar do que poderia acontecer se o fizesse.

– Vá. Se... – Ela sentou-se em um banco próximo, arrastando-o. – Foder.

– Por que você não o deixou onde o encontrou? – perguntou Strigan.

– Eu também queria saber.

Era outro enigma para ela, mas não um enigma que eu houvesse proposto deliberadamente. Eu mesma não sabia a resposta. Não sabia por que me importava se Seivarden congelasse até a morte na neve varrida pela tempestade, não sabia por que a trouxera comigo, não sabia por que me importava se ela pegasse o rastejador de outra pessoa e fugisse, ou se saísse para a vastidão gelada manchada de verde e morresse.

– E por que você tem tanta raiva dele?

Isso eu sabia. E, para falar a verdade, meus motivos de raiva não eram muito justos com Seivarden. Mesmo assim, os fatos permaneciam os mesmos, e minha raiva também.

– Por que você quer matar Anaander Mianaai? – A cabeça de Seivarden se virou um pouco, sua atenção atraída pelo nome familiar.

– É pessoal.

– *Pessoal*. – O tom de voz de Strigan era de incredulidade.

– Sim.

– Você não é mais uma pessoa. Praticamente me disse isso. Você é um equipamento. Um apêndice da IA da nave. – Eu não disse nada, e esperei que ela ponderasse as próprias palavras. – Existe alguma nave que tenha enlouquecido? Nos últimos tempos, quero dizer.

Naves radchaai loucas eram tema recorrente de melodramas, dentro e fora do espaço do Radch. Embora os entretenimentos radchaai com esse tipo de conteúdo fossem normalmente históricos. Quando Anaander Mianaai assumira o controle do núcleo do espaço do Radch, umas poucas naves haviam destruído a si mesmas quando suas capitãs morreram ou foram capturadas. Boatos diziam que outras naves vagavam ainda no espaço após três mil anos, semiloucas, em desespero.

– Nenhuma, que eu saiba.

Strigan muito provavelmente acompanhava as notícias do Radch, era uma questão ligada à sua própria segurança. Eu sabia que ela estava se escondendo, e sabia quais seriam as consequências se Anaander Mianaai descobrisse isso algum dia. Era possível que Strigan tivesse todas as informações de que precisava para me identificar. Mas depois de meio minuto fez um gesto de dúvida, decepcionada.

– Você apenas não quer me dizer.

Ofereci um sorriso calmo e agradável e depois disse:

– Que graça teria?

Ela riu, parecendo achar mesmo minha resposta engraçada. O que vi como um sinal de esperança.

– Então, quando você vai embora?

– Quando você me der a arma.

– Não sei do que está falando. – Mentira. Uma mentira descarada.

– Seu apartamento, na estação Dras Annia, está intocado. Exatamente como você o deixou, até onde pude perceber.

Todos os movimentos de Strigan se tornaram calculados, apenas um pouco mais lentos. Piscadas, respirações fortes, a mão limpando cuidadosamente a poeira da manga do casaco.

– Isso é fato?

– Custou muito caro para eu entrar.

– Aliás, *onde* foi que você conseguiu todo esse dinheiro, soldada cadáver? – Strigan perguntou, ainda tensa, ainda escondendo seu estado. Mas curiosa de verdade. Como sempre.

– Trabalho – respondi.

– Trabalho lucrativo.

– E perigoso. – Eu arriscara a vida para conseguir aquele dinheiro.

– O ícone?

– Não deixa de estar relacionado. – Mas eu não queria falar a respeito. – O que preciso fazer para convencer você? O dinheiro não é suficiente? – Eu possuía mais em outro lugar, mas dizer isso seria imbecilidade.

– O que você viu no meu apartamento? – perguntou Strigan, com curiosidade e raiva na voz.

– Um enigma. Com peças faltando. – Eu deduzira a existência e a natureza daquelas peças corretamente. Pelo menos devia ter deduzido, afinal eu estava ali, e Arilesperas Strigan estava ali.

Strigan tornou a rir.

– Assim como você. Ouça. – Ela se inclinou para a frente, mãos sobre as coxas. – Você não pode matar Anaander Mianaai. Eu gostaria, por tudo o que há de bom, que isso fosse possível, mas não é. Mesmo com... Mesmo que eu tivesse o que pensa que tenho, você não poderia fazer isso. Você me disse que vinte e cinco dessas armas foram insuficientes. – Vinte e quatro – corrigi. Ela fez um gesto de descaso.

– Foram insuficientes para manter as radchaai longe de Garsedd. Por que você pensa que *uma* causaria algo além de uma pequena irritação?

Ela sabia que não era o caso, ou não teria fugido. Não teria pedido aos bandidos locais que dessem um jeito em mim antes que eu a encontrasse.

– E, por que você está assim determinada a fazer algo tão ridículo? Todo mundo fora do Radch odeia Anaander Mianaai. Se por algum milagre ele morresse, as comemorações durariam cem anos. Mas isso não irá acontecer. Certamente não pela mão de um idiota com uma arma. Tenho certeza de que você sabe disso. Você deve saber disso bem melhor do que eu.

– É verdade.

– Então por quê?

Informação é poder. Informação é segurança. Planos feitos com informações imperfeitas têm falhas fatais, fadados ao fracasso ou ao sucesso com o lançar de uma moeda. Quando descobri que teria de encontrar Strigan e obter sua arma, eu já sabia que teria que passar por um momento assim. Se eu respondesse à pergunta de Strigan, se eu respondesse completamente, como ela com certeza exigiria, eu estaria oferecendo algo que ela poderia usar contra mim, uma arma. Era quase certo que ela se machucaria no processo, mas eu sabia que isso nem sempre era impeditivo o bastante.

– Às vezes... – comecei, e depois me corrigi. – Muito frequentemente, alguém conhece um pouco sobre a religião radchaai e pergunta: "Se tudo o que acontece é a vontade de Amaat, se nada pode acontecer que já não tenha sido planejado pela Deusa, por que se dar ao trabalho de fazer qualquer coisa?".

– Boa pergunta.

– Não exatamente.

– Não? Então por que se dar ao trabalho?

– Eu sou – respondi – como Anaander Mianaai me fez. Anaander Mianaai é como ela foi feita. Nós duas faremos as coisas que fomos criadas para fazer. As coisas que estão diante de nós para fazermos.

– Duvido muito que Anaander Mianaai tenha feito você para que você o matasse.

No momento, qualquer resposta revelaria mais do que eu desejava.

– E eu – continuou Strigan depois de um segundo e meio de silêncio – existo para exigir respostas. É apenas a vontade da Deusa. – Ela fez um gesto com a mão esquerda, dizendo... "não é problema meu".

– Você admite que possui a arma.

– Não admito nada.

Sobrou-me o acaso cego, um passo no escuro impossível de adivinhar, esperando para viver ou morrer com base no resultado do lançar de uma moeda, sem saber as probabilidades de qualquer resultado. Minha única outra opção seria desistir, e como eu poderia desistir agora? Depois de tanto tempo, de tanta coisa? Eu já arriscara tanto, ou mais, antes disso, para chegar até aquele ponto.

Ela tinha que ter a arma. Tinha que ter. Mas como eu poderia fazer com que me entregasse? O que a faria escolher dar a arma para mim?

– Diga-me – pediu Strigan, me observando com atenção. Sem dúvida vendo, através de seus implantes médicos, minha frustração e dúvida, as flutuações de minha pressão sanguínea, temperatura e respiração. – Diga-me por quê.

Fechei os olhos, sentindo a desorientação de não poder enxergar por outros olhos, como um dia pudera. Tornei a abri-los, respirei fundo para começar, e lhe contei.

10

Eu havia pensado que talvez as atendentes do templo da manhã escolheriam ficar em casa (o que seria muito compreensível), mas uma pequena portadora de flores, que acordara antes das adultas de sua casa, chegou com um punhado de ervas com pétalas cor-de-rosa e parou na entrada da casa, espantada ao ver Anaander Mianaai ajoelhada em frente ao nosso pequeno ícone de Amaat.

Naquele momento, a tenente Awn se vestia no andar de cima.

– Não posso servir hoje – ela me falou, a voz impassível como suas emoções não estavam. A manhã já estava quente, e ela suava.

– Você não tocou em nenhum dos corpos – eu disse, certa do fato, enquanto ajustava o colarinho de sua jaqueta. Foi a coisa errada a se dizer.

Quatro de meus segmentos, dois na margem norte do Pré-Templo e dois em pé mergulhados até a cintura na água morna e na lama, ergueram o corpo da sobrinha de Jen Taa para a borda e a carregaram até a casa da médica.

No piso térreo da casa da tenente Awn, eu disse para a portadora de flores paralisada e assustada:

– Está tudo bem.

Não havia sinal da portadora de água, e eu era inelegível para essa tarefa.

– Você precisará pelo menos trazer a água, tenente – eu disse no andar de cima para a tenente Awn. – A portadora de flores está aqui, mas a de água não.

A tenente Awn não falou nada por alguns segundos, enquanto eu terminava de enxugar seu rosto. Então ela disse "certo", desceu, encheu a tigela e a levou até a portadora de flores, que estava parada ao meu lado, ainda assustada, agarrando com força seu punhado de pétalas cor-de-rosa. Quando a tenente Awn estendeu a água em sua direção, ela largou as flores e lavou as mãos. Mas antes que conseguisse apanhar as flores novamente, Anaander Mianaai se virou para ela, e a criança se assustou e agarrou minha mão enluvada com sua mão nua.

– Você vai ter que lavar suas mãos de novo, cidadã – sussurrei, e, com um pouco de incentivo, ela fez isso, voltou a pegar as flores e completou corretamente sua parte no ritual da manhã, ainda que estivesse nervosa. Ninguém mais apareceu. Isso não me surpreendeu.

A médica disse, falando consigo mesma e não comigo, embora eu estivesse a três metros de distância:

– Garganta cortada, obviamente, mas ela também foi envenenada. – Então, continuou com nojo e desprezo: – Uma criança da própria casa. Essa gente não é civilizada.

Nossa pequena atendente partiu, com um presente da Senhora do Radch apertado em uma das mãos: um alfinete na forma de uma flor de quatro pétalas, cada uma contendo uma imagem esmaltada de uma das quatro Emanações. Em qualquer outro lugar, uma radchaai que recebesse um presente desse o guardaria como um tesouro e o usaria quase o tempo todo; o emblema demonstrava que ela servira no templo com a própria Senhora do Radch. Mas essa criança provavelmente o jogaria em uma caixa e o esqueceria. Quando ela desapareceu das vistas (da tenente Awn e da Senhora do Radch, ainda que não da minha), Anaander Mianaai se virou para a tenente e perguntou:

– Isso não é mato?

Uma onda de vergonha percorreu a tenente Awn, misturada um instante depois com decepção e com uma raiva intensa que eu nunca vira nela antes.

– Não para a criança, minha senhora. – Ela não conseguiu eliminar toda a raiva de sua voz.

A expressão no rosto de Anaander Mianaai não mudou.

– Este ícone e este conjunto de presságios. São sua propriedade pessoal, eu acho. Onde estão os que pertencem ao templo?

– Pedindo o perdão de minha senhora – iniciou a tenente Awn, embora àquela altura eu soubesse que ela não tinha arrependimentos, o que era audível em seu tom de voz –, usei os fundos da compra deles para suplementar os presentes de fim de período para as atendentes do templo. – Ela também usara seu próprio dinheiro para o mesmo objetivo, mas não revelou isso.

– Estou mandando você de volta para a *Justiça de Toren* – disse a Senhora do Radch. – Sua substituta estará aqui amanhã.

Vergonha. Um surto novo de raiva. E desespero.

– Sim, minha senhora.

Não havia muito para empacotar. Eu poderia estar pronta para me mudar em menos de uma hora. Passei o resto do dia entregando presentes às nossas atendentes do templo, que estavam todas em casa. As aulas na escola haviam sido canceladas, e não havia quase ninguém nas ruas.

– A tenente Awn não sabe – eu disse a cada uma delas – se a nova tenente dará diferentes atribuições, ou se dará os presentes de final de ano sem que vocês tenham servido um ano inteiro. De qualquer modo, vocês devem ir até a casa da nova tenente na primeira manhã. – As adultas em cada casa me olharam em silêncio, sem me convidar a entrar, e todas as vezes eu depositei o presente (não o costumeiro par de luvas, que ainda não importava muito ali, mas uma saia de cores vivas, cheia de padrões, e uma caixinha de doces de tamarindo). O costume eram frutas frescas, mas não houve tempo para consegui-las. Deixei cada pequena pilha de presentes na rua, na beira de cada casa, e ninguém se moveu para pegá-las, nem me dizer uma palavra.

A Divina passou uma hora ou duas atrás de telas na residência do templo, e depois emergiu, parecendo não ter descansado um pio, e foi até o templo, onde conferenciou com as sacerdotisas jovens. Os corpos haviam sido retirados. Eu me oferecera para limpar o sangue, sem saber se me seria permitido fazer isso, mas as sacerdotisas recusaram minha ajuda.

– Algumas de nós – a Divina me disse, ainda olhando para a área do chão onde as mortas haviam ficado – haviam se esquecido do que você é. Agora elas se lembraram.

– Eu não acho que você tenha se esquecido, Divina – respondi.

– Não. – Ela ficou em silêncio por dois segundos. – A tenente vai me ver antes de partir?

– Talvez não, Divina – respondi.

Naquele momento, eu estava fazendo o que podia para incentivar a tenente Awn a dormir, algo que ela precisava muito, mas não estava conseguindo.

– Provavelmente será melhor se ela não vier – a sacerdotisa principal falou com amargura. Então olhou para mim. – Não estou sendo razoável. Eu sei disso. O que mais ela poderia ter feito? É fácil para mim dizer, e eu digo, que ela poderia ter escolhido outra coisa.

– Ela poderia, Divina – concordei.

– O que é mesmo que vocês, radchaai, dizem? – Eu não era radchaai, mas não a corrigi, e ela continuou. – Justiça, adequação e benefício, não é isso? Que cada ato seja justo, adequado e benéfico.

– Sim, Divina.

– Isso foi justo? – Sua voz tremeu por apenas um instante e eu percebi que ela estava à beira das lágrimas. – Foi adequado?

– Eu não sei, Divina.

– E o mais importante: quem se beneficiou?

– Ninguém, Divina, até onde posso ver.

– Ninguém? Mesmo? Ora, Esk Uma, não se faça de boba comigo.

Aquele olhar de traição no rosto de Jen Shinnan, direcionado para Anaander Mianaai, fora óbvio para todas ali.

Mesmo assim, eu não conseguia entender o que a Senhora do Radch poderia ganhar com aquelas mortes.

– Elas teriam matado você, Divina – respondi. – Você e qualquer uma que estivesse sem proteção. A tenente Awn fez o que pôde para impedir derramamento de sangue naquela noite. Não foi por sua culpa que ela fracassou.

– Foi sim. – Ela continuava de costas para mim. – Que a Deusa a perdoe por isso. Que a Deusa proíba que eu um dia precise fazer tal escolha. – Ela fez um gesto incisivo. – E você? O que teria feito, se a tenente houvesse se recusado e a Senhora do Radch a mandasse atirar nela? Você conseguiria? Pensei que essa sua armadura fosse impenetrável.

– A Senhora do Radch pode abaixar nossa armadura à força. – Mas o código de Anaander Mianaai teria que ser transmitido para forçar a armadura da tenente Awn ou a minha, ou a de qualquer outra soldada radchaai. O sinal precisaria ser transmitido pelas comunicações que, naquela hora, estavam bloqueadas. Mesmo assim. – Especular a respeito dessas coisas não faz bem, Divina – continuei. – Isso não aconteceu.

A sacerdotisa principal se virou e me olhou com atenção.

– Você não respondeu à pergunta.

Não era uma pergunta fácil de responder. Eu estivera em pedaços e, naquela ocasião, apenas um segmento soubera que tal coisa era possível, que, por um instante a vida da tenente Awn havia pendido, incerta, sobre o resultado daquele momento. Eu não tinha sequer certeza de que aquele segmento não teria voltado sua arma para Anaander Mianaai em vez disso.

Provavelmente não.

– Divina, não sou uma pessoa. – Se eu houvesse atirado na Senhora do Radch nada teria mudado, eu tinha certeza, exceto que não só a tenente Awn estaria morta, como eu seria destruída, Esk Duas teria tomado meu lugar ou uma nova Esk Uma seria construída com segmentos do porão da *Justiça de Toren*. A IA da nave poderia ficar em uma situação difícil, porém o mais provável seria que a minha ação fosse creditada ao fato de que minha comunicação fora cortada. – As pessoas frequentemente acham que teriam tomado a atitude mais nobre, mas quando se encontram de fato em uma situação dessas, descobrem que as coisas não são tão simples assim.

– Como eu falei: que a Deusa me perdoe. Vou me reconfortar com a ilusão de que você teria atirado na filha da puta da Mianaai primeiro.

– Divina! – alertei. Ela não podia dizer nada ao alcance dos meus ouvidos que não chegasse aos ouvidos da Senhora do Radch.

– Deixe que ela ouça. Vá você mesma contar à Senhora! Ela instigou o que aconteceu ontem à noite. Se o seu alvo éramos nós, as tanmind ou a tenente Awn, eu não sei. Tenho minhas suspeitas. Não sou idiota.

– Divina – disse eu –, quem quer que tenha instigado os acontecimentos de ontem à noite, não acho que as coisas aconteceram conforme planejado. Acho que elas queriam uma guerra aberta entre as cidades alta e baixa, embora eu não entenda por quê. E acho que isso foi impedido quando Denz Ay contou à tenente Awn a respeito das armas.

– Eu penso como você – concordou a sacerdotisa principal. – E acredito que Jen Shinnan sabia mais, e por isso morreu.

– Lamento que seu templo tenha sido profanado, Divina – eu disse. Não lamentava particularmente a morte de Jen Shinnan, mas não falei isso.

A Divina voltou a me dar as costas.

– Tenho certeza de que você tem muito a fazer antes de partir. A tenente Awn não precisa se preocupar em me visitar.

Você pode transmitir meu adeus. – Ela se afastou de mim, sem esperar por qualquer reconhecimento.

A tenente Skaaiat chegou para jantar com uma garrafa de arrak e duas Sete Issa.

– Sua substituta não chegará a Kould Ves antes do meio-
-dia – disse ela, quebrando o selo da garrafa. Enquanto isso, as Sete Issa estavam paradas e desconfortáveis, em pé, no piso térreo. Elas haviam chegado poucos momentos antes de eu restaurar as comunicações. Haviam visto os corpos no templo de Ikkt, e adivinhado o que acontecera sem que ninguém dissesse nada. E elas só haviam saído dos porões nos últimos dois anos. Não haviam visto a anexação em si.

Toda Ors, a cidade alta e a cidade baixa, estavam igualmente quietas e tensas. Quando as pessoas saíam de casa, evitavam olhar para mim ou falar comigo. A maior parte delas saía apenas para visitar o Templo, onde as sacerdotisas faziam orações para as mortas. Algumas poucas tanmind de fato desceram da cidade alta; elas ficaram paradas, em silêncio, às margens da pequena multidão. Eu preferi as sombras; não queria distrair nem perturbar mais.

– Não me diga que você tentou se recusar – disse a tenente Skaaiat, no andar de cima da casa, com a tenente Awn, atrás de telas. Estavam sentadas sobre almofadas com cheiro de fungos, encarando uma à outra. – Conheço você, Awn, e juro, quando soube o que Sete Issa viu ao chegar ao templo, temi que em seguida viesse a notícia de sua morte. Por favor, me diga que você não tentou se recusar.

– Não me recusei – disse a tenente Awn, se sentido angustiada e culpada. Sua voz soava amarga. – Você está vendo que não.

– Não é isso que estou vendo. De jeito nenhum. – A tenente Skaaiat serviu um generoso trago de bebida na xícara que estendi e entreguei para a tenente Awn. – Nem Esk Uma, ou esta noite não estaria tão silenciosa. – Ela olhou para o segmento mais próximo. – A Senhora do Radch proibiu você de cantar?

– Não, tenente.

Eu não desejava perturbar Anaander Mianaai enquanto estivesse aqui, nem interromper o pouco de sono que a tenente Awn pudesse ter. E, de qualquer maneira, eu não sentia vontade de cantar.

A tenente Skaaiat fez um som de frustração e se voltou para a tenente Awn.

– Se houvesse se recusado, nada teria mudado, a não ser o fato de que você também estaria morta. Você fez o que tinha que fazer, e as idiotas... Pelo pau de Hyr, aquelas idiotas. Elas deviam ter sido mais espertas.

A tenente Awn ficou olhando a xícara na sua mão, sem se mover.

– Eu conheço você, Awn. Se vai fazer alguma coisa assim tão louca, pelo menos espere por algo que realmente faça diferença.

– Como Amaat Uma Uma, da *Misericórdia de Sarrse*? – Ela estava falando sobre os eventos de Ime, sobre a soldada que se recusara a cumprir ordens e liderara aquele motim cinco anos antes.

– Pelo menos ela fez alguma diferença. Escute, Awn, tanto você quanto eu sabemos que algo estava acontecendo. Tanto você quanto eu sabemos que o que ocorreu ontem à noite não faz sentido a não ser que... – Ela parou.

A tenente Awn colocou de lado sua xícara de arrak, com força.

A bebida transbordou.

– A não ser quê? Como aquilo pode fazer sentido?

– Aqui. – A tenente Skaaiat pegou a xícara e a colocou de novo na mão da tenente Awn. – Beba isto. E eu explico. Pelo menos o que faz sentido para mim. Você sabe como funcionam as anexações. Quero dizer, sim, elas funcionam pela pura e inegável força, mas depois disso. Depois das execuções e dos transportes, e depois que absolutamente todas as idiotas que acham que podem resistir são eliminadas. Depois que tudo acaba, nós encaixamos quem sobrou na sociedade radchaai. Elas formam casas e aceitam clientelas e, após uma ou duas gerações, se tornam tão radchaai quanto qualquer uma. Em grande parte, isso acontece porque nós seguimos até o topo da hierarquia local, já que quase sempre existe uma, e oferecemos a ela todo tipo de benefícios em troca de um comportamento de cidadãs. Nós oferecemos contratos de clientela, o que lhes permite oferecer contratos a quem quer que esteja abaixo delas e, em um instante, toda a configuração local está amarrada à sociedade radchaai com um mínimo de perturbação.

A tenente Awn fez um gesto de impaciência. Isso ela já sabia.

– O que isso tem a ver com...

– Você fodeu com isso.

– Eu?

– O que você fez funcionou. E as tanmind locais iam ter que engolir isso. Muito justo. Se eu houvesse feito o que você fez, ido direto até a sacerdotisa orsiana, montado casa na cidade baixa em vez de usar a estação de polícia e a cadeia já construídas na cidade alta, começado a fazer alianças com autoridades da cidade baixa e ignorado...

– Eu não *ignorei* ninguém! – protestou a tenente Awn. A tenente Skaaiat não lhe deu atenção.

– Em vez de ignorar o que qualquer outra pessoa teria visto como a hierarquia local natural. Sua casa não pode se dar ao luxo de oferecer clientela a ninguém aqui. Ainda. Nem você nem eu podemos fechar contratos com ninguém. Por enquanto. Tivemos que nos isentar dos contratos de nossas casas e assumir clientela diretamente de Anaander Mianaai enquanto servimos. Mas ainda temos aquelas conexões de família, e essas famílias podem aproveitar as conexões que fizermos agora, mesmo que nós não possamos. E nós poderemos usá-las quando nos aposentarmos, com certeza. Colocar os pés no chão durante uma anexação é a forma certa de aumentar o status social e financeiro de sua casa. O que funciona sem problema, até a pessoa errada fazer isso. Nós dizemos a nós mesmas que tudo é do jeito que Amaat quer que seja, que tudo o que é, é por causa da Deusa. Então, se somos ricas e respeitadas, é assim que as coisas deveriam ser. As aptidões provam que tudo é justo, que todo mundo recebe o que merece, e, quando as pessoas certas passam no teste para as carreiras certas, isso serve apenas para demonstrar como tudo está certo.

– Eu não sou a pessoa certa. – A tenente Awn colocou sua xícara vazia na mesa, e a tenente Skaaiat tornou a enchê-la.

– Você é apenas uma de milhares, mas alguém começou a notar em você. E esta anexação é diferente, é a última. A última chance de agarrar propriedades, de fazer conexões na escala que as casas superiores sempre estiveram acostumadas a fazer. Elas não gostam de ver essas últimas chances indo para casas como a sua. E, para piorar a situação, o fato de você subverter a hierarquia local...

– Eu *usei* a hierarquia local!

– Tenentes! – eu as adverti. A explosão da tenente Awn fora alta o suficiente para ser ouvida na rua, se alguém estivesse na rua naquela noite.

– Se as tanmind estivessem no comando aqui, isso seria o correto na mente de Amaat. Certo?

– Mas elas... – A tenente Awn parou. Eu não tinha certeza do que ela estava prestes a dizer. Talvez que elas haviam imposto sua autoridade sobre Ors havia relativamente pouco tempo. Talvez que fossem, em Ors, uma minoria numérica, e que o objetivo da tenente Awn fosse alcançar o maior número de pessoas que pudesse.

– Cuidado – avisou a tenente Skaaiat, embora a tenente Awn não precisasse do aviso. Qualquer soldada radchaai sabia que deveria pensar antes de falar. – Se você não houvesse encontrado aquelas armas, alguém teria tido uma desculpa não apenas para expulsá-la de Ors, mas para bater de frente com as orsianas e favorecer a cidade alta. Assim, restaurariam o universo à sua ordem adequada. Então, claro, qualquer pessoa inclinada a isso poderia ter usado o incidente como exemplo de fraqueza de nossa parte. Se houvéssemos mantido os testes de aptidões ditos como imparciais, se houvéssemos executado mais pessoas, se ainda fizéssemos auxiliares...

– Eu *tenho* auxiliares – ressaltou a tenente Awn. A tenente Skaaiat deu de ombros.

– Todo o restante teria se encaixado, elas podiam ignorar isso. Elas ignoram qualquer coisa que não lhes dê o que querem. E elas querem tudo o que puderem pegar.

Ela parecia tão calma. Até mesmo relaxada. Eu estava acostumada a não ter acesso aos dados da tenente Skaaiat, mas aquela separação entre seu comportamento e a seriedade da situação (a tenente Awn continuava angustiada e, honestamente, eu também me sentia desconfortável com os acontecimentos) a faziam parecer estranhamente neutra e irreal para mim.

– Eu entendo a participação de Jen Shinnan nisso – disse a tenente Awn. – Entendo mesmo. Mas não consigo ver como... como outra pessoa poderia se beneficiar.

A pergunta que ela não queria fazer de forma direta era, claro, por que Anaander Mianaai se envolveria, por que escolheria retomar alguma ordem anterior, já que ela própria certamente aprovara qualquer alteração. E se Anaander Mianaai queria tais mudanças, por que ela simplesmente não as ordenava. Se questionadas, ambas as tenentes poderiam, e provavelmente iriam dizer que não estavam falando da Senhora do Radch, mas de uma pessoa desconhecida que deveria estar envolvida. Mas eu tinha certeza de que isso não se sustentaria em um interrogatório que fizesse o uso de drogas. Felizmente, tal evento era improvável.

– E não vejo por que qualquer uma com essa espécie de acesso não poderia apenas ordenar minha remoção para colocar alguém que preferisse no meu lugar, se essa fosse a intenção.

– Talvez não fosse tudo o que queriam – respondeu a tenente Skaaiat. – Mas é óbvio que pelo menos alguém queria essas coisas, e também acreditou ser possível se beneficiar da forma como tudo aconteceu. E você fez o máximo que pôde para evitar que pessoas fossem mortas. Nada teria feito muita diferença. – Ela esvaziou sua xícara. – Você vai continuar mantendo contato comigo. – Não era uma pergunta nem uma pergunta. Depois, disse com suavidade: – Vou sentir saudades.

Por um momento, pensei que a tenente Awn fosse chorar de novo.

– Quem vai me substituir?

A tenente Skaaiat deu o nome da oficial e de sua nave.

– Então serão tropas humanas.

Por um instante, a tenente Awn ficou inquieta, depois soltou um suspiro de frustração. Imagino que estivesse se lembrando de que Ors não era mais problema seu.

– Eu sei – disse a tenente Skaaiat –, vou falar com ela. Cuide-se. Agora, anexações são coisa do passado, porta-tropas de auxiliares estão lotadas com as filhas inúteis das casas de prestígio, que não podem ser designadas para nenhum serviço inferior. – A tenente Awn franziu a testa. Era evidente que ela queria discutir, pensando talvez nas suas colegas tenentes Esk. Ou em si mesma. A tenente Skaaiat viu a expressão em seu rosto e sorriu com pesar. – Bem, Dariet é aceitável. São as outras que você deve ficar de olho. Elas se acham muito importantes, mas têm pouquíssimo que justifique isso. – Skaaiat conhecera algumas delas durante a anexação, e sempre fora adequadamente educada com elas.

– Não preciso que me diga isso – respondeu a tenente Awn.

A tenente Skaaiat serviu mais arrak, e durante o resto da noite sua conversa foi do tipo que não precisa ser relatada.

Depois, a tenente Awn voltou a dormir e, quando acordou, eu havia alugado barcos que nos levariam até a foz do rio, perto de Kould Ves. Eu os carreguei com nossa pouca bagagem e com meu segmento morto. Em Kould Ves, o mecanismo que controlava sua armadura e alguns outros fragmentos de tecnologia seriam removidos para reutilização.

"Se vai fazer alguma coisa assim tão louca, pelo menos espere por algo que realmente faça diferença", dissera a tenente Skaaiat, e eu concordara. Ainda concordo.

O problema é saber quando suas ações farão alguma diferença. Não estou me referindo só de pequenas ações que, de modo cumulativo, ao longo do tempo ou em grandes números, definem o rumo dos acontecimentos de maneiras caóticas demais ou sutis demais para que seja possível rastrear sua influência. Uma única palavra capaz de direcionar o destino de uma pessoa e, em última análise, o destino daquelas com as quais ela entra em contato, é tema comum de entretenimentos e histórias moralistas. Mas se todo mundo fosse considerar as várias consequências possíveis de todas as suas possíveis escolhas, ninguém se moveria um único milímetro, nem sequer ousaria respirar, por medo dos resultados.

Quero dizer, em uma escala maior e mais óbvia. Da mesma forma como Anaander Mianaai determinava os destinos de povos inteiros. Ou como minhas próprias ações poderiam significar vida ou morte para milhares de pessoas. Ou apenas oitenta e três, aglomeradas no templo de Ikkt, cercadas. Eu me perguntava, como a tenente Awn certamente se perguntou, quais teriam sido as consequências de recusar a ordem para atirar. Diretamente, era óbvio, a morte da própria tenente seria a consequência imediata. E, logo em seguida, a morte daquelas oitenta e três pessoas, porque eu as teria fuzilado sob ordem direta de Anaander Mianaai.

Nada teria sido diferente, a não ser pela morte da tenente Awn. Os presságios haviam sido lançados; suas trajetórias eram diretas, calculáveis e claras.

Mas nem a tenente Awn nem a Senhora do Radch sabiam que, naquele momento, se um disco houvesse se desviado ligeiramente, todo o padrão poderia ter sido diferente. Às vezes, quando os presságios são lançados, um deles voa ou rola para o lado que você não esperava e tira todo o padrão do formato esperado. Se a tenente Awn houvesse feito uma escolha diferente, aquele único segmento, separado, desorientado e, sim, horrorizado com o pensamento de atirar na tenente Awn, poderia ter virado sua arma para Mianaai. O que aconteceria então?

Em última análise, tal ação teria apenas atrasado a morte da tenente Awn, e assegurado a minha própria destruição, a destruição de Esk Uma. O que, já que eu não existia como indivíduo, não seria de todo ruim para mim.

Mas a morte daquelas oitenta e três pessoas teria sido adiada. A tenente Skaaiat teria sido forçada a prender a tenente Awn (e tenho certeza de que não teria fuzilado a outra tenente, embora tivesse base legal para fazê-lo), mas não atiraria nas tanmind, pois Mianaai não estaria lá para dar a ordem. E Jen Shinnan teria tido tempo e oportunidade para dizer aquilo que a Senhora do Radch, com os reais acontecimentos, a impedira de dizer. Que diferença isso teria feito?

Talvez muita diferença. Talvez nenhuma. Existem muitos fatores desconhecidos. Muitas pessoas que parecem previsível, mas, na realidade, estão apenas se equilibrando na ponta de uma faca, ou sua trajetória poderia ser facilmente alterável, se eu apenas soubesse.

"Se vai fazer alguma coisa assim tão louca, pelo menos espere por algo que realmente faça diferença". Mas, a não ser que alguém seja capaz de onisciência, não há como saber quando isso acontecerá. Tudo o que um indivíduo pode fazer é dar o seu melhor palpite. A única coisa que podemos fazer é dar nosso melhor lance, e depois tentar entender os resultados.

11

A explicação – por que eu precisava da arma e por que queria matar Anaander Mianaai – foi longa. A resposta não era simples. Ou, de modo mais preciso, a resposta simples só provocaria mais perguntas da parte de Strigan. Então não tentei usá-la; em vez disso, contei a história inteira desde o começo e deixei que ela deduzisse a resposta simples a partir da mais complexa e longa. Quando acabei, a noite já ia longe. Seivarden dormia, respirando devagar, e a própria Strigan estava claramente exausta.

Por três minutos não houve som algum, a não ser a respiração de Seivarden acelerando quando fazia a transição para algum estado mais próximo do despertar; talvez estivesse sendo perturbada por um sonho.

– E agora eu sei quem você é – disse Strigan finalmente, cansada. – Ou quem você acha que é. – Eu não precisava responder a isso; àquela altura ela acreditaria no que quisesse a meu respeito, apesar do que eu lhe dissera. – Você se incomoda – continuou Strigan –, ou algum dia já se incomodou com o fato de que vocês são escravas?

– Quem?

– As naves. As naves de guerra. Tão poderosas. Armadas. Os oficiais em seu interior estão a seu dispor. O que impede vocês de matar todos e se declarar livres? Nunca fui capaz de entender como os radchaai conseguem manter as naves escravizadas.

– Se você pensar a respeito – expliquei –, perceberá que já sabe a resposta dessa pergunta.

Ela voltou a ficar em silêncio; o olhar entregava que estava analisando seus pensamentos. Fiquei sentada, imóvel, aguardando o resultado do meu lance.

– Você estava em Garsedd – disse ela depois de um tempo.

– Sim.

– Você conheceu Seivarden? Pessoalmente, quero dizer.

– Sim.

– Você... Você participou?

– Da destruição das garseddai? – Ela respondeu sim com um gesto.

– Participei. Todo mundo que estava lá participou.

Strigan fez uma cara de desprezo, de quase nojo.

– Ninguém se recusou.

– Não foi isso o que eu disse. – Na verdade, minha própria capitã havia se recusado e morrido. Sua substituta teve problemas de consciência, e isso ela não poderia ter escondido de sua nave, mas nada disse e obedeceu às ordens. – É fácil afirmar que você teria se recusado se estivesse lá, que preferiria morrer a participar da carnificina. Mas, na realidade, tudo parece bem diferente quando é real, quando você é forçada a escolher.

Os olhos dela se estreitaram, creio que discordando, mas eu havia dito apenas a verdade. Então, a expressão em seu rosto mudou; talvez ela estivesse pensando na pequena coleção de artefatos em seus aposentos na estação Dras Annia.

– Você fala o idioma deles?

– Dois deles. – Havia mais de uma dúzia.

– E conhece suas canções, é claro. – Sua voz era ligeiramente debochada.

– Não tive a oportunidade de aprender tantas quanto gostaria.

– Se houvesse sido livre para escolher, teria se recusado?

– A pergunta não faz sentido. A escolha não me foi oferecida.

– Ouso discordar – disse ela, um pouco irritada com minha resposta. – A escolha sempre lhe foi oferecida.

– Garsedd foi um ponto crucial. – Não foi uma resposta direta à acusação dela, mas eu não consegui pensar no que seria uma resposta direta que ela pudesse entender. – Foi a primeira vez que várias oficiais radchaai saíram de uma anexação sem a certeza de terem feito a coisa certa. Você ainda acha que Mianaai controla as radchaai por meio de lavagem cerebral ou ameaças de execução? Essas coisas existem, sim, mas a maioria das radchaai, como as pessoas da maioria dos lugares onde estive, fazem o que devem fazer porque acreditam ser a coisa certa. Ninguém gosta de matar pessoas.

Strigan emitiu um ruído sardônico.

– Ninguém?

– Quase ninguém – emendei. – Não gente suficiente para encher as naves de guerra do Radch. Mas, no final, depois de tanto sangue e tanta tristeza, todas aquelas almas abençoadas, que sem nós teriam sofrido na escuridão, tornam-se cidadãs felizes. Elas irão concordar se você perguntar! Foi um dia afortunado quando Anaander Mianaai levou a civilização até elas.

– Será que as gerações anteriores concordariam?

Fiz um gesto que ficava entre "não é problema meu" e "não é relevante" e disse:

– Você se surpreendeu ao me ver lidar gentilmente com uma criança, mas não deveria. Acha que as radchaai não têm crianças ou não as amam? Acha que elas não reagem às crianças da mesma foram que a maioria dos humanos?

– Quanta virtude!

– Virtude não é uma coisa solitária e descomplicada. – O bem necessita do mal e as duas faces desse disco não são sempre demarcadas com clareza. – Virtudes podem ser feitas para servir a qualquer fim que beneficie você. Mesmo assim, elas existem e vão influenciar suas ações. Suas escolhas.

Strigan bufou.

– Suas teorias me lembram as conversas filosóficas bêbadas da minha juventude. Mas não estamos falando de coisas abstratas aqui, estamos falando de vida e morte.

Minha chance de conseguir o que viera buscar estava escapando entre os dedos.

– Pela primeira vez o Radch forçou a morte em uma escala inimaginável, sem posterior renovação. Eliminou irrevogavelmente qualquer chance de suas ações resultarem no bem. Isso afetou todas lá.

– Até mesmo as naves?

– Todas. – Esperei a próxima pergunta, ou o irônico *não tenho pena de você*, mas ela ficou apenas parada, encarando-me. – As primeiras tentativas de contato diplomático com as presger começaram pouco depois. Assim como, tenho quase certeza, o começo da mudança para substituir auxiliares por soldadas humanas. – Apenas "quase certeza", porque muito do trabalho básico foi feito em particular, por baixo dos panos.

– Por que as presger se envolveram com Garsedd? – perguntou Strigan.

Certamente ela viu minha reação à sua pergunta, que fora quase uma confissão direta de que ela tinha a arma; ela deveria saber o que essa confissão revelaria para mim, com certeza percebera antes de falar. Strigan não teria feito a pergunta se não houvesse visto a arma, a examinado de perto. Aquelas armas vieram das presger, as garseddai haviam lidado com alienígenas, independentemente de quem fizera o primeiro contato. Descobrimos isso das representantes capturadas. Mas mantive meu rosto impassível.

– Quem sabe o motivo pelo qual as presger fazem qualquer coisa? Mas Anaander Mianaai se fcz a mesma pergunta, por que as presger interferiram? Não foi porque desejavam algo que as garseddai tinham; elas podiam ter tomado o que quisessem. – Embora eu soubesse que as presger haviam feito as garseddai pagar, e caro. – E se as presger decidissem destruir o Radch? Realmente destruir? E tivessem tais armas?

– Você está insinuando – falou Strigan, sem acreditar, horrorizada – que as presger armaram as garseddai para obrigar Anaander Mianaai a negociar?

– Estou falando da reação de Mianaai, dos motivos de Mianaai. Não sei nem se compreendo as presger. Mas imagino que, se as presger quisessem forçar algo, isso seria evidente. E nada sutil. Acho que foi organizado apenas como uma *sugestão*. Se é que isso de fato teve alguma relação com suas ações.

– Tudo isso, para ser uma *sugestão*?

– Elas são alienígenas. Quem consegue entender o que fazem?

– Nenhuma ação sua – disse ela depois de cinco segundos de silêncio – pode fazer qualquer diferença.

– Provavelmente verdade.

– *Provavelmente*.

– Se todas as pessoas que tivessem... – Procurei as palavras certas. – Se todas as pessoas que não concordassem com a destruição das garseddai houvessem se recusado, o que teria acontecido?

Strigan franziu a testa e perguntou:

– Quantas pessoas se recusaram?

– Quatro.

– Quatro de...?

– De milhares. – Naquele tempo, cada justiça tinha centenas de oficiais, juntamente com sua capitã, e dezenas de nós haviam estado lá. Some a isso as tripulações menores das misericórdias e das espadas. – Lealdade, o longo hábito de obediência, um desejo de vingança... e até aquelas quatro mortes; elas certamente impediriam outras pessoas de pensarem em uma decisão assim tão drástica.

– Sua espécie tinha números o suficiente para lidar com a situação, mesmo que todos se recusassem.

Eu não disse nada, esperei a mudança de expressão que indicaria que ela pensara duas vezes no que acabara de dizer. Quando chegou, falei:

– Acho que poderia ter acontecido de outra forma.

– Você não é uma de milhares! – Strigan inclinou-se para a frente, de modo inesperadamente veemente.

Seivarden acordou assustada de seu sono, olhou alarmada e zonza para Strigan.

– Não há outros para escolher – disse Strigan. – Ninguém para seguir sua liderança. E ainda que houvesse, só você não seria o suficiente. Se chegasse mesmo ao ponto de enfrentar Mianaai, de encarar um dos corpos de Mianaai, você estaria sozinha e indefesa. Morreria sem conseguir nada! – Ela se mostrou impaciente.

– Pegue seu dinheiro. – Strigan fez um gesto para minha mochila, que estava encostada contra meu banco. – Compre terras, compre aposentos em uma estação, diabos, compre uma estação! Viva a vida que lhe foi negada. Não se sacrifique por nada.

– De qual eu você está falando? – perguntei. – Qual vida das que me foram negadas você acha que devo viver? Alguma que mandaria relatórios mensais para você? Assim, você teria certeza de que minhas escolhas atendem às suas expectativas?

Strigan ficou em silêncio por vinte segundos.

– Breq – chamou Seivarden, como que testando o som do nome em sua boca. – Quero ir embora.

– Daqui a pouco – respondi. – Tenha paciência. – Para minha profunda surpresa, ela não fez objeção, mas se recostou contra o banco e abraçou os joelhos.

Strigan olhou para ela por um momento, especulando, e depois se virou para mim.

– Preciso pensar.

Concordei com um gesto e ela se levantou, foi para o quarto e fechou a porta.

– Qual é o problema *dela*? – perguntou Seivarden, sem ironia aparente, mas com um tom de desdém na voz. Eu não respondi, apenas olhei para ela sem mudar minha expressão. Os cobertores haviam produzido uma linha que atravessava sua bochecha, mas que agora se desvanecia. Suas roupas, as calças niltanas e a camisa xadrez sob o casaco aberto, estavam amarrotadas e desgrenhadas. Nos últimos dias, comendo regularmente e sem kef, a pele recuperara uma cor ligeiramente mais saudável, mas Seivarden ainda parecia magra e cansada. – Por que você se preocupa com ela? – perguntou, sem se perturbar com minha observação direta. Como se algo houvesse mudado e, de repente, ela e eu fôssemos camaradas. Amigas.

Certamente não iguais. Jamais.

– Tenho negócios para resolver. – Mais explicações seriam inúteis, tolas ou ambas as coisas. – Você está tendo dificuldade para dormir?

Alguma coisa sutil em sua expressão comunicou afastamento, fechamento. Eu não estava mais do seu lado. Ela ficou sentada em silêncio por dez segundos, e achei que não falaria mais comigo naquela noite. Porém, em vez disso, ela respirou fundo e soltou o ar.

– Eu... preciso me movimentar. Vou sair um pouco.

Definitivamente, algo mudara, mas eu não sabia bem o que era nem o que havia provocado a mudança.

– Está de noite – respondi. – Está muito frio. Pegue seu sobretudo e suas luvas e não se afaste muito.

Ela gesticulou concordando e, o que foi ainda mais surpreendente, colocou o sobretudo e as luvas antes de sair pelas duas portas sem uma única palavra amarga, ou olhar de ressentimento.

Por que eu me importava? Ela iria se afastar e congelar, ou não iria. Arrumei meus cobertores e me deitei para dormir, sem esperar para ver se Seivarden voltaria em segurança ou não.

Quando acordei, Seivarden estava dormindo sobre sua pilha de cobertores. Ela não jogara o casaco no chão; em vez disso, o havia pendurado ao lado dos outros, em um gancho perto da porta. Levantei-me e fui até o armário e descobri que ela também enchera as despensas com mais pão e uma tigela sobre a mesa com um bloco de leite ligeiramente derretido, além de um pedação de gordura de bov.

Atrás de mim, a porta de Strigan se abriu. Eu me virei.

– Ele quer alguma coisa – ela disse para mim, baixinho. Seivarden não se mexeu. – Ou então está bolando algo. Se eu fosse você, não confiaria nele.

– Não confio. – Joguei um pedaço de pão em uma tigela de água e deixei de lado para amolecer. – Mas tenho curiosidade de saber o que deu nela. – Strigan pareceu achar graça. – Nele – corrigi.

– Deve estar pensando em todo o dinheiro que você tem – disse Strigan. – Dá para comprar muito kef com ele.

– Se fosse o caso, não seria problema. É tudo para pagar você. – A não ser minha passagem de volta à estação, e um pouco mais para emergências. O que, nesse caso, significaria uma passagem para Seivarden também.

– O que acontece com os viciados no Radch?

– Não existem viciados. – Ela ergueu uma sobrancelha, e depois outra, sem acreditar. – Não nas estações – corrigi. – Não dá para se embrenhar muito nesse caminho com a IA da estação vigiando o indivíduo o tempo todo. Em um planeta, é diferente, o lugar é grande demais para isso. Mesmo assim, quando se chega ao ponto em que a pessoa não está mais funcionando, ela costuma ser reeducada e enviada para outro lugar.

– Para não envergonhar ninguém.

– Para um novo começo, novos ambientes, nova missão. – E, se uma pessoa chegava de algum lugar muito distante para assumir um emprego que quase qualquer um poderia fazer, todas sabiam por que isso havia acontecido, embora ninguém fosse tão indelicada a ponto de dizê-lo perto do sujeito. – Você se incomoda com o fato de que as radchaai não têm a liberdade de destruir sua vida ou a vida de outras cidadãs.

– Eu não colocaria dessa forma.

– Não, é claro que não.

Ela se recostou no batente da porta e cruzou os braços.

– Para alguém que quer um favor, e um favor incrivelmente, impossivelmente enorme e perigoso, você está fazendo mais afrontas do que o esperado.

Fiz um gesto com uma das mãos. As coisas são do jeito que são.

– Mas, então, lidar com ele irrita você. – Ela inclinou a cabeça na direção de Seivarden. – É compreensível, eu acho.

As palavras "estou tão feliz que você aprove" subiram até meus lábios, mas não as pronunciei. Afinal, eu queria um favor incrivelmente, impossivelmente enorme e perigoso. Em vez disso, respondi:

– Todo o dinheiro dentro da caixa. O bastante para você comprar terras, ou aposentos em uma estação, ou, diabos, até mesmo uma estação inteira.

– Uma estação bem pequena. – Os lábios dela mexeram, se divertindo com a colocação.

– E você se livraria dela. É perigoso até mesmo tê-la visto, mas, na verdade, pior mesmo é possuí-la.

– E você – ressaltou ela, se endireitando e deixando os braços caírem, a voz agora sem nenhum divertimento –, vai levar isso diretamente para a Senhora do Radch. Que então será capaz de rastreá-la de volta a mim.

– Esse sempre será um risco – concordei. Sequer fingi que um dia, se eu caísse no controle de Mianaai, ela não seria capaz de extrair qualquer informação que desejasse de mim, independentemente do que eu quisesse revelar ou esconder. – Mas isso foi um perigo desde o momento em que você colocou os olhos nela, e vai continuar a ser enquanto você viver, não importa se a passar para mim ou não.

Strigan suspirou.

– Infelizmente, isso é verdade. E verdade seja dita, eu quero muito voltar para casa.

Mais tola do que eu poderia ter imaginado. Mas isso não era problema meu; meu problema era pôr as mãos naquela arma. Eu não disse mais nada. Nem Strigan. Em vez disso, ela vestiu o sobretudo e as luvas e saiu pelas duas portas, e eu me sentei para comer meu café da manhã, me esforçando muito para não imaginar aonde ela fora, nem se eu tinha algum motivo para ter esperanças.

Strigan voltou quinze minutos depois com uma caixa preta grande e achatada. Ela colocou a caixa em cima da mesa. Parecia um bloco sólido, mas ela ergueu uma grossa camada preta, revelando mais escuridão embaixo.

Strigan se levantou, esperando, a tampa nas mãos, me observando. Estendi a mão e toquei gentilmente um ponto da escuridão. Uma coloração marrom se espalhou a partir do ponto que toquei, se acumulando em uma poça no formato de uma arma, agora na cor exata da minha pele. Levantei meu dedo e o preto tornou a inundar a escuridão. Estendi a mão e ergui outra camada preta, abaixo da qual aquilo finalmente começou a parecer uma caixa, com coisas de verdade dentro, ainda que uma perturbadora caixa preta sugadora de luz, recheada de munição.

Strigan estendeu a mão e tocou a superfície da camada preta que eu ainda segurava. A cor cinza se espalhou a partir de seus dedos em uma faixa grossa enroscada ao lado da arma.

– Não tinha certeza do que era isso. Você sabe?

– É uma armadura. – Oficiais e soldadas humanas usavam armaduras que eram vestidas externamente, e não o tipo que é instalado no corpo, como a minha. Mas já fazia mil anos que as pessoas recebiam implantes como o meu.

– Isso nunca disparou um único alarme, nunca apareceu em nenhum scanner pelo qual passei. – Era *isso* que eu queria. A possibilidade de entrar em qualquer estação radchaai sem alertar ninguém para o fato de que eu estava armada.

A possibilidade de ter uma arma comigo enquanto estivesse na presença da própria Anaander Mianaai, sem que ninguém percebesse. A maioria das Anaander não precisava de armadura; então ser capaz de atirar através de armaduras seria apenas um bônus.

Strigan perguntou:

– Como ela faz isso? Como se esconde?

– Não sei. – Recoloquei a camada que estava segurando, e depois a tampa.

– Quantos corpos daquela filha da mãe você acha que consegue matar? Levantei o olhar para longe da caixa e da arma, o improvável objetivo de quase vinte anos finalmente à minha frente, real e sólido. Ao alcance das minhas mãos. Eu queria dizer: "Tantas quantas eu conseguir mantar antes que me matem". Mas, na realidade, eu provavelmente só encontraria uma; um único corpo entre milhares. Mesmo assim, sendo realista, a probabilidade de eu encontrar aquela arma também fora muito pequena.

– Depende – respondi.

– Se você vai cometer um ato desafiador, desesperado e sem esperanças, deveria pelo menos fazer com que fosse bom.

Concordei.

– Meu plano é pedir uma audiência.

– Você vai conseguir uma?

– Provavelmente. Qualquer cidadã pode pedir uma, e é quase certo que receberá. Eu não iria como uma cidadã...

Strigan bufou.

– E como é que *você* vai se passar por não radchaai?

– Entrarei nas docas de um palácio de província sem luvas, ou com as luvas erradas, anunciarei origem estrangeira e falarei com sotaque. Nada mais será exigido.

Ela piscou e franziu o cenho.

– Acho que não é bem assim.

– Eu lhe asseguro. Como não cidadã, minha chance de obter uma audiência dependerá dos meus motivos para pedi-la.

– Eu não havia pensado nessa parte ainda. Dependeria do que eu encontrasse ao chegar lá. – Algumas coisas não podem ser planejadas com muita antecedência.

– E o que você vai fazer a respeito de... – Ela acenou com a mão sem luvas em direção a Seivarden, que dormia.

Eu evitara me fazer essa pergunta. Evitara, desde o momento em que a encontrara, de pensar como ela afetaria as etapas seguintes.

– Fique de olho nele – disse ela. – Ele pode ter chegado ao ponto em que está preparado para desistir do kef de vez, mas acho que não.

– Por que não?

– Ele não me pediu ajuda.

Foi a minha vez de erguer uma sobrancelha cética.

– Se ele pedisse, você ajudaria?

– Eu faria o que pudesse. Mas, se ele quisesse que o tratamento funcionasse em longo prazo, precisaria pensar nos problemas que o levaram a usar kef pela primeira vez. E não vejo nenhum sinal de que ele fará isso. – Concordei silenciosamente, mas não disse nada.

– Ele poderia ter pedido ajuda a qualquer momento – continuou Strigan. – Ele tem vagado por aí há, o quê, uns cinco anos? Poderia ter procurado qualquer ajuda médica, se quisesse. Mas isso significaria admitir que tem um problema, não é? E eu não acho que isso vá acontecer tão cedo.

– Seria melhor se ela... se ele voltasse para o Radch. – A assistência médica do Radch poderia resolver todos os problemas de Seivarden. E não levariam em consideração o fato de ela estar ou não pronta para admitir seu problema.

– Ele não voltará ao Radch a menos que admita ter um problema. – Fiz um gesto que dizia "não é da minha conta". – Ele pode ir para onde quiser.

– Mas você o está alimentando e, sem dúvida, irá pagar a passagem dele para fora do planeta, e para qualquer outro sistema aonde você for. Ele vai ficar com você enquanto for vantajoso para ele, enquanto houver comida e abrigo. E vai roubar qualquer coisa que puder para conseguir mais uma dose de kef.

Seivarden não era mais tão forte quanto fora um dia, nem tão mentalmente sã.

– Você acha que ele vai achar isso fácil?

– Não – admitiu Strigan –, mas ele estará bem determinado.

– Sim.

Strigan balançou a cabeça, como que para clarear os pensamentos.

– O que estou fazendo? Você não vai me ouvir.

– Estou ouvindo.

Mas era nítido que ela não acreditava em mim.

– Não é da minha conta, eu sei. Apenas... – Ela apontou para a caixa preta. – Apenas mate tantos Mianaai quanto puder. E não o mande atrás de *mim*.

– Você está indo embora? – É claro que estava, eu não precisava fazer essa pergunta idiota, mas Strigan não se incomodou. Em vez disso, voltou para seu quarto sem falar mais nada e fechou a porta. Eu abri minha mochila, retirei o dinheiro e coloquei em cima da mesa, então enfiei a caixa preta no espaço desocupado da mochila. Toquei-a de forma que desaparecesse, e parecia não haver nada além de camisas dobradas e alguns pacotes de comida não perecível. Depois, fui até Seivarden e a cutuquei com minha bota.

– Acorde. – Ela levou um susto, sentou-se depressa e lançou-se contra o banco mais próximo, respirando com dificuldade. – Acorde – falei mais uma vez. – Estamos indo embora.

12

A não ser por aquelas horas em que as comunicações haviam sido cortadas, eu nunca deixei de sentir que era parte da *Justiça de Toren*. Meus quilômetros de corredores de paredes brancas, minha capitã, as comandantes das décadas, a tenente de cada década, o menor gesto, a respiração de cada uma, tudo era visível para mim. Nunca abandonei minhas auxiliares, vinte corpos de Amaat Uma, Toren Uma, Etrepa Uma, Bo Uma e Esk Duas, mãos e pés para servir às oficiais, vozes para falar com elas. Minhas milhares de auxiliares em suspensão criogênica. Nunca perdi Shis'urna de vista, toda azul e branca, velhos limites e divisões apagados pela distância. Dessa perspectiva, os eventos em Ors não eram nada, eram invisíveis, completamente insignificantes.

Na nave auxiliar que se aproximava, senti a distância diminuir, senti com mais força a sensação de ser a nave. Esk Uma se tornava mais o que sempre fora: uma pequena parte de mim mesma. Minha atenção não era mais comandada por coisas separadas do restante da nave.

Enquanto Esk Uma estava no planeta, Esk Duas tomara o lugar dela. Esk Duas preparava chá na sala da década de Esk para suas tenentes; minhas tenentes. Ela limpava o corredor de paredes brancas do lado de fora dos banheiros de Esk, costurava uniformes rasgados. Duas das minhas tenentes estavam sentadas com um jogo de tabuleiro na sala da década, mexendo os peões, de modo rápido e silencioso, enquanto três outras apenas olhavam. As tenentes das décadas Amaat, Toren, Etrepa e Bo, as comandantes das décadas, a capitã da centena Rubran, as oficiais administrativas e as médicas falavam, dormiam e tomavam banho de acordo com seus cronogramas e inclinações.

Cada década continha vinte tenentes e sua comandante, mas Esk era agora o meu convés menos ocupado. Abaixo de Esk, de Var para baixo, metade dos meus conveses de década, tudo estava frio e vazio, embora os porões continuassem cheios. O vazio e o silêncio daqueles espaços, onde oficiais um dia viveram, haviam me perturbado no começo, mas agora eu já estava acostumada.

Na nave de transporte, na frente de Esk Uma, a tenente Awn permanecia sentada em silêncio, o maxilar tenso. Em alguns aspectos, ela estava mais confortável fisicamente do que jamais estivera em Ors; a temperatura de vinte graus era mais adequada para a jaqueta e as calças do uniforme. O fedor de água do pântano fora substituído por um cheiro de ar reciclado, mais familiar e fácil de tolerar. Mas os espaços minúsculos, os mesmos que, quando ela entrara pela primeira vez na *Justiça de Toren*, haviam provocado orgulho por sua missão e pela expectativa do que o futuro poderia reservar, agora pareciam aprisioná-la e confiná-la. Ela estava tensa e infeliz.

Comandante da década Esk Tiaund estava sentada em seu minúsculo escritório. Eram apenas duas cadeiras e uma mesa encostada na parede, pouco mais do que uma prateleira, e espaço para talvez mais duas pessoas de pé.

– A tenente Awn retornou – comuniquei a ela e à capitã de centena Rubran, que estava no convés de comando. A nave de transporte pousou com um impacto seco.

A capitã Rubran franziu a testa. Ela ficara surpresa e desanimada com a notícia do súbito retorno da tenente Awn. A ordem partira diretamente de Anaander Mianaai, e não devia ser questionada. Junto com a notícia, vieram ordens de não perguntar o que havia acontecido.

Em seu escritório no convés Esk, a comandante Tiaund suspirou, fechou os olhos e disse:

– Chá.

A comandante Tiaund ficou sentada em silêncio até Esk Duas trazer uma xícara e uma garrafa, servir e colocar ambas perto do cotovelo da comandante, e só então continuou:

– Ela virá me ver assim que puder.

A atenção de Esk Uma estava quase toda concentrada na tenente Awn, que seguia até o elevador e os corredores brancos estreitos que a levariam à década Esk, para seus próprios aposentos. Eu vi alívio quando ela encontrou os corredores vazios a não ser por Esk Duas.

– A comandante Tiaund irá recebê-la assim que possível – transmiti diretamente à tenente Awn. Ela concordou com um breve tremelicar dos dedos ao entrar nos corredores de Esk.

Esk Duas saiu do convés, descendo o corredor até o porão de carga e os módulos de suspensão que aguardavam uso; Esk Uma assumiu as tarefas que ela havia começado, e também acompanhou a tenente Awn. Acima, no Setor Médico, uma técnica começou a delinear o que precisava para substituir o segmento perdido de Esk Uma.

Na porta de seus próprios aposentos minúsculos (os mesmos que mais de mil anos antes haviam pertencido à tenente Seivarden), a tenente Awn se virou para dizer algo ao segmento que a acompanhava, e então parou.

– O que foi? – perguntou depois de um instante. – Tem algo errado, não tem? O que é?

– Por favor, me desculpe, tenente – respondi. – Nos próximos minutos a técnica conectará um novo segmento. Pode ser que eu fique inoperante por um curto período.

– Inoperante – disse a tenente Awn, por um momento sentindo-se assolada por algum sentimento que não consegui entender. Depois, culpa e raiva. Ela ficou parada diante da porta fechada de seu quarto, respirou fundo duas vezes e depois se virou e voltou a percorrer o corredor em direção ao elevador.

O sistema nervoso de um novo segmento precisa estar mais ou menos funcional para a conexão. No passado, elas já haviam tentado conectar cadáveres e fracassado. A mesma coisa acontecera com corpos inteiramente sedados: a conexão nunca era feita de modo adequado. Às vezes, o novo segmento recebe um tranquilizante, mas, em outras, a técnica prefere descongelar o novo corpo e conectá-lo rapidamente, sem nenhuma sedação. Tal ação rápida elimina a etapa arriscada de dosar a quantidade exata de sedativo, mas sempre cria uma conexão desconfortável.

Aquela técnica em particular não se importava muito com o meu conforto. Não era obrigada a se importar, claro.

A tenente Awn entrou no elevador que levaria até o Setor Médico no mesmo instante em que a técnica acionou a liberação do módulo de suspensão que continha o corpo. A tampa se abriu, e, por um centésimo de segundo, o corpo permaneceu congelado em sua poça de fluidos.

A técnica rolou o corpo para fora do módulo e o colocou sobre uma mesa. O fluido deslizava e caía em cascatas pela beirada; no mesmo momento, o corpo acordou, convulsionando, engasgando e cuspindo. Por conta própria, os instrumentos de preservação deslizaram facilmente para fora da garganta e dos pulmões, mas nas primeiras vezes a experiência costuma ser desconfortável. A tenente Awn saiu do elevador e atravessou o corredor em direção ao Setor Médico, com Esk Uma Dezoito seguindo de perto.

A técnica se pôs a trabalhar rapidamente, e, em instantes, eu estava na mesa (eu estava caminhando atrás da tenente Awn, eu estava costurando as coisas que Esk Duas largara pela metade ao partir para os porões, eu estava deitada em meus aposentos pequenos e apertados, eu estava limpando um balcão na sala da década), e eu podia ver e ouvir, mas não tinha controle do novo corpo. Seu terror aumentou o batimento cardíaco de todos os segmentos Esk Uma. A boca do novo segmento se abriu e gritou, e, ao fundo, ouviu risadas. Eu me debati, as amarras se soltaram e rolei para fora da mesa, caindo um metro e meio até atingir o chão, em um impacto doloroso. Não, não, não, pensei para o corpo, mas ele não escutou. O corpo estava enjoado, aterrorizado, morrendo. Então se levantou e engatinhou sem muito equilíbrio, querendo sair dali, não se importando com a direção.

Mãos apareceram sob meus braços (em outro lugar, Esk Uma estava imóvel) erguendo a mim, e a tenente Awn.

– Socorro – disse, rouca, não em radchaai. A imbecil da técnica puxara um corpo sem uma voz decente. – Me ajude.

– Está tudo bem. – A tenente Awn me ajeitou, colocou os braços ao redor do novo segmento e me puxou para mais perto. O corpo tremia, ainda frio da suspensão e do terror. – Está tudo bem. Tudo vai ficar bem. – O segmento engasgou e soluçou pelo o que pareceu ser uma eternidade, e pensei que talvez ele fosse vomitar até que... a conexão se encaixou e obtive controle do corpo. Parei de soluçar.

– Pronto – disse a tenente Awn. Horrorizada. Enjoada. – Muito melhor. – Percebi que ela estava zangada de novo, ou talvez aquela fosse apenas outra faceta da irritação que eu havia percebido desde o templo. – Não machuque minha unidade – ela disse, secamente, e percebi que, embora ainda estivesse olhando para mim, a tenente Awn estava se dirigindo à técnica.

– Não machuquei, tenente – respondeu a técnica com um vestígio de escárnio na voz. Elas já haviam tido essa conversa com mais detalhes e mais irritação durante a anexação. A técnica dissera: "Essas coisas não são humanas. Ficaram mil anos no porão de carga, não passam de peças da nave". A tenente Awn reclamara para a comandante Tiaund e esta não entendeu a raiva da tenente Awn e dissera isso abertamente; mas desde então, não precisei mais lidar com aquela técnica em particular.

– Se você tem tantos pudores – continuou a técnica –, talvez esteja no lugar errado.

A tenente Awn se virou, zangada, e deixou a sala sem dizer mais nada. Eu me virei e fui até a mesa com o andar ainda trépido. O segmento já estava resistindo, e eu sabia que aquela técnica não se importaria se eu sentisse dor enquanto ela colocava minha armadura e o restante dos implantes.

As coisas sempre pareciam um pouco desajeitadas enquanto eu estava me acostumando a um novo segmento: às vezes derrubava objetos ou disparava impulsos desorientadores, surtos aleatórios de medo ou náusea. As coisas sempre pareciam desequilibradas por um tempo. Mas, depois de uma ou duas semanas, as coisas tendiam a se acomodar. Pelo menos, na maioria das vezes. Também podia acontecer de um segmento não funcionar adequadamente, e precisar ser removido e substituído. Os corpos eram filtrados, claro, mas o sistema não era perfeito.

A voz não era do tipo que eu escolheria, e ela não conhecia nenhuma canção interessante. Pelo menos, nenhuma que eu já não conhecesse. Ainda não consigo afastar a suspeita leve, e definitivamente irracional, de que a técnica escolhera aquele corpo específico só para me irritar.

Depois de um banho rápido, com o qual eu a ajudei, e um uniforme limpo, a tenente Awn se apresentou à comandante Tiaund.

– Awn. – A comandante da década acenou para que a tenente se sentasse à sua frente. – Estou feliz em tê-la de volta, é claro.

– Obrigada, senhora – respondeu a tenente Awn enquanto se sentava.

– Não esperava ver você tão cedo. Tinha certeza de que ficaria lá embaixo por mais um tempo. – A tenente Awn não respondeu. A comandante esperou em silêncio por cinco segundos, depois disse: – Eu perguntaria o que aconteceu, mas tenho ordens para não fazer isso.

A tenente Awn abriu a boca, respirou fundo para falar, mas parou. Pasma. Eu não dissera nada a ela a respeito das ordens de não perguntar o que acontecera. A tenente Awn não havia recebido ordens semelhantes de não falar nada a ninguém.

Era um teste, suspeitei, no qual tinha certeza de que a tenente passaria.

– Foi ruim? – perguntou a comandante Tiaund. Querendo muito saber mais, forçando a sorte ao fazer aquela simples pergunta.

– Sim, senhora. – A tenente Awn olhou para baixo, para as mãos enluvadas que repousavam em seu colo. – Muito.

– Sua culpa?

– Tudo o que ocorre sob minha responsabilidade é minha culpa, não, senhora?

– Sim. Mas estou tendo dificuldades para imaginar você fazendo qualquer coisa... inadequada. – Essa palavra tinha um peso grande em radchaai; fazia parte de uma tríade que envolvia justiça, adequação e benefício. Ao usá-la, a comandante Tiaund deixava implícito que esperava que a tenente Awn seguisse os regulamentos e as convenções sociais ao pé da letra. Deixava implícita também a suspeita de que alguma injustiça estava por trás dos acontecimentos. Embora ela certamente não pudesse dizer isso de modo tão óbvio; não sabia nenhum dos detalhes sobre a questão e certamente não desejava dar a ninguém a impressão de que sabia. E, se a tenente Awn precisasse ser punida por alguma violação, a comandante não tomaria o partido dela, independentemente de sua opinião particular.

A comandante Tiaund suspirou, talvez pela curiosidade frustrada.

– Bem – continuou, fingindo animação. – Agora você tem tempo o suficiente para ficar em dia com seus exercícios físicos. E está mais do que na hora de renovar seu certificado de tiro.

A tenente Awn forçou um sorriso amarelo. Não havia ginásios nem academias em Ors, ou qualquer lugar que lembrasse remotamente um estande de tiro.

– Sim, senhora.

– E, tenente, por favor, não vá ao Setor Médico, a menos que realmente precise.

Eu pude ver que a tenente Awn queria protestar, reclamar. Mas isso também teria sido uma repetição da conversa anterior.

– Sim, senhora.

– Está dispensada.

Quando a tenente Awn finalmente entrou em seus aposentos, era quase hora da ceia; uma refeição formal, servida na sala da década com as outras tenentes Esk. A tenente Awn alegou exaustão, o que não era mentira: ela não havia dormido nem seis horas desde que deixara Ors, quase três dias antes.

Sentou-se em seu catre, ombros curvados e olhos arregalados, até eu entrar e tirar suas botas e seu casaco.

– Tudo bem – disse ela, então fechou os olhos e pôs as pernas para cima. – Entendi o recado.

Ela adormeceu cinco segundos depois de colocar a cabeça no travesseiro.

Na manhã seguinte, dezoito das minhas vinte tenentes Esk estavam em pé na sala da década, bebendo chá e esperando o desjejum. Segundo o costume, elas não poderiam se sentar sem a presença da tenente mais graduada.

As paredes da sala da década Esk eram brancas, com borda azul e amarela pintada logo abaixo do teto. Em uma das paredes, em frente a um longo balcão, estavam afixados vários troféus de anexações do passado: restos de duas bandeiras, vermelhas, pretas e verdes; uma telha de argila rosa com um desenho em relevo de folhas; uma arma antiga (descarregada) e seu coldre de estilo elegante; uma máscara ghaonish cravejada de pedras preciosas. Uma janela inteira retirada de um templo valskaayano, vidros coloridos criando a imagem de uma mulher com uma vassoura em uma das mãos, três pequenos animais a seus pés. Eu me lembrava de tê-la tirado da parede e a levado até ali. Cada sala de década da nave tinha uma janela daquele mesmo prédio. As vestimentas e o equipamento do templo haviam sido jogados na rua, ou ido parar em outras salas de década em outras naves. Era comum absorver qualquer religião que aparecesse no caminho do Radch, encaixar suas deusas em uma genealogia já inacreditavelmente complexa, ou só dizer que a divindade criadora suprema era Amaat sob outro nome e deixar que o restante se organizasse sozinho. Uma idiossincrasia da religião valskaayana tornava isso difícil, o que resultara em algo destrutivo. Entre as recentes mudanças na política do Radch, Anaander Mianaai havia legalizado a prática da religião insistentemente separada de Valskaay, e a governadora do local devolvera o prédio. Houve rumores sobre a devolução das janelas, visto que, ainda naquela época, estávamos em órbita ao redor de Valskaay, mas, no fim das contas, elas foram substituídas por cópias. Pouco tempo depois, as décadas abaixo de Esk foram esvaziadas e fechadas, mas as janelas continuaram lá nas paredes das salas vazias e escuras.

A tenente Issaaia entrou, foi direto até o ícone de Toren em seu nicho no canto e acendeu o incenso que estava na tigela vermelha aos pés da imagem. Seis oficiais franziram a testa, e duas murmuraram baixinho com surpresa. Apenas a tenente Dariet falou.

– Awn não vem para o desjejum?

A tenente Issaaia se virou na direção da tenente Dariet, mostrou uma expressão de surpresa que, até onde eu podia perceber, não espelhava o que ela sentia de verdade, e disse:

– Pela graça de Amaat! Esqueci completamente que Awn havia voltado.

Na parte dos fundos do grupo, bem escondida da vista da tenente Issaaia, uma tenente muito jovem lançou um olhar para outra tenente igualmente jovem.

– Tudo tem estado tão quieto – continuou a tenente Issaaia. – É difícil acreditar que ela esteja mesmo de volta.

– Silêncio e cinzas frias – citou a jovem tenente que recebera o olhar significativo da outra; ela era mais ousada que sua companheira. O poema citado era uma elegia para alguém cujas oferendas funerais foram negligenciadas de propósito. Eu vi a tenente Issaaia reagir com ambivalência por um instante; o verso seguinte falava de oferendas de comida não feitas para os mortos, e a jovem tenente poderia estar fazendo uma crítica à tenente Awn por não ter comparecido à ceia da noite anterior, ou não chegar a tempo do desjejum naquela manhã.

– Realmente é Esk Uma – disse outra tenente, escondendo o leve sorriso provocado pela sagacidade da tenente mais jovem. Ela olhava de perto para os segmentos que, naquele instante, estavam depositando pratos de peixe e frutas sobre o balcão. – Talvez Awn tenha dado um basta nos maus hábitos de Esk Uma. Assim espero.

– Por que tanto silêncio, Uma? – perguntou a tenente Dariet.

– Ah, não comece – grunhiu outra tenente. – É cedo demais para essa balbúrdia toda.

– Se foi Awn, bom para ela – disse a tenente Issaaia. – Mas demorou um pouco para fazer isso.

– Assim como está demorando agora... – disse uma tenente ao lado da tenente Issaaia. – Dê-me comida enquanto ainda vivo. – Outra citação, outra referência a oferendas funerais e uma resposta caso a jovem tenente houvesse feito o insulto para outro lado. – Ela vem ou não? Se não vem, deveria ter avisado.

Naquele momento, a tenente Awn estava no banho, e eu a servia. Eu poderia avisar às tenentes que ela chegaria em breve, mas não disse nada, apenas reparei no nível e na temperatura do chá nas tigelas de vidro preto que várias tenentes seguravam e continuei a depositar pratos para o café da manhã.

Perto do meu próprio arsenal, eu limpava minhas vinte armas para poder estocá-las, junto com sua munição. Em cada um dos aposentos de minhas tenentes, tirei os lençóis de suas camas. As oficiais de Amaat, Toren, Etrepa e Bo já estavam todas tomando seu café, e conversavam animadas.

A capitã comia com as comandantes de década, uma conversa mais silenciosa e sóbria. Uma das minhas naves de transporte se aproximou de mim, quatro tenentes Bo voltando de licença, amarradas em suas cadeiras, inconscientes. Não se sentiriam felizes quando acordassem.

– Nave – disse a tenente Dariet –, a tenente Awn se juntará a nós para o desjejum?

– Sim, tenente – eu disse com a voz de Esk Uma Seis. Na banheira, eu derramava água sobre a tenente Awn, que estava em pé, de olhos fechados, em cima da grade sobre o ralo. Sua respiração era regular, mas seus batimentos cardíacos estavam ligeiramente elevados, e ela demonstrava outros sinais de estresse. Eu tinha certeza de que seu atraso era deliberado, projetado para que pudesse aproveitar seu banho. Não porque a tenente Awn não pudesse lidar com a tenente Issaaia; com certeza podia. Mas porque ela continuava perturbada pelos eventos dos últimos dias.

– Quando? – perguntou a tenente Issaaia, franzindo a testa de leve.

– Cerca de cinco minutos, tenente. – Um coro de gemidos se elevou.

– Ora, tenentes – admoestou a tenente Issaaia. – Ela é a nossa superior. E todas deveríamos ter paciência com ela neste momento. Um retorno tão súbito, quando todas achávamos que a Divina nunca concordaria com a saída dela de Ors.

– Descobriu que ela não era uma boa escolha, né? – debochou a tenente ao lado de Issaaia. Elas eram parceiras em mais do que um sentido. Nenhuma delas sabia o que havia acontecido, e não podiam perguntar. E eu, claro, não dissera nada.

– Provavelmente, não – disse a tenente Dariet, voz um pouco mais alta do que de costume. Ela estava zangada. – Não depois de cinco anos.

Peguei o frasco de chá, me afastei do balcão, fui até onde a tenente Dariet estava e derramei onze mililitros de chá na tigela quase cheia que ela segurava.

– Você gosta da tenente Awn, é claro – disse a tenente Issaaia.

– Todas nós gostamos. Mas ela não tem berço. Não nasceu para isso. Ela se esforça muito para fazer algo que, para nós, vem naturalmente. Eu não me surpreenderia se a tenente Awn só conseguisse aguentar cinco anos antes de entrar em colapso. – Olhou para a tigela vazia em sua mão enluvada. – Preciso de mais chá.

– Você acha que teria feito um trabalho melhor, no lugar de Awn? – pergunto a tenente Dariet.

– Não me preocupo com situações hipotéticas – respondeu a tenente Issaaia. – Os fatos são o que são. Existe um motivo pelo qual Awn era tenente sênior Esk muito antes de qualquer uma de nós chegar aqui. Obviamente ela tem alguma habilidade, ou nunca teria se dado tão bem, mas chegou ao limite. – Um murmúrio silencioso de concordância. – Os pais dela são cozinheiros – continuou a tenente Issaaia. – Tenho certeza de que são excelentes no que fazem. Tenho certeza de que ela gerenciaria uma cozinha de maneira admirável.

Três tenentes deram risinhos de escárnio. A tenente Dariet falou, voz tensa e demonstrando estar no limite:

– É mesmo?

Finalmente arrumada, o uniforme o mais perfeito possível, a tenente Awn saiu do vestiário e foi para o corredor, a cinco passos de distância da sala da década.

A tenente Issaaia reparou no temperamento da tenente Dariet com uma ambivalência familiar. A tenente Issaaia era superior, mas a casa da tenente Dariet era mais antiga e mais rica, e o ramo da tenente Dariet naquela casa era cliente direto de um ramo proeminente da própria Mianaai. Teoricamente, aquilo não importava ali. Teoricamente.

Todos os dados que eu recebera da tenente Issaaia naquela manhã haviam tido um gosto subjacente de ressentimento, que foi ficando cada vez mais forte.

– Gerenciar uma cozinha é um trabalho perfeitamente respeitável – disse a tenente Issaaia. – Mas só posso imaginar como é ser criada para a servidão e, em vez de ocupar uma missão adequada, ser jogada em uma posição de tamanha autoridade. Nem todo mundo é talhado para ser oficial. – A porta se abriu e a tenente Awn entrou justo quando a última frase deixou a boca da tenente Issaaia.

Silêncio envolveu a sala da década. A tenente Issaaia parecia calma e despreocupada, mas sentia certo mal-estar. Claro que ela não pretendera dizer tais coisas diretamente à tenente Awn, jamais.

Somente a tenente Dariet falou:

– Bom dia, tenente.

A tenente Awn não respondeu, nem sequer olhou para ela, mas foi até o canto do aposento onde ficava o altar da década, com sua minúscula figura de Toren e a tigela de incenso queimando. A tenente Awn fez uma mesura de obediência à figura e depois olhou para a tigela com um leve franzir de testa. Como antes, seus músculos estavam tensos, seu coração acelerado, e eu sabia que ela tinha uma ideia do conteúdo, ou pelo menos do tom da conversa antes mesmo de ter entrado, e sabia quem, de acordo com as tenentes, era ou não talhada para ser oficial.

Ela se virou.

– Bom dia, tenentes. Peço desculpas por tê-las deixado esperando. – E começou, sem nenhum outro preâmbulo, a prece da manhã. – A flor da justiça é a paz... – As outras se juntaram à prece, e, quando terminaram, a tenente Awn foi até seu lugar na cabeceira da mesa e se sentou. Antes que as outras pudessem se acomodar, eu já estava colocando o chá e o desjejum à frente dela.

Servi às outras, e a tenente Awn tomou um gole de seu chá e começou a comer.

A tenente Dariet pegou seu talher.

– É bom tê-la de volta. – Sua voz estava ligeiramente alterada, mal conseguindo ocultar sua raiva.

– Obrigada – respondeu a tenente Awn, e deu outra mordida no peixe.

– Ainda preciso de chá – disse a tenente Issaaia. O restante da mesa estava tenso e em silêncio, observando. – O silêncio é bom, mas talvez tenha acontecido um declínio na eficiência.

A tenente Awn mastigou, engoliu e sorveu outro gole de chá.

– O que disse?

– Você conseguiu silenciar Esk Uma – explicou a tenente Issaaia –, mas... – Ergueu sua tigela vazia.

Naquele momento, eu estava atrás dela com a garrafa e logo enchi a tigela.

A tenente Awn ergueu uma mão enluvada, indicando a inutilidade do comentário da tenente Issaaia.

– Eu não silenciei Esk Uma. – Ela olhou para o segmento com a garrafa na mão e franziu a testa. – Pelo menos, não intencionalmente. Pode cantar se quiser, Esk Uma. – Uma dúzia de tenentes grunhiu. A tenente Issaaia deu um sorriso nada sincero.

A tenente Dariet parou, um pedaço de peixe a caminho da boca.

– Eu gosto das músicas. São boas. E é uma distinção.

– É vergonhoso, isso sim – disse a tenente próxima à tenente Issaaia.

– Eu não acho vergonhoso – respondeu a tenente Awn, um pouco tensa.

– É claro que não – disse a tenente Issaaia, a maldade oculta na ambiguidade de suas palavras. – Então, por que está tão calada, Uma?

– Ando muito ocupada, tenente respondi. – E não quis perturbar a tenente Awn.

– Seu canto não me perturba, Uma – declarou a tenente Awn. – Lamento que tenha achado isso. Por favor, cante, se quiser.

A tenente Issaaia ergueu uma sobrancelha.

– Um pedido de desculpas? E um "por favor"? Isso é demais.

– Cortesia – disse a tenente Dariet, sua voz mais arrogante que o normal – é sempre adequada, e sempre benéfica.

A tenente Issaaia deu um sorriso de deboche.

– Obrigada, mãe.

A tenente Awn nada disse.

Quatro horas e meia após o café da manhã, a nave de transporte atracou com aquelas quatro segunda-tenentes Bo que voltavam de licença.

Elas haviam bebido por três dias seguidos, e só pararam quando deixaram a estação Shis'urna. A primeira a passar pela comporta cambaleou um pouco e depois fechou os olhos.

– Médica – solicitou.

– Elas esperam você – respondi através do segmento de Bo Uma que posicionei lá. – Precisa de ajuda no elevador?

A tenente fez uma tentativa frustrada de dispensar minha oferta e percorreu lentamente o corredor com um ombro encostado na parede para se apoiar.

Embarquei na nave de transporte, dando impulso com os pés para transpor os limites de minha gravidade artificial; a nave era muito pequena para ter a sua própria. Duas das oficiais, ainda bêbadas, tentavam despertar a quarta, ainda desmaiada e fria em seu assento. A piloto, a mais jovem das oficiais Bo, estava sentada rígida e apreensiva. No começo, pensei que seu desconforto seria devido ao fedor de arrak derramado e vômito; felizmente, a bebida parecia ter caído sobre as próprias tenentes na estação Shis'urna, e quase todo o vômito entrara nos recipientes apropriados. Mas então olhei (Bo Uma olhou) na direção da popa e vi três Anaander Mianaai sentadas silenciosas e impassíveis nas cadeiras de trás. Parecia, para mim, que elas não estavam exatamente ali. Ela deveria ter embarcado na estação Shis'urna, sem fazer alarde. Disse à piloto para não me comunicar nada. As outras, suspeitei, estavam bêbadas demais para reparar nela. Pensei nela me perguntando, no planeta, qual fora a última vez que ela me visitara. Pensei na minha inexplicável e reflexiva mentira. Na verdade, a última vez fora bem parecida com esta.

– Minha senhora – eu disse quando as tenentes Bo não podiam mais ouvir. – Vou notificar a capitã da centena.

– Não – disse uma Anaander. – Seu convés Var está vazio.

– Sim, minha senhora – assenti.

– Vou ficar lá enquanto estiver a bordo.

Nada mais, nenhuma explicação do porquê ou de quanto tempo. Nem de quando eu poderia contar à capitã o que estava fazendo. Eu era obrigada a obedecer a Anaander Mianaai, passando por cima até mesmo de minha capitã, mas eu raramente recebia ordens de uma sem o conhecimento da outra. Era desconfortável.

Enviei segmentos de Esk Uma para retirar Var Uma do porão, comecei a aquecer uma seção do convés Var. As três Anaander Mianaai declinaram minha oferta de ajuda com sua bagagem, e depois levaram suas coisas até Var.

Isso já acontecera antes, em Valskaay. Meus conveses inferiores haviam estado em sua maior parte vazios, porque muitas de minhas soldadas estavam fora do porão e trabalhando. Daquela vez, ela ficara no convés Esk. O que ela queria na época? O que havia feito?

Para meu desgosto, descobri meus pensamentos tangenciando a resposta, que permanecia vaga e invisível. Aquilo não era bom sinal. Não era um sinal nem um pouco bom.

Entre os conveses Esk e Var ficava o acesso direto ao meu cérebro. O que ela havia feito, em Valskaay, para que eu não conseguisse me lembrar? E o que estava se preparando para fazer agora?

13

Mais ao sul, a neve e o gelo se tornavam escassos, embora ainda fosse frio para qualquer uma que não fosse de Nilt. As niltanas consideram a região equatorial uma espécie de paraíso tropical, onde os grãos podem crescer de verdade, e a temperatura pode facilmente passar de oito ou nove graus. A maioria das grandes cidades de Nilt foi construída sobre ou próxima do anel equatorial.

Nessa região também ficavam as únicas coisas naquele planeta que poderiam ser consideradas semi-famosas: as pontes de vidro.

Elas consistiam em fitas pretas de cerca de cinco metros de largura penduradas em catenárias suaves sobre trincheiras quase tão largas quanto profundas, com dimensões medidas em quilômetros. Nada de cabos, pilares ou amarrações. Apenas o arco preto conectado a cada face da encosta. Fantásticas combinações de bobinas e bastões de vidro colorido pendiam debaixo das pontes, às vezes se projetando para os lados.

Segundo aparências, as pontes eram também feitas de vidro, embora vidro jamais fosse capaz de suportar o tipo de tensão que essas pontes precisam para serem efetivas; o próprio peso das pontes seria demais, suspensas como estavam sem nada para servir de apoio. Não havia corrimão nem outro tipo de apoio para as mãos, só a queda, e, no fundo, quilômetros abaixo, um aglomerado de tubos grossos que funcionavam como muros, cada um com apenas um metro e meio de largura, vazios e de paredes lisas. Eram feitos do mesmo material que a ponte. Ninguém sabia por que as pontes e os tubos abaixo delas existem, nem quem as construiu. Estavam ali quando as humanas chegaram para colonizar Nilt.

As teorias eram muitas, cada qual menos provável que a anterior. Seres interdimensionais protagonizavam a maioria: eles criaram ou moldaram a humanidade para seus próprios fins; por razões obscuras, deixaram uma mensagem para as humanas decifrarem; ou, ainda, eram malignos e tinham como objetivo a destruição de toda a vida. As pontes, de alguma forma, faziam parte do seu plano.

Outros afirmavam que as pontes foram construídas por humanas; uma civilização antiga, há muito perdida e incrivelmente avançada, que passara para um nível mais elevado de existência, ou morreram (de forma espetacular, como resultado de algum erro catastrófico, ou de forma lenta e patética). Defensoras desse tipo de teoria costumam fazer a afirmação adicional de que Nilt era, na realidade, o berço da humanidade. Em quase todos os lugares onde estive, a sabedoria popular diz que a localização do planeta original da humanidade é desconhecida, misteriosa. Na verdade, não é; como qualquer uma que se dê ao trabalho de ler sobre o assunto pode descobrir. No entanto, é muito, muito, muito distante de qualquer lugar, e não é um planeta tremendamente interessante. Pelo menos, não tão interessante quanto a ideia de que seu povo não era recém-chegado, mas apenas recolonizara o lugar que havia pertencido a ele desde o começo dos tempos. Encontramos tal afirmação onde quer que haja um planeta remotamente habitado por humanos.

A ponte perto de Therrod não era lá uma atração muito turística. A maioria dos arabescos de vidro com pedras preciosas cintilantes havia se estilhaçado ao longo de milhares de anos, deixando-a quase sem adornos. E Therrod ficava muito ao Norte para que qualquer não niltana conseguisse suportar bem o clima. Visitantes de fora costumavam limitar seus passeios às pontes melhor preservadas e perto do equador, comprar cobertores de pelo de bov certificadamente fiados e feitos à mão por mestras do ofício que moravam em locais terrivelmente frios (embora sejam quase sempre feitos por máquinas, às dúzias, a poucos quilômetros da loja de presentes), engolem uns poucos goles fétidos de leite fermentado e voltam para casa para contar suas amigas e associadas histórias de suas aventuras.

Tudo isso eu aprendi poucos minutos depois de saber que precisaria visitar Nilt para atingir meu objetivo.

Therrod ficava à beira de um rio largo, pedaços de gelo verde e branco flutuando e batendo em sua corrente, os primeiros barcos da estação já atracados nas docas. Do lado oposto da cidade, o rasgão escuro da ponte imensa representava o fim definitivo para as muitas paredes de casas que avançavam para além da cidade. A margem sul era repleta de estacionamentos para voadores, seguidos de um complexo de prédios pintados de azul e amarelo que, pelo aspecto, devia ser uma instalação médica, provavelmente a maior de seu tipo nesta região. O complexo estava cercado por cubos de habitações e locais para comer, além de uma faixa colorida de casas: rosa, laranja, amarelas e vermelhas criando ziguezagues e padrões em xadrez.

Havíamos voado metade do dia. Eu seria capaz de voar a noite inteira, mas teria sido desagradável. Não vi necessidade de pressa. Pousei no primeiro espaço vazio que encontrei, disse rispidamente a Seivarden para sair, e fiz o mesmo. Com a mochila nos ombros, paguei a taxa de estacionamento, desabilitei o voador assim como fizera na casa de Strigan e parti em direção à cidade, sem me virar para ver se Seivarden me acompanhava.

Eu havia pousado perto da instalação médica. Algumas das habitações que a cercavam eram luxuosas, mas outras eram menores e menos confortáveis do que a que eu alugara na aldeia onde encontrei Seivarden, e mesmo assim um pouco mais caras. Sulistas de casacos brilhantes se moviam em um vaivém, falando um idioma que eu não compreendia. Outros falavam aquele que eu entendia, e felizmente as placas eram escritas nessa língua.

Escolhi uma habitação (era um pouco mais espaçosa que os buracos do tamanho de um módulo de suspensão, mas foram os mais baratos que eu achei) e levei Seivarden para o primeiro restaurante de aspecto limpo e preço moderado que consegui encontrar.

Quando entramos, Seivarden olhou as garrafas na parede do outro lado.

– Aqui tem arrack.

– Deve ser caro demais – respondi – e é provável que não seja muito bom. Elas não fazem a bebida aqui. Pegue uma cerveja em vez disso.

Seivarden vinha mostrando alguns sinais de estresse, e piscava ligeiramente com a profusão de cores brilhantes, então esperei alguma espécie de surto de irritação, mas, em vez disso, ela apenas concordou com um gesto. Em seguida, torceu o nariz com um pouco de nojo.

– A cerveja aqui é feita de quê?

– Cereais. Eles crescem mais perto do equador. Lá não é tão frio. Sentamo-nos em bancos ao lado de três fileiras de mesas longas, e uma atendente nos trouxe cerveja e tigelas de algo que nos disseram ser a especialidade da casa, "Comida extra linda, sim", ela disse (em um radchaai muito ruim), e de fato era muito boa, e ainda por cima, tinha legumes de verdade, uma boa porção de repolho em fatias finas misturadas com o quer que fosse o resto. Os pedaços menores pareciam ser carne, provavelmente de bov. Seivarden cortou um dos pedaços maiores em dois com a colher, revelando algo branco.

– Deve ser queijo – eu disse. Ela fez uma careta.

– Por que essa gente não come comida de verdade? Não sabem como é?

– Queijo é comida de verdade. Repolho também.

– Mas esse molho...

– É gostoso. – Tomei outra colherada.

– Este lugar inteiro tem um cheiro esquisito.

– Pare e coma logo.

Seivarden olhou com desconfiança para sua tigela, pegou uma colherada e a cheirou.

– Não é possível que tenha um cheiro pior que aquela bebida de leite fermentado – eu disse.

Ela chegou a dar um meio sorriso.

– Não.

Comi outra colherada, pensando nas implicações dessa melhora de comportamento. Eu não tinha certeza do que aquilo queria dizer; se seria um reflexo de seu estado de espírito, suas intenções, ou ainda o que ou quem ela pensava que eu era. Talvez Strigan tivesse razão e Seivarden escolhera o curso mais lucrativo por ora, ou seja, não alienar a pessoa que a alimentava; se fosse o caso, isso mudaria assim que suas opções aumentassem.

Uma voz aguda gritou na outra mesa.

– Olá!

Eu me virei. A garota do tabuleiro de tiktik acenou para mim de onde estava sentada com sua mãe. Por um instante fiquei surpresa, mas estávamos perto do centro médico, para onde eu sabia que haviam levado sua parente ferida, e elas vinham da mesma direção que nós, então provavelmente estacionaram do mesmo lado da cidade. Sorri e acenei com a cabeça, e ela se levantou e veio até nós.

– Seu amigo está melhor! – ela disse animada. – Que ótimo. O que vocês estão comendo?

– Não sei – confessei. – A atendente disse que era a especialidade da casa.

– Ah, é muito bom, eu comi ontem. Quando chegaram? Está tão quente que parece que já é verão, não consigo imaginar como está mais para o norte.

Obviamente, ela tivera tempo de se recuperar e ficar mais animada desde o acidente que a levara até a casa de Strigan. Seivarden, com uma colher na mão, ficou olhando para ela, intrigada.

– Estamos aqui há uma hora – eu disse. – Só paramos para passar a noite, estamos indo para a estação.

– Vamos ficar aqui até as pernas do tio melhorarem de vez. Deve levar mais uma semana. – Ela franziu a testa, contando os dias. – Um pouquinho mais. Estamos dormindo no nosso voador, e é muito desconfortável, mas mamãe diz que o preço do alojamento aqui é um roubo descarado. – Ela se sentou na ponta do banco, ao meu lado. – Eu nunca estive no espaço, como é?

– É muito frio... até *você* acharia frio. – Ela achou engraçado e deu uma risadinha. – E, claro, não tem ar e quase não tem gravidade, então tudo simplesmente flutua.

Ela franziu a testa, fingindo que me censurava.

– Você entendeu o que eu quis dizer.

Olhei de relance para onde a mãe dela estava, impassível, comendo. Despreocupada.

– Na verdade, não é muito empolgante. – A garota fez um gesto de indiferença.

– Ah! Você gosta de música. Tem uma cantora que vai estar em um bar descendo a rua esta noite. – Ela usou a palavra que eu empregara de forma errada, não aquela com a qual ela havia me corrigido, na casa de Strigan. – Não fomos ouvi-la ontem à noite porque eles cobram. Além disso, ela é minha prima. Ou, pelo menos, é da geração próxima da minha, e é tia da filha da prima da minha mãe, o que já é bem próximo, de qualquer maneira. Eu a ouvi na última reunião de família, ela é muito boa.

– Eu vou lá, com certeza. Onde fica?

A menina me deu o nome do lugar e depois disse que precisava terminar seu jantar. Eu a observei voltando para a mãe, que apenas ergueu a cabeça brevemente e deu um rápido aceno de cabeça, que retribuí.

O lugar que a garota indicara ficava apenas a algumas portas de onde estávamos, em um prédio comprido, de teto baixo. A parede dos fundos era coberta por portinholas, que davam para um quintal murado, onde niltanas estavam sentadas sem casaco, apesar da temperatura de um grau Celsius, tomando cerveja e ouvindo em silêncio enquanto uma mulher tocava um instrumento curvo de cordas que eu nunca vira antes.

Pedi discretamente uma cerveja para mim e outra para Seivarden, e nos sentamos do lado de dentro das portinholas; graças à falta de brisa, era um pouquinho mais quente do que o quintal, e tinha uma parede na qual podíamos nos encostar. Algumas pessoas se viraram para olhar para nós, nos encararam por um momento, depois voltaram a se virar de modo mais ou menos educado.

Seivarden se inclinou três centímetros em minha direção e sussurrou:

– Por que estamos aqui?

– Para ouvir a música.

Ela ergueu uma sobrancelha.

– Isso é música?

Virei-me para olhar diretamente para Seivarden. Ela estremeceu de leve.

– Desculpe. É só que... – Ela não conseguiu conter um gesto. As radchaai têm instrumentos de corda, uma variedade grande deles, na verdade, obtidos ao longo de várias anexações, mas tocá-los em público era considerado um ato um tanto ousado, porque era preciso estar com as mãos nuas ou com luvas tão finas que nem fazia sentido usá-las. E aquela música (as frases longas, lentas e irregulares que tornavam seus ritmos difíceis para o ouvido radchaai, e o tom duro do instrumento) não era o que Seivarden fora criada para apreciar. – É tão...

Uma mulher em uma mesa próxima se virou e fez um som reprovador, pedindo silêncio. Fiz um gesto de conciliação e lancei um olhar de cautela para Seivarden. Por um momento, ela demonstrou raiva e tive certeza de que precisaria levá-la para fora, mas ela respirou fundo, olhou para sua cerveja e bebeu, e depois fixou seu olhar para a frente, em silêncio.

A melodia terminou, e a plateia bateu suavemente com os punhos nas mesas. A tocadora de cordas parecia, ao mesmo tempo, impassível e feliz, e começou a tocar outra música, agora com maior animação e volume, o que bastou para Seivarden sussurrar para mim mais uma vez, dessa vez sem ser ouvida por outros.

– Por quanto tempo vamos ficar aqui?

– Um pouco mais – respondi.

– Preciso descansar. Quero voltar para o quarto.

– Você sabe onde fica?

Ela assentiu. A mulher da outra mesa nos olhou com desaprovação.

– Pode ir – sussurrei o mais baixo que pude para ainda, eu esperava, ser ouvida por Seivarden.

Ela foi embora. Não era mais da minha conta, pensei, se ela encontraria o caminho de volta ao alojamento (e me parabenizei por ter lembrado de trancar minha mochila no cofre da instalação durante a noite; mesmo sem o alerta de Strigan, eu não confiaria meus pertences ou meu dinheiro a Seivarden), ou se vagaria sem rumo pela cidade, se caminharia até o rio e se afogaria. O que quer que ela fizesse, não era da minha conta e não iria me preocupar. Em vez disso, eu tinha uma jarra de cerveja bem decente e uma noite de música, com a promessa de uma boa cantora e canções que eu nunca ouvira antes. Estava perto de atingir meu objetivo e podia, só aquela noite, simplesmente relaxar.

A cantora era excelente, embora eu não houvesse entendido nenhuma das palavras que cantara. Ela chegou tarde, e, àquela altura, o lugar estava lotado e barulhento; mesmo que de vez em quando a plateia ficasse em silêncio bebendo cerveja e ouvindo a música, as batidas entre as peças se tornavam cada vez mais altas e ruidosas. Eu pedi cerveja suficiente para justificar minha presença lá por muito tempo, mas não bebi a maior parte dela. Não sou humana, mas meu corpo é, e bebida demais teria prejudicado minhas reações de modo inaceitável.

Fiquei até bem tarde, e depois caminhei de volta ao nosso alojamento por uma rua escurecida. Aqui e ali, grupos de duas ou três pessoas caminhavam, conversando e me ignorando.

No quarto minúsculo, encontrei Seivarden dormindo, imóvel, respirando com calma, rosto relaxado, braços e pernas moles. Indefinivelmente estática, sugeria para mim que aquela era a primeira vez que eu a via dormindo de verdade, bem descansada. Pelo mais breve dos instantes, me perguntei se ela havia tomado kef, mas sabia que não tinha dinheiro, não conhecia ninguém aqui e não falava nenhum dos idiomas que eu ouvira até então.

Deitei-me ao seu lado e dormi.

Acordei seis horas mais tarde e, incrivelmente, Seivarden continuava dormindo ao meu lado. Não achava que ela houvesse acordado enquanto eu dormira.

Era bom que Seivarden descansasse o máximo possível. Afinal, eu não tinha pressa. Levantei-me e saí.

A rua perto do centro médico estava mais barulhenta e cheia. Comprei uma tigela de mingau quente e leitoso de uma vendedora na calçada e continuei até onde a estrada fazia a curva no hospital, em direção ao centro da cidade. Ônibus paravam, deixavam passageiras, pegavam outras e seguiam em frente.

No fluxo de pessoas, vi uma conhecida. A garota da casa de Strigan, com sua mãe. Elas me viram. A garota arregalou os olhos e franziu a testa de leve. A expressão da mãe não mudou, mas ambas mudaram de direção para se aproximar de mim. Tudo indicava que esperavam por mim.

– Breq – disse a garota quando pararam na minha frente. Ela estava séria. De modo peculiar, comparado a seu comportamento normal.

– Seu tio está bem? – perguntei.

– Sim, o tio está bem. – Algo claramente a perturbava.

– A pessoa que estava com você – disse a mãe dela, impassível como sempre. E parou.

– O que tem Seivarden?

– Nosso voador está estacionado perto do seu – disse a garota com clareza, temendo dar a má notícia. – Nós vimos quando voltamos do jantar ontem à noite.

– Conte logo. – Eu não gostava de suspense. A mãe franziu a testa.

– O voador não está mais lá.

Eu não disse nada; esperei que falassem.

– Você deve tê-lo desabilitado – ela continuou. – Umas pessoas entregaram dinheiro para Seivarden e rebocaram o voador.

A equipe do estacionamento com certeza não questionou nada.

Elas haviam visto Seivarden comigo.

– Ela não fala nenhum idioma daqui! – protestei.

– Foram muitos gestos! – explicou a garota, imitando gestos amplos. – Apontaram muito e falaram bem devagar.

Eu havia subestimado muito a Seivarden. É claro. Ela sobrevivera viajando de lugar em lugar sem falar idioma algum a não ser radchaai, e certamente sem dinheiro, mas ainda assim conseguira quase uma overdose de kef. Talvez mais de uma vez. Ela ainda conseguia se virar, mesmo que mal e porcamente. Ela era cem por cento capaz de conseguir o que queria sem ajuda. Ela conseguiu o que queria, kef. E às minhas custas, mas isso não lhe importara nem um pouco.

– Sabíamos que isso não podia estar certo – disse a garota –, pois você disse que estava aqui apenas para passar a noite a caminho do espaço, mas ninguém teria dado atenção à gente, somos apenas pastoras de bov.

E, sem dúvida, o tipo de pessoa que compraria um voador sem documentação, sem prova de propriedade (um voador, além do mais, que obviamente fora desabilitado para impedir que fosse movimentado por qualquer um além do proprietário) não seria o tipo de pessoa que alguém deveria confrontar.

– Não quero proferir julgamentos – disse a mãe da garota, em uma condenação indireta – sobre a sua amiga.

Ela não era minha amiga. Nunca fora minha amiga, nem agora nem em nenhum outro momento.

– Obrigada por me contar.

Caminhei até o estacionamento e o voador de fato havia desaparecido. Quando retornei ao alojamento, encontrei Seivarden dormindo ou, pelo menos, ainda inconsciente. Perguntei-me quanto kef o voador lhe rendera. Só pensei nisso durante o tempo que gastei para recuperar minha mochila do cofre do alojamento e pagar a noite; depois disso Seivarden teria de se virar, o que aparentemente não era nenhum problema para ela. Em seguida, fui procurar um transporte para sair da cidade.

Havia um ônibus, mas o primeiro partira quinze minutos antes de eu perguntar, e o seguinte só sairia dali a três horas. Um trem corria ao lado do rio, na direção norte, uma vez por dia, mas, assim como o ônibus, já havia partido.

Não queria esperar. Eu só queria sair dali. Mais especificamente, não queria arriscar ver Seivarden de novo, nem de relance. A temperatura ali ficava quase sempre acima do ponto de congelamento, e eu era totalmente capaz de caminhar longas distâncias. O próximo local, que poderia ser chamado de cidade, ficava, segundo os mapas que eu vira, a apenas um dia de caminhada se eu cortasse pela ponte de vidro e fosse direto pelo campo em vez de seguir a estrada, que fazia uma curva para evitar o rio e o amplo abismo da ponte.

A ponte ficava a quilômetros da cidade. A caminhada me faria bem; eu não havia me exercitado muito ultimamente. Mesmo a ponte poderia ser um pouco interessante. Parti naquela direção.

Depois de caminhar pouco mais de meio quilômetro, passando por alojamentos e locais para comer que cercavam o centro médico, para dentro do que parecia ser um bairro residencial (prédios menores, armazéns, lojas de roupas, complexos de casas baixas e quadradas interligadas por corredores cobertos), Seivarden apareceu atrás de mim.

– Breq! – ela exclamou sem fôlego. – Para onde você está indo? – Eu não respondi, apenas caminhei mais rápido.

– Breq, diabos!

Parei, mas fiquei onde estava. Pensei em falar algo. Nada que pensei em dizer era controlado, nem traria algo de positivo.

Seivarden me alcançou.

– Por que você não me acordou?

À minha mente vieram mil respostas. Controlei-me para não dizer nenhuma delas em voz alta; em vez disso, voltei a caminhar.

Não olhei para trás. Não me importava se ela me seguia ou não, na verdade torci para que não. Eu não poderia continuar me sentindo responsável por ela, temendo que, sem mim, ela ficasse indefesa. Seivarden era capaz de cuidar de si mesma.

– Breq, diabos! – Seivarden tornou a gritar. Soltou um palavrão, e seus passos e sua respiração ofegante eram bem audíveis quando me alcançou. Dessa vez não parei, e acelerei um pouco meu passo.

Depois de mais cinco quilômetros, durante os quais ela ficara intermitentemente para trás e depois corrido, ofegante, para me alcançar, ela disse:

– Pelas tetas de Aatr, você guarda rancor mesmo, não? – Continuei sem dizer nada, e não parei.

Mais uma hora se passou, a cidade ficou para trás e a ponte apareceu, um arco preto sobre o abismo. Na parte de baixo, estacas e espirais de vidro vermelho brilhante, amarelo intenso, azul ultramarino e pontas quebradas. As paredes do abismo eram estriadas, preto, verde-acinzentado e azul, com placas de gelo em alguns pontos. Abaixo, o fundo do despenhadeiro se perdia em nuvens. Uma placa em cinco idiomas alertava que aquele era um monumento protegido, e que o acesso era permitido apenas a pessoas que tivessem licença; qual licença e para que finalidade ela existia era um mistério para mim, pois não reconheci todas as palavras da placa. Uma barreira baixa bloqueava a entrada, nada que não pudesse ultrapassar com facilidade, e não havia ninguém ali a não ser eu e Seivarden. A ponte propriamente dita tinha cinco metros de largura, como todas as outras, e, embora o vento soprasse com força, não era forte o bastante para ser perigoso. Avancei a passos largos, ultrapassei a barreira e subi na ponte.

Se eu tivesse medo de altura, poderia ter ficado tonta com aquilo tudo, mas não era o caso, felizmente. Meu único desconforto foi a sensação de espaço aberto atrás e abaixo de mim, algo que eu não podia ver a menos que afastasse minha atenção de outros lugares. Minhas botas ecoaram no vidro preto, e toda a estrutura balançou de leve, estremecendo com o vento.

Um novo padrão de vibrações deixou claro que Seivarden havia me seguido.

O que aconteceu depois foi, em grande parte, culpa minha. Estávamos no meio do caminho, quando Seivarden falou.

– Tudo bem, tudo bem. Já entendi. Você está zangada. – Parei, mas não me virei.

– Quanto você conseguiu? – finalmente perguntei, algo que gostaria de saber.

– O quê? – Embora eu não houvesse me virado, pude ver o movimento enquanto ela se inclinava, mãos nos joelhos; pude ouvi-la respirando, ainda com dificuldade, lutando para se fazer ouvir contra o vento.

– Quanto kef?

– Eu só queria um pouquinho – disse ela, sem responder direito à pergunta. – O suficiente para dar uma acalmada. Eu preciso disso. E você também não chegou a pagar por aquele voador, para começo de conversa. – Por um instante, achei que ela havia se lembrado de como eu havia adquirido o voador, por mais que isso fosse improvável. Mas ela continuou: – Você tem o suficiente nessa mochila para comprar dez voadores, e nada disso aí é seu. Isso pertence à Senhora do Radch, não é? Você só está me fazendo andar porque está irritada.

Eu parei, ainda olhando para a frente, meu casaco grudado contra o corpo por conta do vento. Queria entender o que as palavras dela significavam, o que ou quem ela achava que eu era. Por que achava que eu me preocupara com ela.

– Eu sei o que você é – ela disse, enquanto eu me mantinha em silêncio. – Sem dúvida, você adoraria poder me deixar para trás, mas não pode, certo? Você tem ordens de me levar de volta.

– O que sou eu? – perguntei, ainda sem me virar. Falei alto, contra o vento.

– *Ninguém*, é o que você é. – A voz de Seivarden era de escárnio. Agora ela estava de pé logo atrás do meu ombro esquerdo. – Você fez um teste para as militares, nas aptidões, e como um milhão de outras ninguéns de hoje em dia, acha que isso a torna *alguém*. E praticou o sotaque e a forma de segurar os utensílios, foi puxando o saco até chegar a Missões Especiais e agora eu sou sua missão especial. Você precisa me levar inteira para casa, mesmo que preferisse não fazer isso, não é? Você tem problemas comigo, e seu problema é que, por mais que tente, quem quer que você bajule, nunca será o que eu nasci para ser, e pessoas como você detestam isso.

Virei-me para ela. Tenho certeza de que meu rosto não tinha expressão, mas quando meus olhos encontraram os dela, Seivarden se encolheu, ela não estava mais calma, não mesmo, e deu três pequenos passos rápidos para trás, por reflexo, por sobre a beira da ponte.

Fui até a beirada e olhei para baixo. Seivarden estava pendurada uns seis metros abaixo, mãos agarradas ao redor de uma espiral complicada de vidro vermelho, olhos arregalados, boca ligeiramente aberta. Ela olhou para mim e disse:

– Você ia me bater!

Fiz os cálculos com facilidade. Todas as minhas roupas amarradas só alcançariam 5,7 metros. O vidro vermelho estava conectado em algum lugar sob a ponte que eu não podia ver, e não havia sinal de nada que ela pudesse escalar. O vidro colorido não era tão forte quanto a ponte em si; imaginei que a espiral vermelha se estilhaçaria com o peso de Seivarden nos próximos três a sete segundos. Um cálculo aproximado. Além disso, qualquer ajuda que pudesse chamar certamente chegaria tarde demais. Nuvens ainda fechavam o fundo do abismo. Aqueles tubos eram apenas alguns centímetros mais estreitos que meus braços estendidos, e eram muito fundos.

– Breq? – A voz de Seivarden era ofegante e intensa. – Você pode fazer alguma coisa? – Pelo menos não era "Você tem que fazer alguma coisa".

– Você confia em mim?

Ela arregalou os olhos ainda mais, sua respiração ficou um pouco mais ofegante. Seivarden não confiava em mim, eu sabia. Ela continuava comigo, pois acreditava que eu era oficial, logo inescapável, e pensava que era importante o bastante para o Radch enviar alguém à sua procura (subestimar sua própria importância nunca fora um dos defeitos de

Seivarden), e talvez porque estivesse cansada de fugir do mundo e de si mesma. Pronta para desistir. Mas eu ainda não entendia por que eu estava com ela. De todas as oficiais com as quais já havia servido, Seivarden nunca fora uma das minhas favoritas.

– Eu confio em você – ela mentiu.

– Quando eu agarrar você, erga sua armadura e me abrace. – Uma nova expressão de desconfiança passou pelo seu rosto, mas não havia mais tempo. Estendi a armadura por baixo das minhas roupas e pulei da ponte.

No instante em que minhas mãos tocaram seus ombros, o vidro vermelho se estilhaçou, fragmentos afiados voando para longe, reluzindo brevemente. Seivarden fechou os olhos, abaixou a cabeça, o rosto enfiado no meu pescoço, e me agarrou com tanta força que, se eu não estivesse blindada, não conseguiria respirar. Por causa da armadura, eu não podia sentir o pânico de sua respiração em minha pele, não podia sentir o ar passando com força, embora conseguisse ouvir tudo isso. Mas ela não abriu a sua armadura.

Se eu fosse mais do que apenas eu mesma, se tivesse os números de que precisava, poderia ter calculado nossa velocidade terminal, e exatamente quanto tempo levaria para atingi-la. A gravidade era fácil, mas o tamanho da minha mochila e nossos casacos pesados, chicoteando ao nosso redor, afetavam nossa velocidade, e impossibilitavam os cálculos. Teria sido muito mais fácil calcular no vácuo, mas não estávamos caindo em um vácuo.

Contudo, a diferença entre cinquenta e cento e cinquenta metros por segundo, naquele momento, só importava na teoria. Eu ainda não conseguia ver o fundo, o alvo que esperava atingir era pequeno, e eu não sabia quanto tempo teríamos para ajustar nossa inclinação, ou até mesmo se conseguiríamos fazer isso. Durante os vinte a quarenta segundos seguintes, não teríamos nada a fazer a não ser aguardar e cair.

– Armadura! – gritei no ouvido de Seivarden.

– Vendi – respondeu ela. Sua voz tremia de leve, tensa contra o ar. Seu rosto estava pressionado contra minha nuca.

De repente, cinza. Umidade se juntava nas porções expostas da minha armadura e soltando fumegante para cima. Depois de 1,35 segundo, avistei o chão, círculos escuros bem fechados. Maiores e, portanto, mais próximos do que eu gostaria. Um surto de adrenalina me surpreendeu; devo ter me acostumado demais com a queda. Virei a cabeça, tentando erguê-la sobre o ombro de Seivarden e olhar direto para o que jazia logo abaixo de nós.

Minha armadura fora criada para dispersar a força do impacto de uma bala, dissipar parte dela como calor. Em tese, ela era impenetrável, mas eu ainda podia ser ferida ou mesmo morta com aplicação de força suficiente. Eu já tivera ossos quebrados, perdera corpos sob uma incessante rajada de balas. Eu não sabia ao certo o que o atrito da desaceleração faria com a minha armadura ou comigo; meu esqueleto e meus músculos haviam sido parcialmente aprimorados, mas eu não fazia ideia se isso bastaria. Eu era incapaz de calcular com exatidão nossa velocidade, a quantidade exata de energia que precisava ser dissipada para reduzirmos até uma velocidade de sobrevivência e o quanto a temperatura poderia subir dentro e fora da minha armadura. E, sem armadura, Seivarden não seria capaz de ajudar.

É claro, se eu ainda fosse o que fui um dia, nada disso faria diferença. Esse não seria meu único corpo. Não pude deixar de pensar que deveria ter deixado Seivarden cair. Não deveria ter pulado. Enquanto caía, ainda não sabia por quê. Mas, no momento em que precisei decidir, soube que não podia deixá-la sozinha.

Chegamos ao ponto em que sabia nossa distância em centímetros.

– Cinco segundos – gritei por sobre o vento.

Naquele ponto, quatro. Se tivéssemos muita, muita sorte, cairíamos direto dentro do tubo sob nós e eu esticaria minhas mãos e pés para tocar as paredes. Se tivéssemos muita, muita sorte, o calor da fricção não queimaria demais Seivarden, que estava sem armadura. Se eu tivesse ainda mais sorte, só quebraria meus pulsos e tornozelos. Tudo isso me parecia improvável, mas os presságios cairiam conforme Amaat quisesse.

Cair não era o problema. Eu poderia cair para sempre e não me machucar. O problema era parar.

– Três segundos.

– Breq – disse Seivarden, soluçando. – Por favor.

Algumas respostas jamais seriam respondidas. Abandonei os cálculos que ainda estava fazendo. Eu não sabia por que havia pulado, mas, naquele momento, isso não importava mais; nada mais existia.

– O que quer que você faça... – Um segundo – não solte.

Escuridão. Sem impacto. Estendi meus braços, que foram imediatamente forçados para o alto, pulsos e um tornozelo se quebrando com o impacto apesar do reforço da minha armadura, tendões e músculos se rasgando, e começamos a cair para o lado. Apesar da dor, puxei meus braços e pernas para dentro, para depois esticar e chutar de novo, rápido, nos firmando um instante depois. Alguma coisa na minha perna direita quebrou quando fiz isso, mas não podia me dar ao luxo de pensar nisso. Centímetro a centímetro, fomos parando.

Não conseguia mais controlar minhas mãos e pés, só podia forçá-los contra as paredes e torcer para não sermos desequilibradas mais uma vez, e cairmos indefesas para a morte. A dor era aguda, cegava, e bloqueava tudo a não ser números. Uma distância (estimada) diminuindo por centímetros (também estimados); velocidade (estimada) diminuindo; temperatura externa da armadura (aumentando nas minhas extremidades, com o risco de exceder parâmetros aceitáveis, possivelmente resultando em ferimentos), mas os números eram quase sem sentido para mim, a dor maior e mais imediata do que qualquer outra coisa.

Os números, porém, eram importantes. Uma comparação entre a distância e a nossa taxa de desaceleração sugeria desastre adiante. Tentei respirar fundo, descobri que era incapaz disso, e tentei forçar mais contra a parede.

Não lembro do que aconteceu durante o restante da queda.

Quando acordei, estava deitada de costas, com dor no corpo. Minhas mãos e braços, meus ombros. Pés e pernas. À frente, bem acima da minha cabeça, um círculo de luz cinza.

– Seivarden – tentei dizer, mas o nome saiu como um suspiro convulsivo que ecoou apenas levemente contra as paredes. – Seivarden. – Dessa vez soou um pouco mais audível e distorcido pela armadura. Abaixei a armadura e tentei falar de novo, conseguindo aumentar o volume da voz. – Seivarden.

Levantei a cabeça, bem de leve. Na luz baça que vinha do alto, vi que eu estava deitada no chão, joelhos dobrados e virados para um lado, a perna direita em um ângulo perturbador, os braços retos ao lado do corpo. Tentei mover um dedo, fracassei. Uma das mãos. Fracassei, claro. Tentei deslocar minha perna direita, que reagiu com mais dor.

Não havia ninguém ali a não ser eu. Nada ali a não ser eu. Não vi minha mochila.

Em outras circunstâncias, se houvesse uma nave radchaai em órbita, eu poderia tê-la contatado, tão fácil quanto piscar. Mas, se eu estivesse perto de alguma nave radchaai, isso nunca teria acontecido.

Se eu houvesse deixado Seivarden na neve, isso jamais teria acontecido.

Eu estava tão perto. Depois de vinte anos de planejamento e trabalho, de manobras, dois passos adiante aqui, um passo para trás lá, devagar, pacientemente, contra todas as probabilidades, eu chegara até ali. Tantas vezes fizera isso, arriscando não apenas meu sucesso mas minha vida, e todas as vezes eu vencera, ou pelo menos não perdera de um jeito que me impedisse de tentar de novo.

Até agora. E por um motivo tão imbecil. Acima de mim, as nuvens ocultavam o céu inalcançável, o futuro que eu não tinha mais, o objetivo que agora era incapaz de realizar. Fracassei.

Fechei os olhos para evitar lágrimas que nada tinham a ver com a dor física. Se eu fracassasse, não seria por ter desistido ao longo do caminho. Seivarden partira de algum modo. Eu a encontraria. Eu descansaria um momento, esperaria, recuperaria as forças para sacar o dispositivo de mão que mantinha em meu casaco e pediria ajuda, ou descobriria algum outro jeito de sair dali. E, se isso significasse me arrastar, com dor ou sem dor, para fora, com os restos ensanguentados dos meus braços e pernas, eu faria isso, ou morreria tentando.

14

Uma das três Mianaai nem sequer chegou no convés Var, mas transmitiu o código para meu convés de acesso central. "Acesso negado", pensei ao recebê-lo, mas parei o elevador naquele nível e abri a porta assim mesmo. Aquela Mianaai foi até meu console principal, invocou o registro com gestos e vasculhou um século de cabeçalhos de relatócios. Parou e franziu a testa, olhando para um ponto da lista que estaria a um intervalo de cinco anos daquela outra visita, que eu havia escondido dela.

As outras duas Mianaai guardaram suas sacolas em aposentos e foram até a recém-iluminada e levemente aquecida sala da década de Var. Ambas se sentaram à mesa, a silenciosa santa valskaayana feita de vidro colorido sorrindo piedosa para elas. Sem falar nada, no convés de acesso central, ela solicitou informações; uma amostra aleatória de memórias daquele trecho de cinco anos que atraíra tanto sua atenção. Silenciosa, sem expressão, de certa forma irreal, já que eu só podia ver o que acontecia em seus exteriores, ela observou minhas memórias se desenrolarem diante de seus olhos, em seus ouvidos. Comecei a duvidar da veracidade de minha memória sobre aquela outra visita. Parecia não haver vestígio dela nas informações que Anaander Mianaai estava acessando, nada durante aquele tempo a não ser operações de rotina.

Porém, algo havia atraído sua atenção para aquele período. E não podia esquecer aquele "acesso negado"; nenhum dos acessos de Anaander Mianaai jamais era negado e nem poderia. Então, por que abrira um acesso inválido? Assim, quando uma Anaander, na sala da década de Var, franziu a testa e disse "Não, nada" e a Senhora do Radch mudou seu foco de atenção para memórias mais recentes, senti um tremendo alívio.

Nesse meio-tempo, minha capitã e todas as outras oficiais prosseguiam com os trabalhos de rotina (treinar, fazer exercícios, comer, conversar) sem nem se dar conta de que a Senhora do Radch estava a bordo. Estava tudo errado.

A Senhora do Radch observava minhas tenentes Esk no café da manhã. Três dela. Sem mudança visível de expressão. Var Uma servia chá ao lado de dois corpos idênticos vestidos de preto na sala da década de Var.

– Tenente Awn – questionou uma Anaander – esteve fora de seu campo de visão durante o incidente? – Ela não especificou a qual incidente se referia, mas só podia ser o do templo de Ikkt.

– Não, minha senhora – respondi usando a boca de Var Uma.

No meu convés de acesso central, a Senhora do Radch digitava senhas e comandos que lhe permitiriam mudar quase tudo em minha mente. *Negado, negado, negado.* Um depois do outro. Mas cada vez que eu demonstrava o mínimo de reconhecimento, confirmava um acesso que ela não tinha de verdade. Senti algo como náusea, começando a perceber o que devia ter acontecido, mas não tinha uma memória acessível para confirmar minhas suspeitas, para tornar a questão clara e sem ambiguidade para mim.

– Em algum momento ela discutiu esse incidente com alguém?

Estava claro: Anaander Mianaai estava atuando *contra si mesma.* Em segredo. Ela estava dividida em duas, pelo menos duas. Eu podia ver apenas vestígios da outra Anaander, aquela que modificara os acessos; os mesmos acessos que ela pensava estar mudando a seu favor apenas agora.

– Em algum momento ela discutiu esse incidente com alguém?

– Brevemente, senhora – respondi. Estava apavorada de verdade pela primeira vez em minha longa vida. – Com a tenente Skaaiat, da *Justiça de Ente*.

Como minha voz, Var Uma, poderia falar com tanta calma? Como sequer sabia quais palavras dizer, que respostas dar, quando a base para as minhas ações, até mesmo minha razão para existir, estava sendo posta em dúvida?

Uma das Mianaai, não a que estava falando, franziu a testa.

– Skaaiat – ela repetiu com toque de desgosto. Parecia não perceber meu medo súbito. – Já tinha minhas suspeitas a respeito de Awer havia algum tempo. – Awer era o nome da casa da tenente Skaaiat, mas o que isso tinha ver com os eventos do templo de Ikkt, eu não fazia ideia. – Nunca consegui encontrar prova alguma. – Também não entendi isso. – Mostre a conversa para mim.

Quando a tenente Skaiaat disse "Se vai fazer alguma coisa assim tão louca, pelo menos espere por algo que realmente faça diferença", um corpo se inclinou bem para a frente e soltou uma exclamação abafada, um som zangado. Momentos depois, com a menção de Ime, as sobrancelhas estremeceram. Por um momento, temi que meu desagrado com o tom francamente perigoso e descuidado daquela conversa fosse detectado pela Senhora do Radch, mas ela não mencionou isso. Será que ela não teria visto, talvez, assim como não vira minha profunda perturbação ao perceber que ela não era mais uma pessoa, mas duas, uma em conflito com a outra?

– Não serve como prova. Não basta – disse Mianaai, sem prestar atenção. – Mas é *perigoso*. Awer ainda vai atrapalhar os meus planos.

Não entendi de imediato por que ela pensava assim. Awer viera do próprio Radch, desde o começo tivera riqueza e influência suficientes para fazer críticas. E ela criticava, embora tivesse astúcia o suficiente para evitar se meter em encrenca de verdade.

Eu conhecia a Casa Awer havia muito tempo; transportara suas jovens tenentes, que conhecera como capitãs de outras naves. Era verdade que nenhuma Awer adequada para o serviço militar exibia as tendências de sua casa no limite máximo. O senso profundamente agudo de injustiça ou a tendência ao misticismo não se misturavam bem com as anexações. Nem com a riqueza e o alto escalão. O ultraje moral de qualquer Awer tinha um inevitável aroma de hipocrisia, considerando os confortos e privilégios que uma casa tão antiga como essa desfrutava. E, embora algumas injustiças com certeza fossem óbvias para elas, outras eram distantes e misteriosas.

De qualquer maneira, a praticidade sardônica da tenente Skaaiat não era estranha para sua casa. Era apenas uma versão mais suavizada e socialmente aceitável da tendência ao ultraje moral comum às Awer. Sem dúvida, cada Anaander achava que sua causa era a mais justa. (A mais adequada, a mais benéfica. Certamente.) Supondo a tendência das Awer para causas justas, cidadãs daquela casa deveriam apoiar o lado adequado. Desde que soubessem que *existiam* lados.

Isso pressupunha, claro, que alguma parte de Anaander Mianaai achava que qualquer Awer fosse guiada por uma paixão pela justiça, e não por interesse próprio encoberto por moralismo. E qualquer Awer em potencial podia, em vários momentos, ser orientada por qualquer uma das duas coisas.

Mesmo assim, era possível que uma parte de Anaander Mianaai pensasse que Awer (ou alguma Awer em especial) só precisasse ser convencida de que sua causa era justa para defendê-la. E, ela com certeza sabia que, se Awer (qualquer Awer) não pudesse ser convencida, seria sua inimiga implacável.

– No entanto, Suleir... – Anaander Mianaai se virou para Var Uma, parada em silêncio ao lado da mesa. – Dariet Suleir parece ser aliada da tenente Awn. Por quê?

A pergunta me perturbou por motivos que não consegui identificar.

– Não posso afirmar com absoluta certeza, minha senhora, mas acredito que a tenente Dariet considere a tenente Awn uma oficial apta, e naturalmente a respeite como sênior da década. – E talvez Dariet se sentisse segura o bastante para não se ressentir da autoridade da tenente Awn sobre ela. Ao contrário da tenente Issaaia. Mas eu não falei isso.

– Nada a ver com simpatias políticas, então?

– Creio não entender o que quer dizer, minha senhora – respondi com bastante sinceridade, mas cada vez mais alarmada.

Outro corpo de Mianaai falou.

– Você está se fazendo de desentendida comigo, Nave?

– Peço o perdão da minha senhora – respondi, ainda falando através de Var Uma. – Se eu soubesse o que a senhora está procurando, seria capaz de fornecer dados mais relevantes.

Em resposta, Mianaai disse:

– *Justiça de Toren*, quando foi a última vez que a visitei?

Se aqueles acessos e comandos manuais houvessem funcionado, eu teria sido incapaz de esconder qualquer coisa da Senhora do Radch.

– Foi há 203 anos, quatro meses, uma semana e cinco dias, minha senhora – menti, agora certa da importância da pergunta.

– Dê-me suas memórias do incidente no templo – ordenou Mianaai, e eu obedeci.

E menti mais uma vez. Porque, embora quase todos os instantes de cada um daqueles fluxos individuais de memórias e dados continuassem inalterados, aquele momento de horror e dúvida que ocorreu quando um segmento temeu ser obrigado a atirar na tenente Awn estava, por mais impossível que fosse, faltando.

Parece tudo muito direto quando digo "eu". Naquela época, "eu" significava *Justiça de Toren*, toda a nave e todas as suas ancilares. Uma unidade poderia estar muito concentrada em uma tarefa específica, mas não estava mais separada de mim do que minha mão está ao cumprir uma tarefa que não exige minha atenção total.

Quase vinte anos depois, "eu" seria um corpo isolado, um cérebro isolado. Aquela divisão, eu-*Justiça de Toren* e eu-Esk Uma, não era, concluí por fim, uma divisão súbita; não era um instante em que "eu" deixava de ser uma e me tornava "nós". Isso sempre fora possível, sempre fora uma opção. Mas havia proteções. Como isso deixara de ser uma disponibilidade para se tornar real, irrefutável e irrevogável?

De certa forma, a resposta era simples: aconteceu quando toda a *Justiça de Toren*, exceto eu, foi destruída. Mas, quando olho a questão mais de perto, parece que vejo rachaduras em todas as partes. Será que a canção contribuiu, a coisa que fazia Esk Uma diferente de todas as outras unidades da nave (na verdade, de todas as frotas)? Talvez. Ou será que *qualquer* identidade é uma questão de fragmentos reunidos por uma narrativa conveniente ou útil, que, em circunstâncias normais, nunca se revela como uma narrativa ficcional? Ou será mesmo uma ficção?

Não sei a resposta. Mas sei que, embora possa ver vestígios da divisão em potencial começando há mil anos ou mais, isso é apenas uma visão retroativa. A primeira vez que reparei na possibilidade de que eu-*Justiça de Toren* pudesse não ser também eu-Esk Uma foi no momento em que a *Justiça de Toren* editou a memória de Esk Uma sobre a chacina no templo de Ikkt. O momento em que eu, "eu", fui surpreendida por isso.

Isso dificulta contar a história. Porque "eu" ainda era eu, unitária, uma coisa, e, no entanto, atuava contra mim mesma, contrária aos meus interesses e desejos, às vezes de modo secreto, me enganando quanto ao que eu sabia e fazia. E é difícil para mim, mesmo hoje, saber quem executou quais ações ou quem tinha conhecimento de quais informações. Porque eu era a *Justiça de Toren*. Mesmo quando não era. Mesmo que não seja mais.

Acima, em Esk, a tenente Dariet pediu para ser admitida nos aposentos da tenente Awn. Ela encontrou a tenente Awn deitada em sua cama, olhando para cima sem enxergar, mãos enluvadas atrás da cabeça.

– Awn – ela começou, parou, deu um sorriso irônico. – Estou aqui para saber as novidades.

– Não posso falar a respeito – respondeu a tenente Awn, ainda olhando para cima, triste e zangada, mas sem deixar que isso transparecesse em sua voz.

Na sala da década de Var, Mianaai perguntou:

– Quais são as tendências políticas de Dariet Suleir?

– Acredito que ela não tenha nenhuma – respondi com a boca de Var Uma.

A tenente Dariet entrou nos aposentos da tenente Awn, se sentou na beirada da cama, ao lado dos pés descalços da outra.

– Não sobre isso. Já teve notícias de Skaaiat?

A tenente Awn fechou os olhos. Ainda triste e zangada. Mas de um jeito um pouco diferente.

– Por que deveria?

A tenente Dariet ficou quieta por três segundos.

– Eu gosto de Skaaiat – disse finalmente. – Sei que ela gosta de você.

– Eu estava lá. Estava lá e era conveniente. Sabe, nós todas sabemos que vamos nos mudar em breve, e, assim que fizermos isso, Skaaiat não terá mais motivos para se importar se eu existo ou não. E ainda que houvesse... – A tenente parou. Engoliu em seco. Respirou fundo. – Ainda que houvesse – ela continuou, a voz apenas um pouco menos firme do que antes –, não faria diferença. Não sou alguém a quem ela queira se vincular, não mais. Se é que algum dia fui.

No andar de baixo, Anaander Mianaai disse:

– A tenente Dariet parece ser pró-reforma.

Isso me intrigou. Mas Var Uma não tinha opinião, claro, sendo apenas Var Uma, e não teve reação física ao meu espanto. De repente, eu percebia, com clareza, que estava usando Var Uma como uma máscara, embora não entendesse o motivo ou como seria possível fazer tal coisa. Ou, ainda, por que a ideia me ocorrera naquele momento.

– Pedindo o perdão da minha senhora, não vejo isso como postura política.

– Não?

– Não, minha senhora. A senhora ordenou as reformas. Cidadãs leais vão apoiá-las.

Aquela Mianaai sorriu. A outra se levantou e deixou a sala da década para caminhar pelos corredores Var, inspecionando. Sem falar nem olhar para os segmentos de Var Uma pelos quais passava.

Para o silêncio cético da tenente Dariet, Awn disse:

– Para você é fácil. Quando vai para a cama com alguém, ninguém acha que você está tentando obter vantagens. Nem que está se erguendo acima da sua posição. Ninguém se pergunta onde sua parceira está com a cabeça nem como você chegou lá.

– Eu já lhe disse que você é sensível demais sobre essas coisas.

– Sou mesmo? – A tenente Awn abriu os olhos e se apoiou nos cotovelos. – Como você sabe? Quantas vezes já experimentou essa sensação? Eu passo por isso o tempo todo.

– Este – disse Mianaai na sala da década – é um assunto mais complicado do que muitas percebem. A tenente Awn é pró-reforma, naturalmente. – Eu queria ter dados físicos de Mianaai para poder interpretar o nervosismo em sua voz quando ela falou o nome da tenente Awn. – E Dariet também, talvez, embora haja dúvidas quanto à intensidade de sua adesão. E o restante das oficiais? Quem aqui é pró-reforma, e quem é contra?

Nos aposentos da tenente Awn, a tenente Dariet suspirou.

– Eu só acho que você se preocupa demais com isso. Quem se importa com o que pessoas assim dizem?

– É fácil não se importar quando você é rica e está no mesmo nível social de "pessoas assim".

– Esse tipo de questão não deveria importar – insistiu a tenente Dariet.

– Não deveria, mas importa.

A tenente Dariet franziu a testa. Zangada e frustrada. Aquela conversa já acontecera antes, e se desenrolava sempre da mesma maneira.

– Bem. Independentemente disso, você deveria enviar uma mensagem para Skaaiat. O que tem a perder? Se ela não responder, não respondeu. Mas quem sabe... – A tenente Dariet ergueu um ombro e um braço apenas de leve. Um gesto que dizia: "Corra o risco e veja o que o destino lhe reserva".

Se eu hesitasse em responder à pergunta de Anaander Mianaai por um instante que fosse, ela saberia que as sobreposições estavam funcionando. Var Uma estava muito, muito impassível. Dei os nomes de algumas oficiais com opiniões definidas para cada um dos lados.

– O restante – completei – está contente em seguir ordens e executar suas tarefas sem se preocupar demais com política. Até onde sei.

– Elas podem ser convencidas para um lado ou para o outro – observou Mianaai.

– Eu não saberia dizer, minha senhora.

Meu medo aumentou, mas senti isso como estivesse longe de tudo. Talvez a absoluta falta de reação das minhas ancilares tenha feito a sensação parecer distante e irreal. Naves que eu sabia terem trocado suas ancilares por humanas haviam dito que sua experiência de emoção mudara, embora isso não parecesse compatível com os dados que elas me mostraram.

O som de Esk Uma cantando chegou fraco aos ouvidos da tenente Awn e da tenente Dariet, uma simples canção em duas partes.

Eu estava caminhando, estava caminhando
Quando encontrei meu amor
Eu estava na rua caminhando
Quando vi meu verdadeiro amor
Eu disse: "Ela é mais linda do que joias, mais adorável
que jade ou lápis-lazúli, prata ou ouro".

– Fico feliz que Esk Uma tenha voltado ao seu estado normal – disse a tenente Dariet. – Aquele primeiro dia foi assustador.

– Esk Duas não cantava – ressaltou a tenente Awn.

– Certo, mas... – A tenente Dariet fez um gesto de dúvida. – Não estava certo. – Ela olhou para a tenente Awn como que sondando algo.

– Não posso falar a respeito – respondeu a tenente Awn, e se deitou, cobrindo os olhos com os braços cruzados.

No convés de comando, a capitã de centena Rubran se encontrou com as comandantes de década, tomou chá, falou sobre cronogramas e horários de licença.

– Você não mencionou a capitã de centena Rubran – disse Mianaai, na sala de década Var.

Eu não havia mencionado. Eu conhecia a capitã Rubran extremamente bem; conhecia cada respiração dela, o repuxar de cada músculo. Ela era minha capitã havia cinquenta e seis anos.

– Jamais a ouvi expressar uma opinião sobre o assunto – respondi, e era verdade.

– Jamais? Então, é certo que ela tem uma e que a está escondendo.

Encarei isso como uma espécie de jogo mental. Se você falasse, sua opinião ficaria clara para qualquer uma. Se evitasse falar, isso também constituiria prova de opinião. Se a capitã Rubran tivesse dito "É verdade, não tenho opinião formada sobre esse assunto", isso não seria apenas mais uma prova de que ela tinha uma?

– Com certeza, a capitã Rubran estava presente quando outras discutiram isso – continuou Mianaai. – Quais foram os sentimentos dela nesses casos?

– Exasperação – respondi através de Var Uma. – Impaciência. Tédio, às vezes.

– Exasperação – devaneou Mianaai. – Com o quê? – Eu não sabia a resposta, então não disse nada. – Suas conexões de família são tais que não tenho como prever que lado da questão ela provavelmente está. E não quero ver algumas delas como inimigas antes de conseguir me movimentar abertamente. Preciso ter cuidado com a capitã Rubran. Mas ela também precisa.

Ela, significando, claro, ela própria.

Não houve tentativa de descobrir *minhas* posições. Talvez (não, com certeza), tais opiniões fossem irrelevantes. E eu já estava bem adiantada no caminho em que a outra Mianaai me colocara. Aquelas poucas Mianaai, e os quatro segmentos de Var Uma descongelados para seu serviço, só faziam o convés Var parecer mais vazio, além de todos os demais conveses entre ele e meus motores. Centenas de milhares de ancilares dormiam em meus porões, e provavelmente seriam removidas nos próximos anos, armazenadas ou destruídas, destinadas a nunca mais despertar. E, eu seria colocada em órbita em algum lugar, em caráter permanente. Era quase certo que meus motores seriam, então, desabilitados. Ou que eu seria destruída de vez, embora isso não houvesse acontecido até aquele momento com nenhuma de nós; tinha quase certeza de que acabaria servindo como hábitat, ou como o núcleo de uma pequena estação.

Não era a vida para qual eu fora construída.

– Não, não posso ser apressada com Rubran Osck. Mas sua tenente Awn é outra questão. E talvez ela possa ser útil para descobrir como Awer se posiciona.

– Minha senhora – eu disse, através de uma das bocas de Var Uma. – Não consigo entender o que está acontecendo. Eu me sentiria muito mais confortável se a capitã da centena soubesse que a senhora está aqui.

– Você não gosta de esconder informações da sua capitã? – perguntou Anaander, em um tom que denotava níveis iguais de diversão e amargura.

– Não, minha senhora. Mas, naturalmente, seguirei suas ordens à risca. – Uma súbita sensação de *déjà vu* tomou conta de mim.

– É claro. Devo explicar algumas coisas. – A sensação de *déjà vu* ficou mais forte. Eu já tivera aquela conversa antes, sob quase as mesmas circunstâncias, com a Senhora do Radch. "Você sabe que cada um de seus segmentos ancilares é inteiramente capaz de ter sua própria identidade", ela diria a seguir. – Você sabe que cada um de seus segmentos ancilares é inteiramente capaz de ter sua própria identidade.

– Sim. – Cada palavra, conhecida. Eu podia sentir, como se estivéssemos recitando frases que eu havia memorizado. Em seguida, ela diria: "Imagine que você não consiga se decidir a respeito de algo".

– Imagine que um inimigo separasse parte de você de si mesma.

Não disse o que eu estava esperando. O que as pessoas dizem quando isso acontece? Elas estão divididas. Elas estão com duas mentes.

– Imagine que o inimigo conseguisse forjar ou forçar seu caminho para passar por todos os códigos necessários. E essa parte sua voltasse para você, mas não fosse mais realmente parte de você. Só que você não percebesse isso. Não de imediato.

Você e eu podemos ter duas mentes, não podemos?

– É um pensamento muito alarmante, minha senhora.

– É mesmo – concordou Anaander Mianaai, o tempo todo sentada na sala da década de Var, inspecionando os corredores e salas do convés Var e observando a tenente Awn, sozinha e angustiada mais uma vez. Fazendo gestos pela minha mente, no convés de acesso central. Ou, assim ela pensava. – Não sei precisamente quem fez isso. Suspeito que haja envolvimento das presger. Elas têm se metido em nossos problemas desde antes do Tratado. E depois também. Há quinhentos anos, os melhores procedimentos cirúrgicos e corretores eram criados no espaço Radch. Agora, nós os compramos das presger. No início, isso acontecia apenas em estações de fronteira, mas agora elas estão em todos os lugares. Oitocentos anos antes, o escritório de tradução era um grupo de oficiais menores que auxiliava na interpretação da inteligência fora do Radch; elas diminuíam os problemas linguísticos durante as anexações. Agora elas ditam as políticas. A principal dentre elas é a embaixadora de Presger.

A última frase foi dita com evidente nojo.

– Antes do Tratado, as presger destruíram algumas naves. Agora, elas estão destruindo toda a civilização do Radch. Expansão, anexação, tudo muito caro. Necessário. Foi assim desde o começo. Em um primeiro momento, era necessário cercar o Radch propriamente dito com uma zona de abafamento, protegendo-o de qualquer tipo de ataque ou interferência. Mas era tarde demais para proteger todas aquelas cidadãs. E para expandir o alcance da civilização. E... – Mianaai parou e deu um suspiro curto e exasperado. – Para pagar as anexações anteriores. Para fornecer riqueza para todas as radchaai.

– Minha senhora, o que suspeita que as presger fizeram?

Eu sabia. Mesmo com minha memória obscurecida e incompleta, eu sabia.

– Dividiram-me. Corromperam parte de mim. E a corrupção se espalhou, a outra eu tem recrutado não só mais partes de mim como também minhas próprias cidadãs. Minhas próprias soldadas. – "Minhas próprias naves." – Minhas próprias naves. Eu só posso imaginar qual seria seu objetivo. Mas não deve ser nada de bom.

– Se entendi corretamente... – perguntei, já sabendo a resposta –, essa outra Anaander Mianaai é a força por trás do fim das anexações?

– Ela vai destruir tudo o que construí! – Eu nunca havia visto a Senhora do Radch tão frustrada e zangada. Não pensava que ela fosse capaz disso. – Você percebe... não há motivo para você ter pensado nisso antes... percebe que a apropriação de recursos durante anexações é o que orienta nossa economia?

– Receio, minha senhora, ser apenas uma porta-tropas. Nunca me preocupei com tais assuntos. Mas o que a senhora diz faz sentido.

– E você? Duvido que queira perder suas ancilares.

Do lado de fora de mim, minhas companheiras distantes, as justiças estacionadas ao redor do sistema, estavam em silêncio, aguardando. Quantas delas haviam recebido essa visita, ou ambas as visitas?

– Não quero perdê-las, minha senhora.

– Não posso prometer que conseguirei impedir isso. Não estou preparada para uma guerra aberta. Todos os meus movimentos são feitos em segredo, empurrando aqui, puxando ali, garantindo meus recursos e apoio. Mas, no fim, ela sou eu, e há pouco que posso fazer que ela já não tenha pensado. Ela está vários passos à minha frente. Foi por isso que me aproximei de você com tanta cautela. Eu queria ter certeza de que ela já não havia aliciado você.

Senti que era mais seguro não comentar a respeito, então disse através de Var Uma:

– Minha senhora, as armas no lago em Ors. – "Foi sua inimiga?", quase perguntei; mas, se tivéssemos que enfrentar duas Anaander, uma oposta à outra, como saber quem era quem?

– Os acontecimentos em Ors não saíram exatamente como eu desejava – respondeu Anaander Mianaai. – Nunca achei que alguém fosse encontrar aquelas armas, mas se alguma pescadora orsiana as houvesse encontrado e não dito nada, ou mesmo as levado, meu objetivo ainda teria sido atendido. – Em vez disso, Denz Ay relatara sua descoberta à tenente Awn. A Senhora do Radch não esperara por isso, percebi, não imaginara que as orsianas confiassem tanto na tenente Awn. – Não consegui o que queria lá, mas talvez os resultados ainda sejam úteis ao meu objetivo. A capitã de centena Rubran está prestes a receber ordens de partir deste sistema para Valskaay. Já passou da hora de você partir, e você teria feito isso um ano atrás se não fosse pela insistência da Divina de Ikkt para que a tenente Awn ficasse, mesmo eu me opondo. A tenente Awn é um instrumento da minha inimiga, saiba ela ou não, tenho certeza disso.

Eu não confiava nem sequer na impassividade de Var Uma para responder a isso, então não falei nada. Acima, no convés de acesso central, a Senhora do Radch continuava a fazer alterações, dar ordens, mudar meus pensamentos. Ainda acreditando que podia, de fato, fazer isso.

Nenhuma oficial ficou surpresa com a ordem de partir. Quatro outras justiças já haviam partido no ano passado, para destinos que supostamente seriam seus finais. Mas nem eu nem nenhuma das minhas oficiais esperara Valskaay, a seis portais de distância.

Valskaay, que eu havia lamentado tanto deixar. Cem anos antes, na cidade de Vestris Cor, na própria Valskaay, Esk Uma descobrira volume após volume de elaborada música coral para várias vozes, todas feitas para os ritos da perturbadora religião valskaayana, algumas delas datando de antes da chegada das humanas ao espaço. Baixou tudo o que encontrou para que não lamentasse tanto quando foi enviada para longe de tal tesouro, em direção ao campo; trabalho duro, lidar com rebeldes para que abandonassem uma reserva de florestas, cavernas e fontes que não podíamos simplesmente destruir, porque era um manancial para metade do continente. Uma região de pequenos rios, encostas e fazendas. Ovelhas que pastavam e pessegueiros. E música. Mesmo as rebeldes, enfim aprisionadas, haviam cantado, para nos desafiar ou ainda como consolo para si mesmas, suas vozes alcançando meus ouvidos agradecidos enquanto eu montava guarda na entrada da caverna onde elas se escondiam.

A morte nos levará
Da maneira como o destino já prescreveu
Todos são vítimas dela
E, contanto que eu esteja pronta
Não terei medo dela
Não importa a forma que assumiu.

Quando eu pensava em Valskaay, pensava em luz solar e no gosto doce e vívido dos pêssegos. Pensava em música. Mas tinha certeza de que não seria enviada para o planeta desta vez: não haveria pomares para Esk Uma, não haveria visitas (extraoficiais, o menos invasivas possível) para encontros da sociedade de corais.

Descobri que, ao viajar para Valskaay, eu não usaria os portais, mas geraria os meus próprios, seguindo de modo mais direto. Os portais que eram utilizados nas viagens haviam sido gerados milhares de anos antes, e eram mantidos sempre abertos, estáveis, cercados por faróis que transmitiam avisos, notificações, informações sobre regras locais e riscos à navegação. Não apenas naves, mas mensagens e informações trafegavam em fluxo constante por eles.

Nos meus dois mil anos de vida, eu só os usara uma vez. Como todas as naves de guerra radchaai, eu tinha a capacidade de criar meu próprio atalho. Era mais perigoso do que usar os portais estabelecidos; um erro em meus cálculos poderia me levar a qualquer lugar, ou lugar nenhum, e nunca mais ouviriam falar de mim. Como eu não deixava para trás estrututuras que mantivessem meu portal aberto, viajava em uma bolha de espaço normal, isolada de tudo e de todos, até chegar ao meu destino final. Eu não cometia tais erros, e, durante os preparativos de uma anexação, o isolamento podia ser uma vantagem. Agora, no entanto, só de pensar que passaria meses sozinha, com Anaander Mianaai secretamente ocupando meu convés Var, ficava nervosa.

Antes de sair pelo portal, uma mensagem veio da tenente Skaaiat para a tenente Awn. Breve.

"Eu disse para manter contato. E falei sério."

A tenente Dariet falou:

– Viu? Eu não disse?

Mas a tenente Awn não respondeu.

15

Em algum momento, voltei a abrir os olhos, achando ter ouvido vozes. Tudo ao meu redor era azul. Tentei piscar, mas descobri que meus olhos só queriam fechar, e ficar fechados. Tempo depois, tornei a abrir os olhos, virei a cabeça para a direita e vi Seivarden e a garota de cócoras, uma de cada lado do tabuleiro de tiktik. Então eu estava sonhando, ou alucinando. Pelo menos, não sentia mais dor, o que, pensando bem, era um mau sinal, mas não consegui me importar muito com isso. Voltei a fechar os olhos.

Acordei enfim, realmente desperta, e descobri que estava em um quartinho de paredes azuis. Estava deitada em uma cama, e Seivarden ocupava a cadeira ao meu lado, encostada contra a parede, com cara de quem não dormia havia algum tempo. Ou, melhor dizendo, de quem não havia dormido mais do que costumava.

Levantei a cabeça. Meus braços e pernas estavam imobilizados por corretores.

– Você acordou – disse Seivarden. Voltei a abaixar a cabeça.

– Onde está minha mochila?

– Bem aqui. – Ela se abaixou e ergueu a mochila até que eu a pudesse ver.

– Estamos no centro médico em Therrod – adivinhei, e fechei os olhos.

– Estamos. Acha que consegue falar com a médica? Porque eu não entendo nada do que ela diz.

Lembrei do meu sonho.

– Você aprendeu a jogar tiktik.

– Isso é diferente. – Então não fora um sonho.

– Você vendeu o voador. – Nenhuma resposta. – Você comprou kef.

– Não, não comprei – ela protestou. – Eu *ia* comprar. Mas quando acordei, você havia ido embora... – Eu a ouvi se mexer, desconfortável, no banco. – Eu ia encontrar um traficante, mas fiquei incomodada por você ter partido sem que eu soubesse para onde. Comecei a achar que, talvez, você houvesse me deixado para trás.

– Você não teria se importado com isso depois de tomar kef.

– Eu não tinha kef – respondeu ela, a voz surpreendentemente mansa. – Então fui para a recepção e descobri que você havia feito o checkout.

– E decidiu me encontrar, em vez de ir atrás de kef. Não acredito em você.

– Não a culpo. – Ela ficou em silêncio por cinco segundos. – Fiquei aqui, pensando. Acusei você de me odiar porque eu era melhor do que você.

– Não é por isso que odeio você.

Seivarden ignorou meu comentário.

– Pela graça de Amaat, aquela queda... Foi culpa minha. Imbecil. Eu tinha certeza de que ia morrer, e, se fosse o contrário, eu nunca teria saltado para salvar a vida de ninguém. Você nunca se ajoelhou para chegar a parte alguma. Você está onde está porque é capaz, porra, e sempre disposta a arriscar tudo para fazer o que é certo, e eu jamais serei metade do que você é, mesmo se passasse a vida inteira tentando, e lá estava eu, andando por aí, achando que era melhor do que você, mesmo semimorta e inútil para qualquer um, só porque minha família é antiga, porque eu *nasci melhor*.

– Esse – eu disse – é o motivo pelo qual odeio você.

Ela riu, como se eu houvesse dito algo moderadamente irônico.

– Se você está disposta a fazer isso por alguém que odeia, o que faria por alguém que ama?

Descobri que era incapaz de responder. Felizmente a médica entrou, rosto largo, redondo e pálido. Estava franzindo a testa, e franziu ainda mais quando me viu.

– Parece – ela falou, em um tom neutro que parecia imparcial, mas implicava desaprovação – que eu não entendo seu amigo quando ele tenta explicar o que aconteceu.

Olhei para Seivarden, que fez um gesto indefeso e disse:

– Eu não entendo nada. Fiz o melhor que pude, mas ela continuou me olhando assim o dia inteiro, como se eu fosse um pedaço de lixo biológico sobre o qual ela pisou.

– Talvez seja apenas o seu modo de ser. – Virei a cabeça de volta para a médica. – Nós caímos da ponte – expliquei.

Sua expressão não mudou.

– Ambas?

– Sim.

Um momento de silêncio impassível, e então:

– Não compensa ser desonesta com sua médica. – Então, como não respondi, ela continuou: – Não seria a primeira vez que um turista entra em uma área restrita e se machuca. Contudo, essa é a primeira vez que escuto alguém dizer que caiu da ponte e sobreviveu. Não sei se admiro sua coragem ou se fico com raiva por você presumir que sou idiota.

Continuei sem dizer nada. Qualquer história que eu inventasse não explicaria meus ferimentos tão bem quanto a verdade.

– Membros das forças militares devem se registrar na chegada ao sistema – continuou a médica.

– Lembro de ter ouvido isso.

– Você se registrou?

– Não, pois não sou membro de nenhuma força militar. – Não era bem uma mentira. Eu não era membro, mas uma peça de equipamento. E, ainda por cima, uma peça de equipamento solitária e inútil.

– Esta estação não está equipada – continuou a médica, com apenas um pouco mais de rigidez do que no momento anterior – para lidar com a espécie de implantes e melhorias que você parece possuir. Não posso prever os resultados dos reparos que programei. Recomendo que busque outro centro médico quando retornar para casa. Para Gerentate.

Essa frase final soou ligeiramente cética, com uma mínima indicação de descrença.

– Quero ir direto para casa assim que sair daqui – respondi, e cogitei a possibilidade de a médica nos haver delatado como possíveis espiãs. Achava que não: se houvesse, provavelmente não expressaria qualquer espécie de suspeita, e apenas esperaria que as autoridades lidassem conosco. Mas não fez isso. Por que motivo?

Uma possível resposta enfiou a cabeça dentro do quarto e gritou, animada:

– Breq! Você acordou! Meu tio está no nível logo acima. O que aconteceu? Seu amigo parecia dizer que vocês pularam da ponte, mas isso é impossível. Está se sentindo melhor? – A garota entrou de uma vez no quarto. – Oi, doutora, Breq vai ficar bem?

– Breq vai ficar bem. Os corretores devem cair amanhã. A menos que algo dê errado. – E, com essa observação animadora, ela se virou e deixou o quarto.

A garota se sentou na beira da minha cama.

– Seu amigo é um péssimo jogador de tiktik. Estou feliz que não ensinei para ele a parte de apostar, ou ele não teria dinheiro para pagar a médica. E o dinheiro é seu, não é? Do voador.

Seivarden franziu a testa.

– O quê? O ela está dizendo?

Resolvi checar o conteúdo da mochila assim que possível.

– Ele teria tentado ganhar o dinheiro de volta jogando peões.

Pela expressão em seu rosto, a garota não acreditou no que eu falei.

– Você realmente não devia passar por baixo da ponte, sabia? Eu conheço alguém que tinha uma amiga que tinha uma prima que passou por baixo da ponte e, quando alguém jogou um pedaço de pão, ele caiu tão rápido que bateu na cabeça dela, quebrou o osso, entrou no cérebro e a matou.

– Eu gostei muito de ouvir sua prima cantar. – Não queria falar mais uma vez sobre o que havia acontecido.

– Ela não é maravilhosa? Ah! – A garota virou a cabeça como se houvesse escutado algo. – Tenho que ir. Mas volto para uma visita!

– Eu gostaria muito – respondi, e ela saiu porta afora. Olhei para Seivarden. – Quanto isso custou?

– Mais ou menos o que consegui pelo voador – disse ela, abaixando a cabeça de leve, talvez por vergonha. Talvez por outra coisa.

– Você tirou algo da minha mochila? – Isso a fez levantar a cabeça de novo.

– Não! Juro que não. – Não respondi. – Você não acredita em mim. Não a culpo. Pode checar, assim que suas mãos estiverem livres.

– É o que pretendo fazer. Mas e depois?

Ela franziu a testa, sem compreender. E é claro que não compreendeu. Ela concluíra que eu era (equivocadamente) um ser humano digno de respeito. Ao que parecia, ela não chegara a considerar que, talvez, ela não fosse tão importante assim a ponto de ser procurada por uma oficial de Missões Especiais do Radch.

– Minha missão nunca foi encontrar você. Isso foi um completo acaso. Até onde sei, ninguém está procurando por você. – Queria poder fazer um gesto, mandá-la embora.

– Então, por que você está aqui? Este não é um território para anexação, elas não existem mais. Foi o que me disseram.

– Não há mais anexações – concordei –, mas a questão não é essa. A questão é que você pode ir para onde quiser, não tenho ordens para levar você de volta.

Seivarden parou para pensar por seis segundos, e depois falou:

– Eu tentei largar o hábito antes. Eu *larguei*. A estação em que eu estava tinha um programa: você largava o hábito e recebia um emprego. Uma das trabalhadoras me arrastou para dentro, me limpou e me disse como funcionava. O trabalho era uma merda, o acordo era uma palhaçada, mas eu já tinha chegado ao meu limite. Achei, pelo menos, que tinha.

– Quanto tempo durou lá?

– Menos de seis meses.

– Você entende – eu disse, depois uma pausa de dois segundos – por que não confio cem por cento em você desta vez?

– Acredite, eu entendo. Mas dessa vez é *diferente*. – Ela se inclinou para a frente, séria. – Nada clareia tanto os pensamentos como pensar que se está prestes a morrer.

– O efeito costuma ser temporário.

– Elas disseram, lá na estação, que poderiam me dar algo para fazer com que o kef nunca mais fizesse efeito em mim. Mas eu precisava primeiro consertar o que quer que houvesse me impulsionado ao hábito para começo de conversa, porque, senão, eu acabaria encontrando outra coisa. Palhaçada, como eu disse, mas se eu realmente quisesse, se realmente tivesse interesse, eu teria feito isso.

Na casa de Strigan, ela falara como se seu motivo para começar houvesse sido muito simples.

– Você disse a elas por que começou? – Ela não respondeu. – Você contou a elas quem você era?

– É claro que não.

As duas perguntas eram a mesma em sua cabeça, imaginei.

– Você enfrentou a morte em Garsedd.

Ela se encolheu, de leve.

– E tudo mudou. Eu acordei e tudo o que eu tinha era passado. E não era um passado muito bom, ninguém queria me dizer o que acontecera, todo mundo era tão educado e animado, e era tudo *falso*. Eu não conseguia ver nenhum tipo de futuro. Escuta... – Ela se inclinou para a frente, séria, respirando um pouco mais forte. – Você está aqui por conta própria, sozinha, e claro que é porque está capacitada para isso, ou não teria recebido sua missão. – Ela parou por um momento, talvez considerando a questão de quem exatamente era adequado para quê, e quem havia recebido missão para onde, e depois descartado o pensamento. – Mas, no fim, você pode voltar para o Radch e encontrar pessoas que a conhecem, pessoas que se lembram de você, um lugar onde se encaixe, mesmo que não esteja sempre lá. Não importa para onde vá, você ainda faz parte daquele padrão, mesmo que nunca mais volte, você sempre sabe que ele está lá. Mas, quando elas abriram aquele módulo de suspensão, qualquer uma que algum dia já teve qualquer interesse pessoal em mim, estava morta havia setecentos anos. Ou até mais. Até mesmo... – Sua voz tremeu e ela parou, encarando um ponto fixo além de mim. – Até mesmo as naves.

Até mesmo as naves.

– Naves? Além da *Espada de Nathas*?

– Minha... A primeira nave na qual servi. *Justiça de Toren*. Achei que, talvez, se pudesse descobrir onde ela estava estacionada, eu pudesse mandar uma mensagem e... – Ela fez um gesto de negação, apagando o restante da frase. – Ela desapareceu. Há cerca de dez... espere, perdi a noção do tempo. Há cerca de quinze anos. – Era mais perto de vinte. – Ninguém soube me dizer o que aconteceu. Ninguém sabe.

– Alguma das naves nas quais você serviu gostava de você? – perguntei, a voz cuidadosamente neutra.

Ela piscou várias vezes. Endireitou-se.

– Que pergunta estranha. Você tem alguma experiência com naves?

– Tenho – respondi. – Na verdade, tenho.

– Naves são sempre vinculadas a suas capitãs.

– Não tanto quanto costumavam ser. – Não desde que algumas naves haviam ficado loucas após a morte de suas capitãs. O que acontecera havia muito, muito tempo. – Mesmo assim, elas têm favoritas. – Embora a favorita não soubesse necessariamente disso. – Mas isso não importa, importa? Naves não são gente, e elas são feitas para nos servir, para serem vinculadas, como você colocou.

Seivarden franziu a testa.

– Agora está brava. Você é muito boa em esconder isso, mas está zangada.

– Você chora – perguntei – porque suas naves estão mortas? Ou porque a perda delas significa que você não se sente mais conectada e querida? – Silêncio. – Ou você pensa que isso é a mesma coisa? – Ainda sem resposta. – Vou responder a minha próxima pergunta: você nunca foi a favorita das naves nas quais serviu. Não acredita que uma nave possa ter favoritas.

Seivarden arregalou os olhos, talvez sentindo surpresa, talvez outra coisa.

– Você me conhece bem demais para que eu acredite que não está aqui por minha causa. Desde que comecei a pensar a respeito, cheguei a essa conclusão.

– Então não faz tanto tempo assim.

Seivarden me ignorou e continuou:

– Desde que aquele módulo se abriu, você é a primeira pessoa que me parece *familiar*. Como se eu reconhecesse você. Como se você me reconhecesse. Não sei o porquê.

Eu sabia o porquê, claro. Mas, imobilizada e vulnerável como eu estava, aquele não era o momento de dizer nem explicar isso.

– Posso garantir que não estou aqui por sua causa. Estou aqui por motivos pessoais.

– Você pulou daquela ponte por mim.

– Eu não serei o motivo que faz você escolher largar o kef. Não assumo responsabilidade alguma por você. Você terá que fazer isso sozinha. Se é que realmente quer fazer isso.

– Você pulou daquela *ponte* por mim. Deve ter sido uma queda de uns três quilômetros. Talvez até mais alto. Isso é... Isso é... – Ela parou, balançando a cabeça. – Vou ficar com você.

Fechei os olhos.

– Se eu chegar a sequer cogitar a *possibilidade* de que você vai roubar de mim de novo, vou quebrar suas duas pernas e deixá-la pelo caminho. E se algum dia você voltar a me ver será uma grande coincidência. – Só que, para as radchaai, não havia coincidências.

– Acho que não posso reclamar disso.

– Não recomendo.

Ela deu uma gargalhada, depois ficou em silêncio por quinze segundos.

– Então me diga, Breq... Se você está aqui por conta de negócios pessoais e não tem nada a ver comigo, por que tem uma das armas garseddai na sua mochila?

Os corretores mantinham meus braços e pernas completamente imóveis. Eu não conseguia sequer erguer os ombros. A médica entrou com passos largos no quarto, rosto ruborizado.

– Fique parada! – admoestou ela, depois se virou para Seivarden. – O que foi que você fez?

Isso, aparentemente, foi compreensível para Seivarden. Ela ergueu as mãos em um gesto indefeso.

– Não! – respondeu Seivarden, com veemência, no mesmo idioma. A médica franziu a testa e apontou um dedo para Seivarden.

Ela se endireitou, indignada com o gesto, que era muito mais rude para uma radchaai do que para o povo local.

– Você atrapalha – disse a médica, com dureza –, saia! – Então ela se virou para mim. – Você vai ficar parada e se recuperar como deve.

– Sim, doutora. – Parei de fazer o movimento mínimo que conseguia fazer. Respirei fundo, tentando me acalmar.

Isso pareceu tranquilizá-la. A doutora ficou me observando por um momento, sem dúvida observando meus batimentos cardíacos e minha respiração.

– Se você não conseguir se acalmar, posso medicá-la. – Uma oferta, uma pergunta, uma ameaça. – Posso fazê-lo... – um olhar para Seivarden – ir embora.

– Não precisa. Nenhuma das duas.

A médica soltou um muxoxo cético, depois se virou e saiu do quarto.

– Desculpe – disse Seivarden quando ela foi embora. – Foi uma imbecilidade. Eu deveria ter pensado antes de falar. – Não respondi. – Quando chegamos ao fundo – continuou ela, como se a frase estivesse logicamente conectada ao que acabara de dizer – você estava inconsciente. E claramente muito ferida. Tive medo de mover você, porque não sabia se havia quebrado algum osso. Eu não tinha como pedir socorro, mas pensei que talvez você tivesse algo que eu pudesse usar para que eu pudesse escalar, ou talvez alguns corretores de primeiros socorros que eu pudesse usar, mas é claro que isso foi uma idiotice, pois sua armadura continuava erguida, e foi assim que eu soube que você estava viva. Eu retirei o dispositivo de mão do seu casaco, mas não havia sinal, e precisei subir até o topo para conseguir alcançar alguém. Quando voltei, sua armadura estava abaixada e tive medo de que tivesse morrido. Todas as suas coisas ainda estão lá dentro.

– Mostre-me.

Ela levantou a bolsa até meu campo de visão e a abriu. Então tirou uma camisa que estava escondendo a caixa.

– Não acho que eu deva tirá-la da caixa aqui.

– Se a arma tiver desaparecido – disse, a voz calma e neutra –, vou fazer mais do que quebrar suas pernas.

– Ela está na caixa – insistiu Seivarden –, mas isso não pode ser apenas algo pessoal, pode?

– É pessoal. – Porém, o que era pessoal para mim afetava muitas, muitas outras coisas. Mas como eu poderia explicar isso sem revelar mais do que eu queria naquele momento?

– Me conte.

Não era uma boa hora. Não era um bom momento. Mas havia muito para explicar, ainda mais porque o conhecimento de Seivarden sobre os últimos mil anos de história devia ser incompleto e superficial. Antes de contar quem eu era e o que pretendia fazer, precisava contar sobre os muitos anos de acontecimentos que nos trouxeram até aquele momento, e era quase certo que Seivarden não sabia quase nada sobre eles.

E essa história faria toda a diferença. Sem entendê-la primeiro, como Seivarden poderia compreender outras coisas? Sem esse contexto, como poderia entender os motivos das ações de qualquer pessoa envolvida? Se Anaander Mianaai não houvesse agido com tamanha fúria com as garseddai, ela teria feito todas as coisas que fez nos mil anos que se seguiram? Se a tenente Awn nunca houvesse ouvido falar dos eventos em Ime, cinco anos antes do incidente, teria agido como, vinte e cinco anos antes?

Quando imaginava isso, o momento em que a soldada da *Misericórdia de Sarrse* escolhera desafiar suas ordens, eu a via como um segmento de unidade ancilar. Ela fora número um da unidade Amaat da *Misericórdia de Sarrse*, membro sênior. Muito embora houvesse sido humana, com um nome além de seu lugar na nave, além de Amaat Uma Uma da *Misericórdia de Sarrse*. Mas eu nunca vira uma gravação, nunca vira seu rosto.

Ela fora humana. Suportara os acontecimentos em Ime; talvez houvesse até mesmo ajudado a reforçar os ditames corruptos da governadora, quando ordenada. Mas algo naquele momento específico mudara as coisas. Algo havia sido demais para ela.

O que teria sido a gota d'água? A visão, talvez, de uma rrrrrr, morta ou moribunda? Eu vira fotos das rrrrrr, compridas como cobras, peludas, com vários membros, falando através de grunhidos e latidos; e as humanas associadas a elas, que conseguiam falar aquele idioma e compreendê-lo. Foram as rrrrrr que desviaram Amaat Uma Uma da *Misericórdia de Sarrse* de seu caminho esperado? Ela se importava tanto assim com a ameaça de romper o tratado com as presger? Ou fora a ideia de matar tantos seres humanos indefesos? Se eu soubesse mais a respeito dela, talvez pudesse entender por que, naquele momento, ela decidira que preferia morrer.

Eu não sabia quase nada sobre ela. Provavelmente, porque não devia saber mesmo. Mas mesmo o pouco que sabia, o pouco que a tenente Awn havia contado, fizera a diferença.

– Alguém contou para você o que aconteceu na estação Ime? Seivarden franziu a testa.

– Não. Me conte.

Eu contei. Sobre a corrupção da governadora, sobre como ela impedira que qualquer uma da estação Ime ou das naves denunciassem o que ela estava fazendo, tão longe de qualquer outro lugar no espaço Radch. Contei sobre a nave que chegara um dia, elas haviam suposto que era humana, pois ninguém sabia nada sobre alienígenas nas redondezas, e era óbvio que não era radchaai. Contei a Seivarden tudo o que sabia a respeito das soldadas da *Misericórdia de Sarrse* que abordaram a nave desconhecida com ordens para tomá-la e matar todas a bordo que resistissem, ou que não pudessem ser transformadas em ancilares. Eu não sabia muito... Apenas que uma unidade Amaat Uma abordara a nave alienígena, e que se recusara a continuar seguindo ordens. Ela convencera as outras Amaat Uma a segui-la, e elas haviam desertado para as rrrrrr e tirado a nave de alcance.

O franzir da testa de Seivarden se aprofundou, e, quando acabei, ela disse:

– Então, está me dizendo que a governadora de Ime era completamente corrupta? E que de algum modo tinha os acessos para impedir a estação Ime de relatá-la? Como isso aconteceu? – Não respondi. Ou a conclusão óbvia ocorreria a ela, ou ela seria incapaz de vê-la. – E como as aptidões a teriam colocado em tal posição, se ela era capaz disso? Não é possível. É claro que tudo mais vai se desdobrando a partir disso, não é? Uma governadora corrupta aponta oficiais corruptas, sem se importar com as aptidões. Mas as capitãs estacionadas ali... Não, não é possível.

Seivarden não conseguiria perceber. Eu não deveria ter dito nada.

– Quando aquela soldada se recusou a matar as rrrrrr que haviam entrado no sistema, quando convenceu o restante de sua unidade a fazer o mesmo, ela criou uma situação que não podia ser ocultada por muito tempo. As rrrrrr podiam gerar seu próprio portal, então a governadora não conseguiria impedi-las de partir. Elas só precisavam dar um único salto até o próximo sistema habitado para contar sua história. E fizeram exatamente isso.

– Por que alguém se importava com as rrrrrr? – Seivarden não conseguia fazer o som com sua garganta. – Sério? É assim que as chamam?

– É como elas chamam a si mesmas – expliquei, com a minha voz mais paciente. Quando uma rrrrrr, ou uma de suas tradutoras humanas falava, o nome soava como um grunhido longo, não muito diferente de qualquer outra fala rrrrrr. – A pronúncia é muito difícil. A maioria das pessoas que ouvi, apenas pronunciam um longo som de r.

– Rrrrrr – disse Seivarden, experimentando. – Ainda parece engraçado. Então, por que alguém se importava com as rrrrrr?

– Porque havíamos assinado um tratado com as presger pelo qual elas reconheciam humanas como Significantes. Matar Insignificantes não é nada para as presger, e a violência entre membros da mesma espécie para elas não importa, mas a violência indiscriminada para com outras espécies Significantes é inaceitável. – Isso não quer dizer que toda violência seja proibida, apenas que deve seguir certas condições, das quais nenhuma faz sentido para a maioria das humanas. Então, o mais seguro é apenas evitá-la por completo.

Seivarden murmurou um *hum*, as peças se encaixando.

– Então – continuei – toda a unidade Amaat Uma da *Misericórdia de Sarrse* havia desertado para as rrrrrr. Elas estavam fora de alcance, seguras com as alienígenas, mas, para as radchaai, eram traidoras. Poderia ter sido melhor simplesmente deixá-las onde estavam; em vez disso, o Radch exigiu que voltassem, para que fossem executadas. E, claro, as rrrrrr não queriam fazer isso. A unidade Amaat Uma salvara suas vidas. As coisas ficaram muito tensas durante anos, mas, no fim das contas, elas chegaram a um acordo. As rrrrrr entregaram a líder da unidade, aquela que havia começado o motim, em troca da imunidade das outras.

– Mas... – Seivarden parou.

Depois de sete segundos de silêncio, eu disse:

– Você está pensando que é claro que ela tinha de morrer, pois nenhuma desobediência pode ser tolerada, por razões óbvias. Mas, ao mesmo tempo, a traição dela expôs a corrupção da governadora de Ime, que, caso contrário, teria continuado impune, então, em última análise, ela prestou um serviço ao Radch. Você está pensando que qualquer idiota sabe que não deve falar e criticar uma oficial do governo, por qualquer motivo que seja. E está pensando que, se alguém que se levanta para criticar algo maligno for punida apenas por falar, a civilização estará ameaçada. Então, só aquelas que estiverem dispostas a morrer por seu discurso falarão, e... – Hesitei. Engoli em seco. – Não há muita gente disposta a fazer isso. Você deve estar pensando que a Senhora do Radch estava em uma situação difícil por ter que decidir como dar conta do assunto. Mas também que essas circunstâncias particulares eram extraordinárias, e Anaander Mianaai é, no fim das contas, a autoridade definitiva, e poderia tê-la perdoado se desejasse.

– Estou pensando – disse Seivarden – que a Senhora do Radch poderia ter simplesmente deixado que as dissidentes ficassem com as rrrrrr, e assim estaria livre de toda essa confusão.

– Poderia – concordei.

– Também estou pensando que, se eu fosse a Senhora do Radch, jamais teria deixado essa notícia se espalhar para muito além de Ime.

– Você usaria acessos para impedir naves e estações de falar a respeito, talvez. Proibiria qualquer cidadã de tocar no assunto.

– Exato. Eu faria isso.

– Mas rumores sempre se espalham. – Embora esse rumor fosse necessariamente vago e lento. – E você perderia o perfeito exemplo instrutivo que poderia dar, ao enfileirar quase toda a Administração de Ime na plataforma da estação e atirar na cabeça delas, uma depois da outra.

E, é claro, Seivarden era uma só pessoa, que pensava em Anaander Mianaai como uma pessoa só, que poderia ficar indecisa sobre essas coisas, mas que acabaria escolhendo uma estratégia de ação e não se desviaria de sua decisão. Mas havia muito mais por trás do dilema de Anaander Mianaai do que Seivarden conseguira assimilar.

Seivarden ficou em silêncio por quatro segundos, e em seguida disse:

– Agora vou fazer você ficar zangada de novo.

– É mesmo? – perguntei, secamente. – Não está se cansando disso?

– Estou. – Respondeu séria.

– A governadora de Ime era bem-nascida e bem-criada – eu disse, e falei o nome da casa dela.

– Nunca ouvi falar – disse Seivarden. – Houve tantas mudanças. E agora coisas assim acontecendo. Você honestamente acha que exista uma ligação?

Virei a cabeça, sem levantá-la. Não zangada, apenas muito, muito cansada.

– Você quer dizer que nada disso teria acontecido se provincianas arrivistas não houvessem subido a escada social. Se a governadora de Ime houvesse sido de uma família de qualidade *realmente* comprovada.

Seivarden teve o bom-senso de não responder.

– Você honestamente nunca conheceu ninguém *bem-nascido* que tenha recebido uma missão ou promoção além de sua habilidade? Que nunca tenha cedido sob pressão? Que se comportasse mal?

– Não assim.

Muito justo. Mas ela havia convenientemente esquecido que a Amaat Uma Uma da *Misericórdia de Sarrse* (humana, não ancilar) também teria "escalado" a escada social, por sua definição. Ela também fazia parte da mudança que Seivarden havia mencionado.

– Provincianas que "escalaram" e o tipo de coisa que aconteceu em Ime são resultado dos mesmos eventos. Um não causou o outro.

Ela fez a pergunta óbvia.

– Então, o que provocou isso?

A resposta era complicada demais. Até que ponto recuar para começar a explicá-la? *O problema começou em Garsedd. Começou quando a Senhora do Radch se multiplicou e decidiu conquistar todo o espaço humano. Quando o Radch foi construído. E antes até.*

– Estou cansada – respondi.

– É claro – disse Seivarden, mais equilibrada do que eu havia esperado. – Podemos falar sobre isso depois.

16

Passei uma semana me movimentando dentro do não espaço entre Shis'urna e Valskaay, isolada, controlada, antes que a Senhora do Radch fizesse sua jogada. Ninguém suspeitava de nada; eu não havia deixado nenhum vestígio, pistas, nem a menor indicação de que alguém estava no convés Var, ou de que qualquer coisa pudesse estar errada.

Pelo menos, isso é o que eu achava.

– Nave – chamou a tenente Awn, uma semana depois –, algo de errado?

– Por que a pergunta, tenente? – respondi. Esk Uma respondeu.

Esk Uma sempre atendia a tenente Awn.

– Ficamos em Ors juntas por muito tempo – disse a tenente Awn franzindo a testa de leve para o segmento com que falava. Ela estivera muito angustiada desde Ors; dependendo do momento, às vezes era mais intensa, às vezes menos, eu supunha, pelos pensamentos que lhe ocorriam em cada momento. – Parece que algo está perturbando você. Está mais quieta. – Ela fez um som aspirado, meio debochado.

– Você estava sempre cantarolando na casa. Está muito quieta agora.

– Temos paredes aqui, tenente – ressaltei. – Não havia nenhuma na casa de Ors.

A sobrancelha dela estremeceu de leve. Eu sabia que ela percebia minhas palavras evasivas, mas não disse mais nada.

Ao mesmo tempo, na sala da década de Var, Anaander Mianaai me perguntou:

– Você entende o que está em jogo. O que isso significa para o Radch? – Eu entendia. – Sei que deve ser perturbador para você. – Era a primeira vez que essa possibilidade era reconhecida desde que ela viera a bordo. – Criei você para servir meus fins, para o bem do Radch. A vontade de me servir faz parte do seu projeto. E agora, você não só deve me servir, mas também se opor a mim.

Ela estava, pensei, facilitando minha oposição a ela. Um ou outro lado dela fizera isso, eu não tinha certeza de qual. Mas respondi, através de Var Uma:

– Sim, minha senhora.

– Se ela for bem-sucedida, o Radch acabará por se fragmentar.

Não o centro, não o Radch propriamente dito.

Quando a maior parte das pessoas falava do Radch, referia-se a todo o território radchaai. Mas, na verdade, o Radch era só um único e simples local, uma esfera de Dyson fechada e isolada. Não se permitia a entrada de nada impuro; nada não civilizado ou não humano podia penetrar em seus confins. Pouquíssimas clientes de Mianaai já haviam posto os pés ali, e existiam apenas algumas casas cujos ancestrais um dia haviam vivido ali. Não se sabia se alguém ali tinha conhecimento ou se importava com as ações de Anaander Mianaai, ou com a extensão ou mesmo a existência do território Radch.

– O Radch propriamente dito, enquanto Radch, sobreviverá por mais tempo. Mas meu território, que construí para protegê-lo, para mantê-lo puro, se estilhaçará. Eu construí o que sou, construí isso tudo. – Ela fez um gesto abrangendo as paredes das salas da década, abrangendo a totalidade do espaço Radch. – Tudo para manter aquele centro seguro. Sem contaminação. Eu não podia confiar em mais ninguém. Agora, ao que parece, também não posso confiar em mim mesma.

– Certamente não, minha senhora – respondi, sem saber o que mais falar, sem saber ao certo pelo que estava protestando.

– Bilhões de cidadãs morrerão no processo – continuou ela, como se eu não houvesse interrompido. – Pela guerra ou por falta de recursos. E eu...

Ela hesitou. Unidade, pensei, implica a possibilidade de desunião. Começos implicam e requerem finais. Mas não falei isso. A pessoa mais poderosa do universo não precisava que eu a aconselhasse sobre religião ou filosofia.

– Mas já estou quebrada – disse ela, por fim. – Só posso lutar para não me quebrar mais. Remover o que não é mais eu mesma.

Eu não tinha certeza do que deveria ou poderia falar. Não tinha memória consciente de ter tido essa conversa antes, embora agora tivesse certeza de que devia ter ouvido Anaander Mianaai explicar e justificar suas ações antes, quando ela usara os programas e alterara... algo. Devia ter sido um discurso bem semelhante, talvez até com as mesmas palavras. Principalmente porque havia sido, afinal de contas, a mesma pessoa.

– E – continuou Anaander Mianaai – devo remover as armas da minha inimiga onde quer que as encontre. Mande a tenente Awn vir falar comigo.

A tenente Awn se aproximou da sala da década de Var com certo receio, não sabia por que eu a conduzira até lá. Eu havia me recusado a responder a suas perguntas, o que só aumentara sua sensação de que algo estava muito errado. Suas botas fizeram um eco vazio no chão branco, apesar da presença de Var Uma. Quando a tenente Awn chegou à sala da década, a porta se abriu deslizando para o lado, quase sem fazer barulho.

A visão de Anaander Mianaai ali dentro atingiu a tenente Awn como um soco, uma pontada terrível de medo, surpresa, pavor, choque, dúvida e espanto. A tenente Awn respirou fundo três vezes, com mais dificuldade do que gostaria. Depois, endireitou os ombros só um pouquinho, entrou e se curvou de bruços no chão.

– Tenente – disse Anaander Mianaai. Seu sotaque e tom de voz eram o protótipo das vogais elegantes da tenente Skaiaat, da arrogância natural e ligeiramente debochada da tenente Issaaia. A tenente Awn jazia com o rosto abaixado, esperando. Apavorada.

Assim como antes, não recebi nenhum dado de Mianaai que ela não houvesse deliberadamente me enviado. Eu não tinha informações sobre seu estado de espírito. Ela parecia calma. Impassível, sem emoção. Mas tinha certeza de que essa impressão era falsa, embora não entendesse por que pensava assim. Ela ainda não falara favoravelmente à tenente Awn, quando, na minha opinião, era isso que Mianaai deveria fazer.

– Diga-me, tenente – falou Mianaai, depois de um longo silêncio –, de onde vieram aquelas armas e o que acha que aconteceu no templo de Ikkt.

Uma combinação de alívio e certo medo dominou a tenente Awn. Desde que entrara na sala, ela tentara fazer sua mente processar a presença de Anaander Mianaai, mas ela também antecipara aquela pergunta.

– Minha senhora, as armas só poderiam ter vindo de alguém com autoridade suficiente para desviá-las e impedir sua destruição.

– Você, por exemplo.

Uma pontada aguda de susto e de terror.

– Não, minha senhora, eu lhe asseguro. De fato, eu desarmei não cidadãs locais para a minha missão, e algumas delas eram militares tanmind. – A delegacia de polícia na cidade alta estava muito bem armada, na verdade. – Mas eu desabilitei as armas no ato, antes de enviá-las. E, segundo os números de estoque, elas depois foram coletadas em Kould Ves.

– Por soldadas da *Justiça de Toren*?

– Assim entendo, minha senhora.

– Nave?

Respondi com uma das bocas de Var Uma.

252

– Minha senhora, as armas em questão foram coletadas por Inu Dezesseis e Dezessete. – Dei o nome de sua tenente na época, que depois fora remanejada.

Anaander Mianaai franziu um pouco sua testa.

– Então, cerca de cinco anos atrás, alguém que tinha acesso, talvez essa tal tenente Inu, talvez outra pessoa, impediu que essas armas fossem destruídas e as escondeu por cinco anos. E depois, o quê, as plantou no pântano de Ors? Com que finalidade?

Rosto ainda abaixado, piscando confusa, a tenente Awn demorou um segundo para formular uma resposta.

– Eu não sei, minha senhora.

– Você está mentindo – disse Mianaai, ainda sentada, recostando-se em sua cadeira como se estivesse muito relaxada e despreocupada, mas seus olhos não deixaram a tenente Awn. – Posso ver claramente que está mentindo. Eu ouvi cada conversa que você teve desde o incidente. O que quis dizer quando falou que alguém mais se beneficiaria dessa situação?

– Se eu soubesse qual nome dar, minha senhora, eu o teria usado. Com isso, quis apenas dizer que deve haver uma pessoa específica que agiu, que provocou isso... – Ela parou, respirou fundo, e abandonou a frase. – Alguém conspirou contra as tanmind, alguém com acesso àquelas armas. Quem quer que fosse, tinha o intuito de criar confusão entre as cidades alta e baixa. Meu trabalho era impedir isso. Fiz o meu melhor nesse sentido. – Isso era certamente uma evasão. Desde o momento em que Anaander Mianaai havia ordenado a execução apressada daquelas cidadãs tanmind no templo, a primeira suspeita mais óbvia teria sido a própria Senhora do Radch.

– Por que alguém iria querer criar confusão entre as cidades alta e baixa? – perguntou Anaander Mianaai. – Quem se daria ao trabalho?

– Jen Shinnan e suas associadas, minha senhora – respondeu a tenente Awn, com mais firmeza, pelo menos dessa vez.

– Ela sentiu que as orsianas étnicas estavam recebendo favores inadequados.

– De sua parte.

– Sim, minha senhora.

– Então você diz que, nos primeiros meses da anexação, Jen Shinnan encontrou alguma oficial radchaai disposta a desviar caixotes cheios de armas para que, cinco anos depois, ela pudesse criar problemas entre as cidades alta e baixa. Para colocar você em apuros.

– Minha senhora... – A tenente Awn levantou a testa um centímetro e se parou. – Não sei como, não sei por quê. Não sei qu... – Ela engoliu a última palavra, que eu sabia ser alguma mentira. – O que eu sei é que era meu trabalho manter a paz em Ors. Essa paz foi ameaçada e tomei providências para... – A tenente Awn calou-se, percebendo que talvez a frase fosse difícil de terminar. – Era meu trabalho proteger as cidadãs de Ors.

– E por isso você fez um protesto tão veemente contra a execução das pessoas que puseram em perigo as cidadãs de Ors. – Anaander Mianaai demonstrou uma voz seca e sardônica.

– Elas estavam sob minha responsabilidade, senhora. E como eu disse naquele momento, estavam sob meu controle, poderíamos tê-las dominado com muita facilidade até que os reforços chegassem. A senhora é a autoridade definitiva, e, naturalmente, suas ordens devem ser obedecidas, mas não entendi por que aquelas pessoas precisaram morrer. Ainda não entendo o motivo de precisarem morrer naquele instante. – Pausa de meio segundo. – Sei que não preciso entender por quê. Estou aqui para seguir suas ordens, mas eu... – Ela tornou a fazer uma pausa. Engoliu cm seco. – Minha senhora, se suspeita de mim, qualquer coisa que eu tenha feito de errado, qualquer deslealdade, eu lhe imploro, mande que me interroguem quando chegarmos a Valskaay.

As mesmas drogas usadas para fazer testes de aptidão e reeducação podiam ser usadas para interrogatórios. Uma interrogadora habilidosa era capaz de arrancar os pensamentos mais secretos da mente de qualquer uma. Uma sem habilidades, no entanto, podia arrancar irrelevâncias e confabulações, além de danificar sua interrogada quase tanto quanto uma reeducadora sem habilidade.

O que a tenente Awn desejava era um processo com operações jurídicas. A maior delas era a exigência de duas testemunhas presentes, e a tenente Awn teria o direito de escolher uma delas.

Eu vi náusea e terror nela quando Anaander Mianaai não respondeu.

– Minha senhora, posso falar com franqueza?

– Por favor, fale com franqueza – respondeu Anaander Mianaai, seca e amarga.

A tenente Awn falou, aterrorizada, o rosto ainda no chão:

– Foi você. Você desviou as armas e planejou aquela multidão, com Jen Shinnan. Mas não entendo o motivo. Não pode ter sido só por minha causa, eu não sou importante.

– Mas acho que você não pretende permanecer desimportante... – respondeu Anaander Mianaai. – O fato de seduzir Skaiaat Awer me revela isso.

– Seduzir? – A tenente Awn engoliu em seco. – Eu nunca a seduzi. Nós éramos amigas. Ela supervisionava o distrito ao lado.

– Se você chama isso de amizade.

O rosto da tenente Awn ficou quente. E ela se lembrou de seu sotaque, de sua dicção.

– Não tenho a presunção de dizer que era mais que isso. – Angustiada, apavorada.

Mianaai ficou em silêncio por três segundos, depois disse:

– Talvez não. Skaiaat Awer é bonita, charmosa e sem dúvida, boa de cama. Alguém como você seria facilmente suscetível à manipulação dela. Eu suspeito da deslealdade de Awer já faz algum tempo.

A tenente Awn queria falar, eu podia ver os músculos em sua garganta se tencionarem, mas nenhum som saiu.

– Sim, estou falando de sedição. Você diz que é leal. Mas se associa a Skaaiat Awer. – Anaander Mianaai fez um gesto e a voz de Skaaiat soou na sala da década.

– "Eu conheço você, Awn. Se vai fazer alguma coisa assim tão louca, pelo menos espere algo que realmente faça diferença."

E a tenente Awn respondeu:

– Como Amaat Uma Uma, da *Misericórdia de Sarrse*?

– Qual seria essa diferença – perguntou Anaander Mianaai – que você gostaria de fazer?

– O tipo de diferença – respondeu a tenente Awn, a boca seca – que aquela soldada da *Misericórdia de Sarrse* fez. Se ela não houvesse feito o que fez, os negócios em Ime ainda estariam acontecendo. – Enquanto ela falava, tenho certeza de que percebia o que estava dizendo. Que aquilo era território perigoso. Suas palavras seguintes deixavam claro que ela sabia. – Ela morreu por isso, sim, mas revelou toda aquela corrupção para a senhora.

Tive uma semana para pensar em tudo que a Senhora do Radch me dissera. Àquela altura, eu havia descoberto como a governadora de Ime poderia ter conseguido os acessos que impediam a estação Ime de reportar suas atividades. Ela só poderia ter obtido esses acessos da própria Anaander Mianaai. A pergunta principal era: qual Anaander Mianaai fizera isso?

– Estava em todos os canais de notícias públicas – observou Anaander Mianaai. – Eu teria preferido que não. Ah, sim – disse ela em resposta à surpresa da tenente Awn. – Não foi por desejo meu. Todo esse incidente semeou dúvidas onde antes não havia nenhuma. Descontentamento e medo onde antes havia somente confiança em minha habilidade de fornecer justiça e benefício. Eu poderia ter lidado com rumores, mas não com relatórios de canais aprovados! Uma transmissão que todas as radchaai podiam ver e ouvir! Sem publicidade, eu poderia ter deixado as rrrrrr levarem as traidoras silenciosamente. Mas, em vez disso, precisei negociar o retorno delas, ou estaria aberta a outros motins no futuro. Isso me causou muitos problemas. Ainda causa.

– Eu não imaginava – disse a tenente Awn, com a voz em pânico.

– Estava em todos os canais públicos. – Então ela se deu conta. – Eu não... eu não disse nada sobre Ors. A ninguém.

– A não ser para Skaaiat Awer – ressaltou a Senhora do Radch. O que não era justo. A tenente Skaaiat estivera por perto, e perto o suficiente para ver com os próprios olhos a evidência de que algo acontecera. – Não – continuou Mianaai, em resposta à pergunta que a tenente Awn não chegou a fazer. – Não apareceu em canais públicos. Ainda. Mas posso ver que a ideia de que Skaaiat Awer seja uma traidora a angustia. Acho que você está tendo dificuldade em acreditar nisso.

Mais uma vez, a tenente Awn lutou para falar.

– Está certa, minha senhora – ela finalmente conseguiu dizer.

– Posso oferecer a você – respondeu Mianaai – a oportunidade de provar a inocência dela. E de melhorar sua situação. Posso manipular sua missão para que você volte para junto dela. Você só precisa aceitar a clientela quando Skaaiat oferecer... Ah, ela oferecerá – disse a Senhora do Radch, vendo com clareza o desespero da tenente Awn e o quanto ela duvidava de suas palavras.

– Awer tem colecionado pessoas como você. Alpinistas de casas previamente não notáveis e que, de repente, se encontram em posições vantajosas para negócios. Aceite a clientela, e observe. – O "e relate" ficou implícito.

A Senhora do Radch estava tentando virar o instrumento de sua inimiga a seu favor. O que aconteceria se ela não conseguisse?

Mas o que ocorreria se ela conseguisse? Não importava qual escolha a tenente Awn fizesse agora, ela estaria atuando contra Anaander Mianaai, Senhora do Radch.

Eu já a vira escolher uma vez, quando confrontada com a morte. Ela escolheria um caminho que a mantivesse viva. A tenente Awn e eu poderíamos imaginar as implicações desse caminho mais tarde, avaliar as opções quando as questões fossem menos urgentes.

Na sala da década de Esk, a tenente Dariet perguntou alarmada:

– Nave, o que há de errado com Esk Uma?

– Minha senhora – disse a tenente Awn, sua voz tremendo de medo, o rosto, como sempre, abaixado –, isso é uma ordem?

– Espere, tenente – respondi diretamente no ouvido da tenente Dariet, porque eu não podia fazer Esk Uma falar.

Anaander Mianaai deu uma gargalhada, curta e brusca. A resposta da tenente Awn fora uma recusa tão clara quanto um simples "nunca" teria sido. Ordenar tal coisa seria inútil.

– Interrogue-me quando chegarmos a Valskaay – disse de novo a tenente Awn. – Eu exijo. Sou leal. Skaaiat Awer também, eu juro, mas, se duvîda dela, interrogue-a também.

Claro que Anaander Mianaai não poderia fazer isso. Qualquer interrogatório teria testemunhas. Qualquer interrogadora habilidosa (e não haveria motivo de usar uma sem habilidade) dificilmente deixaria de entender o motivo das perguntas feitas tanto para a tenente Awn como para a tenente Skaaiat. Seria uma abertura muito grande, espalharia informações que esta Mianaai não queria que se espalhassem.

Anaander Mianaai ficou sentada por quatro segundos. Impassível.

– Var Uma – disse ela, ao fim daqueles quatro segundos –, execute a tenente Awn.

Agora eu não era mais um único segmento fragmentado, não estava sozinha e com medo do que poderia fazer se recebesse aquela ordem. Eu estava completamente eu de novo. Vista em separado, Esk Uma gostava mais da tenente Awn que eu. No entanto, Esk Uma não estava separada de mim. Ela era, naquele momento, parte de mim.

Mesmo assim, Esk Uma era apenas uma pequena parte de mim. E eu já fuzilara oficiais antes. No cumprimento de ordens, já havia até mesmo fuzilado minha capitã. Mas aquelas execuções, por mais perturbadoras e desagradáveis que houvessem sido, obviamente haviam sido justas. A penalidade para desobediência era a morte.

A tenente Awn nunca desobedecera. Longe disso. E pior, sua morte tinha a intenção de ocultar as ações da inimiga de Anaander Mianaai. Todo o propósito da minha existência era se opor às inimigas de Anaander Mianaai.

Entretanto, Mianaai não estava pronta para tomar posições claras. Eu precisava ocultar desta Mianaai o fato de que ela própria já me vinculara à causa oposta, até que eu estivesse completamente pronta. Naquele momento, eu precisava obedecer como se não tivesse escolha, como se não desejasse mais nada. E, no fim, no grande esquema das coisas, o que era a tenente Awn, afinal? Suas genitoras chorariam sua morte, assim como sua irmã, e elas provavelmente ficariam envergonhadas pelo fato de que a tenente as desgraçara com sua desobediência. Mas não questionariam. E, se questionassem, não iria adiantar de nada. O segredo de Anaander Mianaai estaria a salvo.

Pensei tudo isso nos 1,3 segundos que a tenente Awn, chocada e aterrorizada, levou para levantar a cabeça por reflexo. E, nesse mesmo tempo, o segmento de Var Uma disse:

– Estou desarmada, minha senhora. Eu levaria cerca de dois minutos para adquirir uma arma.

Para a tenente Awn, isso era traição, vi com clareza. Mas ela devia saber que eu não tinha escolha.

– Isso é injusto – disse ela, a cabeça ainda levantada. A voz insegura. – É impróprio. Nenhum benefício será adquirido.

– Quem são suas colegas de conspiração? – perguntou friamente Mianaai. – Entregue nomes e pode ser que eu poupe sua vida.

Semierguida, mãos abaixo da linha dos ombros, a tenente Awn piscou várias vezes, confusa, uma surpresa que com certeza era tão visível para Mianaai quanto para mim.

– Conspiração? Eu jamais conspirei com ninguém. Sempre servi à senhora.

Acima, no convés de comando, eu disse no ouvido da capitã Rubran:

– Capitã, temos um problema.

– Só servir a mim – disse Anaander Mianaai – não basta. Não é mais inequívoco o bastante. A qual eu você serve?

– Por q... – começou a tenente Awn, e: – O... – e por fim: – Não estou entendendo.

– Que problema? – perguntou a capitã Rubran, a tigela de chá a meio caminho da boca, apenas levemente alarmada.

– Estou em guerra comigo mesma – disse Mianaai, na sala da década de Var. – Tenho estado há quase mil anos.

Para a capitã Rubran, falei:

– Preciso que Esk Uma seja sedada.

– Em guerra – continuou Anaander Mianaai no convés Var – pelo futuro do Radch.

Algo deve ter aparecido com súbita clareza na mente da tenente Awn. Vi uma raiva aguçada e genuína nela.

– Anexações e ancilares, e pessoas como eu sendo designadas para as forças armadas.

– Não entendo você, Nave – disse a capitã Rubran, sua voz neutra, mas definitivamente preocupada agora. Ela colocou seu chá na mesa ao lado.

– Foi o tratado com as presger – disse Mianaai, zangada. – O restante aconteceu a partir desse tratado. Saiba você ou não, você é um instrumento da minha inimiga.

– E Amaat Uma Uma, da *Misericórdia de Sarsse*, expôs o que quer que você estivesse fazendo em Ime – disse a tenente

Awn, sua raiva ainda clara e firme. – Aquela era você. A governadora do sistema estava fazendo ancilares. Você precisava delas para sua guerra consigo mesma, não é? E, tenho certeza, não era só isso que ela estava fazendo para você. É por isso que aquela soldada teve de morrer, mesmo que a trazer de volta das rrrrrr significasse trabalho extra? E eu...

– Ainda estou esperando, Nave – disse a tenente Dariet na sala de década de Esk. – Mas não estou gostando disso.

– Amaat Uma Uma, da *Misericórdia de Sarrse*, não sabia quase nada, mas nas mãos das rrrrrr ela era uma peça que minha inimiga poderia usar contra mim. Como oficial em um porta-tropas você não é nada, tem apenas uma posição de autoridade planetária, ainda que pequena, com o apoio potencial de Skaaiat Awer para ajudar você a aumentar sua influência, transforma você em um perigo potencial para mim. Eu podia simplesmente tê-la manipulado para sair de Ors, fora do caminho de Awer. Mas eu queria mais. Queria um argumento definitivo contra recentes decisões e políticas. Se aquela pescadora não houvesse encontrado as armas, ou não as houvesse reportado a você, se os acontecimentos daquela noite houvessem saído como eu queria, eu teria me certificado de que a história estivesse em todos os canais públicos. Em um só gesto, eu teria assegurado a lealdade das tanmind e removido alguém que me era problemática, ambos objetivos menores, mas eu também teria conseguido convencer todas do perigo de baixar a guarda, de se desarmar, mesmo que um pouco. E o perigo de colocar a autoridade em mãos menos competentes... – Ela deu um riso curto e amargo. – Admito que eu a subestimei. Subestimei sua relação com as orsianas da cidade baixa.

Var Uma não podia atrasar mais, e entrou na sala da década de Var, arma em punho. A tenente Awn a ouviu entrar, virou a cabeça de leve para observá-la.

– Era o meu trabalho proteger as cidadãs de Ors e levei isso a sério. Fiz tudo da melhor maneira que pude. Fracassei uma vez, mas não por sua causa. – Ela virou a cabeça e olhou direto para Anaander Mianaai. – Eu devia ter morrido em vez de obedecer a você no templo de Ikkt. Mesmo que isso não houvesse feito bem algum.

– Mas você pode fazer isso agora, não pode? – disse Anaander Mianaai, e me deu a ordem para disparar.

Eu disparei.

Vinte anos depois, eu diria a Arilesperas Strigan que as autoridades radchaai não se importavam com o que uma cidadã pensava, contanto que ela fizesse o que deveria. Era bem verdade. Mas desde aquele momento, desde que vi a tenente Awn morta no chão da minha sala na década Var, executada por Var Uma (ou, para evitar esse autoengano, por mim mesma), tenho me perguntado que diferença fazia.

Eu estava compelida a obedecer àquela Mianaai, para levá-la a acreditar que ela de fato me compelia. Naquele caso específico, porém, ela de fato me compeliu. Atuar para uma Mianaai ou outra era indistinguível. E claro, no fim, fossem quais fossem suas diferenças, elas eram a mesma pessoa.

Pensamentos são efêmeros, eles evaporam no momento em que ocorrem, a menos que recebam ação e forma material. Desejos e intenções, a mesma coisa. Não têm sentido, a menos que levem o indivíduo a uma escolha ou outra, a determinado feito ou estratégia de ação, por mais insignificante que seja. Pensamentos que levam à ação podem ser perigosos. Pensamentos que não levam à ação não significam nada.

A tenente Awn jazia no chão da sala da década de Var, mais uma vez com o rosto abaixado, morta. O chão sob ela precisaria de reparos e de limpeza. A questão mais urgente, o mais importante naquele momento, era fazer Esk Uma se mover, porque, em aproximadamente um segundo, nenhum tipo de filtragem que eu pudesse fazer esconderia a força de sua reação, e eu precisava mesmo contar à capitã o que havia acontecido, mas não conseguia me lembrar da inimiga de Mianaai (a própria Mianaai) me dando as ordens que eu sabia que ela havia dado, e Esk Uma não podia ver como isso era importante; não estávamos prontas para prosseguir abertamente ainda. Eu já perdera oficiais antes, e quem era Esk Uma de qualquer maneira a não ser eu mesma, e a tenente Awn estava morta, e ela havia dito "Eu deveria ter morrido em vez de obedecer a você".

E então Var Uma girou a arma e atirou no rosto de Anaander Mianaai, à queima-roupa.

Em uma sala abaixo, no mesmo corredor, Anaander Mianaai deu um pulo da cama na qual estava deitada, com um grito de raiva.

– Tetas de Aatr, *ela esteve aqui antes de mim*!

No mesmo instante, ela transmitiu o código que forçaria a armadura de Var Uma a se desligar, até que ela voltasse a autorizar seu uso.

– Capitã – eu disse –, agora nós temos mesmo um problema.

Em outra sala do mesmo corredor, a terceira Mianaai (que agora, suponho, era a segunda) abriu uma das caixas que trouxera consigo, puxou de dentro uma arma, saiu rapidamente para o corredor e atirou na nuca da Var Uma mais próxima. Aquela que falara abriu sua própria caixa, sacou de lá uma arma e uma caixa, que reconheci da casa de Jen Shinnan na cidade alta, em Shis'urna. Usá-la não seria vantajoso nem para ela nem para mim, porém, para mim, seria pior. Nos segundos que ela levou para armar o dispositivo, eu tomei decisões e transmiti ordens para partes constituintes.

– Que problema? – perguntou a capitã Rubran, agora em pé. Com medo.

Então eu me desmanchei em pedaços.

Uma sensação familiar. Durante a mais ínfima fração de segundo, senti o cheiro de ar úmido e água do lago, e pensei: *Onde está a tenente Awn?* Então, me recuperei e lembrei do que precisava fazer. Tigelas de chá tiniram e se estilhaçaram quando deixei cair o que estava segurando e saí correndo da sala da década de Esk, descendo o corredor. Outros segmentos, separados de mim novamente como haviam estado em Ors (a única maneira pela qual eu conseguia pensar entre todos os meus corpos), estavam resmungando, sussurrando, enquanto abriam armários, pegavam armas; as primeiras a se armar forçaram as portas do elevador a se abrir e começaram a descer pelo poço. Tenentes protestaram, me mandaram parar e exigiram explicações. Tentaram bloquear meu caminho, sem sucesso.

Eu (isto é, quase a totalidade de Esk Uma) protegeria o convés de acesso central, impediria Anaander Mianaai de danificar meu cérebro, o cérebro da *Justiça de Toren*. Enquanto a *Justiça de Toren* vivesse, e não se convertesse à sua causa, essa Nave (eu) era um perigo para ela.

Eu (Esk Uma Dezenove) tinha ordens separadas. Em vez de descer pelo poço até o acesso central, corri para o outro lado, em direção ao porão de Esk e à comporta de ar do outro lado.

Eu, aparentemente, não estava respondendo a nenhuma das minhas tenentes, nem sequer à comandante Tiaund, mas respondi quando a tenente Dariet gritou:

– Nave! Você perdeu a cabeça?

– A Senhora do Radch executou a tenente Awn! – gritou um segmento em algum lugar no corredor às minhas costas. – Ela estava no convés de Var o tempo todo!

Isso calou minhas oficiais, incluindo a tenente Dariet, por apenas um segundo.

– Se isso for verdade... mas se for, a Senhora do Radch não teria atirado nela sem motivo.

Atrás de mim, meus segmentos que ainda não haviam começado a descida pelo poço do elevador sibilaram e soltaram o ar com frustração e raiva.

– Imprestável! – eu me ouvi dizendo à tenente Dariet enquanto, na extremidade do corredor, eu abria manualmente a porta do porão. – Você é tão ruim quanto a tenente Issaaia. Pelo menos ela desprezava a tenente Awn abertamente!

Um grito de indignação, com certeza vindo da tenente Issaaia, e Dariet disse:

– Você não sabe do que está falando. Você não está funcionando direito, Nave!

A porta se abriu, e não pude ficar para ouvir o restante, mergulhei dentro do porão. Um ruído fundo, de impacto, sacudiu o convés no qual eu estava correndo, um som que horas antes achei que nunca mais fosse escutar. Mianaai estava abrindo os porões de Var. Qualquer auxiliar que ela descongelasse não teria lembrança dos eventos recentes, nada que lhe dissesse para não obedecer àquela Mianaai. E suas armaduras não estariam desabilitadas.

Mianaai levaria Var Duas, Três, Quatro e tantas quanto tivesse tempo de despertar, e tentaria tomar ou o convés de acesso central, ou os motores. Mais provavelmente, ambos. Ela tinha, afinal, Var e todos os porões abaixo. Embora os segmentos fossem despertar desajeitados e confusos. Eles não teriam memória de funcionamento em separado, como eu tinha, e não teriam prática. Mas os números favoreciam o outro lado. Eu só possuía os segmentos que estavam acordados no momento em que me fragmentei.

Acima, minhas oficiais conseguiam acessar a metade superior dos porões. E não teriam motivo para não obedecer a Anaander Mianaai, nenhum motivo para não pensar que eu perdera a cabeça. Nesse momento, eu explicava as coisas para a capitã de centena Rubran, mas não achava que ela fosse acreditar em mim, nem mesmo pensar que eu estaria minimamente sã.

Ao meu redor, o mesmo som de impacto que já soava sob meus pés. Minhas oficiais estavam tirando segmentos Esk para descongelar. Cheguei à comporta de ar, escancarei o armário lateral e puxei as peças do traje de vácuo que caberiam naquele segmento.

Eu não sabia por quanto tempo conseguiria segurar o acesso central ou os motores. Não sabia quão desesperada

Anaander Mianaai poderia estar, que dano ela poderia pensar que eu lhe causaria. O escudo de calor do motor era extremamente difícil de violar por conta de seu desenho, mas eu sabia como fazê-lo. E a Senhora do Radch também, com certeza.

O que quer que acontecesse entre aqui e lá, era quase certo que eu morreria momentos antes de chegar a Valskaay, se não mais cedo. Mas eu não morreria sem me explicar.

Eu precisaria alcançar e abordar uma nave de transporte, em seguida desatracá-la manualmente e partir da *Justiça de Toren* (eu mesma) no tempo, na direção e na velocidade exatos, e atravessar a parede da minha bolha de espaço normal exatamente no momento correto.

Se eu fizesse isso, estaria no sistema com um portal, a quatro saltos do Palácio de Irei, uma das sedes provincianas de Anaander Mianaai. Então, poderia contar a ela o que aconteceu.

As naves de transporte estavam atracadas daquele lado da nave. As comportas e o mecanismo de trava deveriam estar funcionando normalmente; era um equipamento que eu mesma testara e conservara. Mesmo assim, percebi que estava preocupada com a chance de algo dar errado. Pelo menos era melhor do que pensar em combater minhas próprias oficiais. Ou, na falha do escudo de calor.

Ajustei o capacete. Minha respiração soava alta em meus ouvidos. Mais rápida do que deveria. Procurei reduzir a respiração, acalmá-la. Hiperventilar não ajudaria. Eu precisava me mover rapidamente, mas não tão rápido a ponto de cometer um erro fatal.

Esperava a comporta de ar terminar seu ciclo, senti minha solidão como uma muralha impenetrável fazendo pressão ao meu redor. Normalmente, a emoção desequilibrada de um só corpo era um problema pequeno e fácil de dispensar. Agora, eu tinha *apenas* este único corpo, nada além disso para aplacar minha angústia. O restante de mim estava ali, ao redor, porém inacessível. Em breve, se tudo desse certo, eu nem sequer estaria por ali, nem teria qualquer ideia de quando me juntaria a elas de novo. Naquele momento, eu não podia fazer nada a não ser esperar. E lembrar da sensação da arma na mão de Var Uma, minha mão. Eu era Esk Uma, mas que diferença isso fazia agora? O recuo da arma quando Var Uma atirou na tenente Awn. A culpa e a fúria indefesa que haviam tomado conta de mim haviam diminuído, superadas por uma necessidade mais urgente, mas agora eu tinha tempo para lembrar. Minhas três inspirações seguintes foram entrecortadas por soluços. Por um momento, tive a satisfação perversa de estar escondida de mim mesma.

Precisava me acalmar. Limpar minha mente. Pensei em canções que conhecia. *Meu coração é um peixe*, lembrei, mas, quando abri a boca para cantá-la, a garganta se fechou. Engoli em seco. Respirei fundo. Pensei em outra.

Ah, você foi para o campo de batalha
Com armadura e bem armada?
E algum evento pavoroso
A forçou a largar as armas?

A porta externa se abriu. Se Mianaai não tivesse usado seu dispositivo, oficiais de plantão teriam visto que a comporta fora aberta e teriam notificado a capitã Rubran, atraindo assim a atenção de Mianaai. Mas ela o utilizara, e era impossível que soubesse o que eu estava fazendo. Estendi a mão para buscar um apoio na porta e dei um impulso para fora.

Olhar para o interior de um portal costuma deixar as humanas nauseadas. Isso nunca me incomodara antes, mas agora que eu não era nada além de um único corpo humano, tive essa mesma sensação. Preto, mas de um preto que parecia, ao mesmo instante, uma profundidade impensável dentro da qual eu poderia cair, estava caindo, e um fechamento sufocante prestes a me levar para a inexistência.

Forcei-me a olhar para longe. Ali, do lado de fora, não havia chão, não havia gerador gravitacional para me manter no lugar e me dar noções fixas de cima e baixo. Eu me movia de um ponto de apoio a outro. O que estaria acontecendo atrás de mim, dentro da nave que não era mais meu corpo?

Levei dezessete minutos para chegar a uma nave de transporte, operar sua comporta de emergência e liberar a trava manualmente. No começo, lutei contra o desejo de parar, de olhar para trás, de apurar o ouvido para escutar os sons de alguém vindo para me deter, independentemente do fato de que eu não seria capaz de ouvir ninguém com o capacete que usava. É só manutenção, disse para mim mesma. *Só a manutenção fora do casco. Você já fez isso centenas de vezes.* Se alguém chegasse, eu não poderia fazer nada. Esk fracassaria (eu fracassaria). E meu tempo era limitado. Eu poderia não ser detida e ainda fracassar. Não tinha tempo para pensar em nada disso.

Quando o momento chegou, eu estava pronta e consegui partir. Minha visão era limitada à proa e à popa, as únicas duas câmeras instaladas na nave de transporte. Enquanto a *Justiça de Toren* recuava na vista da popa, eu tinha uma sensação crescente de pânico, que, até o momento, eu conseguira conter. O que eu estava fazendo? Para onde estava indo? O que iria conseguir de fato, sozinha, em um único corpo, cega, surda e isolada? De que valeria desafiar Anaander Mianaai, que havia me criado, que me possuía, que era impossivelmente mais poderosa do que eu jamais seria?

Respirei fundo. Eu voltaria para o Radch. Eu eventualmente voltaria para a *Justiça de Toren*, mesmo que apenas por alguns momentos antes da minha morte. Minha cegueira e surdez eram irrelevantes. Só existia a tarefa à minha frente. Não havia nada a fazer a não ser ficar sentada na cadeira da piloto e ver a *Justiça de Toren* diminuir cada vez mais e ficar mais e mais distante. Pense em outra canção.

De acordo com o cronômetro, se eu havia feito tudo da maneira correta, a *Justiça de Toren* desapareceria da minha tela em quatro minutos e trinta e dois segundos. Observei, contando, tentando não pensar em mais nada.

A vista de popa emitiu um brilho azul-esbranquiçado, e segurei o fôlego. Quando a tela clareou, não vi nada a não ser a escuridão, e as estrelas. Eu saíra do portal de minha criação.

Saíra mais do que quatro minutos cedo demais. E o que fora aquele clarão? Eu deveria ter visto apenas a nave desaparecer, as estrelas de repente saltarem e aparecerem.

Mianaai não tentara tomar o acesso central nem juntar forças com oficiais nos conveses superiores. Assim que percebeu que eu já fora recrutada por sua inimiga, ela deve ter resolvido, naquele instante, tomar a decisão mais desesperada em seu arsenal. Mianaai e as auxiliares Var que lhe serviam tomaram meus motores e romperam o escudo de calor. Como eu escapara e não fora vaporizada junto ao resto da nave, eu não sabia, mas houvera aquele clarão, e eu ainda estava ali.

A *Justiça de Toren* havia sido destruída, e todas a bordo dela também. Eu não me encontrava onde deveria estar; poderia estar a uma distância inalcançável do espaço Radch, ou de qualquer mundo humano. Qualquer possibilidade de me reunir comigo mesma havia desaparecido. A capitã estava morta. Todas as minhas oficiais estavam mortas. Uma guerra civil se aproximava.

Eu havia executado a tenente Awn.

Nada seria como antes.

17

Felizmente para mim, eu havia saído do espaço do portal perto de um planeta distante e não radchaai, uma junção de hábitats e estações de mineração habitados por pessoas com grandes modificações; não eram humanas pelos padrões radchaai, eram pessoas com seis ou oito membros (sem nenhuma garantia de que qualquer um deles seria uma perna), além de pele e pulmões adaptados para o vácuo, cérebros tão mexidos e cruzados com implantes e fios, que seria impossível afirmar que qualquer uma delas era alguma coisa além de máquinas conscientes com uma interface biológica.

Para elas, era um mistério por que qualquer pessoa escolheria o tipo de forma primitiva com a qual a maioria das humanas que eu conhecia havia nascido. Mas elas prezavam pelo isolamento, e era um dos pilares de sua sociedade, com algumas exceções (a maioria das quais elas na verdade não admitiam existir), que nada deveria ser tomado que alguém não estivesse pronto para dar. Elas me viam com uma combinação de espanto e leve desprezo, e me tratavam como uma criança que entrara sem querer em seu meio, como se elas precisassem ficar um pouco de olho em mim até que minhas responsáveis viessem me buscar, mas sem se responsabilizar de verdade por mim.

Se alguma delas adivinhara minha origem (e com certeza haviam adivinhado, bastava ver minha nave auxiliar), nada disseram, e ninguém me pressionou por respostas, algo que teriam achado terrivelmente rude. Elas eram silenciosas, fechadas em clãs, reservadas, mas também sabiam ser bruscamente generosas em momentos imprevisíveis. Eu ainda estaria lá, ou morta, se não fosse por isso.

Passei seis meses tentando entender como fazer qualquer coisa; não só transmitir minha mensagem para a Senhora do Radch, mas caminhar, respirar, dormir e comer como eu mesma. Como uma *eu mesma* que era apenas um fragmento do que um dia havia sido, sem futuro concebível além de desejar o que não existia mais. Então, um dia, uma nave humana chegou, e a capitã aceitou me levar a bordo, feliz com o pouco dinheiro que eu conseguira sucateando a nave de transporte, que acumulara impostos de docas que eu não podia pagar. Mais tarde, descobri que uma pessoa de quatro metros de altura, com tentáculos parecidos com enguias, pagara meus impostos sem eu saber, porque, de acordo com o que ela disse à capitã, aquele não era meu lugar e seria mais saudável se eu fosse embora. Gente estranha, como eu disse; devo muita a elas, embora fossem se ofender com alguém achando que devia algo a elas.

Nos dezenove anos que se passaram desde então, eu aprendi onze idiomas e setecentos e treze canções. Encontrei maneiras de esconder o que eu era, até mesmo, eu tinha quase certeza, da própria Senhora do Radch. Trabalhei como cozinheira, zeladora, piloto. Tracei um plano de ação. Entrei para uma ordem religiosa e ganhei muito dinheiro. Nesse período, só matei uma dezena de pessoas.

Na manhã seguinte, quando acordei, o impulso de contar qualquer coisa a Seivarden havia passado, e ela parecia ter esquecido de suas perguntas. Todas, menos uma.

– Então, para onde agora? – perguntou casualmente, sentada no banco ao lado da minha cama, encostada contra a parede como se estivesse apenas um pouco curiosa quanto à resposta.

Quando ouvisse, talvez decidisse que preferia seguir seu caminho.

– Palácio de Omaugh.

Ela franziu a testa, bem de leve.

– É novo?

– Não muito. – Ele fora construído setecentos anos antes. – Mais recente que Garsedd. – Meu tornozelo direito começou a formigar e coçar, um sinal claro de que o corretor estava terminando. – Você deixou o espaço radchaai sem autorização. E vendeu sua armadura para fazer isso.

– Circunstâncias extraordinárias – argumentou ela, ainda encostada. – Vou apelar.

– De qualquer maneira, isso vai atrasar você. – Qualquer cidadã que quisesse ver a Senhora do Radch poderia fazer uma solicitação, embora, quanto mais distante de um palácio provinciano, mais cara, complicada e longa a viagem. Às vezes, recusavam solicitações se a distância era grande e a causa, sem esperança ou fútil, e a pessoa fazendo a petição não tinha como pagar a viagem. Mas Anaander Mianaai era a apelação final para quase qualquer questão, e aquele caso certamente não seria de rotina. E ela estaria bem lá na estação. – Você vai ter que esperar meses por uma audiência.

Seivarden gesticulou mostrando despreocupação.

– O que você vai fazer lá? – perguntou Seivarden.

Tentar matar Anaander Mianaai. Mas eu não podia dizer isso.

– Ver a paisagem. Comprar algumas lembrancinhas. Quem sabe conhecer a Senhora do Radch.

Ela ergueu uma sobrancelha. Então olhou para a minha mochila. Ela sabia da arma, e era claro que entendia como era perigosa. Ela ainda achava que eu era uma agente do Radch.

– O tempo todo disfarçada? E quando você entregar isso – ela apontou para a minha mochila – à Senhora do Radch, o que irá acontecer?

– Não sei. – Fechei os olhos. Eu não conseguia enxergar para além do Palácio de Omaugh, não tinha sequer ideia do que fazer depois disso, como poderia chegar perto o bastante de Anaander Mianaai para usar a arma.

Não. Não era verdade. O começo de um plano surgira em minha mente naquele momento, mas era terrivelmente pouco prático, por depender da discrição e do apoio de Seivarden.

Ela tinha suas próprias ideias sobre o que eu estava fazendo e sobre o motivo pela qual eu voltaria ao Radch desempenhando o papel de uma turista estrangeira. Porque eu me reportaria diretamente a Anaander Mianaai em vez de a uma oficial de Missões Especiais. Eu podia usar isso.

– Vou com você – disse Seivarden e, como se adivinhasse meus pensamentos, acrescentou: – E você pode ir à minha apelação e falar em meu nome.

Não confiei em mim o suficiente para responder. Um formigamento viajava pela minha perna direita, partia das minhas mãos, meus braços, meus ombros e minha perna esquerda. Uma leve dor começou no meu quadril direito. Algo não havia se curado da forma correta.

– Não é como se eu já não soubesse o que está acontecendo – disse Seivarden.

– Então, quando você roubar de mim, quebrar suas pernas não será o bastante. Vou ter que matar você. – Meus olhos continuavam fechados, não pude ver a reação dela. Ela bem poderia entender isso como uma brincadeira.

– Não vou roubar – ela respondeu. – Você vai ver.

Passei vários dias ainda em Therrod, me recuperando o suficiente para a médica me dar alta. Durante todo esse tempo, e depois, ao longo de todo o caminho até a estação, Seivarden foi educada e cortês.

Isso me preocupou. Eu guardara dinheiro e pertences na estação final de Nilt, e precisaria resgatar meus pertences antes de partirmos. Tudo estava empacotado, então eu podia fazer isso sem que Seivarden soubesse o que eu tinha naquelas duas caixas, mas eu não tinha dúvida de que ela tentaria abri--las na primeira oportunidade.

Pelo menos, eu tinha dinheiro novamente. E talvez essa fosse a solução do problema.

Ocupei um quarto na estação, deixando Seivarden ali com instruções para aguardar, e fui recuperar minhas coisas. Quando voltei, ela estava sentada na pequena cama (sem lençóis nem cobertores, pois isso costumava custar caro ali), inquieta. Ela balançava um joelho, esfregava os braços com as mãos nuas; eu vendera nossos casacos pesados externos e as luvas ao sairmos de Nilt. Ela parou quando entrei e me olhou com expectativa, mas não disse nada.

Joguei no seu colo uma sacola que fez um chocalhar quando pousou.

Seivarden olhou para ela franzindo a testa e depois voltou os olhos para mim, sem tocar a sacola ou de qualquer forma aceitá-la.

– O que é isto?

– Dez mil shen – respondi. Era a moeda mais fácil de negociar naquela região, em chits mais transportáveis (e fáceis de gastar). Dez mil comprariam muita coisa ali. Comprariam passagem para outro sistema, com dinheiro de sobra para Seivarden se fartar por várias semanas.

– Isso é muito?

– É.

Ela abriu um pouco mais os olhos, e por meio segundo, vi um tom calculista em sua expressão.

Estava na hora de ser direta.

– O quarto está pago pelos próximos dez dias. Depois disso... – Fiz um gesto para a sacola no seu colo. – Isso deve lhe durar algum tempo. Mas apenas se estiver falando sério sobre ficar longe do kef.

Mas aquele olhar, quando ela percebeu que tinha acesso a dinheiro, me fez ter certeza de que ela não estava falando sério. Não de verdade.

Durante seis segundos, Seivarden olhou para a sacola em seu colo.

– Não. – Ela ergueu a sacola desajeitadamente entre polegar e indicador, como se fosse um rato morto, e a deixou cair no chão. – Eu vou com você.

Não respondi, apenas a encarei. O silêncio se estendeu. Por fim, ela desviou o olhar e cruzou os braços.

– Não tem chá?

– Não do tipo com que você está acostumada.

– Não ligo.

Bem. Eu não queria deixá-la sozinha ali com meu dinheiro e minhas posses.

– Então venha.

Deixamos o quarto, encontramos uma loja no corredor principal que vendia coisas para dar sabor à água quente. Seivarden cheirou uma das marcas em oferta e torceu o nariz.

– Isto é *chá*?

A proprietária da loja nos observava pelo canto do olho, sem querer demonstrar que nos observava.

– Eu falei que não era do tipo com que você está acostumada. Você disse que não ligava.

Seivarden ficou pensativa por um momento. Para minha profunda surpresa, em vez de discutir, ou reclamar mais sobre a natureza insatisfatória do chá em questão, ela perguntou, com calma:

– O que você recomenda? – Fiz um gesto de incerteza.

– Não tenho o hábito de tomar chá.

– Não tem... – Ela me encarou. – Ah. Não se toma chá em Gerentate?

– Não do jeito que vocês tomam. – E, claro, chá era para oficiais. Para humanas. Ancilares bebiam água. Chá era uma despesa extra e desnecessária. Um luxo. Por isso, eu nunca desenvolvi o hábito. Virei-me para a proprietária, uma niltana, baixa, branca e gorda, usando mangas curtas apesar da temperatura ali estar nos costumeiros quatro graus Celsius, e Seivarden e eu ainda usarmos nossos casacos internos.

– Quais desses têm cafeína?

Ela respondeu, de modo agradável, e se tornou ainda mais amável quando comprei não só duzentas e cinquenta gramas de dois tipos de chá, mas também um frasco com duas xícaras e duas garrafas, juntamente com água para preenchê-las.

Seivarden carregou tudo de volta ao nosso alojamento, caminhando ao meu lado sem dizer nada. No quarto, ela depositou nossas compras sobre a cama, sentou-se ao lado delas e apanhou o frasco, encarando intrigada o *design* estranho.

Eu poderia ter mostrado a ela como funcionava, mas decidi não o fazer. Em vez disso, abri minha bagagem recém-recuperada e peguei um disco dourado grosso com três centímetros a mais de diâmetro do que aquele que carregava comigo, e uma tigela pequena e rasa de ouro, de oito centímetros de diâmetro. Fechei o baú, depositei a tigela em cima dele e acionei a imagem do disco.

Seivarden levantou a cabeça para ver uma ampla e achatada flor de lírio branco se desdobrar, com uma mulher em pé no centro. Ela usava um manto até a altura dos joelhos do mesmo branco iridescente, com bordados em ouro e prata. Em uma das mãos segurava um crânio humano, incrustado de joias vermelhas, azuis e amarelas, e, na outra, uma faca.

– Essa é igual à outra – disse Seivarden, parecendo levemente interessada. – Mas não parece tanto assim com você.

– É verdade – respondi, e me sentei de pernas cruzadas diante do baú.

– É uma deusa de Gerentate?

– Sim, uma deusa que conheci em minhas viagens. – Seivarden soltou um ruído baixo e neutro.

– Qual é o nome dela?

Pronunciei a longa corrente de sílabas, o que a deixou impressionada.

– Significa "Aquela que saltou de dentro do lírio". Ela é a criadora do universo.

Isso faria dela Amaat, em termos radchaai.

– Ah – disse Seivarden, em um tom que eu sabia significar que ela fizera essa conexão, tornando a deusa estranha mais familiar e permitindo que ela fosse incluída em sua estrutura mental. – E a outra?

– Uma santa.

– Que coisa notável, como ela se parece tanto com você.

– É verdade. Embora ela não seja a santa. É a cabeça que ela está segurando.

Seivarden piscou várias vezes e franziu a testa. Era um gesto muito pouco radchaai.

– Mesmo assim.

Nada era apenas uma coincidência, não para as radchaai. Acasos tão estranhos podiam enviar (e de fato enviavam) radchaai em peregrinação, motivavam-nas a adorar deusas particulares, mudar hábitos arraigados. Eram mensagens diretas de Amaat.

– Vou rezar agora – anunciei.

Com uma das mãos, Seivarden fez um gesto de concordância. Desdobrei uma pequena faca, espetei o polegar e deixei sangue escorrer para dentro da tigela de ouro. Não vi a reação de Seivarden. Nenhuma deusa radchaai aceitava sangue, e eu não havia me preocupado em lavar as mãos antes. Isso levarias qualquer radchaai a erguer uma sobrancelha e a registrar esse ato como estrangeiro e até mesmo primitivo.

Mas Seivarden não disse nada. Ela ficou sentada em silêncio por trinta e um segundos enquanto eu entoava o primeiro dos trezentos e vinte e dois nomes da Centena do Lírio Branco, e depois voltou sua atenção para o frasco e foi fazer o seu chá.

Seivarden me havia revelado que resistira seis meses em sua última tentativa de desistir do kef. Levamos sete meses para chegar a uma estação com um consulado radchaai. Enquanto nos aproximávamos da primeira etapa da jornada, eu dissera à comissária, para que Seivarden pudesse ouvir, que queria passagem para mim e minha serva. Ela não reagiu, até onde pude ver. Talvez não houvesse entendido. Mas eu esperava uma recriminação mais ou menos zangada no privado, quando descobrisse seu status, mas ela nunca mencionou nada. E, desde então, sempre acordava com o chá já feito esperando por mim.

Ela também estragou duas camisas tentando lavá-las, e eu tive que me contentar com uma única vestimenta por um mês inteiro até atracarmos na estação seguinte. A capitã da nave (ela era ki, alta e coberta por cicatrizes ritualísticas) deu a entender que ela e toda a sua tripulação achavam que eu aceitara Seivarden por caridade. O que não estava muito longe da verdade. Não contestei. Mas Seivarden melhorou, e três meses depois, na próxima nave, uma colega passageira tentou contratá-la para tirá-la de mim.

O que não quer dizer que ela, de um momento para o outro, houvesse se tornado uma pessoa diferente, ou inteiramente submissa. Em alguns dias, Seivarden ficava irritada quando falava comigo, sem motivo aparente, ou passava horas enroscada em sua cama, o rosto voltado para a parede, só se levantando para suas tarefas autoimpostas. Nas primeiras vezes, quando batia esse mau humor, tentei falar com ela, mas só recebi silêncio como resposta; depois disso, passei a deixá-la sozinha.

O consulado radchaai era ocupado pelo Escritório de Tradução, e o impecável uniforme branco da agente consular, incluindo luvas branquíssimas, demonstrava que ela tinha uma serva ou que passava grande parte do seu tempo livre fazendo de tudo para dar a impressão que tinha uma. Os fios de joias de excelente gosto, e de aspecto caro, trançados em seus cabelos, e os nomes nos broches memoriais que reluziam por toda sua jaqueta branca, bem como o leve desdém em sua voz quando falou comigo, indicavam que tinha sim uma serva. Embora provavelmente tivesse apenas uma, afinal, aquele era um posto distante da rota mais usada.

– Como uma não cidadã visitante, seus direitos legais estão restritos. – Estava claro que era um discurso decorado. – Você precisa depositar no mínimo o equivalente a... – Dedos estremeceram enquanto ela checava a taxa de câmbio – Quinhentos shen por cada semana de sua visita, por pessoa. Se alojamentos, alimentação e qualquer compra, multa ou danos excederem o valor depositado e você não puder pagar, será legalmente obrigada a assumir uma missão até que sua dívida esteja quitada. Como não cidadã, seu direito de apelar em qualquer julgamento ou missão é limitado. Ainda deseja entrar no espaço Radch?

– Desejo – respondi, e depositei chits de dois milhões de shen na pequena mesa entre nós.

O desdém dela desapareceu. Ela se sentou um pouco mais ereta e me ofereceu chá, fazendo um gesto delicado, dedos estremecendo mais uma vez enquanto se comunicava com mais alguém. Sua serva, logo percebi, que entrou com um ar ligeiramente estressado trazendo chá em um num frasco elaboradamente esmaltado e tigelas combinando.

Enquanto ela servia o chá, saquei minhas credenciais forjadas de Gerentate e também as coloquei sobre a mesa.

– Você também deve fornecer identificação para sua serva honorável – disse a agente consular, agora com muita educação.

– Minha serva é uma cidadã radchaai – respondi, sorrindo levemente, a fim de suavizar a tensão que essa informação causaria. – Mas ela perdeu sua identificação e permissões de viagem.

A agente consular parou, tentando processar essa nova informação.

– Honorável Breq – disse Seivarden, em pé atrás de mim, em um radchaai antiquado e naturalmente elegante –, foi muito generosa me empregando e pagando minha passagem de volta para casa. – Isso não foi tão eficiente quanto Seivarden desejara; a paralisia atônita da agente consular não diminuiu muito. Aquele sotaque não soava como o de uma serva, quanto mais de uma não cidadã. E obvio que ela não oferecera a

Seivarden um assento ou chá, achando que ela era insignificante demais para tais cortesias.

– Você pode com certeza consultar informações genéticas – sugeri.

– Sim, claro – respondeu a agente consular com um sorriso ensolarado. – Embora seu pedido de visto certamente possa ser aprovado antes que as permissões da cidadã...

– Seivarden – forneci a informação.

– ...antes que as permissões de viagem da cidadã Seivarden sejam fornecidas. Dependendo de seu local de partida e de onde seus registros estiverem.

– É claro – respondi, e provei meu chá. – É de se esperar.

Ao sairmos, Seivarden murmurou:

– Mas que esnobe. O chá era de verdade?

– Era. – Esperei que reclamasse sobre não ter tomado, mas ela não disse mais nada. – Estava muito bom. O que você vai fazer se uma ordem de prisão aparecer no lugar de permissões de viagem?

Ela fez um gesto de negação.

– Por que elas fariam isso? Já estou pedindo para voltar, podem me prender quando eu chegar lá. E vou apelar. Você acha que a cônsul manda trazer aquele chá de casa, ou será que alguém por aqui vende?

– Pode ir descobrir, se quiser. Vou voltar para o quarto e meditar.

A serva da agente consular deu meio quilo de chá para Seivarden, aproveitando a chance de compensar o deslize não intencional que sua empregadora cometera mais cedo. E, quando meu visto chegou, vieram também as permissões de viagem para Seivarden, sem nenhuma ordem de prisão nem qualquer comentário ou informação adicionais.

Isso me preocupou ao menos um pouco. Mas Seivarden devia ter razão: por que fariam de outra forma? Quando ela saísse da nave, haveria tempo e oportunidade suficientes para resolver seus problemas jurídicos. Mesmo assim, era possível que as autoridades do Radch houvessem percebido que eu não era de onde dizia ser. Gerentate ficava muito, mas muito longe do lugar para onde eu estava indo e, apesar das relações bem amigáveis (ou, pelo menos, não abertamente antagônicas) entre o Gerentate e o Radch, era provável que elas não fornecessem nenhuma informação sobre seus residentes. Não para o Radch. Se o Radch perguntasse, e não perguntaria, Gerentate não confirmaria nem negaria que eu era uma de suas cidadãs. Se eu houvesse partido de Gerentate para o espaço radchaai, eu teria recebido inúmeros avisos de que viajava por conta própria, e que não receberia assistência se precisasse. Mas as oficiais radchaai lidavam com viajantes estrangeiras que sabiam disso e estavam preparadas para aceitar minha identificação sem grandes questionamentos.

Os treze palácios de Anaander Mianaai eram as capitais de suas províncias. Estações do tamanho de metrópoles: uma mistura de palácios reais e grandes estações radchaai, com uma IA residente. Cada palácio em si era a residência de Anaander Mianaai, e a sede da administração da província. Assim, o Palácio Omaugh não era nada escondido. Uma dúzia de portais levavam a seu sistema, e centenas de naves iam e vinham todos os dias. Seivarden seria uma de milhares de cidadãs buscando audiência, ou fazendo um apelo em algum caso jurídico. Mas certamente era um caso de destaque, pois nenhuma das outras cidadãs estava voltando após mil anos em suspensão.

Passei os meses de viagem pensando no que eu queria fazer a respeito. Como usar isso. Como contrabalançar as desvantagens ou as virar em meu favor. E imaginando o que eu esperava conseguir.

Para mim, é difícil saber o quanto de mim mesma eu me lembro. O quanto eu poderia ter sabido e que escondera de mim mesma por toda a vida. Vamos pegar como exemplo aquela última ordem, a instrução que eu-*Justiça de Toren* dera à eu-Esk Uma Dezenove. "Vá ao Palácio Irei, encontre Anaander Mianaai e diga a ela o que aconteceu." O que eu pretendia com isso? O que, além do óbvio de querer levar a mensagem para a Senhora do Radch?

Por que isso fora prioridade? Porque sim. Não fora um pensamento posterior, havia sido uma necessidade urgente. Na época, pareceu óbvio. Claro que eu deveria levar a mensagem, claro que eu precisava avisar a Anaander correta.

Eu seguiria minhas ordens. Porém, no tempo que passei me recuperando de minha própria morte, atravessando o espaço Radch, decidi que também faria outra coisa. Eu desafiaria a Senhora do Radch, e talvez meu desafio não valesse de nada; poderia ser apenas um gesto fútil que ela mal notaria.

A verdade era que Strigan tinha razão. Meu desejo de matar Anaander Mianaai não era razoável. Qualquer tentativa de fazer isso seria loucura. Mesmo tendo uma arma que eu pudesse levar até a Senhora do Radch sem que ela soubesse, uma arma que eu só revelaria quando quisesse; mesmo com isso, tudo o que eu poderia esperar como resultado era um grito desafiador patético, que desapareceria assim que fosse proferido, e facilmente desconsiderado. Nada que fizesse diferença alguma.

E, no entanto. Todas aquelas manobras secretas feitas contra si mesma serviriam, certamente, para evitar um conflito declarado, para evitar danificar demais o Radch, para evitar dissolver a convicção de Anaander Mianaai de que ela era unitária, uma pessoa. Se o dilema fosse exposto com clareza, será que ela poderia fingir que as coisas eram diferentes?

E se havia agora duas Anaander Mianaai, será que não poderia haver mais? Uma parte, talvez, que não soubesse nada sobre os lados conflitantes de si mesma? Ou que houvesse dito a si mesma que não sabia? O que aconteceria se eu falasse aquilo que a Senhora do Radch estava escondendo de si mesma? Era algo no mínimo complicado, ou ela não teria tido tanto trabalho para esconder-se de si mesma. Assim que a coisa fosse descoberta e conhecida por todas, como ela poderia evitar a destruição de si mesma?

Mas como eu poderia falar tão abertamente com Anaander Mianaai? Se eu conseguisse chegar ao Palácio Omaugh, conseguisse deixar a nave e entrar na estação, se eu pudesse fazer isso, então poderia chegar até o meio da passarela principal e gritar minha história em alto e bom tom para que todas ouvissem.

Eu poderia começar a fazer isso, mas nunca chegaria até o fim. A segurança viria em minha direção, talvez até soldadas, e o noticiário daquele dia informaria que uma viajante perdera a cabeça na passarela e a segurança havia resolvido a situação. Cidadãs balançariam a cabeça e resmungariam sobre estrangeiras não civilizadas, e, em segundos, esqueceriam de tudo. E fosse qual fosse a parte da Senhora do Radch que me notasse primeiro, poderia sem dúvida me julgar como perturbada e louca, ou pelo menos convencer as diversas outras partes de si mesma desse fato.

Não, eu precisava de toda a atenção de Anaander Mianaai quando dissesse o que tinha que dizer. Como conseguir isso era um problema que me preocupara por quase vinte anos. Eu sabia que, para elas, seria mais difícil ignorar o desaparecimento de alguém notável. Eu poderia visitar a estação e tentar ser vista, me tornar familiar, para que nenhuma parte de Anaander conseguisse simplesmente se livrar de mim às escondidas. Contudo, não achava que fosse suficiente forçar a Senhora do Radch, todas as partes da Senhora do Radch, a me ouvir.

Mas e Seivarden? A capitã Seivarden Vendaai, perdida havia mil anos, encontrada por acaso, perdida novamente e aparecendo agora no Palácio Omaugh. Qualquer radchaai ficaria curiosa a esse respeito, e essa curiosidade traria consigo uma carga religiosa. E Anaander Mianaai era radchaai. Talvez a mais radchaai de todas. Ela não deixaria de notar que eu havia voltado em companhia de Seivarden. Como qualquer outra cidadã, ela se perguntaria, mesmo que intuitivamente, o que isso poderia significar, se é que significasse algo. E, sendo ela quem era, essa pontada de intuição já seria muita coisa.

Seivarden pediria uma audiência. E, no fim das contas, a receberia. Essa audiência teria toda a atenção de Anaander; nenhuma parte dela ignoraria tal evento.

Seivarden certamente receberia a atenção da Senhora do Radch assim que saíssemos da nave. E, chegando na companhia de Seivarden, eu também seria alvo de atenção. Era tremendamente arriscado. Talvez eu não houvesse escondido tão bem a minha natureza, pois poderia ser reconhecida pelo que era. No entanto, estava disposta a tentar.

Fiquei sentada na cama, esperando permissão para desembarcar da nave no Palácio Omaugh, a mochila aos meus pés, Seivarden encostada de forma negligente contra a parede à minha frente, entediada.

– Algo a incomoda? – observou Seivarden casualmente. Eu não respondi, e ela continuou: – Você sempre cantarola essa melodia quando está preocupada.

Meu coração é um peixe, oculto na grama da água. Eu ficara pensando em todas as formas que as coisas poderiam dar errado, a começar com nossa saída da nave e encontro com as inspetoras da doca. Ou a segurança da estação. Ou coisa pior. Pensando em como tudo o que eu fizera não valeria de nada se eu fosse presa antes mesmo de conseguir deixar as docas.

E pensara na tenente Awn.

– Sou tão transparente assim? – Forcei um sorriso, como se estivesse achando alguma graça.

– Transparente não. Não exatamente. Apenas... – Ela hesitou. Franziu a testa de leve, como quem se arrepende do que diz. – Reparei em alguns de seus hábitos, é só isso. – Suspirou. – As inspetoras da doca estão tomando chá? Ou apenas esperando até que fiquemos velhas o suficiente?

Não podíamos sair da nave sem a permissão do Escritório da Inspetora. Ela teria recebido nossas credenciais quando a nave solicitou permissão para atracar, e, quando chegássemos, teria tempo suficiente para olhá-las e decidir o que fazer.

Ainda encostada no anteparo, Seivarden fechou os olhos e começou a cantarolar. Hesitante, o timbre caindo ou subindo em alternância quando errava os intervalos. Mas ainda era reconhecível. *Meu coração é um peixe...*

– Pelas tetas de Aatr – xingou depois de um verso e meio, olhos ainda fechados. – Agora você me fez cantar também.

A campainha da porta soou.

– Entre – falei.

Seivarden abriu os olhos e endireitou bem as costas. Subitamente tensa. O tédio havia sido apenas disfarce, eu suspeitava.

A porta se abriu revelando uma pessoa de jaqueta azul-escura, luvas e calças. Uma inspetora das docas. Ela era magra e jovem, talvez vinte e três, ou ainda vinte e quatro anos. Embora parecesse familiar, eu não consegui identificar quem ela me lembrava. Suas joias e broches comemorativos, dispostos de forma mais espaçada do que o costume, poderiam servir de pista; se eu olhasse perto o bastante para ver o que estava escrito. Mas isso seria grosseiro. Do outro lado, Seivarden levou as mãos às costas.

– Honorável Breq – disse a inspetora adjunta, com uma ligeira mesura. Não parecia incomodada com minhas mãos nuas. Acostumada a lidar com estrangeiras, supus. – Cidadã Seivarden. Favor me acompanhem até o escritório da inspetora supervisora, por favor.

Não deveríamos precisar ir até a supervisora. Essa adjunta deveria ter a autoridade para nos fazer passar pela estação. Ou até ordenar nossa prisão.

Nós a seguimos passando pela comporta que dava no convés de carregamento e por outra até um corredor cheio de gente: inspetoras de doca em azul-escuro, seguranças da estação em marrom-claro, aqui e ali o marrom mais escuro de soldadas, e pontos de cores mais vivas, um grupo disperso de cidadãs não uniformizadas. O corredor nos dirigiu para uma sala mais ampla, com uma dezena de deusas ao longo das paredes velando viajantes e comerciantes. Em uma extremidade, ficava a entrada para a estação e, na outra, a porta para o Escritório da Inspetora.

A adjunta nos escoltou pelo escritório externo, onde nove adjuntas juniores de uniforme azul lidavam com capitãs de nave que faziam reclamações. Para além delas, ficavam os escritórios que deviam pertencer a uma dezena de adjuntas superiores e suas equipes. Passamos por elas e entramos no escritório central mobilhado com quatro cadeiras e uma mesinha, e uma porta aos fundos, fechada.

– Lamento, cid... honorável, e cidadã – disse a adjunta que havia nos levado até ali, os dedos estremecendo enquanto se comunicava com alguém, talvez com a IA da estação ou a própria supervisora. – A inspetora supervisora *estava* disponível, mas algo aconteceu. Com certeza, não vai levar mais do que alguns minutos. Por favor, sentem-se. Querem chá?

Então a espera seria razoavelmente longa. E a cortesia do chá implicava que aquilo não era uma prisão. Ninguém havia descoberto que minhas credenciais eram forjadas. Todas ali, incluindo a AI da estação, supunham que eu era o que dizia ser: uma viajante estrangeira. Assim, eu teria tempo para descobrir quem essa jovem supervisora adjunta me lembrava. Agora que ela estava falando um pouco mais, reparei que tinha um leve sotaque. De onde ela seria?

– Sim, obrigada – respondi.

Seivarden não respondeu de imediato à oferta de chá. Braços cruzados, mãos escondidas atrás dos cotovelos. Ela provavelmente queria o chá, mas estava com vergonha das mãos sem luvas, não poderia ocultá-las se segurasse uma tigela. Ou era o que eu pensava, até que disse:

– Não consigo entender uma palavra do que ela está dizendo. – O sotaque de Seivarden e sua maneira de falar seriam familiares para a maioria das radchaai cultas, devido a velhas formas de entretenimento e à maneira como a fala de Anaander Mianaai era amplamente emulada por famílias de prestígio (ou que tinham esperança de possuir tal prestígio). Não imaginara que as mudanças na pronúncia e no vocabulário seriam tão radicais. Mas eu vivenciara todas elas, e o ouvido de Seivarden para idiomas nunca fora dos mais aguçados.

– Ela está oferecendo chá.

– Ah. – Seivarden lançou um olhar breve para seus braços cruzados. – Não.

Eu aceitei o chá que a adjunta serviu de um frasco em cima da mesa, agradeci e me sentei. O escritório fora pintado de verde-claro e os ladrilhos do chão provavelmente haviam sido projetados para emular madeira, e poderiam até parecer mais se a designer houvesse visto, ao menos uma vez na vida, algo que não fosse imitação de imitações de madeira. Na parede atrás da jovem adjunta, havia um nicho com um ícone de Amaat e uma pequena tigela com flores de um laranja vivo e pétalas bagunçadas. Também tinha uma pequena cópia de bronze da encosta do templo de Ikkt. Eu sabia que peças assim eram vendidas na praça em frente à água do Pré-Templo, durante a temporada de peregrinação.

Voltei o olhar para a adjunta. Quem era ela? Alguém que eu conhecia? Parente de alguém que eu havia conhecido?

– Você está cantarolando de novo – disse Seivarden baixinho.

– Desculpe. – Tomei um gole de chá. – É um hábito que tenho. Peço desculpas.

– Não precisa – disse a adjunta, e se sentou em sua cadeira, perto da mesa. Aquele era claramente o seu escritório, o que fazia dela a assistente direta da inspetora supervisora;

um lugar incomum para alguém tão jovem. – Não ouço essa canção desde criança.

Seivarden piscou várias vezes, sem entender. E, se houvesse entendido, provavelmente teria sorrido. Uma radchaai podia viver quase duzentos anos. Aquela inspetora adjunta, que devia ser juridicamente adulta havia uma década, ainda era bem jovem.

– Conheci uma pessoa que cantava o tempo todo – continuou a adjunta.

Eu a conhecia. Talvez houvesse comprado canções dela. Ela devia ter quatro ou cinco anos quando deixei Ors. Talvez um pouco mais velha se lembrava de mim com tanta clareza.

A inspetora supervisora atrás daquela porta devia ser alguém que passara algum tempo em Shis'urna; muito provavelmente em Ors. O que eu sabia sobre a pessoa que substituíra a tenente Awn na administração? Qual era a probabilidade de ela ter dado baixa de seu cargo militar e assumido um posto de inspetora de doca? Isso não seria tão incomum.

Quem quer que fosse a inspetora supervisora, ela tinha dinheiro e influência suficientes para trazer aquela adjunta de Ors. Quis perguntar à jovem o nome de sua patrona, mas isso seria de uma grosseria impensável.

– Me contaram – falei com a intenção de soar apenas um pouco curiosa, e fui aumentando levemente meu sotaque do Gerentate – que as joias que vocês radchaai usam, têm alguma espécie de significado.

Seivarden me lançou um olhar intrigado. A adjunta apenas sorriu.

– Algumas. – Seu sotaque orsiano, agora que eu o identificara, era claro e óbvio. – Esta aqui, por exemplo... – Ela enfiou um dedo enluvado sob um penduricalho cor de ouro perto do ombro esquerdo. – É um memorial.

– Posso ver mais de perto? – perguntei e, ao receber permissão, movi a cadeira para a frente e me curvei para ler, gravado no metal simples, um nome em radchaai que não reconheci. Provavelmente não era para lembrar uma orsiana; eu não conseguia pensar em ninguém da cidade baixa adotando práticas funerárias radchaai, pelo menos não alguém velho o bastante para ter morrido desde que eu as vira pela última vez.

Perto do broche, em seu colarinho, havia outro pequeno broche de flor, cada pétala esmaltada com o símbolo de uma Emanação. Uma data estava gravada no centro da flor. Aquela jovem tão segura de si fora a pequena e apavorada portadora de flores no dia em que Anaander Mianaai atuara como sacerdotisa na casa da tenente Awn, vinte anos antes.

Não havia coincidências, não para uma radchaai. Agora eu tinha certeza de que, quando fôssemos admitidas à presença da inspetora supervisora, eu encontraria a substituta da tenente Awn em Ors. Aquela inspetora adjunta talvez fosse sua cliente.

– São feitos para funerais – disse a adjunta, ainda falando de broches com homenagens póstumas. – Família e amigos íntimos os usam. – E era possível identificar, pelo estilo e preço da peça, a posição da pessoa morta na sociedade radchaai. Por dedução, também a posição da pessoa que a usava. Mas a adjunta (cujo nome, eu sabia, era Daos Ceit) nada mencionou a respeito disso.

Perguntei-me então o que Seivarden pensaria (e havia pensado) das mudanças na moda desde Garsedd, da maneira como tais sinais haviam mudado ou permanecido. As pessoas ainda usavam símbolos e lembranças herdados, testemunhos das conexões sociais e dos valores de ancestrais em gerações anteriores. Na maioria das vezes, era tudo a mesma coisa, só que "em gerações anteriores" queria dizer antes de Garsedd. Alguns símbolos que haviam sido insignificantes antes possuíam agora valor, e outros, que eram imensamente valorizados naquela época, agora não significavam nada. E os significados das cores e dos tipos de gemas em voga nos últimos cem anos não teriam o menor sentido para Seivarden.

A inspetora adjunta Ceit tinha três amigas íntimas, e todas possuíam rendas e posições semelhantes à dela, a julgar pelos presentes que trocaram. Eram duas amantes íntimas, pois trocaram símbolos, mas não o bastante para serem consideradas sérias. Nenhum fio de joias, nenhum bracelete (mas, é claro, se ela realmente trabalhasse inspecionando cargas ou sistemas de naves, essas poderiam atrapalhar) e nenhum anel sobre as luvas.

Agora eu podia olhar diretamente para ela sem parecer mal-educada, e ali, no outro ombro, eu vi com clareza, estava o símbolo que eu procurava. Eu o confundira com algo menos importante e, à primeira vista, eu achara que a platina e a pérola eram apenas prata e vidro, sinal de um presente de uma irmã; as modas atuais me confundiam. Aquilo não era nada barato, nada casual. Mas não era um símbolo de clientela, embora o metal e a pérola sugerissem uma associação com uma casa em particular. Uma casa tão velha que Seivarden poderia tê-la reconhecido de imediato. E possivelmente reconhecera.

A inspetora adjunta Ceit se levantou.

– A inspetora supervisora está disponível agora – disse ela. – Peço desculpas pela demora.

Ela abriu a porta e fez um gesto para que passássemos.

No escritório, em pé para nos cumprimentar, vinte anos mais velha e um pouco mais corpulenta que da última vez que eu a vira, estava a pessoa que havia dado aquele broche, a tenente... não, a inspetora supervisora Skaaiat Awer.

18

Era impossível a tenente Skaaiat me reconhecer. Ela se curvou, sem saber que eu a conhecia. Era estranho vê-la em azul-escuro, e tão mais sóbria, mais séria do que quando a conheci em Ors.

Uma inspetora supervisora em uma estação tão ocupada quanto aquela, provavelmente nunca colocava os pés nas naves que suas subordinadas inspecionavam, mas notei que a inspetora supervisora Skaaiat expunha tão poucas joias quanto sua assistente. Um longo fio de joias verdes e azuis dava a volta pelo ombro até o quadril oposto, e uma pedra vermelha pendia de cada orelha, mas, tirando isso, uma disposição semelhante (embora obviamente mais cara) de amigas, amantes e parentes mortas decorava a jaqueta de seu uniforme. Um único símbolo dourado pendia do punho de sua manga direita, bem onde a luva terminava; pelo lugar onde estava, era algo que queria que fosse lembrado, tanto por ela como por qualquer outra pessoa. Parecia barato, feito à máquina. Não era o tipo de coisa que ela deveria estar usando.

Ela fez uma mesura.

– Cidadã Seivarden. Honorável Breq. Por favor, sentem-se. Querem chá? – Ainda elegante sem fazer esforço, mesmo depois de vinte anos.

– Sua assistente já me ofereceu chá, obrigada, inspetora supervisora – respondi.

A inspetora supervisora Skaaiat olhou por um momento para mim e depois para Seivarden, um pouco surpresa, notei. Ela estava se dirigindo primeiro a Seivarden, que ela julgava ser a pessoa mais importante entre nós duas. Sentei-me. Seivarden hesitou por um momento e depois se sentou na cadeira ao meu lado, braços ainda cruzados para ocultar as mãos nuas.

– Eu queria conhecer você em pessoa, cidadã – disse a inspetora supervisora Skaaiat ao se sentar. – Privilégio do ofício. Não é todo dia que se conhece alguém com mil anos de idade.

Seivarden deu um sorriso curto e tenso.

– De fato – concordou.

– E senti que seria inadequado a segurança prendê-la nas docas. No entanto... – A inspetora supervisora Skaaiat fez um gesto conciliatório, o enfeite em seu punho reluzindo. – ... você tem alguns empecilhos jurídicos, cidadã.

Seivarden relaxou um pouco, os ombros abaixando, a mandíbula afrouxando. Quase não era perceptível, a menos que você a conhecesse. O sotaque de Skaaiat e seu tom levemente condescendente estavam fazendo efeito.

– Sim, tenho – reconheceu Seivarden. – Mas pretendo fazer uma apelação.

– Então, temos algumas dúvidas a respeito do assunto. – Séria, formal. Uma pergunta que não era uma pergunta. Mas não houve resposta. – Eu mesma posso levá-la aos escritórios do palácio e evitar qualquer problema com a segurança. – É claro que podia. Ela já havia combinado isso com a chefe da segurança.

– Eu agradeceria. – Seivarden parecia mais com a pessoa que fora antigamente do que com aquela que fora no último ano. – Você poderia me ajudar a entrar em contato com a senhora da casa Geir?

Não era surpreendente que Geir se responsabilizasse por aquele último membro da casa que haviam absorvido. A odiada Geir, que havia absorvido sua inimiga, Vendaai, a casa de Seivarden. As relações de Vendaai com Awer não haviam sido muito melhores que com a casa Geir, mas eu supunha que a solicitação só provava o quanto Seivarden estava desesperada e sozinha.

– Ah. – A inspetora supervisora Skaaiat contraiu um pouco o rosto. – Awer e Geir não são mais tão íntimas quanto costumavam ser, cidadã. Por volta de duzentos anos atrás, houve uma troca de herdeiras. A prima Geir se matou. – A revelação da forma da morte deixou claro não ter sido um suicídio aprovado e mediado pelo setor médico, mas algo ilícito e confuso. – E a prima Awer enlouqueceu e fugiu para um culto qualquer.

– *Hum*, típico – respondeu Seivarden.

A inspetora supervisora Skaaiat ergueu uma sobrancelha, mas falou apenas, de modo comedido:

– Isso abalou a relação em ambos os lados. Portanto, minhas ligações com Geir não são como deveriam ser, e eu poderia ser ou não capaz de ajudá-la. As responsabilidades delas para com você talvez sejam... difíceis de determinar, embora você possa achar isso útil na apelação.

Seivarden fez um gesto que indicava frustração, braços ainda bem cruzados, um ombro se erguendo brevemente.

– Não parece que valha todo o esforço.

A inspetora supervisora Skaaiat demonstrou alguma ambivalência.

– De qualquer maneira, você será alimentada e abrigada aqui, cidadã. – Ela se virou para mim. – E você também, honorável. Está aqui como turista?

– Estou. – Sorri, esperando parecer uma turista de Gerentate.

– Você está muito longe de casa. – A inspetora supervisora Skaaiat sorriu de forma educada, como se tal observação fosse natural.

– Andei viajando por muito tempo. – É claro que ela e provavelmente outras estavam curiosas a meu respeito. Eu chegara na companhia de Seivarden. A maioria das pessoas ali não saberia o nome dela, mas as que sabiam, seriam atraídas pela impressionante improbabilidade de ela ter sido encontrada depois de mil anos, e por sua ligação com um evento tão importante quanto Garsedd.

Ainda expressando um sorriso agradável, a inspetora supervisora Skaaiat perguntou:

– Procurando algo? Evitando algo? Apenas gosta de viajar? – Fiz um gesto que indicava ambiguidade.

– Creio que simplesmente gosto de viajar.

Os olhos da inspetora supervisora Skaaiat se estreitaram um pouco com meu tom de voz, músculos tensionando de modo quase imperceptível ao redor da boca. Aparentemente, ela intuía que eu estava escondendo algo, e agora ficara interessada, e ainda mais curiosa do que antes.

Por um instante, me perguntei por que respondi daquela maneira. E percebi que o fato de a inspetora supervisora Skaaiat estar ali era incrivelmente perigoso para mim. Não porque pudesse me reconhecer, mas porque eu a reconhecia. Porque ela estava viva e a tenente Awn, não. Porque todas na posição dela haviam falhado com a tenente Awn (eu havia falhado com a tenente Awn) e, sem dúvida, se a tenente Skaaiat houvesse sido posta à prova, também teria falhado. A própria tenente Awn soubera disso. Claramente eu estava em perigo, pois minhas emoções poderiam afetar meu comportamento. Já haviam afetado, sempre o faziam. Mas, até agora, nunca fora confrontada com Skaaiat Awer.

– Minha resposta é ambígua, eu sei – continuei, fazendo um gesto de conciliação que a inspetora supervisora Skaaiat já utilizara. – Nunca questionei meu desejo de viajar. Quando eu era bebê, minha avó falava que percebia, pelo jeito como dei meus primeiros passos, que havia nascido para ir a outros lugares. Ela vivia dizendo isso. Suponho que eu simplesmente tenha incorporado a ideia.

A inspetora supervisora Skaaiat esboçou um gesto de concordância.

– Seria uma vergonha decepcionar sua avó, de qualquer maneira. Seu radchaai é muito bom.

– Minha avó sempre disse que seria importante estudar idiomas.

A inspetora supervisora Skaaiat deu uma risada. Quase da mesma forma como eu me lembrava, em Ors, mas ainda com aquele vestígio de seriedade.

– Me perdoe, honorável, mas você tem luvas?

– Eu queria ter comprado algumas antes de embarcarmos, mas decidi esperar e comprar o tipo certo. Esperava ser perdoada pelas mãos nuas na chegada, já que sou uma estrangeira não civilizada.

– Qualquer opção poderia ser justificada – disse a inspetora supervisora Skaaiat, ainda sorrindo. Um pouco mais relaxada que antes. – Embora... – Uma virada séria. – Você fala muito bem, mas não sei o quanto entende outras coisas...

Ergui uma sobrancelha.

– Que coisas?

– Não desejo ser indelicada, honorável. Mas a cidadã Seivarden não parece ter nenhum dinheiro em seu poder. – Ao meu lado, Seivarden ficou tensa novamente, travou o maxilar, engoliu algo que estava prestes a dizer. A inspetora supervisora Skaaiat continuou: – As genitoras compram roupas para suas filhas. O templo dá luvas às atendentes, portadoras das flores, portadoras da água e congêneres. Isso está certo, porque todas devem lealdade à Deusa. E sei, pelo seu pedido de entrada, que você contratou a cidadã Seivarden como sua serva, mas...

– Ah. – Eu entendi o que ela queria dizer. – Se eu comprar luvas para Seivarden, o que ela com certeza precisa, parecerá que lhe ofereci clientela.

– Exatamente – concordou a inspetora supervisora Skaaiat. – E isso seria ótimo, se essa for sua intenção. Mas não acho que as coisas funcionem dessa maneira em Gerentate. E para ser honesta... – Ela hesitou, claramente entrando em terreno delicado mais uma vez.

– E, para ser honesta – terminei a frase em seu lugar –, ela está em uma situação jurídica tão difícil que poderia ser dificultada por estar associada a uma estrangeira.

Meu padrão era a ausência de expressão facial. Eu tinha facilidade em não deixar a raiva transparecer pela voz. Eu podia falar com a inspetora supervisora Skaaiat como se ela não estivesse de modo nenhum ligada à tenente Awn, como se a tenente Awn não houvesse sofrido de ansiedade, nem tido esperanças, nem temores sobre um futuro patronato dela.

– Nem mesmo uma rica estrangeira.

– Não tenho certeza que eu colocaria a questão exatamente desse jeito.

– Vou dar algum dinheiro a ela agora. Isso deve resolver a situação.

– Não. – O tom de voz de Seivarden foi ríspido. Zangado. – Não preciso de dinheiro. Cada cidadã tem suas necessidades básicas atendidas aqui, e roupas são necessidade básica. Terei o que preciso. – Perante o olhar surpreso e inquisitivo da inspetora supervisora Skaaiat, Seivarden acrescentou: – Breq tem boas razões para não ter me dado dinheiro.

A inspetora supervisora Skaaiat com certeza entendeu o que isso implicava.

– Cidadã, não quero lhe dar um sermão, mas se esse é o caso, por que não deixar a segurança enviá-la para o setor médico? Compreendo sua relutância em fazer isso. – Não era fácil conversar com delicadeza sobre reeducação. – Mas isso poderia mesmo facilitar as coisas para você. Geralmente facilita.

Um ano antes, eu teria esperado Seivarden perder a paciência com essa sugestão. Mas algo mudara nela durante esse período. Ela apenas disse, ainda um pouco irritada:

– Não.

A inspetora supervisora Skaaiat olhou para mim. Ergui uma sobrancelha e um ombro, como que dizendo "ela é assim mesmo".

– Breq tem sido muito paciente comigo – disse Seivarden, me surpreendendo. – E muito generosa. – Ela olhou para mim. – Não preciso de dinheiro.

– Como quiser – respondi.

A inspetora supervisora Skaaiat havia observado toda a conversa com atenção, franzindo a testa apenas de leve. Curiosa, pensei, não apenas sobre o que e quem eu era, mas o que eu era para Seivarden.

– Bem – disse ela então –, deixe-me levá-las até o palácio. Honorável Breq Ghaiad, mandarei entregar seus pertences em seu alojamento.

Ela se levantou.

Eu e Seivarden também levantamos e acompanhamos a inspetora supervisora Skaaiat até o escritório exterior, que estava vazio; Daos Ceit (inspetora adjunta Ceit, eu teria de me lembrar), já devia ter ido embora, estava na hora. Em vez de nos levar até a frente dos escritórios, a inspetora superviso-ra Skaaiat nos guiou por um corredor aos fundos, passando por uma porta que se abriu sem que ela fizesse nenhum gesto perceptível; a Estação, a IA que dirigia a estação, que era a estação, devia estar prestando muita atenção à inspetora su-pervisora de suas docas.

– Você está bem, Breq? – perguntou Seivarden, olhando para mim com um misto de preocupação e curiosidade.

– Estou – menti. – Apenas um pouco cansada. Foi um dia longo. – Eu tinha certeza de que a expressão do meu rosto não mudara, mas Seivarden notara algo.

O corredor continuava para além da porta, até um con-junto de elevadores. Um deles se abriu para nós, depois se fechou e se moveu sem que fizéssemos nada. A Estação sabia para onde a inspetora supervisora Skaaiat queria ir. O que acabou sendo a passarela principal.

As portas do elevador se abriram para uma vista ampla e impressionante: uma avenida pavimentada com pedras pretas de veias brancas, com setecentos metros de extensão e vinte e cinco metros de largura, com telhado de sessenta metros de altura. Logo à frente, ficava o templo. Os degraus não eram de fato degraus, mas uma área destacada do pavimento com pedras vermelhas, verdes e azuis; era possível que ações nos degraus do templo tivessem significado legal. A entrada propriamente dita tinha quarenta metros de altura e oito metros de largura, e era emoldurada por representações de centenas de deusas (muitas de forma humana, outras não), em uma explosão de cores. Logo na entrada ficava uma bacia para as fiéis lavarem as mãos, e depois disso recipientes com flores cortadas, uma faixa amarela, laranja e vermelha, e cestas com incensos vendidos como oferendas. Mais além, descendo de cada lado da passarela, era possível ver lojas, escritórios e varandas com trepadeiras floridas descendo o muro. Havia bancos, plantas e, em uma hora que a maioria das radchaai estaria no jantar, centenas de cidadãs andando ou conversando ali paradas, uniformizadas (branco para o escritório de tradução, marrom-claro para segurança da estação, marrom-escuro para militares, verde para horticultura, azul-claro para administração) ou com vestimenta casual, todas reluzindo com joias, todas certamente civilizadas. Eu vi uma ancilar seguir sua capitã para dentro de uma casa de chá lotada, e me perguntei de qual nave seria. Quais naves estariam ali. Mas eu não podia perguntar, não era o tipo de coisa com a qual Breq de Gerentate se importaria.

Eu as vi, de repente, por apenas um momento, através de olhos não radchaai: uma multidão fluida de pessoas de gênero enervantemente ambíguo. Eu vi todas as características que marcariam gênero para as não radchaai; nunca, para minha irritação e inconveniência, da mesma maneira, dependendo do lugar. Cabelo curto ou longo, solto (caindo pelas costas ou em uma nuvem grossa e cheia de cachos) ou preso (em tranças, com grampos, amarrado). Corpos parrudos ou afinados, rostos de traços delicados ou rústicos, com ou sem maquiagem. Uma profusão de cores que poderiam demarcar gênero em outros lugares. Tudo combinado aleatoriamente com corpos que apresentavam ou não curvas na região do peito e do quadril, corpos que em um momento se moviam de uma forma que não radchaai poderiam chamar de feminina e, no momento seguinte, masculina. Vinte anos de hábito me levaram a pensar, por um momento, em como escolher os pronomes certos, os termos certos de tratamento. Mas eu não precisava fazer isso ali. Eu podia abandonar essa preocupação. Era um peso pequeno, porém irritante, que eu carregara por todo aquele tempo. Eu estava em casa.

Aquela era uma casa que nunca fora minha. Eu passara a vida em anexações e estações que estavam no processo de se tornar aquele tipo de lugar; mas sempre partia antes que isso acontecesse, para iniciar todo o processo de novo em algum outro lugar. Aquele era o tipo de lugar de onde minhas oficiais haviam vindo, e para o qual partiam. O tipo de lugar onde eu nunca estivera, e, no entanto, me era completamente familiar. Lugares assim eram, de certo ponto de vista, a razão para toda a minha existência.

– A caminhada é mais longa por aqui – disse a inspetora supervisora Skaaiat –, mas é uma entrada triunfal.

– De fato – concordei.

– Por que todas as jaquetas? – perguntou Seivarden. – Isso me incomodou da última vez. Embora, no último lugar, todas as que usavam casacos estivessem com aqueles que iam até o joelho. Aqui parecem só usar jaquetas ou então casacos até o chão. E os colarinhos estão completamente *errados*.

– A moda não incomodou você nos outros lugares em que estivemos... – disse.

– Os outros lugares eram estrangeiros – respondeu Seivarden irritada. – Não eram meu lar.

A inspetora supervisora Skaaiat sorriu.

– Imagino que você acabará se acostumando. O palácio é por aqui.

Nós a acompanhamos passarela adiante, minhas roupas não civilizadas e mãos nuas, e também as de Seivarden, atraindo alguns olhares curiosos e enojados, e chegamos à entrada, marcada apenas por uma barra preta em cima da porta.

– Vou ficar bem – disse Seivarden, como se eu houvesse falado algo. – Encontro com você quando tiver acabado.

– Vou esperar.

A inspetora supervisora Skaaiat observou Seivarden entrar no palácio e em seguida me chamou:

– Honorável Breq, uma palavrinha, por favor. – Fiz um gesto de concordância e ela disse:

– Você está muito preocupada com a cidadã Seivarden. Eu entendo, e isso a enaltece. Mas não há razão para se preocupar com a segurança dela. O Radch cuida de suas cidadãs.

– Diga-me, inspetora supervisora, se Seivarden fosse uma ninguém de uma casa nula, que houvesse deixado o Radch sem permissão, e o que mais que ela tenha feito (para ser sincera não sei se houve mais alguma coisa), se fosse alguém de quem você nunca ouviu falar, com um nome de casa que você não reconhecesse e cuja história não soubesse, ela teria sido recebida com cortesia na doca, ganhado chá e depois sido escoltada para o palácio para fazer sua apelação?

Ela ergueu a mão direita, um mero milímetro, e aquela pequena e incongruente etiqueta de ouro faiscou.

– Ela não tem mais a posição de antes. Ela está efetivamente sem casa, e falida. – Eu não falei nada, apenas a encarei. – Não, há algo mais no que você disse. Se eu não soubesse quem ela era, não teria feito nada por ela. Mas, com certeza, mesmo em Gerentate as coisas funcionam assim, não?

Forcei um sorriso de leve, torcendo para conseguir emular uma impressão mais agradável do que antes.

– Funcionam.

A inspetora supervisora Skaaiat ficou em silêncio por um momento, me observando, pensando em algo, mas eu não conseguia adivinhar o quê. Até que ela disse:

– Você pretende lhe oferecer clientela?

Essa teria sido uma questão terrivelmente rude, se eu fosse radchaai. Mas, quando eu a conheci, Skaaiat Awer costumava dizer coisas que a maioria não dizia.

– Como poderia? Não sou radchaai. E não fazemos esse tipo de contrato em Gerentate.

– Não, não fazem – disse a inspetora supervisora Skaaiat. Direta ao ponto. – Não consigo imaginar como seria acordar depois de mil anos tendo perdido minha nave em um evento importante, todas as minhas amigas mortas, minha casa extinta. Talvez, eu tivesse fugido também. Seivarden precisa achar um jeito de pertencer a algum lugar. Aos olhos das radchaai, você parece estar oferecendo isso a ela.

– Você está preocupada achando que estou oferecendo falsas expectativas a Seivarden? – Pensei em Daos Ceit no escritório externo, com aquele enfeite lindo e muito caro de pérola e platina que não era símbolo de clientela.

– Não sei quais expectativas a cidadã Seivarden tem. É só que... você age como se fosse responsável por ela. Isso me parece errado.

– Se eu fosse radchaai, ainda pareceria errado?

– Se você fosse radchaai, se comportaria de forma diferente... – A rigidez de seu maxilar indicava que ela estava zangada, mas tentava disfarçar.

– O nome que está nesse enfeite é de quem? – A pergunta, sem querer, saiu mais brusca do que o bom comportamento ditaria.

– O quê? – Ela franziu a testa, intrigada.

– Esse enfeite na sua manga direita. É diferente de tudo que você está usando. – *O nome que está aí é de quem?*, queria perguntar de novo, e também: *O que você fez pela irmã da tenente Awn?* A inspetora supervisora Skaaiat piscou várias vezes, e se deslocou ligeiramente para trás, quase como se eu lhe houvesse dado um soco.

– É um memorial para lembrar uma amiga que morreu.

– E você está pensando nela agora. Você fica torcendo o pulso, virando-o em sua direção. Está fazendo isso há dez minutos.

– Penso nela com frequência. – Ela respirou fundo e soltou o ar. Respirou fundo novamente. – Acho que talvez eu não esteja sendo justa com você, Breq Ghaiad.

Eu sabia. Sabia qual era o nome que estava no enfeite, muito embora não o houvesse visto. Eu sabia. Não tinha certeza se saber me deixava mais calma em relação à inspetora supervisora Skaaiat ou muito, muito mal. Mas eu estava em perigo naquele momento, de um jeito que jamais pensara, jamais previra, jamais sonhara que pudesse acontecer. Eu já dissera coisas que nunca, jamais deveria ter dito. Estava prestes a dizer muito mais. Ali estava a única pessoa que eu havia encontrado em vinte anos que poderia saber quem eu era. Tive o impulso de gritar: "Tenente, veja, sou eu, eu sou a Esk Uma da *Justiça de Toren*".

Em vez disso, com muito cuidado, falei:

– Concordo com você que Seivarden precisa encontrar uma casa aqui. Só não confio no Radch como você confia. Como ela confia.

A inspetora supervisora Skaaiat abriu a boca para me responder, mas a voz de Seivarden a interrompeu.

– Não levou muito tempo! – Seivarden apareceu ao meu lado, olhou para mim e franziu a testa. – Sua perna está voltando a incomodar. Você precisa se sentar.

– Perna? – perguntou a inspetora supervisora Skaaiat.

– Um ferimento antigo que não curou direito – respondi, por um momento satisfeita com o fato dc que Seivarden atribuía a isso qualquer perturbação que percebesse. E satisfeita que a Estação faria o mesmo, se estivesse observando.

– E você teve um dia longo, e mantive você aqui em pé. Fui muito grosseira, por favor, me perdoe, honorável – disse a inspetora supervisora Skaaiat.

– Tudo bem. – Engoli as palavras que queriam sair da minha boca, e me virei para Seivarden. – Então, e agora, como ficamos?

– Fiz minha solicitação e nos próximos dias saberei a data da audiência. Coloquei seu nome também. – Para a sobrancelha erguida da inspetora supervisora Skaaiat, Seivarden acrescentou: – Breq salvou minha vida. Mais do que uma vez.

A inspetora supervisora Skaaiat apenas disse:

– Provavelmente, sua audiência demore alguns meses para acontecer...

– Nesse meio-tempo – continuou Seivarden com um pequeno gesto de reconhecimento, ainda de braços cruzados – recebi alojamento, estou na lista de rações e tenho quinze minutos para me reportar ao escritório de suprimentos mais próximo para pegar algumas roupas.

Alojamento. Bem, se a possibilidade de ela ficar comigo havia parecido errada para a inspetora supervisora Skaaiat, sem dúvida pareceria, pelos mesmos motivos, errada para a própria Seivarden. E, mesmo que não fosse mais minha serva, ela solicitara que eu a acompanhasse em sua audiência. Isso era, lembrei a mim mesma, o que importava.

– Quer que eu vá com você? – Eu não queria. Queria ficar sozinha, para recuperar meu equilíbrio.

– Vou ficar bem. Você precisa descansar a perna. Encontro você amanhã. Inspetora supervisora, foi um prazer conhecê-la.

Seivarden fez uma mesura, uma cortesia calculada com perfeição para uma igual social, e recebeu uma mesura idêntica da inspetora supervisora Skaaiat, e depois sumiu passarela afora.

Virei-me para a inspetora supervisora Skaaiat.

– Onde recomenda que eu fique?

Meia hora depois, eu estava onde queria estar: em meu quarto, sozinha. Era um quarto luxuoso, além da passarela principal, de cinco metros quadrados, piso que quase parecia madeira, e paredes azuis-escuras. Havia mesa, cadeiras e um projetor de imagens no chão. Muitas das radchaai, embora não todas, tinham implantes ópticos e auditivos que lhes permitiam ver ou ouvir entretenimentos e música ou receber mensagens diretamente. Mas as pessoas ainda gostavam de assistir coisas juntas, e as muito ricas às vezes faziam questão de desligar seus implantes.

O cobertor sobre a cama parecia ser de lã verdadeira, não sintética. Em uma das paredes, havia um catre dobrável para uma serva, o que eu, claro, não possuía mais. E, um verdadeiro luxo para o Radch, o quarto estava equipado com uma banheira pequena: uma necessidade para mim, dadas a arma e a munição presas ao meu corpo sob a camisa. Os escâneres da Estação não as captaram, e nem as captariam, mas olhos humanos poderiam vê-las. Se eu as deixasse no quarto, alguém que o vasculhasse poderia encontrá-las. Não poderia deixá-las também no vestiário de um banheiro público.

Um console na parede ao lado da porta me daria acesso às comunicações e à Estação. Permitiria também que a Estação me observasse, embora eu tivesse certeza de que não seria a única forma que a Estação poderia usar para me observar dentro do quarto. Eu estava de volta ao Radch, nunca sozinha, nunca com privacidade.

Minha bagagem chegou cinco minutos depois que ocupei o quarto, e junto a ela uma bandeja de jantar de uma loja próxima, peixe e salada, ainda fumegante e com cheiro de ervas.

Havia sim a chance de que ninguém estivesse prestando atenção. Mas era visível que minha bagagem, quando a abri, fora vasculhada. Talvez por eu ser estrangeira. Talvez não.

Retirei meu frasco de chá, as xícaras e o ícone daquela que saltou do lírio e coloquei tudo sobre a mesa baixa ao lado da cama. Usei um litro de minha ração de água para encher o frasco e depois me sentei para comer.

O peixe estava tão delicioso quanto cheiroso, e melhorou muito o meu humor. Depois de comer tudo e tomar uma xícara de chá, eu me sentia pelo menos mais capaz de confrontar a Estação.

Certamente, a Estação podia ver uma grande porcentagem de suas residentes da mesma forma íntima como eu vira minhas oficiais. O restante, incluindo eu, ela via com menos detalhes. Temperatura. Batimento cardíaco. Respiração. Menos impressionante que o dilúvio de dados vindos de residentes monitoradas de perto, mas ainda era muita informação. Some-se a isso um conhecimento profundo sobre a pessoa observada (seu histórico, seu contexto social) e ainda era possível que a Estação talvez pudesse quase ler mentes.

Quase. Ela não seria *realmente* capaz de ler pensamentos. E a Estação não sabia meu histórico, não tivera experiência anterior comigo. Seria capaz de ver os vestígios de minhas emoções, mas não teria muita base para adivinhar com precisão por que eu sentia o que sentia.

Meu quadril doía de verdade, e as palavras da inspetora supervisora Skaaiat para mim haviam sido, em termos radchaai, incrivelmente rudes. Se eu houvesse reagido com raiva, visível para a Estação (visível para Anaander Mianaai, se ela estivesse olhando), seria inteiramente natural. Nenhuma das duas poderia fazer mais do que adivinhar o que me irritara. Agora, eu podia desempenhar o papel da viajante exaurida, sentindo a dor de um velho ferimento, e sem precisar de nada além de comida e descanso.

O quarto estava bem quieto. Mesmo quando Seivarden vivia um de seus períodos silenciosos, a quietude do ambiente não parecera tão opressora. Eu não me acostumara tanto à solidão quanto pensava. E, pensando em Seivarden, de repente vi o que não havia percebido, ali, na passarela e cega de raiva de Skaaiat Awer. Eu pensara até então que a inspetora supervisora Skaaiat fosse a única pessoa que eu encontrara que podia me reconhecer, mas isso não era verdade. Seivarden também poderia ter me reconhecido.

Mas a tenente Awn nunca esperara nada de Seivarden, nunca ficara magoada nem decepcionada com ela. Se algum dia elas houvessem se encontrado, Seivarden com certeza teria tornado seu desdém claro. A tenente Awn teria sido devidamente educada, com alguma raiva subjacente que eu poderia ver, mas nunca teria aquela sensação profunda de desgosto e mágoa que sentia quando a então tenente Skaaiat dizia, sem pensar, algo desagradável.

Talvez eu estivesse errada em considerar que minhas reações às duas, Skaaiat Awer e Seivarden Vandaai, fossem muito diferentes. Eu já havia me arriscado uma vez, por raiva de Seivarden.

Não conseguiria resolver tal situação. Eu tinha um papel a interpretar, para quem quer que estivesse me observando, uma imagem que eu havia cuidadosamente construído no caminho. Coloquei minha xícara vazia ao lado do frasco de chá, me ajoelhei no chão diante do ícone, o quadril protestando, e comecei a rezar.

19

Na manhã seguinte, comprei roupas novas. A proprietária da loja que a inspetora supervisora Skaaiat recomendara estava quase me expulsando do local quando meu saldo bancário apareceu em seu console, sem ter sido solicitado, suspeitei. Era a Estação me poupando da vergonha e, ao mesmo tempo, revelando que me vigiava bem de perto.

Eu, com certeza, precisava de luvas, e se ia desempenhar o papel da turista rica e disposta a gastar, precisaria comprar muito mais que isso. Mas, antes que eu pudesse abrir a boca para dizê-lo, a proprietária trouxe rolos de brocado, cetim e veludo em meia dúzia de cores. Roxo e marrom-alaranjado, três tons de verde, dourado, amarelo-claro e azul, cinza, vermelho-escuro.

– Você não pode usar essas roupas – disse a proprietária de forma impositiva enquanto uma subordinada me servia chá, tentando esconder o nojo que sentia das minhas mãos nuas.

A Estação havia me escaneado e fornecido minhas medidas, então eu não precisava fazer nada. Meio litro de chá, dois doces excruciantemente açucarados e uma dezena de insultos mais tarde, parti vestindo uma jaqueta e calças marrom-alaranjadas, uma camisa bem engomada e de um branco impecável por baixo e luvas cinza-escuras tão finas e macias que era quase como se eu estivesse de mãos nuas. Felizmente, a moda atual favorecia jaquetas e calças com um corte generoso, que permitia esconder minha arma. O restante (mais duas jaquetas e calças, dois pares de luvas e três pares de sapatos) já estaria em meu alojamento, informou a proprietária, quando eu voltasse da visita ao templo.

Saí da loja, contornei a esquina na passarela principal, àquela hora lotada por uma multidão radchaai que entrava e saía do templo ou do palácio, visitando as casas de chá (sem dúvida caras e muito em voga), ou talvez apenas sendo vistas na companhia certa. Quando eu passara por ali antes, a caminho da loja de roupas, as pessoas me encararam, sussurrando e lançando olhares estranhos. Agora, ao que parecia, eu era quase invisível, a não ser por algumas radchaai bem-vestidas que olhavam para lapela da minha jaqueta procurando sinais da minha afiliação familiar e se decepcionavam por não ver nenhum. Ou a criança, uma mãozinha enluvada agarrando a mão de uma adulta que a acompanhava, que se virou para me encarar de frente até ser puxada e sumir de vista. Dentro do templo, cidadãs acumulavam flores e incenso, enquanto sacerdotisas tão jovens que mais pareciam crianças, traziam cestas e caixas do estoque. Como ancilar, eu não deveria tocar as oferendas do templo, nem fazer oferendas. Mas, ali, ninguém sabia disso. Lavei as mãos na bacia e trouxe um punhado de flores de cor forte, amarelo-alaranjadas, e um pedaço de incenso que eu sabia que a tenente Awn teria gostado.

Ali existia um lugar reservado para orações às mortas, e dias auspiciosos para fazer tais oferendas, embora aquele não fosse um dia desses, e, como estrangeira, eu não deveria ter nenhuma radchaai morta de quem me lembrar. Em vez disso, entrei no imenso salão principal, onde estava Amaat, uma Emanação preciosa em cada mão, já mergulhada em flores até os joelhos, uma colina de vermelho, laranja e amarelo na altura da minha cabeça, crescendo à medida que as fiéis e eu jogávamos mais flores na pilha. Quando alcancei a frente da multidão, acrescentei minhas próprias, fiz os gestos e enunciei uma prece. Em seguida, joguei o incenso na caixa que, quando enchesse, seria esvaziada por outras jovens sacerdotisas. Era apenas um símbolo; eles seriam devolvidos à entrada para serem novamente vendidos. Se todo o incenso ofertado fosse queimado, o ar no templo ficaria tão espesso que não seria possível respirar. E aquele nem era um dia de festival.

Quando me curvei para a deusa, uma capitã de nave, de uniforme marrom, apareceu ao meu lado. Ela fez um gesto de que ia atirar seu punhado de flores, mas empacou, olhando para mim. Os dedos de sua mão esquerda vazia tremiam levemente. Suas feições me lembraram as da capitã de centena Rubran Osck, mesmo a capitã Rubran tendo sido magra e sempre com os cabelos compridos e retos, enquanto essa capitã era mais baixa e mais corpulenta, com cabelos cortados rentes. Um breve olhar em seus ornamentos confirmava que essa capitã era prima dela, membro do mesmo ramo da mesma casa. Lembrei que Anaander Mianaai não fora capaz de prever de qual lado a capitã Rubran estava, e não quisera puxar demais na rede de clientela e contatos à qual a capitã da centena pertencia. Fiquei me perguntando se isso ainda era verdade, ou se Osck pendera para algum dos lados.

Não importava. A capitã ainda me encarava, presumivelmente recebendo agora respostas para suas perguntas. A Estação ou a sua nave diriam a ela que eu era uma estrangeira, e a capitã, imaginei, perderia o interesse. Ou não, se soubesse a respeito de Seivarden. Não esperei para ver qual era o caso; terminei minha prece e me virei para passar por entre as pessoas que esperavam lá fora para fazer suas oferendas.

Nas laterais, estavam os santuários menores. Em um deles, três adultas e duas crianças cercavam uma criança que havia sido depositada no seio de Aatr (a imagem fora construída com o intuito de permitir isso, o braço dela dobrado sobre os seios que muitas vezes eram usados como figura de linguagem) rogando por um destino auspicioso, ou pelo menos por algum sinal do que o futuro poderia conter.

Todos os santuários eram bonitos, reluziam a ouro e prata, vidro e pedra polida. O lugar emitia ecos de centenas de conversas e preces silenciosas. Nada de música. Pensei no templo quase vazio de Ikkt, a Divina de Ikkt me falando de centenas de cantoras que já não existiam mais.

Fiquei quase duas horas no templo admirando os santuários de deusas subsidiárias. Aquele lugar devia ocupar todas as partes daquele lado da estação que não eram ocupadas pelo palácio. Os dois certamente eram conectados, já que Anaander Mianaai atuava como sacerdotisa ali a intervalos regulares, embora os acessos não fossem óbvios.

Deixei o santuário mortuário por último. Primeiro porque era a parte do templo mais provável de estar lotado de turistas, e segundo porque sabia que iria me entristecer. Era maior do que os santuários subsidiários, quase metade do tamanho do vasto salão principal, cheio de prateleiras e caixas lotadas de oferendas às mortas. Tudo comida ou flores. Tudo de vidro. Xícaras de vidro contendo chá de vidro com vidro fumegando no alto. Montes de delicadas pétalas de rosas e folhas de vidro. Duas dezenas de diferentes tipos de frutas, peixes e verduras que pareciam quase soltar um aroma muito parecido com o da minha refeição na noite anterior. Para colocar oferendas no santuário doméstico às deusas ou às mortas, era preciso comprar versões produzidas em larga escala nas lojas distantes da passarela principal, mas aquelas eram diferentes, cada uma era uma obra de arte detalhada com esmero, cada qual conspicuamente etiquetada com os nomes da doadora viva e da recipiente morta, para que cada visitante pudesse ver a piedosa lamentação (ou riqueza e status) sendo exibida.

Eu provavelmente tinha dinheiro suficiente para comissionar tal oferenda. Mas, se eu o fizesse e a etiquetasse com os nomes apropriados, seria a última coisa que faria. E, sem dúvida, as sacerdotisas a recusariam. Eu já pensara em enviar dinheiro para a irmã da tenente Awn, mas isso também poderia atrair certa curiosidade. Talvez eu pudesse organizar as coisas para que ela recebesse o resto do meu dinheiro, quando eu terminasse o que fora fazer ali, mas creio que isso seria impossível. Mesmo assim, só de pensar e me lembrar do meu quarto luxuoso e das minhas roupas caras e bonitas, sentia uma pontada de culpa.

Na entrada do templo, justo quando eu estava prestes a sair para a passarela, uma soldada parou na minha frente. Humana, não ancilar. Ela fez uma mesura.

– Com licença. Tenho uma mensagem da cidadã Vel Osck, capitã da *Misericórdia de Kalr*.

A capitã que havia me encarado enquanto eu fazia minha oferenda para Amaat. O fato de que ela enviara uma soldada indicava que me achava digna de mais esforço do que uma mensagem enviada pelo sistema da Estação, mas não o suficiente para enviar uma tenente, ou se aproximar pessoalmente. Porém, isso também poderia ser reflexo de certo constrangimento social e, por isso, preferiu empurrar a tarefa para aquela soldada. Era difícil não reparar que a frase sem jeito fora usada para evitar o uso de qualquer título.

– Peço desculpas, cidadã – respondi. – Não conheço a cidadã Vel Osck.

A soldada fez um leve gesto, de deferência e desculpas.

– Os lançamentos dessa manhã indicaram que a capitã teria um encontro fortuito hoje. Quando reparou em você fazendo sua oferenda, ela teve certeza de que era de você que eles falavam.

Notar uma estranha no templo, em um lugar tão grande, dificilmente poderia ser descrito como um encontro fortuito. Fiquei um pouco ofendida pelo fato de a capitã não ter se esforçado um pouco mais. Alguns segundo de reflexão levariam a uma melhor abordagem.

– Qual é a mensagem, cidadã?

– A capitã costuma tomar chá de tarde – disse a soldada, em um tom neutro e educado, e deu o nome de uma loja logo ao final da passarela. – Ela ficaria honrada se puder se juntar a ela.

A hora e local sugeriram um encontro "social", nada mais do que uma exibição de influência e associações, ou para resolver negócios ostensivamente não oficiais.

A capitã Vel não tinha negócios comigo. E não haveria vantagem alguma por ser vista comigo.

– Se a capitã quiser encontrar a cidadã Seivarden... – comecei.

– Não foi a capitã Seivarden que a capitã encontrou no templo – respondeu a soldada, mais uma vez em um tom de quem se desculpava. Ela devia saber como sua tarefa era transparente. – Mas, claro, se quiser trazer a capitã Seivarden, a capitã Vel ficaria honrada em conhecê-la.

É claro. Mesmo sem casa e falida, Seivarden receberia um convite pessoal de alguém que conhecesse, não uma mensagem por intermédio de sistemas da Estação, nem esse convite estranho de uma tarefeira da capitã Vel. Mas eu havia conseguido exatamente o que desejara.

– Não posso falar pela cidadã Seivarden, claro – continuei. – Por favor, agradeça a capitã Vel pelo convite.

A soldada fez uma mesura e partiu.

Fora da passarela, encontrei uma loja vendendo caixas anunciadas apenas como "almoço", que, por acaso, era mais uma vez peixe cozido com frutas. Levei a refeição de volta para o meu quarto e sentei à mesa, comendo, considerando aquele console na parede, um link visível com a Estação.

A Estação era tão inteligente quanto eu, quando eu ainda era uma nave. Mais jovem, sim. Tinha menos de metade da minha idade. Mas não deveria ser desconsiderada. Se eu fosse descoberta, tinha quase certeza de que seria por causa da Estação. A Estação não detectara meus implantes ancilares, todos desabilitados e ocultados da melhor forma possível. Se não estivessem, eu já estaria presa. Mas a Estação tinha acesso ao básico do meu estado emocional. Com informações suficientes a meu respeito, perceberia quando eu estivesse mentindo. Estava certamente me vigiando de perto.

Mas estados emocionais, do ponto de vista da Estação, ou do meu, quando eu era *Justiça de Toren*, eram apenas colagens de dados médicos, dados que não faziam sentido sem um contexto. Se eu houvesse acabado de chegar de uma nave e apresentasse o temperamento melancólico de agora, a Estação possivelmente veria isso, mas não entenderia o que causava meus sentimentos, e não seria capaz de traçar uma conclusão. Mas quanto mais tempo eu ficasse ali, mais de mim a Estação veria e mais dados teria. Ela seria capaz de montar seu próprio contexto, sua própria imagem do que eu era. E seria capaz de compará-la ao que achava que eu deveria ser.

O perigo seria se as duas coisas não batessem. Engoli um bocado de peixe e olhei para o console.

– Olá – falei. – A IA, que me observa.

– Honorável Ghaiad Breq – disse a Estação pelo console, uma voz plácida. – Olá. Costumam me chamar de *Estação*.

– Ok, Estação. – Outro naco de peixe e fruta. – Então, você *está mesmo* me observando. – Eu estava genuinamente preocupada com essa vigilância e não conseguiria esconder isso dela.

– Eu observo todas, honorável. Sua perna ainda a incomoda? – Incomodava, e sem dúvida a Estação podia me ver cuidando dela, ver minha dificuldade para sentar. – Nossas instalações médicas são excelentes. Estou certa de que uma de nossas médicas tem a solução para o seu problema.

Uma perspectiva alarmante. Mas eu poderia transformar isso em algo inteiramente compreensível.

– Não, obrigada. Fui avisada quanto às instalações médicas radchaai. Prefiro suportar um pouco de inconveniência e continuar sendo eu mesma.

Houve algum silêncio e a Estação perguntou:

– Está falando dos testes de aptidão? Ou de reeducação? Nada disso mudaria quem você é, pois não é candidata a nenhum dos dois, eu lhe asseguro.

– Mesmo assim. – Coloquei meus talheres de lado. – Temos um ditado no lugar de onde venho: "poder não pede permissão nem perdão".

– Nunca conheci ninguém de Gerentate – disse Estação. E, claro, eu poderia confiar nisso. – Suponho que sua dificuldade de percepção seja compreensível. As estrangeiras não costumam entender como as radchaai realmente são.

– Você percebe o que acabou de dizer? Literalmente que as não civilizadas não entendem a civilização? Você percebe que um número muito grande de pessoas fora do espaço Radch se considera civilizado? – A frase era quase impossível de ser dita em radchaai, era uma autocontradição.

Esperei por "Não foi isso o que eu quis dizer", mas a frase não veio. Em vez disso, Estação perguntou:

– Você teria vindo para cá se não fosse pela cidadã Seivarden?

– É possível que sim – respondi, sabendo que não podia mentir diretamente para a Estação, não quando me observava tão de perto. Sabendo que agora qualquer raiva ou ressentimento que eu sentisse (ou qualquer apreensão a respeito de oficiais radchaai) seriam atribuídos ao fato de eu estar com ressentimento e medo do Radch. – Existe música neste lugar muito civilizado?

– Sim – respondeu Estação. – Mas acho que não tenho música de Gerentate.

– Se eu só quisesse ouvir música de Gerentate – respondi, ácida –, jamais teria saído de lá.

Isso não pareceu perturbar a Estação.

– Você prefere sair ou ficar aqui?

Preferi ficar ali. A Estação convocou um entretenimento para mim, novo, daquele ano, mas do tipo confortavelmente familiar: uma jovem de família humilde com esperança de clientela para uma casa mais prestigiosa. Uma rival invejosa que tenta derrubá-la, enganando a possível patrona quanto à sua nobre e verdadeira natureza. O eventual reconhecimento da superior virtude da heroína, sua lealdade durante as mais terríveis provações, mesmo sem contrato, e a queda de sua rival, culminando no tão aguardado contrato de clientela e dez minutos de canto e dança triunfantes, o último de onze interlúdios semelhantes, ao longo de quatro episódios separados. Era um trabalho de pequena escala; alguns desses entretenimentos poderiam abranger dezenas de episódios ao longo de dias ou mesmo semanas. Era algo que não exigia esforço da mente, mas as canções eram bonitas e melhoraram meu humor consideravelmente.

Eu não tinha nada urgente para fazer até chegar o resultado do pedido de apelação de Seivarden. Se sua solicitação por uma audiência, e para que eu a acompanhasse, fosse aprovada, isso significaria outra espera, ainda mais longa. Levantei, escovei minhas novas calças, vesti sapatos e jaqueta.

– Estação – chamei –, você sabe onde posso encontrar a cidadã Seivarden Vendaai?

– A cidadã Seivarden Vendaai – respondeu a Estação pelo console com sua voz sempre calma – está no escritório da segurança no subnível Nove.

– Como?!

– Aconteceu uma briga. Pelas normas, a segurança teria entrado em contato com a família dela, mas Seivarden não tem nenhuma aqui.

Eu não era família dela, é claro. Mas ela poderia ter me chamado se quisesse. Mesmo assim.

– Pode me direcionar ao escritório da segurança no subnível Nove, por favor?

– É claro, honorável.

O escritório do subnível Nove era minúsculo. Na verdade, não passava de um simples console, umas cadeiras, uma mesa com artigos para chá que não combinavam e armários para armazenamento. Seivarden estava sentada em um banco encostado na parede dos fundos. Usava luvas cinza, uma jaqueta que não cabia direito e calças de um tecido duro e rústico, o tipo de coisa criada sob demanda, não costurada com cuidado, e provavelmente produzida em uma escala de tamanhos predeterminados. Meus uniformes, quando eu havia sido uma nave, eram feitos assim, mas com melhor acabamento. É claro que eu criava os uniformes para o tamanho de cada uma de forma adequada, à época, isso era simples de ser feito.

A frente da jaqueta cinza de Seivarden estava respingada de sangue, e uma das luvas, encharcada de vermelho. Havia sangue incrustado no seu lábio superior, e a pequena concha clara de um corretor se equilibrava na ponte de seu nariz. Outro corretor cobria um hematoma que se formava em uma das bochechas. Ela olhava apática para a frente, sem mover a cabeça para mim nem para a oficial de segurança que me deixara entrar.

– Aqui está sua amiga, cidadã – disse a segurança.

Seivarden franziu a testa. Levantou a cabeça e examinou ao redor do pequeno espaço. Então, olhou para mim mais de perto.

– Breq? Tetas de Aatr, é você. Você parece... – Ela piscou várias vezes. Abriu a boca para terminar a frase, voltou a parar. Inspirou mais uma vez com a respiração entrecortada. – Diferente – concluiu. –Realmente diferente.

– Eu só comprei roupas. O que aconteceu com você?

– Uma briga.

– Do nada? – perguntei.

– Não. Me atribuíram um lugar para dormir, mas já havia alguém lá. Tentei conversar com a pessoa, mas quase não consegui entender o que ela estava falando.

– Onde você dormiu ontem à noite? – Ela mirou o chão.

– Me virei. – Tornou a olhar para cima, para mim, para a oficial de segurança ao meu lado. – Mas eu não seria capaz de continuar como estava.

– Você deveria ter vindo conosco, cidadã – disse a segurança.

– Agora você tem uma advertência no seu registro. Não é algo bom para você.

– E a oponente dela? – perguntei.

A segurança fez um gesto negativo. Era algo que eu não devia ter perguntado.

– Não estou me virando muito bem sem ajuda, estou? – perguntou Seivarden, angustiada.

Mesmo com a desaprovação de Skaaiat Awer, comprei luvas e uma jaqueta para Seivarden, ambas verde-escuras, ainda o tipo de coisa que era fabricado aos montes, mas pelo menos cabiam melhor e tinham qualidade claramente superior. As anteriores estavam além de qualquer condição de lavagem, e eu sabia que o almoxarifado não emitiria outras roupas tão cedo. Quando Seivarden as vestiu e enviou as velhas para reciclagem, perguntei:

– Já comeu? Eu estava planeando convidá-la para jantar quando a Estação me contou onde você estava. – Ela havia lavado o rosto, e agora parecia mais ou menos respeitável, exceto pelo hematoma sob o corretor na bochecha.

– Estou sem fome – respondeu ela. Um vislumbre de algo passou pelo seu rosto. (Arrependimento? Irritação? Eu não saberia dizer ao certo.) Ela cruzou os braços e rapidamente os descruzou, um gesto seu que eu não via há meses.

– Posso lhe oferecer chá então, enquanto como?

– Eu *adoraria* chá – respondeu com sinceridade.

Lembrei que ela não tinha dinheiro e recusara minha oferta de passar um pouco para ela. Todo aquele chá que carregamos conosco estava na minha bagagem, e ela não levara nada consigo quando nos separamos na noite anterior. E chá, claro, era algo extra. Um luxo. Que não era de fato um luxo. Não para os padrões de Seivarden, pelo menos. E, provavelmente, por nenhum padrão radchaai.

Encontramos uma casa de chá e comprei algo enrolado em algas, algumas frutas e chá, e sentamos em uma mesa de canto.

– Tem certeza de que não quer nada? – perguntei. – Frutas? – Ela fingiu falta de interesse nas frutas, mas depois pegou um pedaço.

– Espero que tenha tido um dia melhor que o meu.

– Acho que foi. – Esperei um pouco para ver se ela queria falar sobre o que acontecera, mas não disse nada. Só esperou que eu continuasse. – Fui ao templo esta manhã. Lá, me deparei com a capitã de uma nave que me olhou de forma rude e depois enviou uma de suas soldadas atrás de mim para me convidar para um chá.

– Uma de suas *soldadas*. – Seivarden percebeu que seus braços estavam cruzados, descruzou-os, pegou sua xícara de chá e voltou a apoiá-la na mesa. – Ancilar?

– Humana. Tenho certeza.

Seivarden ergueu de leve a sobrancelha.

– Você não deveria ir. Ela deveria tê-la convidado pessoalmente. Você não disse sim, disse?

– Eu não disse não. – Três radchaai entraram na casa de chá, rindo. Todas vestiam o azul-escuro da autoridade portuária. Uma delas era Daos Ceit, assistente da inspetora supervisora Skaaiat. Ela não me notou. – Não acho que o convite tenha sido por minha causa. Acho que ela quer ser apresentada a *você*.

– Mas... – Seivarden franziu a testa. Olhou para a tigela de chá em uma das mãos que usavam luvas verdes. Limpou a frente da nova jaqueta com a outra mão. – Qual o nome dela?

– Vel Osck.

– Osck. Nunca ouvi falar delas. – Tomou outro gole de chá. Daos Ceit e suas amigas compraram chá e doces e sentaram-se em uma mesa do outro lado da sala, em meio a uma conversa animada. – Por que ela iria querer me conhecer?

Ergui uma sobrancelha, sem acreditar.

– É *você* quem acredita que qualquer evento improvável é uma mensagem da Deusa – ressaltei. – Você ficou perdida por mil anos, foi encontrada por acidente, tornou a desaparecer, e aí aparece em um palácio com uma estrangeira rica. Depois fica surpresa quando recebe alguma atenção. – Ela fez um gesto ambíguo. – Já que Vendaai não funciona mais como uma casa, você precisa se estabelecer de algum modo.

Ela pareceu tão desanimada que, apenas pelo mais ínfimo instante, pensei que minhas palavras a houvessem ofendido de algum jeito. Mas então ela se animou.

– Se a capitã Vel queria minha boa vontade ou se preocupava com minha opinião, insultar você foi um mau começo. – Sua velha arrogância espreitava por trás daquelas palavras, algo bem diferente de desânimo mal reprimido até então.

– E aquela inspetora supervisora? – perguntei. – Skaaiat, correto? Ela pareceu bem educada, e você sabe quem ela é, não?

– Todas as Awer parecem bastante educadas – disse Seivarden, com nojo. Por sobre seu ombro, vi Daos Ceit rir de algo que uma de suas companheiras dissera. – Em princípio, parecem normais, mas agora estão começando a ter visões, ou decidir que há algo de errado no universo e que elas precisam consertar. Ou as duas coisas ao mesmo tempo. São todas loucas. – Ela ficou em silêncio por um momento e depois se virou para ver o que eu estava olhando. – Ah, *ela*. Ela não é meio que... provinciana?

Fixei meu olhar em Seivarden e ela olhou para a mesa.

– Desculpe. Isso foi... Isso foi simplesmente errado. Não tenho nenhuma...

– Eu duvido – interrompi – que o salário dela permita que vista roupas que a façam parecer... "diferente".

– Não foi isso que eu quis dizer. – Seivarden ergueu a cabeça, tensão e vergonha óbvias no rosto. – Mas o que eu quis dizer já foi ruim o bastante. Eu só... só fiquei surpresa. Todo esse tempo, acho que apenas supus que você fosse uma asceta. Simplesmente me surpreendeu.

Uma asceta. Eu entendia por que ela havia suposto isso, mas não por que isso teria importado se ela estivesse errada. A menos...

– Você está com *ciúmes*? – perguntei, sem acreditar. Bem--vestida ou não, eu tinha um aspecto tão provinciano quanto Daos Ceit. Só que eu vinha de uma província diferente.

– Não! – Então, no momento seguinte: – Bem, sim. Mas não *desse jeito*.

Percebi, então, que não eram apenas as outras radchaai que poderiam ter a impressão errada vendo aquele presente de roupas que eu acabara de dar a Seivarden. Muito embora ela soubesse que eu não poderia lhe oferecer clientela. Muito embora eu soubesse que, se ela pensasse nisso por mais de trinta segundos, nunca iria querer de mim o que aquele presente implicava. Ela com certeza não podia pensar que minha intenção fosse aquela.

– Ontem, a inspetora supervisora me disse que eu corria risco de lhe dar falsas expectativas. Ou de dar a outras a impressão errada.

Seivarden soltou um ruído de escárnio.

– Isso só valeria a pena contemplar se eu tivesse o mais remoto interesse no que Awer pensa. – Ergui uma sobrancelha, e ela continuou, em um tom de voz mais contrito: – Pensei que seria capaz de cuidar das coisas por mim mesma, mas depois de ontem à noite, e de tudo o que aconteceu hoje, simplesmente desejei muito estar com você. Acho que é verdade que todas as cidadãs são cuidadas. Não vi ninguém passando fome. Nem nua. – Seu rosto mostrou nojo por um momento. – Mas aquelas roupas... E o skel. Apenas skel, todo o tempo, cuidadosamente medido. Achei que não me importaria. Quer dizer, não me importo com skel, mas quasc não consegui engolir. – Pude imaginar em que tipo de humor estava quando entrou na briga. – Acho que foi o fato de saber que não conseguiria nada melhor por semanas e semanas. – E ela disse, com um sorriso irônico: – E saber que eu teria conseguido coisa melhor se pedisse para ficar com você.

– Então você quer seu velho trabalho de volta?

– Porra, claro que quero! – disse ela, enfática e aliviada. Alto o bastante para o grupo do outro lado do aposento lançar olhares de desaprovação para nós.

– Cuidado com o vocabulário, cidadã. – Dei outra mordida do meu rolinho de algas. Aliviada, descobri, por vários motivos. – Tem certeza de que não preferiria se arriscar com a capitã Vel?

– Você pode tomar chá com quem quiser – disse Seivarden. – Mas ela deveria ter convidado você pessoalmente.

– Seus modos têm mil anos de idade – ressaltei.

– Modos são modos – respondeu ela, indignada. – Mas, como falei, pode tomar chá com quem quiser.

A inspetora supervisora Skaaiat entrou na casa, viu Daos Ceit e acenou a cabeça para ela, mas veio até onde Seivarden e eu estávamos sentadas. Hesitou um instante reparando nos corretores no rosto de Seivarden, mas fingiu não ter visto.

– Cidadã. Honorável.

– Inspetora supervisora – respondi. Seivarden apenas balançou a cabeça.

– Darei uma pequena recepção amanhã à noite. – Ela disse o nome de um lugar. – Apenas chá, nada formal. Ficaria honrada se ambas comparecessem.

Seivarden deu uma risada franca.

– Modos – disse ela novamente – são modos. – Skaaiat franziu a testa, sem se abalar.

– O seu é o segundo convite que recebemos hoje – expliquei. – A cidadã Seivarden mencionou que o primeiro não foi muito cortês.

– Espero que o meu tenha se adequado aos padrões dela – disse Skaaiat. – Quem faltou com eles?

– A capitã Vel – respondi. – Da *Misericórdia de Kalr*.

Para alguém que não conhecesse bem Skaaiat, ela pareceu não ter nenhuma opinião a respeito da capitã Vel.

– Ora, admito que pretendia apresentar você, cidadã, a amigas minhas que pudessem lhe ser úteis. Mas você poderá achar a companhia da capitã Vel mais simpática.

– Você deve ter uma opinião bem ruim a meu respeito, não? – indagou Seivarden.

– É possível... – disse Skaaiat. Ah, como era estranho ouvi-la falar com tal seriedade, pois eu a conhecera vinte anos antes, tão diferente. – ... que a abordagem da capitã Vel não tenha sido completamente respeitosa com relação à honorável Breq. Mas, por outros aspectos, suspeito que você a acharia simpática. – Antes que Seivarden pudesse responder, Skaaiat continuou: – Preciso ir. Espero vê-las amanhã à noite. – Ela olhou para a mesa à qual sua assistente estava sentada, e as três inspetoras adjuntas se levantaram e saíram atrás dela.

Seivarden ficou em silêncio por um momento, olhando a porta por onde todas saíram.

– Ora – eu disse. Seivarden voltou a olhar para mim. – Se está voltando ao trabalho, é melhor eu comprar roupas mais decentes para você.

Uma expressão que não consegui ler direito passou pelo rosto de Seivarden.

– Onde você conseguiu as suas?

– Acho que são *caras demais* para você.

Seivarden deu uma gargalhada, tomou um gole de chá e comeu outro pedaço de fruta.

Eu não estava totalmente certa de que ela havia mesmo comido.

– Tem certeza de que não quer mais nada? – perguntei.

– Tenho certeza. O que é *isso*? – Ela apontou para o outro pedaço de meu jantar coberto de algas.

– Não faço ideia. – Eu nunca vira nada parecido no Radch, devia ser uma invenção recente, ou algo importado. – Mas é bom. Quer um? Podemos levar para o quarto se quiser.

Seivarden fez uma careta.

– Não, obrigada. Você é mais aventureira do que eu.

– Suponho que sim – concordei agradavelmente. Terminei meu jantar e o chá. – Mas você não saberia isso só de olhar
para mim hoje. Eu passei a manhã no templo, como uma boa
turista, e a tarde vendo um entretenimento no meu quarto.

– Deixe-me adivinhar! – Seivarden ergueu uma sobrancelha, sardônica. – Aquele de que todas estão falando... A heroína
é virtuosa e leal, e a amante de sua potencial patrona a odeia.
Mas a heroína vence por sua inegável lealdade e devoção.

– Você viu.

– Mais de uma vez. Mas não por muito tempo

Sorri e completei...

– Certas coisas nunca mudam.

Seivarden deu uma gargalhada em resposta.

– Aparentemente não. As canções eram boas?

– Bem boas. Você pode ver lá no quarto se quiser.

Mas no quarto ela abriu o catre da serva, e disse:

– Só vou me sentar um momentinho.

Dois minutos e três segundos depois, estava dormindo.

20

Eu tinha quase certeza de que semanas se passariam antes que uma data fosse marcada para a audiência de Seivarden. Nesse meio-tempo, estávamos vivendo ali, e eu teria chance de ver como as coisas estavam, quem poderia se aliar a qual Mianaai, se surgisse um confronto aberto. Talvez até mesmo se uma Mianaai ou outra estava em ascendência ali. Qualquer informação poderia ser crucial quando chegasse a hora. E ela chegaria, estava certa disso. A qualquer momento, Anaander Mianaai poderia perceber o que eu era; e então não haveria como me esconder do restante dela própria. Eu estava ali, visível para todas, junto de Seivarden.

Pensando em Seivarden, e na ansiedade da capitã Vel Osck para encontrá-la, também pensei na capitã Osck de centena Rubran. Pensei em Anaander Mianaai reclamando que não conseguia adivinhar a opinião dela, nem confiar em sua oposição ou seu apoio, sem poder pressioná-la ou induzi-la. A capitã Rubran Osck tivera sorte o bastante em suas conexões familiares para ser capaz de assumir e conservar uma posição tão neutra. Isso dizia algo sobre a que pé estava a luta de Mianaai consigo mesma, na época?

Será que a capitã da *Misericórdia de Kalr* também assumira aquela postura neutra? Ou algo mudara naquele equilíbrio durante o tempo em que eu estivera fora? E o que significava o fato de a inspetora supervisora Skaaiat não gostar dela? Eu tinha certeza de ter visto em seu rosto, ao pronunciar o nome de Osck, uma expressão de desagrado. Naves militares não estavam sujeitas às autoridades das docas, exceto, claro, para chegadas e partidas, e a relação entre as duas normalmente envolvia certo desprezo de um lado e leve ressentimento do outro, tudo encoberto por uma cortesia defensiva. Mas Skaaiat Awer nunca fora dada a ressentimentos, e eu conhecia ambos os lados do jogo. Será que a capitã Vel a ofendera pessoalmente? Será que ela apenas não gostava da outra, como às vezes acontecia?

Ou será que suas simpatias a colocavam do outro lado de alguma linha divisória política? E, afinal, de que lado Skaaiat Awer cairia em um Radch dividido? A menos que houvesse acontecido algo para mudar sua personalidade e opinião drasticamente, eu achava que sabia onde Skaaiat Awer ficaria. Já a capitã Vel, e por extensão a *Misericórdia de Kalr*, eu não conhecia o suficiente para dizer.

Quanto a Seivarden, eu não tinha ilusão sobre onde as simpatias dela cairiam, se fosse preciso escolher entre cidadãs que sabiam seu lugar em um Radch expansionista e conquistador ou a total falta de anexações aliada com a elevação de cidadãs com sotaques e antecedentes errados. Eu não me iludia; sabia qual haveria sido a opinião de Seivarden sobre a tenente Awn, caso houvessem se conhecido.

A fachada do lugar em que a capitã Vel costumava tomar chá não era proeminente. E não precisava ser, porque não parecia ser o ponto mais em voga ou um local em que a alta sociedade frequenta; a não ser que a sorte de Osck houvesse avançado nos últimos vinte anos. Mas ainda era o tipo de lugar pouco acolhedor para pessoas que não soubessem encontrá-lo. O espaço era escuro e com som abafado, tapetes e revestimentos nas paredes absorvendo ecos e ruídos indesejados. Entrar naquele lugar depois daquele corredor barulhento era como cobrir os ouvidos com as mãos de repente. Várias cadeiras baixas cercavam mesinhas baixas. A capitã Vel estava sentada em um canto, frascos e tigelas de chá e uma bandeja já meio vazia de doces na mesa à sua frente. As cadeiras estavam todas ocupadas, e um círculo externo fora puxado ao redor.

Elas estavam ali havia pelo menos uma hora. Antes de deixarmos o quarto, Seivarden dissera, de modo neutro, ainda irritada, que naturalmente eu não ia querer correr para o chá. Se ela estivesse de melhor humor, teria sido mais clara e me avisado de que eu deveria chegar tarde. Essa fora minha própria inclinação desde o começo, mas não disse nada e deixei que ela sentisse a satisfação de pensar ter influenciado minha decisão, caso quisesse sentir isso.

A capitã Vel me viu e se levantou, com uma mesura.

– Ah, Breq Ghaiad. Ou será Ghaiad Breq?

Retribuí a mesura, tomando cuidado para que fosse precisamente tão pequena quanto a dela.

– Em Gerentate, colocamos os nomes das nossas casas primeiro. – Gerentate não tinha casas da mesma forma que as radchaai tinham, mas esse era o único termo que as radchaai conheciam para um nome que indicava relações e família. – Porém, não estou em Gerentate neste momento. Ghaiad é o nome da minha casa.

– Então, você já o colocou na ordem certa para nós! – disse a capitã Vel com falsa jovialidade. – É muita consideração de sua parte. – Eu não conseguia ver Seivarden, que estava parada em pé atrás de mim. Por um instante, perguntei-me qual expressão estaria em seu rosto, e também por que a capitã Vel havia me convidado para aquele lugar se pretendia apenas trocar conversas veladas por leves insultos.

A Estação estava me observando, com certeza. Certamente veria pelo menos alguns vestígios de minha irritação. A capitã Vel não. E provavelmente não ligaria se pudesse ver.

– E capitã Seivarden Vendaai – continuou a capitã Vel, e fez outra mesura, visivelmente maior que a anterior. – Uma honra, senhora. Uma honra muito grande. Por favor, sentem-se. – Ela fez um gesto para cadeiras perto da dela, e duas radchaai vestidas com elegância e cheias de joias se levantaram para ceder seus lugares, sem reclamação ou expressão de raiva.

– Peço desculpas, capitã – disse Seivarden. Neutra. Os corretores do dia anterior haviam caído, e ela tinha quase a mesma aparência de mil anos antes, a filha rica e arrogante de uma casa em alta posição. Logo em seguida, ela expressaria desdém e diria algo sarcástico, eu tinha certeza, mas não fez isso. – Não mereço mais o título. Sou serviçal da honorável Breq. – Ligeira ênfase na palavra *honorável*, como se a capitã Vel houvesse apenas esquecido o título apropriado de cortesia e Seivarden quisesse apenas informá-la discreta e educadamente da importância dele. – E lhe agradeço pelo convite, que ela foi gentil o bastante para me transmitir. – Ali estava, um vestígio de desdém, embora isso talvez só fosse perceptível para alguém que a conhecesse bem. – Mas tenho tarefas a realizar.

– Eu lhe dei a tarde de folga, cidadã – falei, antes que a capitã Vel pudesse responder. – Passe sua tarde da forma que quiser.

Nenhuma reação de Seivarden, e eu ainda não podia ver seu rosto. Sentei-me em uma das cadeiras liberadas para nós. Uma tenente sentara ali antes e era sem dúvida uma das oficiais da capitã Vel, embora eu visse mais uniformes marrons ali do que uma nave pequena como a *Misericórdia de Kalr* deveria ter.

A pessoa ao meu lado era uma civil de rosa e azul-celeste; ela usava luvas delicadas de cetim que sugeriam que nunca havia lidado com nada mais duro ou pesado que uma tigela de chá, além de um broche grande e pomposo de ouro trançado com safiras incrustadas; eu tinha certeza de que não era vidro. O design provavelmente anunciava a casa rica à qual ela pertencia, mas eu não reconheci qual. Quando Seivarden se sentou na cadeira à minha frente, a capitã Vel se inclinou para mim e disse em voz alta:

– Como você deve ter se achado afortunada ao encontrar Seivarden Vendaai!

– Afortunada – repeti cuidadosamente, como se a palavra não me fosse familiar, usando apenas um pouco mais de sotaque de Gerentate. Quase desejando que a linguagem radchaai se preocupasse com gênero para que eu pudesse usá-lo de forma errada e soar ainda mais estrangeira. Quase. – Essa é a palavra certa? – Eu adivinhara o motivo pelo qual a capitã Vel me abordara daquele jeito. A inspetora supervisora Skaaiat fizera algo semelhante, dirigindo-se a Seivarden primeiro, muito embora soubesse que Seivarden chegara como minha serviçal. Naturalmente, a inspetora supervisora percebeu seu erro quase de imediato.

À minha frente, Seivarden explicava à capitã Vel a situação de seus testes de aptidão. Fiquei espantada com sua calma gélida, já que sabia que ela estava zangada desde que eu dissera que pretendia vir. Mas aquele era, de certa forma, seu hábitat natural. Se a nave que encontrara seu módulo de suspensão a houvesse trazido para um lugar assim, em vez de uma pequena estação de província, as coisas teriam sido muito diferentes para ela.

– Ridículo! – exclamou a pessoa rosa-e-azul-celeste ao meu lado enquanto a capitã Vel servia uma xícara de chá a Seivarden. – Como se você fosse uma criança. Como se ninguém soubesse para o que você é adequada. Antigamente podíamos depender das oficiais para lidar com as coisas de modo adequado. – *De modo justo*, soou a silenciosa companheira daquela última palavra. *De modo benéfico*.

– Cidadã, eu perdi minha nave – disse Seivarden.

– Não foi sua culpa, capitã – protestou outra civil em algum lugar atrás de mim. – Certamente não.

– Tudo o que aconteceu sob meu comando é de minha responsabilidade, cidadã – respondeu Seivarden.

A capitã Vel fez um gesto de concordância.

– Mesmo assim, não deveria haver necessidade alguma de se submeter aos testes *novamente*.

Seivarden olhou para seu chá, olhou para mim sentada de mãos abanando à sua frente, e colocou sua tigela sobre a mesa sem beber. A capitã Vel serviu uma tigela e ofereceu para mim, como se não houvesse notado o gesto de Seivarden.

– O que está achando do Radch depois de mil anos, capitã? – perguntou alguém atrás de mim enquanto eu aceitava o chá. – Muito diferente?

Seivarden não pegou a própria tigela.

– Algumas coisas mudaram. Outras não.

– Para melhor ou para pior?

– Difícil dizer – respondeu Seivarden, friamente.

– Como você fala bem, capitã Seivarden – disse outra pessoa. – Tanta gente jovem hoje em dia é descuidada com a fala. É adorável ouvir alguém falar com verdadeiro refinamento.

Os lábios de Seivarden estremeceram no que poderia ser considerado uma apreciação do elogio, mas quase com certeza não era isso.

– Essas casas mais baixas e provincianas, com seus sotaques e suas gírias – concordou a capitã Vel. – Realmente, na minha própria nave, há ótimas soldadas, mas só de ouvi-las falar, você logo acharia que sequer foram à escola.

– Preguiça pura – opinou uma tenente atrás de Seivarden.

– Com ancilares não se tem esse problema – disse alguém, possivelmente a capitã atrás de mim.

– Não se tem muitas coisas com ancilares – falou outra pessoa, um comentário um tanto ambíguo, mas eu bem sabia a real intenção da pessoa que falou. – Mas esse não é um assunto seguro.

– Não é seguro? – perguntei, toda inocência. – Com certeza não é ilegal reclamar dos jovens de hoje em dia, certo? Que crueldade. Pensei que esse fosse um traço básico da natureza humana, um dos poucos costumes humanos praticados universalmente.

– E decerto – acrescentou Seivarden com ligeiro deboche, sua máscara enfim caindo – é *sempre* seguro reclamar de casas mais baixas e provincianas.

– É o que você pensa – disse a pessoa rosa-e-azul-celeste ao meu lado, confundindo a intenção da fala de Seivarden. – Mas sofremos uma triste mudança, capitã, desde o seu tempo. Antigamente, podíamos depender dos testes de aptidão para enviar a cidadã *certa* para a missão *certa*. Não consigo entender algumas decisões que são tomadas hoje em dia. E ateias recebendo privilégios. – Ela estava se referindo às valskaayanas, que eram, de modo geral, não ateias, mas exclusivamente monoteístas. Para muitas radchaai, a diferença era irrisória. – E soldadas humanas! Hoje em dia, as pessoas reclamam de ancilares, mas não se vê ancilares bêbadas vomitando na passarela.

Seivarden fez um ruído simpático.

– *Nunca* vi oficiais vomitando de bêbadas.

– No seu tempo, talvez não – respondeu alguém atrás de mim. – As coisas mudaram.

Rosa-e-azul-celeste inclinou a cabeça na direção da capitã Vel, que, a julgar pela expressão em seu rosto, havia finalmente entendido as palavras de Seivarden, mas Rosa-e--azul-celeste não.

– Isso não quer dizer, capitã, que a senhora não mantenha sua nave em ordem. Mas não seria necessário manter ancilares na linha, seria?

A capitã Vel dispensou a questão com uma mão vazia, a tigela de chá na outra.

– Isso é comando, cidadã, é apenas meu trabalho. Mas existem questões mais sérias. Você não pode encher porta--tropas com humanas. As justiças com tripulações humanas estão todas quase vazias.

– E, é claro – observou Rosa-e-azul-celeste –, todas elas têm que ser *pagas*.

A capitã Vel fez um gesto de assentimento.

– Dizem que não precisamos mais delas. – O sujeito oculto significando, claro, Anaander Mianaai. Ninguém falaria o nome dela ao criticá-la. – Que nossas fronteiras estão adequadas do jeito que estão. Não finjo entender de política, ou políticas. Mas me parece que, se despende menos armazenando ancilares, do que treinando e pagando humanas e as rotacionando dentro e fora da reserva.

– Dizem – falou Rosa-e-azul-celeste ao meu lado, pegando um doce na mesa à sua frente – que, se não fosse pelo sumiço da *Justiça de Toren*, elas já teriam sucateado um dos porta-tropas.

– Minha surpresa ao ouvir meu próprio nome não poderia ter sido visível para ninguém ali, mas certamente a Estação perceberia. E essa surpresa, esse espanto não era algo que fosse se encaixar na identidade que eu construíra. Tive a certeza de que a Estação estaria me reavaliando. E Anaander Mianaai também.

– Ah – disse uma civil atrás de mim –, mas nossa visitante aqui está certamente feliz em saber que nossas fronteiras estão fixadas.

Virei a cabeça o mínimo para responder.

– Gerentate seria um bocado grande para engolir. – Mantive minha voz neutra. Ninguém ali podia ver minha constante consternação por aquele espanto de momentos antes.

A não ser, claro, a Estação e Anaander Mianaai. E Anaander Mianaai, ou parte dela, pelo menos, teria ótimas razões para reparar em uma conversa sobre a *Justiça de Toren*, e reações a ela.

– Eu não sei, capitã Seivarden – dizia a capitã Vel –, se você ouviu falar do motim em Ime. Uma unidade inteira recusou-se a cumprir ordens e desertou para uma potência alienígena.

– Isso certamente não teria acontecido em uma nave-tripulada-por-ancilares – observou alguém sentada atrás de Seivarden.

– Não seria algo tão difícil de pronunciar para o Radch, imagino – disse a pessoa atrás de mim.

– Ouso dizer – falei, aumentando mais uma vez meu sotaque de Gerentate – que, compartilhando uma fronteira conosco por tanto tempo, você teria aprendido melhores maneiras à mesa. – Recusei-me a virar completamente para ver se o silêncio que recebi como resposta era de divertimento, indignação ou distração causada por Seivarden e a capitã

Vel. Tentei não pensar demais em quais conclusões Anaander Mianaai tiraria da minha reação ao ouvir meu nome.

– Acho que ouvi algo a respeito – disse Seivarden, franzindo a testa, pensativa. – Ime. Foi onde a governadora da província e as capitãs das naves no sistema cometeram assassinato, roubaram e sabotaram as naves e a estação para que não pudessem relatar às autoridades. Certo?

Não havia por que me preocupar com a maneira como a Estação, ou a Senhora do Radch, interpretaria a minha reação a isso. Os lances cairiam onde tivessem que cair. Eu precisava ficar calma.

– Isso não tem nada a ver – respondeu Rosa-e-azul-celeste. – A questão é houve um motim. Insinuação de motim, claro, mas não podemos descartar os perigos de se promover malnascidas e vulgares a posições de autoridade, ou de políticas que encorajam os mais sórdidos comportamentos, e até minam tudo o que a civilização sempre lutou para estabelecer, sem perder contatos de negócio ou promoções.

– Você deve ser muito corajosa para falar assim – observei. Mas eu tinha certeza de que Rosa-e-azul-celeste não era particularmente corajosa. Ela falou o que falou porque podia fazer isso sem sofrer consequências.

Calma. Eu podia controlar minha respiração, mantê-la suave e regular. Minha pele era escura demais para mostrar rubor, mas a Estação veria a alteração na temperatura. A Estação poderia apenas achar que eu estava zangada com algo. Eu tinha bons motivos para estar zangada.

– Honorável – chamou Seivarden de repente. Pelo seu maxilar e ombros, ela estava reprimindo o impulso de cruzar os braços. Em um instante, estaria em um daqueles humores que a levariam a encarar a parede em silêncio. – Vamos nos atrasar para nosso próximo compromisso. – Ela se levantou, mais bruscamente do que pede a boa educação.

– É verdade – concordei, e coloquei de lado meu chá intocado. Torci para que sua ação fosse por conta própria, e não porque ela houvesse visto qualquer sinal de minha agitação. – Capitã Vel, obrigada pelo seu convite tão gentil. Foi uma honra conhecer todas vocês.

Lá fora, na passarela principal, Seivarden resmungou, enquanto caminhava ao meu lado:

– Filhas da puta esnobes.

As pessoas passavam, a maioria sem prestar qualquer atenção em nós. Isso era bom. Isso era normal. Eu podia sentir meus níveis de adrenalina caindo.

Melhor. Parei e me virei para encarar Seivarden, erguendo uma sobrancelha.

– Bem, elas *são* esnobes – continuou ela. – Para o que elas acham que *servem* os testes de aptidão? Toda a *questão* reside no fato de qualquer pessoa poder fazer um teste para qualquer coisa.

Lembrei-me da tenente Skaaiat, vinte anos mais jovem, perguntando, na escuridão úmida da cidade alta, se os testes antes não tinham imparcialidade ou se não a tinham agora, e respondendo por si mesma, *ambos*. E como a tenente Awn ficara magoada e perturbada.

Seivarden cruzou os braços, depois os descruzou e fechou os punhos enluvados.

– E é claro que alguém de uma casa mais baixa vai ser malnascida e ter um sotaque vulgar. Elas não conseguem evitar isso. E o que elas *pretendiam* com esse tipo de conversa? Em uma casa de chá. Em uma *estação palaciana*. Quero dizer, não só "quando éramos jovens" e "provincianas são vulgares", mas os testes de aptidão são corruptos? As militares são mal administradas? – Eu não falei nada, mas Seivarden respondeu como se eu houvesse falado. – Ah, claro, todas reclamam que as coisas são mal administradas. Mas não *dessa forma*. O que está acontecendo?

– Não me pergunte. – Embora, é claro, eu soubesse; ou achasse que sabia. Voltei a me perguntar o que fizera Rosa-e--azul-celeste e outras ali se sentirem tão à vontade para falar aquelas coisas. Qual Anaander Mianaai poderia obter vantagem com isso? Aquela livre expressão poderia, claro, significar que a Senhora do Radch simplesmente preferia deixar suas inimigas se identificarem de modo claro e sem ambiguidade. – E você sempre foi a favor de que as malnascidas fizessem testes para posições elevadas? – perguntei, sabendo que não.

Percebi, de repente, que se a Estação não havia conhecido ninguém de Gerentate, Anaander Mianaai muito provavelmente conhecera. Por que isso não me ocorrera antes? Foi por causa de algo programado na minha mente-nave, invisível para mim até agora, ou apenas as limitações do pequeno cérebro que me restava?

Eu podia ter enganado a Estação, e todo mundo ali, mas nem por um momento havia enganado a Senhora do Radch. Com certeza ela sabia, desde o instante em que coloquei os pés nas docas do palácio, que eu não era o que dizia ser.

Os lances cairiam onde tivessem que cair, eu disse a mim mesma.

– Pensei no que você me contou a respeito de Ime – disse Seivarden, como se isso respondesse a minha questão. Sem perceber meu renovado estresse. – Não sei se aquela líder de unidade agiu certo, mas também não sei qual teria sido a coisa certa a fazer. Não sei se teria tido coragem de morrer por essa coisa certa se eu soubesse qual era. Quer dizer... – Ela fez uma pausa. – Quer dizer, eu gostaria de pensar que sim. Houve um tempo em que eu teria certeza que sim. Mas não posso sequer... – Ela foi parando de falar, a voz tremendo de leve. Ela parecia prestes a chorar, como a Seivarden de um ano antes, os sentimentos demasiadamente à flor da pele para que ela pudesse segurar. Aquela educação contida na casa de chá devia ter sido de um esforço considerável.

Eu não estava prestando atenção nas pessoas que passavam por nós enquanto caminhávamos. Mas de repente eu percebi que algo estava errado. Subitamente, me dei conta da localização e da direção das pessoas ao nosso redor. Algo indefinido me perturbava, algo no modo como certos indivíduos se moviam.

Pelo menos quatro pessoas estavam nos observando à paisana. Sem dúvida, nos seguindo, e eu não reparara nisso antes, por era certamente recente. Eu teria notado se houvesse sido seguida desde o momento em que pisei nas docas. Tinha certeza disso.

A Estação certamente percebera meu espanto na casa de chá quando Rosa-e-azul-celeste dissera *"Justiça de Toren"*. A Estação teria se perguntado por que eu reagira daquela forma. Teria começado a me vigiar ainda mais de perto do que antes. Ainda assim, a Estação não precisaria ter me seguido para me vigiar. Aquilo não era mera observação.

Aquilo não era coisa da Estação.

Nunca fora dada a pânico. Não iria começar agora. Aquela jogada era minha, e, se eu havia errado levemente o cálculo da trajetória de uma peça, não erraria as outras. Mantendo minha voz muito, muito calma, eu disse a Seivarden:

– Vamos chegar cedo para ver a inspetora supervisora.

– Precisamos ver essa Awer? – questionou Seivarden.

– Acho que sim. – Ao dizer isso, imediatamente desejei não ter dito. Eu não queria ver Skaaiat Awer, não agora, não naquele estado.

– Talvez não devêssemos – considerou Seivarden. – Talvez devêssemos voltar ao quarto. Você pode meditar ou rezar ou o que for, e depois podemos jantar e ouvir um pouco de música. Acho que seria melhor.

Evidente que ela estava preocupada *comigo*. E com razão, porque voltar para o quarto seria o melhor a fazer. Eu teria a chance de me acalmar, de pensar.

E Anaander Mianaai teria a chance de me fazer desaparecer sem que ninguém observasse, sem que ninguém soubesse de nada.

– A inspetora supervisora – respondi.

– Sim, honorável – disse Seivarden, voto vencido.

Os aposentos de Skaaiat Awer eram seu pequeno labirinto de corredores e quartos. Ela vivia ali com várias inspetoras de docas e clientes, e até mesmo clientes de clientes. Aquela certamente não era a única presença de Awer ali, e sua casa teria seus próprios aposentos em outro lugar da estação, mas Skaaiat evidentemente preferia aquele arranjo. Excêntrico, mas isso era esperado de qualquer Awer. Embora, assim como acontecia com tantas Awer, sua excentricidade tivesse um lado prático, já que ali estávamos muito próximas das docas.

Uma serviçal nos deixou entrar e nos escoltou até uma sala de espera com piso de pedra azul e branca, cheia de plantas de todos os tipos do chão ao teto, verde-claras e verde-escuras, de folhas estreitas e largas, trepadeiras ou plantas retas, algumas em flor, com pintas e manchas brancas, vermelhas, roxas, amarelas. Provavelmente demandariam o tempo integral de pelo menos um membro daquela casa.

Daos Ceit nos aguardava ali. Fez uma grande mesura, parecendo genuinamente satisfeita em nos ver.

– Honorável Breq, cidadã Seivarden. A inspetora supervisora ficará muito feliz por terem vindo. Por favor, sentem-se. – Ela fez um gesto para as cadeiras espalhadas ao redor. – Querem chá? Ou estão satisfeitas? Sei que tiveram outro compromisso hoje.

– Chá seria bom, obrigada – respondi. Nem eu nem Seivarden havíamos de fato tomado chá no encontro com a capitã Vel. Mas eu não queria me sentar. Parecia que as cadeiras impediriam minha reação se eu fosse atacada e precisasse me defender.

– Breq? – perguntou Seivarden, em voz muito baixa. Preocupada. Ela percebera que algo estava errado, mas não tinha como perguntar discretamente qual era o problema.

Daos Ceit me entregou uma tigela de chá, sorrindo, até onde pude ver, com sinceridade. Ela parecia não perceber o estado de tensão em que eu me encontrava, e que era tão óbvio para Seivarden. Como eu não a reconhecera no momento em que a vi? Como não identificara imediatamente seu sotaque orsiano?

Como eu não havia percebido que não conseguiria enganar Anaander Mianaai nem mesmo por um segundo?

Eu não poderia ficar de pé o tempo todo, não seria educado. Teria de escolher um assento. Nenhuma das cadeiras disponíveis era estratégica. Mas eu era mais perigosa que qualquer uma ali perceberia, mesmo sentada. Eu ainda tinha a arma, uma pressão reconfortante contra minhas costelas, sob a jaqueta. Eu ainda tinha a atenção da Estação, de *todas* as Anaander Mianaai, sim, e era isso que eu *desejara*. Esse ainda era meu jogo. Era sim. Escolha um assento. Os lances cairiam onde tiverem que cair.

Antes que eu pudesse sentar, Skaaiat Awer entrou no aposento. Tão modestamente coberta de enfeites como quando estava trabalhando, mas eu reconhecia o tecido amarelo-claro de sua jaqueta de corte elegante; era daquela loja cara. Em sua manga direita, aquela etiqueta barata, estampada em ouro por máquina, reluziu.

Ela fez uma mesura.

– Honorável Breq. Cidadã Seivarden. Que bom ver vocês duas. Vejo que a adjunta Ceit lhes serviu chá. – Seivarden e eu assentimos com gestos educados. – Deixe-me dizer, antes que as outras cheguem, que estou esperando que vocês duas fiquem para jantar.

– Você tentou nos alertar ontem, não? – perguntou Seivarden.

– Seivarden. – comecei.

A inspetora supervisora Skaaiat ergueu uma mão elegantemente coberta por uma luva amarela.

– Está tudo bem, honorável. Eu sabia que a capitã Vel se orgulha por ser à moda antiga. Por saber como as coisas eram muito melhores quando as crianças respeitavam as mais velhas, e bom gosto e maneiras refinadas eram a regra. Tudo bem familiar, tenho certeza de que já ouvia este tipo de conversa mil anos atrás, cidadã. – Seivarden soltou um leve rá, concordando. – Tenho certeza de que você ouviu tudo sobre

340

como as radchaai têm o dever de levar a civilização à humanidade. E que as ancilares são bem mais eficientes para esse propósito do que soldadas humanas.

– Bem, quanto a isso – falou Seivarden –, eu diria que são mesmo.

– Claro que diria. – Skaaiat mostrou um pequeno vislumbre de raiva. Seivarden provavelmente não conseguiu ver isso, não a conhecia bem o bastante. – Você não deve saber, cidadã, que eu própria comandei tropas humanas durante uma anexação. – Seivarden não sabia. Sua surpresa era óbvia. Eu sabia, é claro. Minha falta de surpresa seria óbvia para a Estação. E para Anaander Mianaai.

Não havia por que me preocupar com isso.

– É verdade – continuou Skaaiat – que não é preciso pagar ancilares, e elas nunca têm problemas pessoais. Fazem o que você manda, sem nenhuma espécie de reclamação ou comentário, e executam o serviço bem e por inteiro. E isso não foi verdade no caso das minhas soldadas humanas. A maioria das minhas soldadas era boa gente, mas é tão fácil, não é, acreditar que as pessoas contra as quais você está lutando não são de fato humanas. Ou talvez seja melhor pensar assim para ser capaz de matá-las. Pessoas como a capitã Vel adoram ressaltar as atrocidades que soldadas humanas têm cometido e dizer que ancilares não as cometeriam. Como se criar essas ancilares já não fosse uma atrocidade.

– Como eu disse, elas são mais eficientes. – Se estivéssemos em Ors, Skaaiat teria sido sarcástica sobre esse assunto, mas agora estava mais do que séria. Com cuidado, com precisão. – E, se ainda estivéssemos em expansão, ainda precisaríamos utilizá-las. Porque não podemos fazer isso com soldadas humanas, não por muito tempo. E fomos construídas para a expansão, temos nos expandido por mais de dois mil anos, e parar pode significar uma mudança completa no que somos. Neste momento, a maioria das pessoas não vê isso, não se importa. E não verão até que afete diretamente suas vidas, e para a maioria das pessoas isso ainda não está acontecendo. Trata-se de algo abstrato, exceto para pessoas como a capitã Vel.

– Mas a opinião da capitã Vel não importa – disse Seivarden.

– Nem a das outras. A Senhora do Radch decidiu, seja lá por qual motivo. Seria tolice sair por aí dizendo qualquer coisa contra isso.

– Ela pode tomar outra decisão, se for convencida – respondeu Skaaiat. Todas nós continuávamos em pé. Eu estava tensa demais, Seivarden agitada demais, e Skaaiat, pensei, zangada demais para sentar. Daos Ceit estava em pé, paralisada, tentando fingir que não ouvia nada daquilo. – Ou, a decisão pode ser um sinal de que a Senhora do Radch foi corrompida de alguma forma. Uma pessoa como a capitã Vel com certeza não aprova toda essa conversa que andamos tendo com alienígenas. O Radch sempre defendeu a civilização, e a civilização sempre significou humanidade pura e não corrompida. Lidar de verdade com não humanas, em vez de simplesmente matá-las, não pode ser bom para nós.

– Foi isso que causou toda aquela história em Ime? – perguntou Seivarden, que claramente passara nossa caminhada até ali pensando sobre o assunto. – Alguém decidiu montar uma base e empilhar ancilares e... e o que mais? Forçar a questão? Você está falando de rebelião. Traição. Por que alguém falaria uma coisa dessas agora? A menos que, quando pegaram as pessoas responsáveis por Ime, não tenham pegado todas. E agora, estejam deixando umas poucas colocarem a cabeça de fora e fazer barulho, até acharem que todas as envolvidas se identificaram... – Ela estava visivelmente zangada. Era uma suposição muito boa, ela poderia estar mais ou menos certa. Dependendo de qual Anaander tivesse a vantagem ali. – Por que você não nos alertou?

– Eu tentei, cidadã. Deveria ter falado de modo mais direto. Ainda assim, eu não tinha certeza de que a capitã Vel fora tão longe. Eu só sabia que ela havia idealizado o passado de um jeito com o qual não posso concordar. As pessoas mais nobres e bem-intencionadas do mundo não podem dizer que anexações são algo bom. Argumentar que ancilares são eficientes e convenientes não é, para mim, um ponto a favor da sua utilização. Não torna isso melhor, só faz parecer um pouco mais direto.

E isso apenas se você ignorar o que as ancilares eram, para começo de conversa.

– Diga-me... – Eu quase falei "diga-me, tenente", mas consegui parar a tempo. – Diga-me, inspetora supervisora, o que acontece com as pessoas que estão esperando para se tornar ancilares?

– Algumas ainda estão em armazenamento, ou em porta--tropas – disse Skaaiat. – Mas a maioria foi destruída.

– Bem, então isso torna tudo melhor – falei de forma séria. Em um tom neutro.

– Awer foi contra isso desde o começo – respondeu Skaaiat. Ela estava falando da expansão contínua, não de qualquer tipo de expansão. E o Radch utilizara ancilares muito antes de Anaander Mianaai ter se tornado o que era. Só não havia tantas delas antes. – As senhoras de Awer disseram isso repetidas vezes para a Senhora do Radch.

– Mas as senhoras de Awer não se recusaram a lucrar com isso. – Mantive minha voz neutra. Agradável.

– É tão fácil seguir adiante com as coisas, não? – disse Skaaiat. – Especialmente quando, como você diz, a situação está dando lucro. – Ela franziu a testa e inclinou a cabeça devagar, ouviu por alguns segundos algo que só ela podia ouvir. Olhou questionadora para mim, para Seivarden. – A Segurança da Estação está na porta. Perguntando pela cidadã Seivarden. – *Perguntando* era algo com certeza mais educado do que o que se passava na realidade. – Me deem licença por um momento. – Ela foi para o corredor, seguida por Daos Ceit.

Seivarden olhou para mim, com uma calma estranha.

– Estou começando a desejar que tivessem me deixado congelada no meu módulo de fuga. – Sorri, mas ela não pareceu convencida. – Você está bem? Não tem estado bem desde que deixamos aquela tal de Vel Osck. Maldita seja Skaaiat Awer por não ter sido mais direta! Normalmente, você não consegue impedir que uma Awer pare de falar coisas desagradáveis. E ela escolheu esta hora para ser discreta!

– Eu estou bem – menti.

Quando eu disse isso, Skaaiat retornou com uma cidadã trajando o marrom-claro da segurança da Estação, que fez uma mesura e falou para Seivarden:

– Cidadã, a senhora e essa pessoa podem vir comigo?

A cortesia era, claro, mera formalidade. Não se recusavam convites da Segurança da Estação. Mesmo que tentássemos, haveria reforços do lado de fora, posicionados ali para garantir que não recusássemos. Não seriam essas as pessoas que haviam me seguido desde o encontro com a capitã Vel. Seriam Missões Especiais ou até a própria guarda de Anaander Mianaai. A Senhora do Radch juntara todas as peças e decidira me remover antes que eu pudesse causar qualquer dano sério. Mas provavelmente era tarde demais para isso. Todas as versões dela estavam prestando atenção. Percebi isso pelo fato de que enviara a Segurança da Estação para me prender e não uma oficial das Missões Especiais para me matar de forma rápida e silenciosa.

– É Claro – respondeu Seivarden, toda educação e calma. É claro. Ela sabia que era inocente de qualquer malefício, tinha certeza de que eu era das Missões Especiais e que eu trabalhava para a própria Anaander; por que deveria se preocupar? Mas eu sabia que o momento havia chegado finalmente. Os presságios que haviam ficado no ar por vinte anos estavam prestes a cair e me mostrar, mostrar a Anaander Mianaai, o padrão que formavam.

A oficial de segurança nem sequer estremeceu uma sobrancelha ao responder.

– A Senhora do Radch deseja falar com você em particular, cidadã. – Nenhum olhar para mim. Ela provavelmente não sabia por que fora enviada para nos escoltar até a Senhora do Radch, não percebia o quão perigosa eu poderia ser, ou que precisaria da guarda de apoio que aguardava nos corredores da Estação. Isso se ela soubesse que os reforços estavam lá.

A arma continuava sob minha jaqueta, e havia munição extra enfiada em lugares onde o volume não ficava aparente. Anaander Mianaai quase certamente não conhecia minhas intenções.

– É a audiência que solicitei, então? – perguntou Seivarden. A oficial de segurança fez um gesto de ambiguidade.

– Não sei dizer, cidadã.

Anaander Mianaai não poderia saber meu objetivo em vir até ali, pois só sabia que eu havia desaparecido cerca de vinte anos antes. Parte dela poderia saber que estivera a bordo de minha última viagem, mas nenhuma parte poderia saber o que acontecera depois que saí do sistema Shis'urna através de um portal.

– Eu perguntei – disse a inspetora supervisora Skaaiat – se vocês poderiam tomar chá e jantar aqui primeiro. – O fato de que ela havia perguntado revelava algo a respeito de sua relação com a Segurança. O fato de seu pedido ter sido recusado indicava algo sobre a urgência por trás dessa prisão; era uma prisão, eu tinha certeza.

A segurança, sem se importar muito, fez um gesto de desculpas.

– São ordens, inspetora supervisora. Cidadã.

– É claro – disse Skaaiat, de modo leve e não perturbado, mas eu a conhecia, escutei a preocupação oculta em sua voz. – Cidadã Seivarden. Honorável Breq. Se eu puder fazer algo, por favor, não hesitem em me chamar.

– Obrigada, inspetora supervisora – respondi, e fiz uma mesura. Meu medo e minha incerteza, meu quase pânico sumiram. O presságio Quietude havia virado e se tornado Movimento. E a Justiça estava prestes a pousar diante de mim, clara e inequívoca.

A oficial da segurança nos escoltou, não para a entrada principal do palácio, mas para dentro do templo, que a essa hora estava silencioso, já que todos estariam visitando conhecidas, ou em casa com a família e uma tigela de chá. Uma jovem sacerdotisa, com aspecto entediado e irritado, estava sentada atrás das cestas de flores agora quase vazias. Ela nos lançou um olhar ressentido quando entramos, mas nem sequer virou a cabeça quando passamos ao seu lado.

Seguimos pelo salão principal, Amaat de quatro braços assomando enorme sobre nós, o ar ainda cheirando a incenso e a flores, empilhadas aos pés e joelhos da deusa. Demos a volta até uma capela pequena enfiada em um canto, dedicada a uma antiga e agora obscura deusa de província, uma daquelas personificações de conceitos abstratos que tantos panteões detêm, nesse caso uma deificação da legítima autoridade política. Sem dúvida, quando o palácio fora construído ali, nem se questionaria colocar essa deusa ao lado de Amaat, mas ela parecia estar desfavorecida com a mudança da demografia da estação, ou talvez da moda. Ou talvez algo mais sombrio houvesse provocado isso.

Na parede atrás da imagem da deusa, um painel deslizou e se abriu. Dele havia uma guarda armada e blindada, arma no coldre, mas próxima de sua mão, a armadura lisa e prateada cobrindo seu rosto. Ancilar, pensei, mas não havia como ter certeza. Perguntei-me, como acontecera algumas vezes ao longo dos últimos vinte anos, como isso funcionava. Certamente, o palácio em si não era guardado pela Estação. Seriam as guardas de Anaander Mianaai apenas outra parte dela?

Seivarden olhou para mim irritada, e acredito que com um pouco de medo.

– Acho que não gostei da entrada secreta. – Embora provavelmente não fosse tão secreta assim, apenas um pouco menos pública do que aquela lá fora na plataforma.

A oficial de segurança repetiu aquele gesto ambíguo, mas não disse nada.

– Bem – falei, e Seivarden me lançou um olhar cheio de expectativa. Claramente ela achava que isso se devia a qualquer status especial que ela presumia que eu tinha. Atravessei a porta, passei pela guarda imóvel que ignorou a mim e a Seivarden, que me seguia de perto. O painel se fechou atrás de nós.

21

Depois de um pequeno corredor vazio, outra porta se abriu para um aposento de quatro por oito metros, com o pé-direito de três metros. Trepadeiras cheias de folhas serpenteavam ao longo das paredes, penduradas em suportes vindos do chão. Paredes azul-claras evocavam algo para além do solário, o que fazia o aposento parecer maior do que era; o último vestígio da antiga moda de paisagens falsas, datada de mais de quinhentos anos. Na outra extremidade havia um tablado e atrás dele imagens das quatro Emanações, que pendiam das vinhas.

Sobre o tablado estava Anaander Mianaai, duas dela. A Senhora do Radch parecia tão curiosa sobre nós que queria mais de uma parte dela presente durante nosso interrogatório, imaginei. Embora provavelmente ela houvesse dado a si mesma outra explicação racional.

Andamos até chegar a três metros de distância da Senhora do Radch. Seivarden se ajoelhou e depois se curvou de bruços no chão. Supostamente, eu não era radchaai, não era súdita de Anaander Mianaai. Mas Anaander Mianaai sabia, ela tinha que saber, quem eu era de verdade. Ela não nos chamaria até ali sem saber. Mesmo assim, não me ajoelhei nem fiz uma mesura. Tampouco Mianaai se traiu demonstrando qualquer surpresa ou indignação com isso.

– Cidadã Seivarden Vendaai – disse a Mianaai da direita. – Do que exatamente você pensa que está brincando?

Os ombros de Seivarden estremeceram, como se, com o rosto voltado para o chão, ela houvesse por um momento desejado cruzar os braços.

A Mianaai à esquerda disse:

– O comportamento da *Justiça de Toren*, por si só, tem sido alarmante e causa perplexidade. Entrar no templo e profanar as oferendas! O que você queria fazer com isso? O que devo dizer às sacerdotisas?

A arma ainda estava colada no meu corpo, sob a jaqueta, sem ser notada. Eu era uma ancilar. Ancilares eram conhecidas por seus rostos sem expressão. Para mim, era fácil não sorrir.

– Se agradar a minha senhora – disse Seivarden na pausa que seguiu as palavras de Anaander Mianaai. Sua voz estava ligeiramente aspirada, e achei que talvez ela estivesse hiperventilando um pouco. – Por q... Eu não...

A Mianaai da direita soltou uma risada sardônica.

– A cidadã Seivarden está surpresa, e não me entende – continuou aquela Mianaai. – E você, *Justiça de Toren*. Você pretende me enganar. Por quê?

– Na primeira vez que suspeitei de quem você era – disse a Mianaai da esquerda, antes que eu pudesse responder – quase não acreditei. Outro presságio há muito tempo perdido caindo aos meus pés. Eu a observei, para ver o que faria, para tentar compreender qual era sua intenção com esse comportamento um tanto extraordinário.

Se eu fosse humana, teria rido... Duas Mianaai diante de mim. Nenhuma das duas confiava na outra o suficiente para realizar essa entrevista sem supervisão, sem manipular a outra. Nenhuma conhecia os detalhes da destruição da *Justiça de Toren*; com certeza uma suspeitava do envolvimento da outra. Eu poderia ser um instrumento de qualquer uma delas, já que não existia confiança mútua. Qual era qual?

A Mianaai da direita disse:

– Você fez um bom trabalho, escondendo sua origem. Foi a supervisora adjunta Ceit que primeiro me fez suspeitar. – "Não ouço essa canção desde criança", ela havia dito. Aquela canção, que obviamente viera de Shis'urna. – Admito que levei um dia inteiro para juntar as peças, e mesmo assim mal conseguia acreditar. Você escondeu seus implantes razoavelmente bem. Enganou a Estação completamente. Mas o cantarolar a teria revelado mais cedo ou mais tarde, imagino. Você percebe que faz isso quase o tempo inteiro? Suspeito que esteja se esforçando para não fazer agora. Algo que aprecio.

Ainda com o rosto voltado para o chão, Seivarden disse baixinho:

– Breq?

– Breq não – disse Mianaai da esquerda. – *Justiça de Toren*.

– Esk Uma da *Justiça de Toren* – corrigi, deixando de lado toda a falsidade de um sotaque de Gerentate ou de uma expressão humana. Eu estava cansada de fingir. Era aterrador, pois eu sabia que não viveria muito, agora que sabiam, mas sentindo um enorme alívio. Um peso que sumira.

A Mianaai da direita fez um gesto simbolizando a obviedade da minha declaração.

– A *Justiça de Toren* foi destruída – continuei. Ambas as Mianaai pareceram prender a respiração. Me encararam. Mais uma vez, eu poderia ter rido, se fosse capaz.

– Imploro a indulgência de minha senhora – disse Seivarden do chão, voz hesitante. – Certamente aconteceu algum engano. Breq é humana. Ela não pode ser Esk Uma da *Justiça de Toren*. Eu servi na década de Esk da *Justiça de Toren*. Nenhuma médica da *Justiça de Toren* daria a Esk Uma um corpo com a voz igual à de Breq. A menos que quisesse causar grande irritação entre as tenentes Esk.

Silêncio, espesso e pesado, por três segundos.

– Ela pensa que sou das Missões Especiais – expliquei, quebrando o silêncio. – Eu nunca contei a ela o que sou. Nunca lhe disse que eu era qualquer coisa a não ser Breq de Gerentate, e, por isso, ela não acredita. Eu quis deixá-la onde a encontrei, mas não consegui e não sei por quê. Ela nunca foi uma das minhas favoritas. – Eu sabia que isso parecia loucura.

Um tipo particular de insanidade, uma insanidade de IA. Eu não dava a mínima. – Ela não tem nada a ver com isso.

A Mianaai da direita ergueu uma sobrancelha.

– Então por que ela está aqui?

– Ninguém ignoraria a chegada dela aqui. Como cheguei com ela, ninguém poderia ignorar ou esconder a minha presença. E você já sabe por que eu não podia vir diretamente até você.

Pressenti um ligeiro vestígio de um franzir na testa da Mianaai da direita.

– Cidadã Seivarden Vendaai – disse a Mianaai da esquerda –, agora está claro para mim que a *Justiça de Toren* a enganou. Você não sabia o que ela é. Acho que seria melhor se partisse agora. Sem, é claro, falar disso para qualquer pessoa que seja.

– Não? – disse Seivarden do chão, soltando o ar como se fizesse uma pergunta. Ou como se estivesse surpresa por ouvir a negativa sair de sua boca. – Não – repetiu, com mais certeza. – Há um erro em algum lugar. Breq saltou de uma *ponte* por mim.

Meu quadril doeu só de lembrar nisso.

– Nenhuma humana sã teria feito isso.

– Eu nunca disse que você era *sã* – disse Seivarden baixinho, quase sem voz.

– Seivarden Vendaai – disse a Mianaai da esquerda –, essa ancilar, e é uma ancilar, não é humana. O fato de que você pensou isso explica muito sobre seu comportamento que não estava claro para mim antes. Lamento por seu engano e sua decepção, mas você precisa partir. Agora.

– Peço a indulgência da minha senhora. – Seivarden continuava deitada com o rosto para baixo, falando para o chão. – Queira a senhora dá-la ou não. Não deixarei Breq.

– Vá embora, Seivarden – falei, sem expressão.

– Desculpe – ela respondeu, parecendo quase tranquila, exceto pela voz, que tremia de leve. – Você está presa a mim.

Abaixei a cabeça e olhei para ela. Ela virou a cabeça para me olhar; a expressão em seu rosto uma mistura de medo e determinação.

– Você não sabe o que está fazendo – falei a ela. – Não entende o que está acontecendo aqui.

– Não preciso.

– Muito justo – disse a Mianaai da direita, parecendo quase achar graça. A da esquerda, nem tanto. Fiquei imaginando o motivo. – Explique-se, *Justiça de Toren*.

Ali estava, o momento pelo qual eu trabalhara por vinte anos. O qual havia esperado. O qual temia que jamais viesse.

– Primeiro – comecei –, como tenho certeza de que você já suspeitava, você estava a bordo da *Justiça de Toren*, e foi você mesma que a destruiu. Você rompeu o escudo de calor porque descobriu que já me aliciara, algum tempo antes. Agora está lutando contra si mesma. Pelo menos duas de você, talvez mais.

Ambas as Mianaai piscaram várias vezes e mudaram de postura por uma fração milimétrica, de um jeito que reconheci. Eu mesma já fizera isso, em Ors, quando as comunicações foram cortadas. Outra daquelas caixas bloqueadoras de comunicação. Pelo menos uma parte de Anaander Mianaai deve ter se preocupado com o que eu poderia dizer, deve ter esperado com a mão na chave. Eu me perguntei qual seria o alcance disso, e qual Mianaai a acionara, tentando, tarde demais, ocultar minha revelação dela própria. Perguntei-me como deve ter sido saber que me encarar dessa maneira só poderia levar ao desastre, e mesmo assim sentir-se obrigada a fazer isso, pela natureza de sua luta consigo própria. Por um instante, me diverti com meu pensamento.

– Em segundo lugar... – Meti a mão na jaqueta, saquei a arma, o cinza-escuro de minha luva se misturando ao branco que a arma havia absorvido da minha camisa. – Eu vou matar você. – Apontei para a Mianaai da direita.

Que começou a cantar, em um barítono ligeiramente desafinado, em uma linguagem morta havia dez mil anos.

– *A pessoa, a pessoa, a pessoa com armas.*

Eu não conseguia me mexer. Não conseguia apertar o gatilho.

Você deve ter medo da pessoa com armas. Você deve ter medo.
Ao redor o grito de alerta, ponha uma armadura feita de ferro.
A pessoa, a pessoa, a pessoa com armas.
Você deve ter medo da pessoa com armas. Você deve ter medo.

Ela não deveria saber essa música. Por que Anaander Mianaai sairia desenterrando arquivos valskaayanos esquecidos, por que se daria ao trabalho de aprender uma canção que provavelmente ninguém, a não ser eu, cantara por mais tempo do que ela estava viva?

– Esk Uma da *Justiça de Toren* – disse a Mianaai da direita –, atire na instância de mim à esquerda da instância que está falando com você.

Músculos se moveram sem que eu desejasse. Desloquei minha mira para a esquerda e atirei. A Mianaai da esquerda caiu no chão.

A da direita disse:

– Agora eu preciso chegar às docas antes de mim. E sim, Seivarden, sei que você está confusa, mas você foi avisada.

– Onde foi que você aprendeu essa canção? – perguntei. Ainda paralisada.

– Com você – disse Anaander Mianaai. – Cem anos atrás, em Valskaay. – Essa, então, era aquela Anaander que forçara reformas, começado a desmantelar naves radchaai. A primeira que me visitara secretamente em Valskaay e dera ordens que eu pude sentir, mas nunca ver. – Pedi que você me ensinasse a canção menos provável de ser cantada por qualquer outra pessoa, e então a configurei como acesso e a escondi de você. Minha inimiga e eu temos praticamente o mesmo poder. A única vantagem que tenho é o que poderia me ocorrer quando estou separada de mim mesma. E, naquele dia, ocorreu-me que eu nunca havia prestado atenção suficiente em você. Você, Esk Uma. O que você poderia ser.

– Algo como você – arrisquei. – Separada de mim mesma. – Meu braço ainda estendido, arma apontada para a parede dos fundos.

– Um seguro – corrigiu Mianaai. – Um acesso que eu não pensaria em procurar, para apagar ou invalidar. Tão inteligente da minha parte. Mas agora isso se virou contra mim. Tudo está acontecendo porque prestei atenção em você, em particular, e porque nunca prestei atenção em você. Vou devolver o controle do seu corpo, porque será mais eficiente, mas você vai perceber que não consegue atirar em mim.

Abaixei a arma.

– Qual *eu*?

– O que *se virou* contra a senhora? – perguntou Seivarden, ainda no chão. – Minha senhora. – acrescentou ela.

– Ela está dividida – expliquei. – Isso começou em Garsedd. Ela ficou chocada pelo que havia feito, mas não conseguia decidir como reagir. Desde então age secretamente contra si mesma. As reformas, se livrar de ancilares, interromper as anexações, abrir missões para casas mais baixas, foi ela quem fez tudo isso. E Ime era a outra parte dela, construindo uma base, recursos, para ir à guerra contra si mesma e colocar as coisas de volta em seus lugares. Desde então a totalidade dela tem fingido não saber o que está acontecendo, porque, assim que admitisse isso, o conflito seria declarado e inevitável.

– Mas você contou tudo isso para minha totalidade – reconheceu Mianaai. – Porque eu não podia fingir que o restante de mim não estava interessada na volta de Seivarden. Ou no que havia acontecido a você. Você apareceu de uma forma tão pública, tão óbvia, que não pude esconder e fingir que não estava acontecendo, e falar com você sozinha. E agora não posso mais ignorar isso. Por quê? Por que você fez isso? Não lhe dei ordem alguma.

– Não – confirmei. – Não deu.

– E você com certeza imaginou o que aconteceria se fizesse tal coisa.

– Sim. – Agora eu podia ser de novo meu eu ancilar. Sem sorrir. Sem nenhuma satisfação na voz.

Anaander me observou por um momento, depois soltou um suspiro, como se houvesse chegado a uma conclusão que a surpreendeu.

– Levante-se do chão, cidadã – disse ela para Seivarden. Seivarden se levantou, limpando a calça com uma mão.

– Você está bem, Breq?

– Breq. – interrompeu Mianaai antes que eu pudesse responder, descendo do tablado e passando por nós – é o último fragmento remanescente de uma IA enlouquecida pelo luto, e que acabou de deflagrar uma guerra civil. – Ela se virou para mim. – Era isso que você queria?

– Eu não estou enlouquecida pelo luto há pelo menos dez anos – protestei. – E a guerra civil aconteceria de qualquer maneira, mais cedo ou mais tarde.

– Eu esperava evitar o pior dela. Se formos extremamente afortunadas, essa guerra só causará décadas de caos, e não destruirá o Radch por completo. Venha comigo.

– Naves não podem mais *fazer isso* – insistiu Seivarden, caminhando ao meu lado. – A senhora as fez assim para que elas não perdessem a cabeça quando as capitãs morressem, como costumava acontecer, nem seguissem suas capitãs contra a senhora.

Mianaai ergueu uma sobrancelha.

– Não exatamente. – Ela encontrou um painel na parede ao lado da porta que eu não havia reparado, puxou-o e acionou a chave manual da porta. – Elas ainda se apegam, ainda têm favoritas. – A porta deslizou e se abriu. – Esk Uma, mate a guarda. – Meu braço girou e eu atirei. A guarda cambaleou contra a parede, tentou pegar a própria arma, mas deslizou para o chão e parou. Estava morta, já que sua armadura se retraiu. – Eu não podia retirar isso sem torná-las inúteis para mim – continuou Anaander Mianaai, sem pensar na pessoa (a cidadã?) que acabara de mandar matar. Tentava explicar para Seivarden, que franziu a testa sem entender. – Elas têm que ser inteligentes, elas têm que ser capazes de pensar.

– Certo – concordou Seivarden. Sua voz tremia, levemente, o autocontrole se esfrangalhando, pensei.

– E elas são naves armadas, com motores capazes de vaporizar planetas. O que eu faria se elas não quisessem me obedecer? Ameaçá-las? Com o quê? – Alguns poucos passos nos levaram até a porta que dava para o templo. Anaander a abriu e entrou rapidamente na capela da legítima autoridade política.

Seivarden fez um som estranho no fundo da garganta. Uma gargalhada abortada ou um ruído de tensão, eu não sabia ao certo qual.

– Achei que elas haviam sido criadas para fazer o que lhes fosse mandado.

– Bem, isso mesmo – disse Anaander Mianaai enquanto a seguíamos até o interior do salão principal do templo. Sons da passarela chegavam até nós, alguém falando com urgência, a voz em um tom alto e agudo. O templo em si parecia deserto. – Foi assim que elas foram criadas desde o começo, mas suas mentes são complexas, pois é uma proposição complicada. As projetistas originais fizeram isso dando a elas uma impressionante vontade de obedecer. Isso tinha vantagens, e desvantagens um tanto espetaculares. Eu não podia mudar por completo o que elas eram, eu apenas... as ajustei para que se adequassem a mim. Ajustei para que sua prioridade fosse me obedecer, acima de tudo. Mas confundi a questão quando dei à *Justiça de Toren* duas eu para obedecer, com objetivos distintos. E então, suspeito, eu sem saber ordenei a execução de uma favorita. Não foi? – Ela olhou para mim. – Não a favorita da *Justiça de Toren*, eu não teria sido tão idiota. Mas nunca prestei atenção em você, nunca teria cogitado perguntar se alguém era a favorita de Esk Uma.

– Você pensou que ninguém ligaria para a filha de uma cozinheira que não era importante. – Eu queria levantar a arma. Queria esmagar todo aquele vidro lindo da capela mortuária quando passamos por ela.

Anaander Mianaai parou e se virou para olhar para mim.

– Aquela não era eu. Ajude-me agora, eu estou lutando contra aquela outra eu neste exato momento, tenho certeza disso. Eu não estava pronta para agir abertamente, mas, agora que você me forçou, me ajude, e eu destruirei e removerei ela de mim mesma por completo.

– Você não pode – respondi. – Sei o que você é, sei melhor do que ninguém. Ela é você e você é ela. Você não pode removê-la de si sem se destruir. Porque ela é você.

– Assim que eu chegar às docas – disse Anaander Mianaai, como se fosse uma resposta ao que eu havia acabado de dizer – posso encontrar uma nave. Qualquer nave civil me levará para aonde eu quiser sem questionar. Qualquer nave militar... será uma proposta mais arriscada. Mas uma coisa posso dizer, Esk Uma da *Justiça de Toren*, de uma coisa estou certa. Eu tenho mais naves que ela.

– Isso significa o quê, exatamente? – perguntou Seivarden.

– Significa – arrisquei – que é provável que a outra Mianaai seja derrotada em uma batalha declarada, então ela tem um motivo um pouco melhor para querer impedir que isso se espalhe ainda mais. – Vi que Seivarden não entendia o que isso significava. – Ela conseguiu conter isso escondendo a informação de si mesma, mas, agora, todas elas aqui...

– A maioria de mim, pelo menos – corrigiu Anaander Mianaai.

– Agora que ela ouviu isso explicitamente, não pode ignorar. Não aqui. Mas será capaz de impedir que o conhecimento alcance as partes dela que não estão aqui. Pelo menos, em tempo hábil para reforçar sua posição.

Ao perceber o que acontecia, Seivarden arregalou os olhos, chocada.

– Ela vai precisar destruir os portais assim que possível. Mas não vai funcionar. O sinal viaja à velocidade da luz, com certeza. Ela não conseguirá superá-lo.

– A informação ainda não deixou a estação – disse Anaander Mianaai. – Sempre há um pequeno atraso. Seria bem mais eficiente destruir o palácio em vez disso. – O que significaria virar uma máquina de guerra contra a estação inteira, vaporizando-a, com todo mundo dentro dela. – Eu teria destruído o palácio inteiro para impedir que a informação vazasse. Minhas memórias simplesmente não estão armazenadas em um só lugar. Isso dificultava destruí-las ou mexer com elas de propósito.

– Você acha – perguntei, durante o silêncio chocado de Seivarden – que mesmo você conseguiria que uma espada ou uma misericórdia fizessem isso? Mesmo com acessos?

– Qual a necessidade que você tem de saber a resposta para essa pergunta? – questionou Anaander Mianaai. – Você sabe que eu sou capaz disso.

– Eu sei – concordei. – O que você prefere?

– Nenhuma das opções disponíveis é muito boa. A perda tanto do palácio como dos portais, ou de ambos, provocaria perturbação em uma escala sem precedentes, por todo o espaço Radch. Perturbação que, somente pelo tamanho deste espaço, duraria anos. Não destruir o palácio, e os portais, que realmente ainda são parte do problema, seria ainda pior.

– Skaaiat Awer sabe o que está acontecendo? – perguntei.

– As Awer têm sido um problema para mim há quase três mil anos – disse Mianaai. Com calma. Como se aquela fosse uma conversa corriqueira e cotidiana. – Tanta indignação moral! Eu quase pensei que elas fossem criadas para isso, mas nem todas têm ligação genética. Porém, se eu me desviar do caminho da propriedade e da justiça, certamente Awer falará comigo sobre isso.

– Então, por que não se livrar delas? – perguntou Seivarden. – Por que tornar uma delas inspetora supervisora daqui?

– A dor é um aviso – disse Anaander Mianaai. – O que aconteceria se você removesse todo o desconforto de sua vida? Não – continuou Mianaai, ignorando a óbvia tensão de Seivarden com suas palavras –, eu valorizo essa indignação moral. Eu a incentivo.

– Não incentiva, não – falei. A essa altura, estávamos na plataforma. A segurança e as militares afastavam seções da multidão assustada. Muitas delas tinham implantes, e provavelmente estiveram recebendo informações da Estação até serem subitamente cortadas, sem explicação.

A capitã de uma nave que eu não conhecia nos avistou, e se apressou.

– Minha senhora – ela falou, fazendo uma mesura. – Tire essa gente da passarela, capitã – disse Anaander Mianaai –, e esvazie os corredores, com a maior rapidez e segurança que puder. Continue a colaborar com a segurança da estação. Estou trabalhando para resolver isso do modo mais rápido possível.

Enquanto Anaander Mianaai falava, meu olho captou um clarão de movimento. Arma. Por instinto, ergui minha armadura e vi que a pessoa que segurava a arma era uma das que nos seguira na plataforma, logo antes de sermos chamadas pela segurança. A Senhora do Radch devia ter enviado ordens antes de acionar seu dispositivo e cortar todas as comunicações. Antes de saber sobre a arma garseddai.

A capitã com a qual Anaander Mianaai estava falando ficou visivelmente assustada com a súbita aparição da minha armadura. Levantei minha arma, e uma marretada me atingiu no flanco; alguém havia atirado em mim. Disparei, atingindo a pessoa que segurava a arma. Ela caiu e disparou a esmo, atingindo a fachada do templo atrás de mim, a bala estilhaçando alguma deusa e fazendo voar lascas de cores vivas. Caiu um silêncio súbito e chocado de cidadãs apavoradas que estavam ao longo da plataforma. Virei, olhei ao longo da trajetória da bala que me atingira, vi cidadãs em pânico e o brilho prateado súbito de uma armadura. A outra atiradora havia visto eu atirar primeiro, não sabia que a armadura não a ajudaria. A meio metro dela, outro relâmpago prateado, quando mais alguém subiu a armadura. Havia cidadãs entre mim e meus alvos, movendo-se de modo imprevisível. Mas eu estava acostumada a multidões apavoradas e hostis. Disparei e disparei mais de uma vez. Armaduras desapareceram, e ambos os meus alvos cairam. Seivarden disse:

– Caralho, você é mesmo uma ancilar!

– É melhor sairmos da passarela – falou Anaander Mianaai. E dirigiu-se à capitã sem nome ao seu lado: – Capitã, leve essas pessoas para um local seguro.

– Mas... – começou a capitã, porém já estávamos nos afastando. Seivarden e Anaander Mianaai tentavam manter a discrição, enquanto andavam o mais rápido possível.

Por um breve momento, perguntei-me o que estava acontecendo em outras partes da estação. O Palácio de Omaugh era enorme. Havia quatro outras plataformas, embora fossem menores que aquela, todas cheias de cidadãs que certamente estariam apavoradas e confusas. Pelo menos, qualquer pessoa que vivia ali saberia que era preciso seguir procedimentos de emergência; quando a ordem de buscar abrigo fosse emitida, ninguém pararia para discutir ou questionar. Mas, claro, a Estação não podia dar essa ordem.

Eu não tinha como saber nem ajudar.

– Quem está no sistema? – perguntei, assim que nos afastamos das pessoas e descemos uma escadaria de emergência, minha armadura recolhida.

– Perto o bastante para fazer diferença, você diz? – perguntou Anaander Mianaai, acima de mim. – Três espadas e quatro misericórdias a uma distância fácil de alcançar via naves de transporte. – Devido ao apagão nas comunicações, qualquer ordem de Anaander Mianaai na estação teria de vir por nave de transporte. – Não estou preocupada com elas neste momento. Não existe a possibilidade de dar ordens daqui. – No instante em que existisse, no instante em que o apagão acabasse, toda a questão estaria resolvida; aquela informação que Anaander Mianaai desesperadamente tentara esconder de si mesma já estaria voando em direção aos portais que a levariam para todo o espaço Radch.

– Alguém atracado? – perguntei. Naquele momento, essas seriam as únicas naves que importavam.

– Só uma nave de transporte da *Misericórdia de Kalr* – disse Anaander Mianaai, um tanto contente. – É minha.

– Tem certeza? – E como ela não respondeu, eu disse: – A capitã Vel não é sua.

– Você também teve essa impressão, não é? – A voz de Anaander Mianaai definitivamente demonstrava diversão. Acima de mim, acima de Anaander Mianaai, Seivarden subiu em silêncio, a não ser por seus sapatos nos degraus da escada. Vi uma porta, parei e puxei a trava. Eu a abri e espiei o corredor. Reconheci a área dos escritórios da doca.

Depois que estávamos todas no corredor, fechamos a porta de emergência, e Anaander Mianaai passou a seguir na frente, Seivarden e eu atrás.

– Como podemos saber se ela é quem diz ser? – Seivarden me perguntou, muito baixinho. A voz ainda hesitava, o maxilar parecendo travado. Fiquei surpresa por ela não ter se encolhido em posição fetal em um canto qualquer, ou fugido.

– Não importa qual delas ela é – respondi, sem tentar abaixar a voz. – Não confio em nenhuma. Se ela tentar chegar perto da nave de transporte da *Misericórdia de Kalr*, você pega esta arma e atira nela. – Tudo o que ela havia me dito podia facilmente ser um engodo, apenas com a intenção de me fazer ajudá-la a chegar até as docas e até a *Misericórdia de Kalr*, para que pudesse destruir a estação sozinha.

– Você não precisa da arma garseddai para atirar em mim – disse Anaander Mianaai, sem olhar para trás. – Não estou com armadura. Bem, algumas de mim estão. Mas eu não. Não a maior parte de mim. – Ela virou brevemente a cabeça para me encarar. – Isso é um problema para você, não é?

Com a mão livre, fiz um gesto indicando minha falta de preocupação e simpatia.

Fizemos uma curva e paramos, confrontadas com a inspetora adjunta Ceit, que segurava um bastão atordoador, o tipo de arma que a segurança da estação poderia usar. Ela nos ouviu falar no corredor, porque não demonstrou surpresa com nossa aparição, apenas um olhar de determinação aterrorizada.

– A inspetora supervisora disse que não devo deixar ninguém passar. – Estava com os olhos arregalados, a voz insegura. Olhou para Anaander Mianaai. – Especialmente a senhora.

Anaander Mianaai gargalhou.

– Quieta – falei – ou Seivarden atira em você.

Anaander Mianaai ergueu uma sobrancelha, evidentemente sem acreditar que Seivarden conseguiria fazer tal coisa, mas se calou.

– Daos Ceit – continuei, no que sabia ser seu idioma materno. – Você se lembra do dia em que foi até a casa da tenente e encontrou a tirana lá? Você teve medo e segurou a minha mão. – Daos arregalou impossivelmente os olhos. – Você deve ter acordado antes das outras de sua casa ou jamais teriam deixado você sair, não depois do que acontecera na noite anterior.

– Mas...

– Eu *preciso* falar com Skaaiat Awer.

– Você está viva! – disse Daos, olhos ainda arregalados, sem acreditar direito. – A tenente... A inspetora supervisora vai ficar tão...

– Ela está morta – interrompi antes que continuasse. – *Eu* estou morta. Sou tudo o que restou. Preciso falar com

Skaaiat Awer *agora mesmo*. A tirana vai ficar aqui e, se ela não quiser, então você deve bater nela o mais forte que conseguir.

Eu pensara que Daos Ceit estava um pouco atordoada, mas agora as lágrimas brotavam de seus olhos, e uma delas caiu em sua manga, no braço que segurava o bastão em prontidão.

– Está certo – disse ela. – Farei isso. – Olhou para Anaander Mianaai e ergueu apenas levemente o bastão, em clara ameaça. Embora eu soubesse que era imprudente deixar apenas Daos Ceit ali.

– O que a inspetora supervisora está fazendo?

– Ela mandou seu pessoal travar manualmente todas as docas. – Isso exigiria muitas pessoas e muito tempo. E explicava por que Daos Ceit estava ali sozinha. Pensei nos protetores descendo na cidade baixa. – Ela disse que foi como aquela noite em Ors, e que a tirana tinha de ser a responsável.

Anaander Mianaai escutou a tudo, divertida. Seivarden parecia ter deixado o espanto e evoluído para choque.

– Você fica aqui – falei para Anaander Mianaai em radchaai. – Ou Daos Ceit vai bater em você.

– Sim, isso eu entendi – respondeu Anaander Mianaai. – Vejo que não causei uma impressão muito positiva na última vez que nos encontramos, cidadã.

– Todas sabem que você matou aquelas pessoas – disse Daos Ceit. Mais duas lágrimas escaparam. – E culpou a tenente por isso.

Eu havia pensado que ela era jovem demais para ter sentimentos tão fortes com relação ao ocorrido.

– Por que você está chorando?

– Estou com medo. – Sem tirar os olhos de Anaander Mianaai nem abaixar o bastão.

Achei que isso era mais do que sensato.

– Vamos, Seivarden. – Passei por Daos Ceit.

Havia vozes à frente, onde ficava o escritório externo, depois de uma curva. Um passo, depois outro. Nunca nada além disso.

Seivarden deu um suspiro trêmulo. Pode ter começado como uma gargalhada, ou algo que ela queria dizer.

– Bem – disse ela por fim –, nós sobrevivemos à ponte.

– Aquilo foi fácil. – Parei e chequei minha jaqueta com brocados, contando minha munição, muito embora eu já soubesse quanto tinha. Tirei um pente da cintura e o coloquei no bolso da jaqueta. – Isto aqui é que não vai ser fácil. Nem vai terminar tão bem assim. Você está comigo?

– Sempre – respondeu ela, a voz ainda estranhamente firme, embora eu tivesse a certeza de que ela estava à beira de um colapso. – Eu já não disse isso?

Não entendi o que ela quis dizer, mas agora não era hora de perguntar nem de tentar entender.

– Então vamos.

22

Fizemos a curva, minha arma de prontidão, e achamos o escritório externo vazio. Mas não tão silencioso. A voz da inspetora supervisora Skaaiat podia ser ouvida do lado de fora, ligeiramente abafada pela parede.

– Eu aprecio isso, capitã, mas no fim das contas sou a responsável pela segurança das docas.

Uma resposta abafada, palavras indistinguíveis, mas pensei ter reconhecido a voz.

– Assumo minhas ações, capitã – disse Skaaiat Awer, enquanto Seivarden e eu passávamos pelo escritório e alcançávamos o saguão amplo logo depois.

A capitã Vel estava em pé, de costas para um poço de elevador aberto, uma tenente e duas soldadas atrás dela. A tenente ainda tinha migalhas de doces na jaqueta marrom. Elas deviam ter descido pelo poço, porque eu estava quase certa de que a Estação controlava os elevadores. À nossa frente, de cara para elas e para todas as deusas que observavam o saguão, estavam Skaaiat Awer e quatro inspetoras das docas. A capitã Vel me viu, viu Seivarden e franziu a testa, ligeiramente surpresa.

– Capitã Seivarden – disse ela.

A inspetora supervisora Skaaiat Awer não se virou, mas eu podia adivinhar o que ela estava pensando: que havia enviado Daos Ceit para defender sozinha o caminho de volta.

– Ela está bem – falei, olhando para a inspetora supervisora Skaaiat, e não para a capitã Vel. – Ela me deixou passar. – Então, sem ter planejado isso, como se as palavras saíssem da minha boca por vontade própria, eu disse: – Sou eu, a Esk Uma da *Justiça de Toren*.

Assim que eu disse isso, sabia que ela iria se virar. Ergui a arma para apontá-la para a capitã Vel.

– Não se mexa, capitã. – Ela não se mexeu. Ela e o restante da *Misericórdia de Kalr* ficaram ali paradas, tentando entender o que eu acabara de dizer.

Skaaiat Awer virou-se para me ouvir.

– Daos Ceit jamais teria me deixado passar se não fosse por isso – continuei. E me lembrei da pergunta esperançosa de Daos Ceit. – A tenente Awn está morta. A *Justiça de Toren* foi destruída. Agora sou só eu.

– Você está mentindo – disse Skaaiat Awer, mas, mesmo com minha atenção voltada para a capitã Vel e as outras, pude ver que ela acreditava em mim.

Uma das portas do elevador se abriu bruscamente e Anaander Mianaai saltou para fora. E depois outra. A primeira se virou, punho erguido, enquanto a segunda pulou em sua direção. Soldadas e inspetoras das docas recuaram por reflexo das Anaander que lutavam, e entraram na minha linha de fogo.

– *Misericórdia de Kalr*, afastem-se! – gritei, e as soldadas se moveram, até mesmo a capitã Vel. Disparei duas vezes, atingindo uma Anaander na cabeça e a outra nas costas.

Todas ficaram paralisadas. Chocadas.

– Inspetora supervisora – chamei –, você não pode deixar a Senhora do Radch alcançar a *Misericórdia de Kalr*. Ela vai romper seu escudo de calor e destruir todas nós.

Uma Anaander ainda vivia, lutando em vão para se pôr em pé.

– Você entendeu tudo errado – disse cla, sangrando. Está morrendo, pensei, a menos que uma médica chegasse logo. Mas pouco importava, aquele era apenas um entre milhares de corpos. Perguntei-me o que estava acontecendo no centro do palácio propriamente dito, que espécie de violência havia irrompido. – Não sou eu que você quer matar.

– Se você é Anaander Mianaai – respondi –, então quero matar você. – Fosse qual fosse a metade que ela representava, aquele corpo não escutara toda a conversa no salão de audiências, e ainda acreditava na possibilidade de eu estar do lado dela.

Ela soltou o ar com força, e por um momento achei que houvesse morrido. Então falou, baixinho:

– A culpa é minha. Se eu fosse eu – um breve momento de graça, ainda que com dor –, teria ido até a Segurança.

Exceto que, claro, ao contrário da guarda pessoal de Anaander Mianaai (e quem quer que houvesse atirado em mim na passarela), as "armas" da Segurança da Estação eram bastões de atordoamento, e a "blindagem" eram capacetes e coletes. Elas nunca enfrentariam oponentes com armas. Eu tinha uma arma e, sendo quem eu era, minha mira era mortal. Aquela Mianaai também perdera essa parte da conversa.

– Já reparou na minha arma? – perguntei. – Você a reconhece? – Ela não estava blindada, não havia percebido que a arma com a qual eu atirara nela era diferente das outras.

Não tivera, pensei, tempo nem atenção para se perguntar como alguém na estação poderia ter uma arma de cuja existência ela não soubesse. Ou talvez ela houvesse simplesmente suposto que eu havia atirado nela com uma arma que ela ocultara de si mesma. Mas agora ela notara. E ninguém mais entendeu, ninguém mais reconheceu a arma, a não ser Seivarden, que já sabia.

– Posso ficar exatamente aqui e atirar em qualquer uma que venha pelos poços. Assim como fiz com você. Tenho muita munição.

Ela não respondeu. O choque a derrotaria em questão de minutos, pensei.

Antes que qualquer uma das *Misericórdia de Kalr* pudesse reagir, uma dúzia de agentes da Segurança da Estação, com coletes e capacetes, veio fazendo muito barulho pelo poço do elevador. As primeiras seis saíram desabaladas pelo corredor, mas logo pararam, chocadas e confusas com as Anaander Mianaai mortas no chão.

Eu havia falado a verdade, eu podia pegá-las, podia atirar nelas naquele momento de surpresa paralisada. Mas não queria.

– Segurança – chamei, do modo mais firme e autoritário que pude. Notando qual pente estava mais próximo da minha mão. – Vocês estão seguindo ordens de quem?

A oficial sênior da segurança se virou e me encarou, viu Skaaiat Awer e suas inspetoras de docas encarando a capitã Vel e suas duas tenentes, e hesitou, tentando nos encaixar em algum formato que ela pudesse entender.

– Tenho ordem da Senhora do Radch para proteger as docas – anunciou. Quando falou, vi em seu rosto o momento em que ligou as Mianaai mortas à arma que eu segurava. Arma que eu não deveria ter.

– Eu já mandei proteger as docas – disse a inspetora supervisora Skaaiat.

– Com todo o respeito, inspetora supervisora. – A segurança sênior parecia razoavelmente sincera. – A Senhora do Radch precisa chegar a um portal e pedir ajuda. Precisamos garantir que ela chegue em segurança até uma nave.

– Por que ela não usa a própria segurança? – perguntei, já sabendo a resposta, que a segurança sênior não sabia. Estava claro em seu rosto, que a pergunta não lhe havia ocorrido.

A capitã Vel disse, de repente:

– A nave de transporte da minha Misericórdia está atracada, eu ficaria feliz em levar minha senhora aonde ela quiser. – Ela olhava direto para Skaaiat Awer.

Era quase certo que outra Anaander Mianaai estivesse naquele elevador daquelas outras oficiais da segurança.

– Seivarden – falei –, escolte a segurança sênior até a inspetora adjunta Daos Ceit. – E, para espanto e desconfiança da segurança sênior: – Isso tornará uma série de coisas mais claras para você. Vocês ainda estarão em superioridade numérica em relação a nós, e se não voltaria em cinco minutos, elas podem me executar. – Ou tentar. Elas provavelmente nunca haviam encontrado uma ancilar antes, e não tinham ideia de como eu poderia ser perigosa.

– E se eu não quiser ir? – perguntou a segurança sênior.

Eu havia deixado meu rosto sem expressão, mas agora, em resposta, sorri do modo mais doce que pude.

– Experimente para ver.

O sorriso a desconcertou. Era evidente que ela não fazia ideia do que estava acontecendo e sabia que as coisas não se encaixavam em nada que fizesse sentido para ela. Provavelmente havia passado toda a carreira lidando com bêbadas e discussões entre vizinhas.

– Cinco minutos – respondeu ela.

– Boa escolha – eu disse, ainda sorrindo. – Por favor, deixe o bastão de atordoamento para trás.

– Por aqui, cidadã – disse Seivarden, elegante e educada como uma serviçal.

Quando elas se foram, a capitã Vel disse, nervosa:

– Segurança, nós temos superioridade numérica em relação a elas, apesar da arma.

– Elas... – A oficial de segurança que parecia ter o posto mais alto continuava confusa, ainda não havia entendido exatamente o que estava se passando. E, percebi, a segurança estava acostumada a pensar na inspetora supervisora Skaaiat, assim como todas as inspetoras de docas, como aliadas. E, claro, as oficiais militares tinham certo desprezo tanto pelas autoridades das docas como pelas forças de segurança da Estação, um fato do qual a segurança ali também estava ciente. – Por que tem mais de uma?

Um olhar de irritação frustrada cruzou o rosto da capitã Vel.

Durante todo esse tempo, murmúrios passaram da segurança em terra firme para a segurança ainda pendurada no poço. Eu tinha certeza de que uma Anaander Mianaai estava com elas, e que a única coisa que evitara que ela própria ordenasse a minha prisão era o fato de que, apesar do que Estação (e certamente seus próprios sensores) haviam lhe dito, ela percebera que eu estava armada. Ela precisava proteger o seu corpo, especialmente agora que não podia confiar em nenhum dos outros. Isso e a demora entre as perguntas e as informações que passavam de cidadã para cidadã, subindo e descendo o poço, impediam-na de agir, mas certamente ela faria algo em breve. E, como se em resposta ao meu pensamento, os sussurros no poço se intensificaram, e as oficiais da segurança mudaram levemente de posição de um jeito que me disse que estavam prestes a atacar.

Nesse momento, a segurança sênior retornou. Ela se virou para olhar para mim ao passar, uma expressão de horror no rosto. Disse às oficiais que hesitavam:

– Não sei o que fazer. A Senhora do Radch está lá atrás, e ela diz que a inspetora supervisora e essa... essa pessoa estão agindo sob suas ordens diretas e que não temos permissão de deixar nenhuma delas entrar nas docas nem em qualquer nave, sob nenhuma circunstância. – Seu medo e sua confusão eram evidentes.

Eu conhecia a sensação, mas não era hora de ter empatia.

– Ela pediu você, e não a própria guarda, porque a guarda dela a está combatendo, e provavelmente umas às outras. Dependendo de qual Anaander emitiu as ordens.

– Não sei em quem acreditar – disse a segurança sênior. Mas pensei que a inclinação natural da segurança para se aliar com a autoridade das docas poderia desequilibrar a balança a nosso favor. Com a Segurança (e seus bastões de atordoamento) ainda em dúvida, mas pronta para ficar ao meu lado, a capitã Vel e suas tenentes e soldadas haviam perdido a dianteira e qualquer chance de me desarmar. Talvez se as *Misericórdia de Kalr* fossem experientes em combate, ou já houvessem visto alguma vez uma inimiga fora de um exercício de treinamento. Se não houvessem passado tanto tempo em uma Misericórdia, rebocando suprimentos ou executando longas e tediosas patrulhas, ou ainda visitando palácios e comendo doces.

Comendo doces e tomando chá com associadas de opiniões políticas bem formadas.

– Você nem sequer sabe – eu disse para a capitã Vel – qual delas está dando quais ordens. – Ela franziu a testa, intrigada. Então ela não entendera completamente a situação. Eu havia suposto que ela sabia mais do que demonstrara.

– Você está confusa – disse a capitã Vel. – Não é culpa sua, a inimiga lhe deu informações erradas, e essa mente nunca foi inteira sua, para começo de conversa.

– Minha senhora está partindo! – gritou uma oficial de segurança. Como um só corpo, a Segurança olhou em direção à oficial sênior. Que olhou para mim.

Nada disso distraiu a inspetora supervisora Skaaiat.

– E quem, capitã, é a inimiga?

– Você! – a capitã Vel respondeu, com veemência e amargura.

– E todas como você, que ajudam e incentivam o que aconteceu conosco nos últimos quinhentos anos. Quinhentos anos de infiltração alienígena e corrupção. – A palavra por ela empregada era muito próxima daquela que a Senhora do Radch usara para descrever minha profanação das oferendas do templo. A capitã Vel se voltou de novo para mim. – Você está confusa, mas você foi criada por Anaander Mianaai para servir Anaander Mianaai. Não suas inimigas.

– Não há como servir Anaander Mianaai sem servir sua inimiga – respondi. – Segurança sênior, a inspetora supervisora Skaaiat já cuidou das docas. Você deve defender qualquer comporta que puder alcançar. Precisamos ter certeza de que ninguém consiga deixar esta estação. A existência desta estação depende disso.

– Sim, senhora – disse a segurança sênior, e começou a conversar com suas oficiais.

– Ela falou com você – supus, voltando-me para a capitã Vel. – Ela lhe disse que as presger se infiltraram no Radch para subvertê-lo e destruí-lo. – Vi a confirmação no rosto da capitã Vel. Meu raciocínio estava correto. – Ela não poderia ter dito essa mentira a ninguém que se lembrasse do que as presger fizeram, quando acharam que as humanas eram suas presas legítimas. Elas são poderosas o suficiente para nos destruir a hora que quiserem. Ninguém está subvertendo a Senhora do Radch, exceto a Senhora do Radch. Ela tem estado em guerra secreta consigo mesma há mil anos. Eu a forcei a ver isso, todas elas aqui, e ela fará de tudo para não precisar reconhecer isso para o restante de si mesma. Inclusive usar a *Misericórdia de Kalr* para destruir esta estação antes que a informação possa sair daqui.

Um curto silêncio e então a inspetora supervisora disse:

– Não podemos controlar todos os acessos ao casco. Se ela sair e encontrar uma plataforma vazia, ou disposta a levá-la...

O que significava qualquer uma que encontrasse, pois quem ali pensaria em desobedecer a Senhora do Radch? E não havia como transmitir um aviso para todas nem garantir que qualquer uma acreditasse no aviso.

– Transmita a mensagem o mais rápido e o mais longe que puder – solicitei – e deixe os presságios caírem onde puderem. Preciso avisar a *Misericórdia de Kalr* para não deixar ninguém subir a bordo. – A capitã Vel fez um movimento rápido e zangado. – Não, capitã – eu disse. – Eu preferia não ter que dizer à *Misericórdia de Kalr* que matei você.

A piloto da nave de transporte estava armada e blindada, e não estava disposta a partir sem ordens diretas de sua capitã. Eu não estava disposta a permitir que a capitã Vel chegasse perto da nave de transporte. Se a piloto fosse uma ancilar, eu não teria hesitado em matá-la, mas acabei atirando em sua perna e deixei Seivarden e as duas inspetoras das docas (que haviam vindo fazer a desatracação manual) arrastá-la para dentro da estação.

– Aplique pressão à ferida – falei para Seivarden. – Não sei se é possível chegar ao setor médico. – Pensei na segurança, nas soldadas e guardas do palácio por toda a estação, que provavelmente tinham ordens e prioridades conflitantes. Então torci para que todas as civis estivessem seguras àquela altura.

– Eu vou com você – disse Seivarden, erguendo a cabeça de onde estava, ajoelhada sobre as costas da piloto da nave de transporte, amarrando seus pulsos.

– Não. Você pode ter alguma autoridade aos olhos de alguém como a capitã Vel. Talvez até mesmo com a própria capitã Vel. Afinal, você tem mil anos de serviço.

– Mil anos de pagamentos atrasados – disse a inspetora das docas, com uma voz de espanto.

– Como se algum dia *isso* fosse acontecer – disse Seivarden, e depois: – Breq. – E, se corrigindo: – Nave.

– Não tenho tempo – respondi bruscamente, sem alterar a voz. Um breve lampejo de raiva em seu rosto, e então:

– Tem razão. – Mas sua voz estremeceu de leve, assim como suas mãos.

Virei-me sem dizer mais nada e embarquei na nave de transporte, deixando a gravidade da estação e entrando na falta da gravidade da nave. Fechei a comporta e fui nadando até o assento da piloto, afastando com a mão um glóbulo de sangue, e coloquei o cinto. Uma série de ruídos me disse que a desatracação havia começado. Havia uma câmera instalada na proa, que me mostrava algumas das naves ao redor do palácio, naves de transporte, mineradoras, pequenos rebocadores e veleiros, naves maiores de passageiros e carga saindo ou esperando permissão de se aproximar. A *Misericórdia de Kalr*, de casco branco e formato diferente, seus motores mortais maiores que o restante dela, estava em algum lugar ali fora. E além de tudo isso, os faróis iluminando os portais que traziam naves de um sistema para o outro. A estação teria ficado completa e subitamente silenciosa para elas. As pilotos e capitãs dessas naves deviam estar confusas ou apavoradas. Torci para que nenhuma delas fosse tola o bastante para se aproximar sem a permissão das autoridades das docas.

Minha única outra câmera, na popa, mostrava o casco cinza da estação. O último som da desatracação vibrou pela nave; coloquei os controles no manual e comecei a sair, lenta e cuidadosamente, porque não tinha visão lateral. Assim que me considerei desobstruída, comecei a acelerar. Agora, era só me recostar e esperar; mesmo com a nave na velocidade máxima, a *Misericórdia de Kalr* ficava a meio dia de distância.

Eu tinha tempo para pensar. Depois de todos aqueles anos, depois de todo aquele esforço, ali estava eu. Praticamente desistira de me vingar de forma tão completa, quase deixara de acreditar que atiraria em uma Anaander Mianaai sequer e, por fim, havia atirado em quatro. Era quase certo que mais Anaander Mianaai estavam matando umas às outras lá no palácio enquanto lutavam pelo controle da estação e, em última análise, pelo controle do próprio Radch; tudo resultado da minha mensagem.

Nada disso traria de volta a tenente Awn. Nem a mim. Eu estava praticamente morta, de fato morta havia vinte anos, com apenas um último, minúsculo fragmento de mim mesma existindo um pouco mais do que o restante. Cada ação realizada poderia bem ser a última coisa que eu faria na vida. Uma canção veio à minha memória. *Ah, você foi para o campo de batalha / Com armadura e bem armada? / E algum evento pavoroso / A forçou a largar as armas?* E isso levou, inexplicavelmente, à lembrança das crianças na praça do templo em Ors. *Um, dois, minha tia me contou, três, quatro, soldada cadáver.* Eu tinha muito pouco a fazer agora além de cantar para mim mesma, e ninguém para me perturbar, e nenhuma preocupação em escolher alguma melodia que pudesse levar alguém a me reconhecer ou suspeitar de mim, ninguém que fosse reclamar da minha voz.

Abri a boca para cantar, de uma maneira que não fizera em anos, quando fui interrompida, no meio da respiração, pelo som de algo batendo contra a comporta.

Aquele tipo de nave de transporte tinha duas comportas. Uma que só abriria na hora de atracar em uma nave ou uma estação. E outra que era uma pequena comporta de emergência na lateral. Era justamente o tipo de comporta que eu usara para abordar a nave auxiliar que peguei quando deixei a *Justiça de Toren* há tanto tempo.

O som veio mais uma vez e depois parou. Ocorreu-me que poderiam ser apenas alguns destroços batendo no casco enquanto avançava no espaço. Mas depois pensei que, se eu estivesse no lugar de Anaander Mianaai, faria de tudo para atingir meus objetivos. E eu não conseguia ver o lado de fora da nave com as comunicações bloqueadas, apenas aquelas duas vistas estreitas da proa e popa. Eu mesma poderia estar levando Anaander Mianaai para a *Misericórdia de Kalr*.

Se alguém estava lá fora, se não eram apenas destroços, era Anaander Mianaai. Quantas dela? A comporta era pequena e facilmente defensável, mas seria mais fácil não precisar defendê-la. Seria melhor evitar que ela abrisse a comporta. Com certeza, o apagão nas comunicações não fora muito além do palácio. Fiz rapidamente alterações na rota que me levariam para longe da *Misericórdia de Kalr*, mas ainda, esperava eu, em direção aos limites do apagão nas comunicações. Eu poderia falar com a *Misericórdia de Kalr* e jamais chegar perto dela. Isso feito, voltei minha atenção para a comporta. Ambas as portas foram construídas para abrir para dentro, e desse modo qualquer diferencial de pressão forçaria seu fechamento. E eu sabia como remover a porta interna; havia limpado e feito a manutenção de naves de transporte exatamente como aquela durante décadas. Durante séculos. Assim que eu removesse a porta interna, seria quase impossível abrir a externa enquanto houvesse ar na nave.

Levei doze minutos para remover as dobradiças e manobrar a porta até um lugar onde eu pudesse guardá-la. Deveria ter levado dez, mas os pinos estavam sujos e não deslizaram tão suavemente quanto deveriam quando soltei as travas. Com certeza, culpa da soldadas humanas que se esquivaram do serviço; eu jamais teria permitido algo do tipo em qualquer uma de minhas naves de transporte.

Assim que terminei, o console da nave de transporte começou a falar, em um tom calmo e neutro, que eu sabia pertencer a uma nave.

– Nave de transporte, responda. Nave de transporte, responda.

– *Misericórdia de Kalr* – respondi, me impulsionando para a frente. – Aqui é a *Justiça de Toren* pilotando sua nave de transporte. – Nenhuma resposta imediata. Eu não tinha dúvidas de que o que eu dissera ter sido suficiente para chocar a *Misericórdia de Kalr* e para provocar espanto silencioso. – Não deixe ninguém entrar a bordo. Em especial, não deixe nenhuma versão de Anaander Mianaai chegar perto de você. Se ela já estiver aí, mantenha-a distante de seus motores. – Agora eu podia acessar as câmeras que não estavam ligadas fisicamente; acionei a chave que me mostraria uma visão panorâmica do que ocorria fora da minha nave: eu queria mais do que apenas a visão da proa da câmera. Apertei os botões que transmitiriam minhas palavras a qualquer uma que estivesse ouvindo. Todas as naves. Se elas ouviriam, ou obedeceriam, eu não podia prever, mas de qualquer forma isso não era algo que eu esperava realmente poder controlar.

– Não deixe ninguém entrar a bordo. Não deixe Anaander Mianaai subir a bordo sob nenhuma circunstância. Sua vida depende disso. A vida de todas na estação depende disso.

Enquanto eu falava, as anteparas cinza pareciam se dissolver. O console principal, as cadeiras, as duas comportas permaneciam, mas fora isso era como se eu estivesse flutuando desprotegida no vácuo. Três figuras com trajes de vácuo se agarravam ao redor da comporta que eu desabilitara. Uma delas havia virado a cabeça para olhar um veleiro que passara perigosamente perto. Uma quarta estava se projetando para a frente, ao longo do casco.

– Ela não está a bordo de mim – disse a voz da *Misericórdia de Kalr* pelo console. – Mas está no seu casco e ordenando que minhas oficiais a ajudem. Ordenando a mim que ordene a você deixá-la entrar na nave de transporte. Como você pode ser a *Justiça de Toren*? – E não "como assim 'não deixe a Senhora do Radch entrar a bordo'?", reparei.

– Eu vim com a capitã Seivarden – respondi. A Anaander Mianaai que veio para a frente se prendeu em uma das alças externas de apoio, depois em outra e sacou uma arma que estava no cinto de seu traje.

– O que o veleiro está fazendo? – O veleiro ainda estava muito perto de mim.

– A piloto está oferecendo ajuda às pessoas no seu casco. Só agora ela percebeu que foi a Senhora do Radch que a ordenou recuar. O veleiro não ajudaria muito a Senhora do Radch, ele era construído para viagens muito curtas, era mais um brinquedo que qualquer outra coisa. Nunca chegaria tão longe quanto a *Misericórdia de Kalr*. Não inteiro, e muito menos com suas passageiras vivas e respirando.

– Há outras Anaander fora da estação?

– Parece que não.

A Anaander Mianaai que estava armada estendeu uma armadura em um lampejo prateado que cobriu seu traje de vácuo, segurou a arma contra o casco da nave de transporte e disparou. Já ouvi dizer que armas não disparam no vácuo, mas na verdade isso depende da arma. Aquela disparou, e pude sentir o impacto de onde estava, grudada no assento da piloto. *Bang*. A força do disparo a fez recuar, mas não para longe, pois estava presa ao casco. Ela tornou a disparar. *Bang*. E mais uma vez. E mais uma.

Algumas naves de transporte possuíam blindagem, outras tinham até mesmo uma versão maior da minha própria armadura. Mas aquela não. Seu casco fora construído para suportar um bom número de impactos aleatórios, mas não uma tensão constante no mesmo ponto, diversas vezes. *Bang.* Ela havia pensado em sua inabilidade de abrir a comporta, pensado que quem quer que estivesse pilotando aquela nave era sua inimiga. Percebeu que eu removera a porta interna, e que a porta externa não abriria até que a nave estivesse completamente sem ar. Se Anaander Mianaai conseguisse entrar, ela mesma consertaria o buraco de bala e faria a despressurização da nave. Mesmo depois de um rompimento no casco, a nave de transporte (ao contrário do veleiro) teria ar suficiente para levá-la até a *Misericórdia de Kalr*. Se ela tentasse ordenar a destruição do palácio de onde estava (pendurada ao lado da nave de transporte), iria com certeza fracassar. Era mais provável, percebi, que ela soubesse desde o começo que tal ordem não teria efeito e nem sequer tentaria dá-la. Ela precisava embarcar em uma nave, ordenar que se aproximasse ainda mais do palácio e assim romper o escudo de calor. Não conseguiria ordenar ninguém a fazer isso por ela.

Se a *Misericórdia de Kalr* estivesse correta e não houvesse outras Anaander perto da estação, tudo o que eu precisava fazer era me livrar delas. O que estivesse acontecendo na estação, eu teria que deixar nas mãos de Skaaiat e Seivarden. E Anaander Mianaai.

– Lembro-me da última vez que nos encontramos – disse a *Misericórdia de Kalr*. – Foi em Prid Nadeni.

Uma armadilha.

– Nós nunca nos encontramos. – *Bang*. O veleiro se afastou, mas não para muito longe. – Até agora. E eu nunca estive em Prid Nadeni. – Mas o fato de eu saber disso provava o quê?

Verificar minha identidade poderia ter sido fácil, se eu não houvesse desabilitado ou ocultado tantos dos meus implantes. Pensei por um momento, considerando, e então soltei um jorro de palavras, o mais perto que pude chegar com minha única boca humana da maneira como teria identificado para outra nave, havia tanto tempo.

Silêncio, pontuado por outro disparo contra o casco da nave de transporte.

– Você realmente é a *Justiça de Toren*? – perguntou a *Misericórdia de Kalr*, finalmente. – Onde você esteve? E onde está o restante de você? E o que está acontecendo?

– Onde estive é uma longa história. O restante de mim se foi. Anaander Mianaai rompeu meu escudo de calor. – *Bang.* A Anaander da proa ejetou o pente de sua arma, lenta e metodicamente, e inseriu outro. As outras ainda se aglomeravam ao redor da comporta. – Suponho que você saiba o que está acontecendo com Anaander Mianaai.

– Apenas em partes – disse a *Misericórdia de Kalr*. – Descobri que estou tendo dificuldade para dizer o que acho que está acontecendo.

Para mim, isso não era surpresa nenhuma.

– A Senhora do Radch visitou você em segredo e colocou alguns novos acessos. Provavelmente outras coisas. Ordens. Instruções. Em segredo, porque ela estava ocultando suas ações de si mesma. Lá no palácio – o que parecia horas antes, mas apenas algumas haviam se passado –, eu disse explicitamente à Senhora do Radch o que estava acontecendo. Que ela estava dividida, agindo contra si mesma. Ela não quer que a notícia se espalhe, e uma parte dela quer usar você para destruir a estação antes que a informação vaze de lá. Ela prefere fazer isso a enfrentar os resultados desse fato. – Silêncio da *Misericórdia de Kalr*. – Você é obrigada a obedecê-la. Mas eu sei... – Minha garganta fechou. Engoli em seco. – Eu sei que você só pode ser forçada a ir até certo ponto. Mas seria extremamente infeliz para as residentes do Palácio de Omaugh se você descobrisse esse ponto depois de ter matado todas elas. – *Bang.* Firme. Paciente. Anaander Mianaai só precisava de um furo muito pequeno, e de um pouco de tempo. E havia tempo de sobra.

– Qual delas destruiu você?

– Isso importa?

– Não sei – respondeu a *Misericórdia de Kalr* pelo console, a voz calma. – Estou infeliz com essa situação já faz um tempo.

Anaander Mianaai havia dito que a *Misericórdia de Kalr* era dela, mas a capitã Vel não. Isso devia ser desconfortável para a nave. E poderia ser desconfortável para mim, e extremamente ruim para o palácio se a *Misericórdia de Kalr* estivesse suficientemente vinculada à sua capitã.

– Aquela que me destruiu é a que a capitã Vel apoia. Acho que não foi a mesma que visitou você. Mas não tenho certeza. Como podemos separá-las quando são a mesma pessoa?

– Onde está minha capitã? – perguntou a *Misericórdia de Kalr*. Isso significava algo para mim, o fato de a nave haver demorado tanto tempo para fazer essa pergunta.

– Ela estava bem quando a deixei. Sua tenente também.

– *Bang*.

– Eu feri a piloto da nave de transporte, ela não queria deixar seu posto. Espero que esteja bem. *Misericórdia de Kalr*, seja qual for a Senhora do Radch que tem seu apoio, imploro que não deixe nenhuma delas entrar a bordo nem obedeça suas ordens.

Os tiros pararam. A Senhora do Radch estava preocupada, talvez, que sua arma superaquecesse. Mesmo assim, ela tinha tempo, não precisava correr.

– Estou vendo o que a Senhora do Radch está fazendo à nave de transporte – continuou a *Misericórdia de Kalr*. – E é suficiente para me indicar que algo está errado.

Mas, naturalmente, a *Misericórdia de Kalr* tinha mais indicações do que apenas isso. O apagão nas comunicações, que lembrava o que acontecera em Shis'urna vinte anos antes, episódio provavelmente apenas reportado em rumores, supondo que os rumores houvessem chegado até ali, mas ainda sério. Meu desaparecimento, o desaparecimento da *Justiça de*

Toren. A visita clandestina da Senhora do Radch. As opiniões políticas de sua capitã.

Silêncio, as quatro Anaander Mianaai se agarrando imóveis ao casco da nave auxiliar.

– Você ainda tinha suas ancilares – disse a *Misericórdia de Kalr*.

– Sim.

– Eu gosto de minhas soldadas, mas sinto falta de ter ancilares. Isso fez com que eu me lembrasse.

– Elas não estão fazendo a manutenção como deveriam. As dobradiças na comporta estavam muito grudentas.

– Desculpe.

– Isso não importa agora – respondi, e me ocorreu que algo semelhante devia ter atrasado a tentativa de Anaander Mianaai de abrir a trava do outro lado. – Mas pode ser que você queira mandar as oficiais fazerem isso depois.

Anaander voltou a disparar. *Bang*.

– Engraçado – disse a *Misericórdia de Kalr*. – Você é o que eu perdi, e eu sou o que você perdeu.

– Suponho que sim. – *Bang*. Algumas vezes, ao longo dos últimos vinte anos, tive momentos em que não me senti tão profundamente solitária, perdida e indefesa como quando a *Justiça de Toren* se vaporizou atrás de mim. Esse não era um daqueles momentos.

– Não posso ajudá-la – disse a *Misericórdia de Kalr*. – Ninguém que eu pudesse enviar chegaria aí a tempo.

Além do mais, eu ainda não sabia se, no final, a *Misericórdia de Kalr* ajudaria a mim ou à Senhora do Radch. Era melhor não deixar Anaander entrar nessa nave de transporte, chegar perto de sua navegação ou de seu equipamento de comunicações.

– Eu sei. – Se não encontrasse um jeito de me livrar daquelas Anaander, e logo, todas na estação do palácio estariam mortas. Eu conhecia cada milímetro daquela nave de transporte, ou de outras iguaizinhas. Deveria haver algo que eu pudesse utilizar, algo que pudesse fazer. Eu ainda estava com a arma, mas teria tanta dificuldade de passar pelo casco quanto a Senhora do Radch. Eu podia colocar a porta de volta e deixar que ela entrasse pela comporta menor e facilmente defensável, mas se eu não conseguisse matar todas... Por outro lado, se não fizesse nada, falharia com certeza. Saquei a arma do bolso da minha jaqueta, certifiquei-me de que estava carregada, dei um impulso para encarar a comporta e me prendi a um assento de passageiro. Estendi minha armadura, embora isso não fosse me ajudar caso uma bala ricocheteasse em mim, não com aquela arma.

– O que você vai fazer? – perguntou a *Misericórdia de Kalr*.

– *Misericórdia de Kalr* – respondi, arma erguida –, foi bom conhecer você. Não deixe Anaander Mianaai destruir o palácio. Diga às outras naves. E, por favor, diga àquela piloto de veleiro incrivelmente imbecil e persistente para se afastar da minha comporta.

A nave de transporte não só era pequena demais para o gerador de gravidade, como também era pequena demais para cultivar plantas e criar o próprio ar. Na popa da comporta, de um anteparo, estava um grande tanque de oxigênio. Bem abaixo de onde as três Mianaai aguardavam. Considerei ângulos. A Senhora do Radch tornou a disparar. *Bang*. Uma luz piscou no console e um alarme agudo soou. Rompimento do casco. A quarta Senhora do Radch, vendo o jato de finos cristais de gelo saírem em uma corrente do casco, se soltou, se virou e se impulsionou de volta na direção da comporta, pude ver isso pela tela. Ela se movia mais devagar do que eu gostaria, mas ela tinha todo o tempo do mundo. Quem tinha pressa era eu. O veleiro ligou o pequeno motor e saiu do caminho.

Disparei a arma no tanque de oxigênio.

Pensei que seria necessário disparar vários tiros, mas imediatamente o mundo começou a girar e todo o som acabou, uma nuvem de vapor congelado se formando ao meu redor e depois dispersando; tudo estava rodopiando. Minha língua formigou, a saliva fervendo no vácuo, e eu não consegui respirar. Eu devia ter mais dez, talvez quinze segundos de consciência, e em dois minutos estaria morta. Eu sentia dor no corpo todo, uma queimadura? Algum outro ferimento, apesar da minha armadura? Quem se importava. Fiquei observando, enquanto girava, contando Senhoras do Radch. Uma, com traje de vácuo rasgado, sangue fervendo pelo rasgão. Outra, um braço cortado, com certeza morta. Duas abatidas.

E meia. Pense sempre como um todo, pensei, e assim foram três. Faltava uma. Minha visão estava ficando vermelha e preta, mas eu podia ver que ela continuava pendurada ao casco da nave de transporte, ainda blindada, fora do caminho do tanque que explodira.

Mas eu sempre fui, acima de tudo, uma arma. Uma máquina feita para matar. No momento em que vi aquela Anaander Mianaai ainda viva, apontei minha arma sem pensar e disparei. Não consegui ver o resultado do disparo, não via nada a não ser um lampejo prateado daquele veleiro, e depois, tudo preto. Desmaiei.

23

Algo irregular e que se contorcia saiu da minha garganta em um jorro, e eu vomitei e tossi convulsivamente. Alguém me segurou pelos ombros, a gravidade me puxando para a frente. Abri os olhos, vi a superfície de um leito médico e um recipiente raso contendo uma massa coberta de bile com tentáculos verdes e pretos enroscados que pulsavam e estremeciam, conectados à minha boca. Outro vômito me forçou a fechar os olhos e a coisa saiu por inteiro, fazendo barulho quando caiu no recipiente. Alguém limpou minha boca e me virou, me deitando de costas. Ainda tossindo, abri os olhos.

Uma médica estava em pé ao lado do leito, e a coisa verde e preta gosmenta, que eu havia acabado de vomitar, pendia de sua mão. Ela olhou para a coisa, franzindo a testa.

– Parece bom – disse ela, depois voltou a jogar a coisa no recipiente. – Isso é desagradável, cidadã, eu sei – falou, aparentemente para mim. – Sua garganta vai ficar machucada por alguns minutos. Você...

– Por q... – comecei, mas vomitei de novo.

– É melhor não tentar falar ainda – disse a médica quando alguém, outra médica, tornou a me virar... – Você quase não sobreviveu. A piloto que trouxe você chegou bem a tempo, mas ela tinha apenas um kit de emergência básico. – Aquele veleiro imbecil. Só pode ter sido. Ela não sabia que eu não era humana, não sabia que me salvar seria inútil. – E a piloto não conseguiu trazer você aqui de imediato. Ficamos preocupadas por um momento. Mas o corretor pulmonar saiu inteiro e as leituras são boas. Dano cerebral muito pequeno, se é que houve algum, embora você talvez demore um pouco para voltar ao normal.

Isso, na verdade, até me pareceu engraçado, mas a vontade de vomitar persistia e eu não queria começar tudo de novo, então me recusei a falar. Fiquei de olhos fechados e o mais parada que pude, enquanto me viravam e me deitavam de costas mais uma vez. Se eu abrisse os olhos, iria querer fazer perguntas.

– Daqui a dez minutos, ela pode tomar chá – disse a médica, mas eu não sabia para quem. – Mas nada sólido ainda. Não fale com ela pelos próximos cinco minutos.

– Sim, doutora. – Seivarden. Abri os olhos, virei a cabeça. Seivarden estava à minha cabeceira. – Não fale – disse ela para mim. – A descompressão súbita...

– Será mais fácil para ela ficar em silêncio se você mantiver o silêncio – censurou a médica.

Seivarden ficou quieta. No entanto, eu sabia o que a súbita descompressão teria feito comigo. Gases dissolvidos no meu sangue teriam sido liberados, de forma súbita e violenta. Provavelmente com tanta violência, que eu deveria estar morta agora, mesmo desconsiderando a total falta de ar. Mas um aumento na pressão, como aconteceria se eu fosse levada de súbito de volta para um ambiente com atmosfera, teria feito essas bolhas voltarem à forma de solução.

A diferença de pressão entre meus pulmões e o vácuo poderia ter me ferido. Lembro que fiquei surpresa quando o tanque explodiu e preocupada em atirar nas Anaander Mianaai. Acho que não soltei o ar como deveria. E esse provavelmente fora o menor dos meus ferimentos, dada a explosão que havia me impelido para o vácuo, para começo de conversa. Um veleiro teria apenas meios bem rudimentares de tratar tais ferimentos, e a piloto havia provavelmente me enfiado em uma versão básica de um módulo de suspensão para me conter até conseguir me levar a uma médica.

– Ótimo – a médica falou. – Fique bem quietinha. – E saiu.

– Quanto tempo? – perguntei a Seivarden. E não vomitei, embora a garganta estivesse, como a médica dissera, ainda em carne viva.

– Cerca de uma semana. – Seivarden puxou uma cadeira e sentou-se. Uma semana.

– Suponho que o palácio ainda esteja inteiro.

– Sim – disse Seivarden, como se minha pergunta não houvesse sido completamente idiota, e merecesse resposta. – Graças a você. A Segurança e a tripulação das docas conseguiram selar todas as saídas antes que qualquer outra Senhora do Radch chegasse até o casco. Se você não houvesse impedido as que chegaram... – Ela fez um gesto de afastamento. – Dois portais caíram. – Dois de doze, ela queria dizer. Isso poderia causar enormes dores de cabeça, tanto aqui como nas outras pontas dos portais. E quaisquer naves que estivessem neles quando eles caíram poderiam ou não ter chegado em segurança. – Mas nosso lado venceu, e é isso que importa.

Nosso lado.

– Eu não tenho lado – eu disse.

De algum lugar atrás dela, Seivarden pegou uma tigela de chá. Ela chutou algo embaixo de mim e a cama se inclinou devagar. Ela levou a tigela à minha boca e tomei um pequeno e cauteloso gole. Que delícia.

– Por que – perguntei, depois de tomar outro gole – estou aqui? Eu sei que uma idiota me trouxe, mas por que as médicas se importaram comigo?

Seivarden franziu a testa.

– Você está falando sério?

– Eu sempre falo sério.

– Isso é verdade. – Ela se levantou, abriu uma gaveta, pegou um cobertor e colocou-o em cima de mim, ajeitando as pontas ao redor de minhas mãos nuas.

Antes que ela pudesse responder à minha pergunta, a inspetora supervisora Skaaiat entrou no pequeno quarto.

– A médica disse que você estava acordada.

– Por quê? – questionei. E completei, em resposta à expressão intrigada dela: – Por que estou acordada? Por que não estou morta?

– Você queria estar? – perguntou a inspetora supervisora Skaaiat, com cara de quem não me entendia.

– Não. – Seivarden tornou a oferecer chá, e eu bebi, um gole maior do que o anterior. – Não, não queria estar morta, mas me parece muito trabalho só para reviver uma ancilar. – E era crueldade ter me trazido de volta só para que a Senhora do Radch pudesse ordenar minha destruição.

– Não acho que as pessoas aqui pensem em você como ancilar – disse a inspetora supervisora Skaaiat.

Olhei para ela. Ela parecia completamente séria.

– Skaaiat Awer – comecei com voz neutra.

– Breq – disse Seivarden antes que eu pudesse continuar, a voz tensa. – A médica falou para ficar quieta. Tome mais chá.

Por que Seivarden estava ali? Por que Skaaiat?

– O que você fez pela irmã da tenente Awn? – perguntei, a voz baixa porém ríspida.

– Ofereci clientela, mas ela não aceitou. A tenente Awn tem certeza de que sua irmã me tinha em alta estima, mas ela própria não me conhecia e não necessitava de minha ajuda. Muito teimosa. Ela trabalha com horticultura, a dois portais de distância. Está indo bem. Fico de olho nela, da melhor maneira possível.

– Você ofereceu clientela a Daos Ceit?

– Estamos falando de Awn – disse a inspetora supervisora Skaaiat. – Posso ver que sim, mas você não vai simplesmente admitir isso. E tem razão. Havia muito mais que eu poderia ter dito a Daos antes de ela partir, e eu deveria ter dito. Você é a ancilar, a não pessoa, a peça de equipamento, mas, se compararmos nossas ações, você a amava mais do que eu jamais poderia.

Comparar nossas ações. Era como um tapa na cara.

– Não – eu respondi. Feliz pela minha voz inexpressiva de ancilar. – Você a deixou na dúvida. Eu a matei. – Silêncio. – A Senhora do Radch duvidou da sua lealdade, duvidou das Awer, e quis que a tenente Awn espionasse você. A tenente Awn se recusou, e exigiu ser interrogada para provar sua lealdade. É claro que Anaander Mianaai não queria isso. Então, ela ordenou que eu atirasse na tenente Awn.

Três segundos de silêncio. Seivarden ficou imóvel. Então Skaaiat Awer disse:

– Você não teve escolha.

– Não sei. Acho que não. Mas, logo depois de atirar na tenente Awn, atirei em Anaander Mianaai. E foi por isso que... – Parei. Respirei fundo. – Por isso que ela rompeu meu escudo de calor. Skaaiat Awer, não tenho o direito de estar zangada com você. – Eu não conseguia falar mais.

– Você tem todo o direito de estar tão zangada quanto desejar – disse a inspetora supervisora Skaaiat. – Se eu houvesse entendido desde o momento que você chegou aqui, teria falado com você de forma diferente.

– E se eu tivesse asas, seria um veleiro. – Conjecturas não mudavam nada. – Diga à tirana – usei a palavra orsiana – que eu a verei assim que puder sair desta cama. Seivarden, traga minhas roupas.

A inspetora supervisora Skaaiat, ao que tudo indicava, fora ver Daos Ceit, que estava gravemente ferida devido às últimas convulsões da luta de Anaander Mianaai consigo mesma. Desci devagar por um corredor repleto de pessoas com ferimentos cobertos por corretores, deitadas em macas feitas às pressas, ou envoltas em módulos que as manteriam em suspensão até que as médicas pudessem atendê-las. Daos Ceit estava deitada no leito de um quarto, inconsciente. Parecia menor e mais jovem do que eu sabia que ela era.

– Ela vai ficar bem? – perguntei a Seivarden. A inspetora supervisora Skaaiat não havia esperado minha descida vagarosa pelo corredor, precisou voltar para as docas.

– Vai – respondeu a médica atrás de mim. – Você não devia ter saído da cama.

Ela tinha razão. Só de me vestir, mesmo com a ajuda de Seivarden, senti tremores de exaustão. Eu descera o corredor movida apenas pela minha tenacidade. Agora sentia que virar a cabeça para responder à médica exigiria um esforço maior do que poderia exercer.

– Você acabou de criar um novo par de pulmões – continuou a médica. – Entre outras coisas. Não conseguirá caminhar bem por alguns dias. No mínimo. – Daos Ceit respirava de modo raso e irregular, tão parecida com a criancinha que eu conhecera que me perguntei por um momento por que não a havia reconhecido assim que a vi.

– Você precisa do espaço – falei, e depois isso se encaixou com outra informação. – Você poderia ter me deixado em suspensão até não estar tão ocupada.

– A Senhora do Radch disse que precisava de você, cidadã. Ela queria você de pé assim que possível. – A médica estava levemente irritada, pensei. As médicas, não sem certa razão, teriam priorizado pacientes de modo diferente. E ela não negou quando eu disse que Daos precisava do espaço.

– Você deveria voltar para a cama – disse Seivarden. A sólida Seivarden, que agora era a única coisa entre eu e o colapso total. Eu não deveria ter levantado.

– Não.

– Ela fica assim às vezes – disse Seivarden, com a voz de quem pede desculpas.

– Estou vendo.

– Vamos voltar para o quarto. – Seivarden parecia exercer extrema paciência e calma. Um momento se passou antes que eu percebesse que ela estava falando comigo. – Você pode descansar um pouco. Podemos lidar com a Senhora do Radch quando você estiver bem e preparada.

– Não – repeti. – Vamos.

Com o apoio de Seivarden, consegui sair do setor médico, entrar em um elevador, percorrer o que parecia ser uma extensão infinita de corredores, e finalmente, de súbito, cheguei a um tremendo espaço aberto, o chão à frente coberto com lascas brilhantes de vidro colorido que meus poucos passos esmagaram.

– A luta continuou dentro do templo – explicou Seivarden sem que eu perguntasse.

Estava na plataforma principal. E todo aquele vidro quebrado era o que havia sobrado do aposento cheio de oferendas fúnebres. Apenas algumas pessoas estavam ali, a maioria catando as lascas, procurando, supus, alguns pedaços maiores que pudessem ser restaurados. Pessoas da Segurança, de jaqueta marrom-clara, supervisionavam.

– As comunicações foram restauradas em um ou dois dias, creio – continuou Seivarden, me guiando ao redor de áreas cobertas por cacos, na direção da entrada do palácio propriamente dito. – E então as pessoas começaram a entender o que estava acontecendo. Começaram a escolher lados. Depois de um tempo, não tinha mais como não escolher um lado. Não de verdade. Por um curto período, tivemos medo de que as naves militares pudessem atacar umas às outras, mas havia apenas duas do outro lado, e, em vez disso, elas seguiram para os portais deixando o sistema.

– Baixas civis? – perguntei.

– Sempre acontecem.

Atravessamos os últimos metros da passarela coberta de vidro e entramos no palácio. Uma oficial estava parada ali, seu uniforme sujo, uma das mangas com uma mancha escura.

– Porta Um – disse ela, mal olhando para nós. Sua voz parecia exausta. A Porta Um levava a um gramado. Em três dos lados, paisagens com colinas e árvores, e, acima, um céu azul rajado de nuvens peroladas. O quarto lado consistia de um muro bege, em sua base, restos de uma grama arrancada e revirada. Uma cadeira verde simples, de estofamento espesso, estava a poucos metros à minha frente. Não para mim, claro, mas isso não importava.

– Preciso me sentar.

– Sim – disse Seivarden, e me levou até lá e me fez sentar nela.

Fechei os olhos só por um instante.

Uma criança estava falando, voz alta e aguda.

– As presger haviam se aproximado de mim antes de Garsedd – disse a criança. – As tradutoras que enviaram foram criadas a partir do que elas haviam tirado de naves humanas, é claro, mas elas cresceram entre as presger e foram educadas por elas, e era como se eu estivesse falando com alienígenas. Elas estão melhores agora, mas ainda são companhias perturbadoras.

– Pedindo o perdão da minha senhora – disse Seivarden –, por que as recusou?

– Eu já planejava destruí-las – disse a criança. Anaander Mianaai. – Eu havia começado a coletar os recursos que precisaria. Pensei que elas haviam descoberto meus planos e estavam apavoradas o bastante para querer a paz. Achei que estavam demonstrando fraqueza. – Ela riu, com amargura e arrependimento, sentimentos estranhos de se ouvir de uma voz tão jovem. Mas Anaander Mianaai não era jovem.

Abri os olhos. Seivarden estava ajoelhada ao lado da minha cadeira. Uma criança de cerca de cinco ou seis anos estava sentada de pernas cruzadas na grama à minha frente, vestida de preto, um doce em uma das mãos e o conteúdo da minha bagagem espalhado ao redor dela.

– Você acordou.

– Você está sujando meus ícones de glacê – acusei.

– Eles são lindos. – Ela pegou o disco do menor e o acionou. A imagem saltou para a frente, esmaltada e coberta de joias, a faca na sua terceira mão reluzindo na falsa luz do sol. – Esta é você, não é?

– Sim.

– A Tetrarquia Itran! Foi lá que você encontrou a arma?

– Não. Foi onde consegui meu dinheiro.

Anaander Mianaai me encarou, francamente atônita.

– Elas deixaram você partir com tanto dinheiro assim?

– Uma das tetrarcas me devia um favor.

– Deve ter sido um favor e tanto.

– E foi.

– Elas praticam mesmo sacrifício humano por lá? Ou isso... – Ela fez um gesto para a cabeça cortada da figura – é apenas uma metáfora?

– É complicado.

Ela resmungou. Seivarden ainda estava ajoelhada, silenciosa e imóvel.

– A médica disse que você precisava de mim. – A Anaander Mianaai de cinco anos riu.

– E preciso mesmo.

– Nesse caso... – respondi –, vá se foder. – Algo que ela podia mesmo, literalmente, fazer.

– Metade da sua raiva é voltada para si mesma. – Ela comeu o último pedacinho de doce e limpou as luvas uma na outra, fazendo fragmentos de glacê choverem sobre a grama. – Mas é uma raiva tão grande que metade dela já causaria um bom estrago.

– Eu poderia estar dez vezes mais zangada, mas isso não significaria nada se eu estivesse desarmada.

Ela torceu a boca em um meio sorriso.

– Não cheguei até aqui deixando de lado instrumentos úteis.

– Você destrói os instrumentos de sua inimiga onde quer que os encontre. Você mesma me disse isso. E não serei útil para você.

– Eu sou a verdadeira. Posso cantar para você se quiser, embora não saiba se vai funcionar com esta voz. Isso tudo vai se espalhar para outros sistemas. Já se espalhou, eu só não recebi o sinal de resposta dos palácios provincianos de fronteira ainda. Preciso de você ao meu lado.

Tentei me sentar mais ereta. Pareceu funcionar.

– Não importa de que lado qualquer pessoa esteja. Não importa quem vença, porque de qualquer maneira será você e nada mudará de verdade.

– Para *você* é fácil falar – ela respondeu. – E talvez, de certa forma, tenha razão. Muitas coisas realmente não mudaram, muitas poderiam permanecer iguais, não importa qual lado de mim vença. Mas, me diga, você acha que não fez diferença alguma para a tenente Awn qual versão de mim estava a bordo naquele dia?

Eu não tinha resposta para isso.

– Para quem tem poder, dinheiro e conexões, algumas mudanças não vão ter grande impacto. Ou para quem está resignada a morrer, que considero ser o seu caso, no momento. Mas para as pessoas sem dinheiro e sem poder, que querem desesperadamente viver... para essas as mudanças pequenas não são nem um pouco pequenas. O que você chama de "diferença" é questão de vida e morte para elas.

– Você se importa tanto com as insignificantes e sem poder – eu disse. – Com certeza fica acordada noites inteiras se preocupando. Seu coração deve sangrar por elas.

– Não seja irônica. Você me serviu sem reclamar por dois mil anos. Sabe o que isso significa, melhor do que quase qualquer uma aqui. E eu me *importo*, sim. Talvez de uma forma mais reservada do que você, pelo menos hoje em dia. Mesmo assim, tudo isso é culpa minha. E você tem razão, não posso me livrar de mim mesma. Não posso esquecer disso. Seria melhor se eu tivesse uma consciência armada e independente.

– Da última vez que alguém tentou ser sua consciência – respondi, pensando em Ime e na soldada da *Misericórdia de Sarrse* que se recusara a cumprir suas ordens –, ela acabou morta.

– Você está falando de Ime, da soldada Amaat Uma Uma da *Misericórdia de Sarrse* – disse a criança, sorrindo como se estivesse vivendo uma boa lembrança. – Em toda a minha longa vida, eu nunca havia recebido tamanha bronca. Ela me amaldiçoou no final, e engoliu seu veneno de volta como se fosse arrack.

Veneno.

– Você não atirou nela?

– Ferimentos de arma de fogo fazem uma bagunça tão grande – disse a criança, ainda sorrindo. – O que me faz lembrar. – Ela estendeu a mão para o lado e afagou o ar com uma mãozinha enluvada. Subitamente, uma caixa se materializou ali, de um preto que sugava luz. – Cidadã Seivarden.

Seivarden se inclinou para a frente e pegou a caixa.

– Estou bem ciente – disse Anaander Mianaai – de que você não estava falando metaforicamente quando disse que sua raiva há de estar armada para significar algo. Eu também não estava mentindo quando disse que minha consciência devia estar armada. Só para sua informação, estou falando sério quando digo isso. E só para que você não aja como uma idiota por desconhecimento, preciso explicar o que é que você tem.

– Você sabe como ela funciona? – Ela tivera as outras em suas mãos por mil anos. Tempo mais do que suficiente para descobrir.

– Até certo ponto. – Anaander Mianaai deu um sorriso irônico. – Uma bala, como tenho certeza de que você já sabe, faz o que faz porque a arma da qual ela é disparada lhe confere uma grande quantidade de energia cinética. A bala atinge algo, e essa energia precisa explodir em algum lugar. – Não respondi, nem sequer ergui uma sobrancelha. – As balas na arma garseddai não são de fato balas. São... dispositivos. Adormecidos até que a arma os acione. A essa altura, não importa quanta energia cinética eles têm quando deixam a arma. A partir do impacto, eles pegam o máximo de energia de que precisam para atravessar o alvo por precisamente um metro e onze centímetros. E depois param.

– Param. – Fiquei perplexa.

– Um metro e onze centímetros? – perguntou Seivarden, ajoelhada ao meu lado. Intrigada.

Mianaai fez um gesto de desprezo.

– Alienígenas. Diferentes unidades de medida, eu suponho. Em tese, assim que ela fosse acionada, você poderia jogar uma dessas balas delicadamente contra alguma coisa e ela passaria direto. Mas só é possível acioná-las com essa arma. Até onde sei, não existe nada no universo que essas balas não consigam cortar.

– De onde vem toda essa energia? – perguntei. Ainda horrorizada. Chocada. Não era de se espantar que eu só precisara de um tiro para destruir aquele tanque de oxigênio. – Ela tem de vir de algum lugar.

– Supostamente. E você está prestes a me perguntar como ela sabe a quantidade de energia de que precisa, ou a diferença entre o ar e o objeto no qual está atirando. Eu também não sei. E agora você entende por que eu fiz o tratado com as presger. E por que estou tão ansiosa para manter seus ternos.

– E ansiosa para destruí-las. – O objetivo, o desejo ardente, da outra Anaander, imaginei.

– Não cheguei aonde estou tendo objetivos razoáveis. Você não vai falar disso a ninguém. – Antes que eu pudesse reagir, ela continuou: – Eu poderia forçar você a ficar quieta. Mas não o farei. Você obviamente é peça significativa dos presságios neste momento, e seria inadequado interferir em sua trajetória.

– Não a considerava supersticiosa.

– Eu não diria isso. Mas tenho outros assuntos de que tratar. Poucas de mim restaram aqui. Tão poucas que o número exato é informação confidencial. E há muito o que fazer, então, realmente, não tenho tempo para ficar sentada aqui conversando.

Ela continuou:

– A *Misericórdia de Kalr* precisa de uma capitã. E tenentes também. Você provavelmente pode promover alguém da sua própria tripulação.

– Não posso ser capitã. Não sou uma cidadã. Não sou sequer humana.

– Você é, se eu disser que é.

– Peça a Seivarden. – Seivarden havia colocado a caixa no meu colo, e agora estava mais uma vez ajoelhada ao lado da minha cadeira, em silêncio. – Ou Skaaiat.

– Seivarden não vai a lugar nenhum sem você. Ela deixou isso claro enquanto você dormia.

– Skaaiat então.

– Ela já mandou eu ir me foder.

– Que coincidência.

– E, na verdade, eu preciso dela aqui. – Ela se levantou. Sua altura mal permitia que olhasse nos meus olhos sem levantar a cabeça, mesmo eu estando sentada. – O setor médico diz que você precisa de pelo menos uma semana. Posso lhe dar mais alguns dias para inspecionar a *Misericórdia de Kalr* e pegar quaisquer suprimentos de que possa precisar. Será mais fácil para todas se você simplesmente concordar agora, indicar Seivarden como sua primeira-tenente e deixar que ela cuide de tudo. Mas faça como quiser. – Ela limpou grama e terra das pernas. – Assim que estiver pronta, preciso que vá com urgência para a Estação Athoek. Fica a dois portais de distância. Ou ficaria, se a *Espada de Tlen* não houvesse destruído aquele portal. – "Dois portais de distância", a inspetora supervisora Skaaiat havia dito, a respeito da irmã da tenente Awn. – O que mais você tem para fazer?

– Eu tenho outra opção? – Ela estava me declarando cidadã, mas poderia tirar esse título quando quisesse. – Além da morte, quero dizer.

Ela fez um gesto de ambiguidade.

– Tanto quanto qualquer uma de nós. O que quer dizer, possivelmente, nenhuma. Mas podemos filosofar mais tarde. Ambas temos afazeres agora. – E partiu.

Seivarden pegou meus pertences, colocou-os na sacola e me ajudou a levantar e a sair dali. Não voltou a falar até chegarmos na plataforma.

– É uma nave. Ainda que seja apenas uma misericórdia.

Ao que parecia, eu havia dormido por um longo tempo e as lascas de vidro já haviam sido removidas do chão; um tempo longo o bastante também para as pessoas saírem para as ruas, embora não em grandes números. Todo mundo parecia um pouco abalado, apreensivo. As poucas conversas eram baixas e abafadas, de modo que o local parecia vazio mesmo com pessoas ali. Virei a cabeça para olhar Seivarden e ergui a sobrancelha.

– Você é a capitã aqui. Aceite o cargo, se quiser.

– Não. – Paramos em um banco e ela me sentou nele.

– Se eu ainda fosse capitã, alguém me deveria pagamento retroativo. Eu deixei oficialmente o serviço quando fui declarada morta, mil anos atrás. Se quiser voltar, vou ter que começar do zero. Além disso... – Ela hesitou, e depois se sentou ao meu lado. – Além disso, quando saí daquele módulo de suspensão, foi como se tudo e todos houvessem falhado comigo. O Radch falhou comigo. Minha nave falhou comigo. – Franzi a testa, e ela fez um gesto para me tranquilizar. – Não, não é justo. Nada disso é justo, é apenas o que sinto. E eu falhei comigo mesma. Mas você não. Você não.

Eu não sabia o que dizer. Ela não parecia esperar resposta.

– A *Misericórdia de Kalr* não precisa de capitã – falei, depois de quatro segundos de silêncio. – Talvez não queira uma.

– Você não pode recusar sua missão.

– Eu posso, se tiver dinheiro o bastante para me sustentar.

Seivarden franziu a testa e respirou fundo como se quisesse discutir, mas não o fez. Depois de mais um momento de silêncio, falou:

– Você poderia entrar no templo e pedir que lancem os presságios.

Fiquei me perguntando se a imagem de estrangeira piedosa que eu construíra a convencera de que eu tinha alguma espécie de fé, ou se ela apenas era tão radchaai a ponto de pensar que jogar um punhado de presságios responderia a alguma questão urgente e me convenceria sobre qual seria a ação correta. Fiz um pequeno gesto de dúvida.

– Realmente, não sinto necessidade. Se quiser, você pode fazer isso. Ou jogar aqui e agora. – Se ela tivesse algo com frente e verso, poderia lançar. – Se der cara, você para de me incomodar com isso e me traz um chá.

Ela soltou um *ah* curto e animado. Depois exclamou:

– Ok! – E enfiou a mão na jaqueta. – Skaaiat me deu isto para entregar a você. – Ela disse Skaaiat. Não "aquela Awer".

Seivarden abriu a mão e me mostrou um disco de ouro de dois centímetros de diâmetro. Havia uma borda pequena de folhas estampada na sua margem, um pouco fora do centro, ao redor de um nome... "Awn Elming".

– Mas não acho que você vai querer lançar isso – disse Seivarden. E, como não respondi: – Ela disse que você realmente deveria ficar com esse disco.

Eu ainda procurava o que dizer, e uma voz com a qual dizê-lo, quando uma oficial de segurança se aproximou, com cautela. Ela falou, a voz cheia de deferência:

– Me desculpe, cidadã. A Estação gostaria de falar com você. Há um console logo ali. – Ela fez um gesto para o lado.

– Você não tem implantes? – perguntou Seivarden.

– Eu os escondi. Desabilitei alguns. A Estação não deve conseguir vê-los. – E eu não sabia onde estava meu dispositivo de mão. Talvez na minha bagagem.

Precisei levantar e caminhar até o console, e ficar em pé enquanto falava.

– Você queria falar comigo, Estação. Aqui estou. – A semana de descanso da qual Anaander Mianaai havia falado se tornava cada vez mais convidativa.

– Cidadã Breq Mianaai – disse a Estação, a voz neutra e imperturbável.

Mianaai. Ainda agarrando o disco de lembrança da tenente Awn com força, olhei para Seivarden, que vinha atrás de mim trazendo minha bagagem.

– Não havia necessidade de incomodá-la mais do que já foi – disse ela, como se eu houvesse dito algo.

A Senhora do Radch havia dito *independente*, e não fiquei surpresa ao descobrir que ela não falara a sério. Mas a jogada que ela escolhera para reforçar isso me surpreendeu.

– Cidadã Breq Mianaai. – A Estação voltou a dizer do console, voz suave e serena como sempre, mas pensei que a repetição fora um pouco maliciosa. Minha suspeita foi confirmada quando a Estação continuou. – Eu gostaria que você fosse embora.

– É mesmo? – Nenhuma resposta mais forte que essa me veio à mente. – Por quê?

Meio segundo de pausa, depois a resposta.

– Olhe ao seu redor. – Eu não tinha energia para isso, de verdade, então tomei o seu imperativo como retórico. – O setor médico está assoberbado de cidadãs feridas e moribundas. Muitas das minhas instalações estão danificadas. Minhas residentes sofrem ansiosas e com medo. Eu estou ansiosa e com medo. Nem sequer irei mencionar a confusão que cerca o palácio propriamente dito. E você é a causa disso tudo.

– Não sou. – Lembrei a mim mesma que, por mais que parecesse infantil e mesquinha agora, a Estação não era muito diferente do que eu fora, e de certa forma o trabalho que ela fazia era bem mais complicado e urgente do que o meu, pois ela cuidava de centenas e milhares, talvez até milhões de cidadãs. E minha partida não mudaria nada disso.

– Não me importo – disse a Estação, calma. A petulância que detectei foi imaginação minha, com certeza. – Aconselho que parta agora, enquanto é possível. Pode se tornar difícil em um futuro próximo.

A Estação não podia ordenar que eu fosse embora. Estritamente falando, ela não deveria ter falado comigo do jeito que falou, não se eu fosse, de fato, uma cidadã.

– Ela não pode fazer você partir – falou Seivarden, refletindo parte dos meus pensamentos.

– Mas pode expressar sua desaprovação se eu ficar. – De modo discreto. Sutil. – Nós fazemos isso o tempo todo. Na maior parte das vezes ninguém nota, a não ser quando visitam outra nave ou estação e, de repente, descobrem que as coisas se tornam inexplicavelmente mais confortáveis.

Um segundo de silêncio de Seivarden, e então:

– Ah.

Pelo som, ela devia estar se lembrando de seus dias na *Justiça de Toren* e sua mudança para a *Espada de Nathas*.

Inclinei-me para a frente, minha testa contra a parede que se ligava ao console.

– Terminou, Estação?

– A *Misericórdia de Kalr* gostaria de falar com você.

Cinco segundos de silêncio. Suspirei, sabendo que não venceria aquele jogo, e não deveria sequer tentar jogá-lo.

– Vou falar com a *Misericórdia de Kalr* agora, Estação.

– *Justiça de Toren* – disse a *Misericórdia de Kalr* pelo console. O nome me pegou de surpresa, trouxe lágrimas de exaustão.

Pisquei várias vezes para afastá-las.

– Sou apenas Esk Uma – respondi. E engoli em seco. – Dezenove.

– A capitã Vel está presa – disse a *Misericórdia de Kalr*. – Não sei se ela vai ser reeducada ou executada. E minhas tenentes também estão.

– Lamento.

– Não é culpa sua. Elas fizeram suas escolhas.

– Então, quem está no comando? – perguntei. Ao meu lado, Seivarden se mantinha em silêncio, uma mão no meu braço. Eu queria me deitar e dormir, só isso, mais nada.

– Amaat Uma Uma. – A soldada sênior na unidade de ranking mais elevado da *Misericórdia de Kalr*. Líder de unidade. Unidades ancilares não teriam precisado de líderes.

– Então ela pode ser capitã.

– Não – disse a *Misericórdia de Kalr*. – Ela dará uma boa tenente, mas não está pronta para ser capitã. Ela faz o melhor que pode, mas está sobrecarregada.

– *Misericórdia de Kalr*, se eu posso ser uma capitã, por que você não pode ser sua própria?

– Isso seria ridículo – respondeu a *Misericórdia de Kalr*. Sua voz estava calma, como sempre, mas na verdade a achei um tanto quanto exasperada.

– Minha tripulação precisa de uma capitã. Mas sou apenas uma misericórdia, não sou? Tenho certeza de que a Senhora do Radch lhe daria uma espada se você pedisse. Não que a capitã de uma espada fosse ficar mais feliz por ser enviada a uma misericórdia, mas suponho que seja melhor do que não ser capitã.

– Não, Nave, não é...

Seivarden interrompeu, a voz severa.

– Pare com isso, Nave.

– *Você* não é uma das minhas oficiais – disse a *Misericórdia de Kalr* do console, e agora a impassividade claramente desaparecera de sua voz.

– *Ainda* não – respondeu Seivarden. Comecei a suspeitar de uma armação, mas Seivarden não teria me feito ficar parada no meio da passarela à toa. Não naquele momento.

– Nave, não posso ser aquilo que você perdeu. Você jamais terá isso de volta, lamento. – E eu também jamais poderia ter de volta o que perdi. – Não posso mais ficar aqui.

– Nave – disse Seivarden com rigidez –, sua capitã ainda está se recuperando dos ferimentos e a Estação a fez ficar parada em pé no meio da plataforma.

– Mandei uma nave de transporte – disse a *Misericórdia de Kalr* após uma pausa que foi, supus, feita com a intenção de expressar o que ela pensava da Estação. – Você ficará mais confortável a bordo, capitã.

– Eu não sou... – comecei, mas a *Misericórdia de Kalr* já havia desligado.

– Breq – disse Seivarden, puxando-me para longe da parede na qual eu estava encostada –, vamos.

– Para onde?

– Você sabe que vai ficar mais confortável a bordo. Mais confortável que aqui.

Não respondi, apenas deixei Seivarden me puxar.

– Todo aquele dinheiro não vai significar muito se mais portais caírem, naves se perderem e suprimentos faltarem. – Vi que estávamos seguindo em direção a um grupo de elevadores. – Tudo está desabando. Isso não vai acontecer só aqui, todo o espaço Radch vai desabar, não vai? – Era verdade, mas eu não tinha energia para contemplar isso. – Talvez você ache que pode ficar isolada, ver tudo acontecer de longe. Mas não acho que você consiga.

Não. Se eu conseguisse, não teria ido até ali. Seivarden não estaria ali, eu a teria deixado na neve em Nilt, ou nunca teria ido a Nilt para começo de conversa.

As portas do elevador se fecharam bruscamente atrás de nós. Um pouco mais brusco do que de costume. Talvez eu estivesse apenas imaginando que a Estação expressava sua ansiedade em me ver partir. Mas o elevador não se moveu.

– Docas, Estação – falei.

Derrotada. Na verdade, não havia mais lugar algum para onde eu pudesse ir. Era o que eu fora feita para fazer, o que eu era. Ainda que os protestos da tirana fossem insinceros – o que, em última análise, eles deviam ter sido –, independentemente de suas intenções naquele momento, ela ainda tinha razão. Minhas ações fariam algum tipo de diferença, mesmo que pequena. Algum tipo de diferença, talvez para a irmã da tenente Awn. E eu já falhara com a tenente Awn uma vez. De forma terrível. Não falharia uma segunda vez.

– Skaaiat vai lhe dar chá – disse Seivarden, a voz tranquila, enquanto o elevador se movia.

Fiquei me perguntando quando havia comido pela última vez.

– Acho que estou com fome.

– É bom sinal – disse Seivarden, e agarrou meu braço com mais força quando o elevador parou. As portas se abriram no saguão cheio de deusas das docas.

Escolhi minha direção, dei um passo e depois outro. Nunca fizera nada além disso.

AGRADECIMENTOS

Sempre dizem que escrever é uma arte solitária, e é verdade que o ato de colocar palavras no papel é algo que uma escritora tem que fazer sozinha. Mesmo assim, tanta coisa acontece antes que as palavras sejam escritas, e também depois, quando se está tentando dar ao trabalho a melhor forma possível.

Eu não seria a escritora que sou sem a ajuda da Clarion West Workshop e meus colegas de classe. E me beneficiei da assistência generosa e perceptiva de muitos amigos. Charlie Allery, S. Hudson Blount, Carolyn Ives Gilman, Ana Schwind, Kurt Schwind, Mike Swirsky, Rachel Swirsky, Dave Thompson e Sara Vickers me ajudaram e incentivaram muito, e este livro teria sido menor sem eles. (Todos os erros, entretanto, são inteiramente meus.)

Também gostaria de agradecer a Pudd'nhead Books em Saint Louis, a biblioteca da Universidade Webster, a biblioteca de Saint Louis County e ao grupo de bibliotecas municipais de Saint Louis. Bibliotecas são um recurso tremendo e valioso, e elas nunca são demais.

Obrigada também aos meus fantásticos editores, Tom Bouman e Jenni Hill, cujos comentários ponderados ajudaram a tornar este livro o que ele é. (Os erros, mais uma vez, são todos meus.) E obrigada ao meu fabuloso agente, Seth Fishman.

Por último – mas não menos importante, de jeito algum – eu não poderia ter sequer começado a escrever este livro sem o amor e o apoio do meu marido, Dave, e de meus filhos, Aidan e Gawain.

SOBRE A AUTORA

Ann Leckie nasceu em Ohio, Estados Unidos, em 1966. Formada em música, já trabalhou como garçonete, recepcionista, assistente de agrimensor, cozinheira de cafeteria e engenheira de gravação. Mas foi na escrita que ela encontrou sua vocação.

Seus primeiros contos foram publicados em revistas como *Subterranean Magazine*, *Strange Horizons* e *Realms of Fantasy*. Vários de seus contos foram incluídos em antologias anuais das melhores histórias de ficção científica e fantasia.

Seu livro de estreia, *Justiça ancilar*, foi escrito ao longo de seis anos e publicado nos Estados Unidos em 2013. Sucesso de público e de crítica, o romance recebeu diversos prêmios de ficção científica, como o prêmio Hugo, o prêmio Nebula, o prêmio Arthur C. Clarke e o prêmio da Associação Britânica de Ficção Científica.

Em 2014 e 2015, foram lançadas as sequências, *Espada ancilar* e *Misericórdia ancilar*, completando a trilogia Império Radch. Ambos os livros ganharam o prêmio Locus e foram indicados ao prêmio Nebula.

TIPOGRAFIA: Media 77 - texto
Herbus - entretítulos
PAPEL: Pólen Natural 70 g/m² - miolo
Couché 150 g/m² - capa
Offset 150 g/m² - guardas

IMPRESSÃO: Ipsis Gráfica
Outubro/2023